풍경과 성찰의 언어

풍경과 성찰의 언어

2005년 0일 12일 초판 1쇄 인쇄
2005년 8월 22일 초판 1쇄 발행

지은이 | 김선태
펴낸이 | 孫貞順
펴낸곳 | 도서출판 작가
          서울 서대문구 북아현3동 180-22 (우-120-193)
          전화 | 365-8111~2 팩스 | 365-8110
          이메일 | morebook@korea.com
          홈페이지 | www.morebook.co.kr
          등록번호 | 제13-630호(2000. 2. 9.)

편집 | 김이하 김민정
디자인 | 오경은
영업 | 남종역 설동근
관리 | 손순희

ISBN 89-89251-40-0

* 잘못된 책은 구입하신 서점에서 바꾸어 드립니다.
* 지은이와의 협의 하에 인지를 붙이지 않습니다.

값 15,000원

풍경과
성찰의 언어

김선태 평론집

작가

책머리에

시를 쓰는 자가 시를 비평하는 글을 쓴다는 것은 바람직한 일이 아니다. 본분에 어긋날 뿐더러 능력 또한 못 미치기 때문이다. 필자는 시 쓰는 일 하나도 제대로 감당하지 못하여 전전긍긍하는 사람이다. 그런 사람이 시를 비평하는 일을 겸한다는 것은 쓸데없는 힘의 낭비일 뿐이라는 생각이 든다. 결국 이러다가는 시 쓰는 일 하나도 제대로 이루지 못하는 것은 아닌가 스스로 염려한 적이 한 두 번이 아니다.

그럼에도 불구하고 필자는 등단 이후 시를 쓰고 또한 평하는 일을 겸하여 왔다. 그리고 마침내 그간에 여러 문예지에 발표해 왔던 글들을 모아 첫 평론집을 출간하기에 이르렀다. 애초부터 필자가 시를 평하는 일을 작심한 것은 물론 아니었다. 대학원에서 시를 공부하고 논문을 쓰다보니 그리고 대학에서 학생들에게 시를 가르치다보니 자연스럽게 그렇게 된 것이 그 첫째 원인이요, 문예지에서 청탁이 들어와 그것을 거부 못하고 자꾸 응하다보니 습관처럼 된 것이 그 둘째 원인이다. 어차피 필자가 안고 있는 삶의 환경이 이러한 이상 앞으로도 이 굴레에서 벗어나기는 힘들 것 같다. 그러나 가급적 비평하는 일을 삼가고 싶다는 것이 솔직한 지금의 심정이다.

'풍경과 성찰의 언어'라는 제목을 달고 있는 이 책은 필자가 1996년 《현대문학》을 발판으로 하여 지금에 이르기까지 《현대시학》, 《현대시》,

《시와사람》,《시작》 등 여러 문예지에 발표한 시평들을 하나로 묶은 것이다. 따라서 현장비평적 성격이 강한 글들이 대부분이라고 해도 과언이 아니다. 어느 비평가에게나 그 나름의 비평적 수원(水源)이 있듯이, 필자는 이 책에서 세기말의 위기와 혼돈 그리고 새로운 세기에 대한 지나친 기대와 흥분에 아랑곳하지 않고 서정시의 근원과 정체성의 탐색 · 확산에 기여한 텍스트들을 옹호하였다. 파괴나 훼손에 대한 지킴과 회복의 시학, 빠름에 대한 느림의 시학, 부박(浮薄)에 대한 깊이의 시학만이 혼돈과 불안과 죽음의 시대로부터 우리를 구원할 수 있는 시적 대응이라고 생각했기 때문이다. 그리고 그것이 곧 필자의 시학과도 일치한다고 믿었기 때문이다. 그리고 '문학평론도 창작의 한 영역'이라는 작고한 김현 교수의 지론에 공감하면서 어렵고 딱딱한 문체를 지양하고 최대한 쉽고 부드러운 문체로 독자들에게 다가서기 위해 노력했음을 밝힌다.

제1부는 시인론의 성격을 지닌 글들이다. 1930년대 김영랑과 함께 시문학파의 중요한 일원으로 활동했으면서도 우리 시사에서 그 이름이 지워진 김현구 시인을 비롯하여, 지독한 생의 상처를 딛고 눈부신 생명의 세계를 꽃피운 천양희 시인, 그리고 얼마 전에 안타깝게 작고한 임영조 시인과 시골에 묻혀 제대로 평가받지 못한 박재두 시인의 시세계를 총체적으로 조명하였다.

제2부는 최근에 주목할 만한 시집들을 출간한 시인들의 시집을 다루었다. 생의 막바지로 갈수록 더욱 황홀한 시의 구경(究竟)을 펼쳐 보이는 정진규 시인을 비롯하여 임영조, 최두석, 백무산, 이재무, 송찬호, 이원규, 문태준 시인의 시집이 그것이다.

제3부는 목포 출신 시인들의 시세계를 약식으로 살핀 글들이다. 목포가

낳은 세계적인 시인 김지하, 목포가 낳은 우리 시단의 균형주의자 최하림, 그리고 노향림, 김창완, 신정숙의 시세계를 엿보는 일은 목포를 기반으로 시를 쓰는 필자로서는 하나의 책무요 통과의례로서의 의미를 지닌다.

제4부는 문예지에 발표한 여러 시인들의 신작시들을 분석한 글들이다. 천양희, 허형만, 고재종, 이문재 등의 시편들은 이른바 '풍경과 성찰의 시학'으로 수렴될 수 있을 것이다.

제5부는 비평문이라기보다는 산문에 가까운 것들이다. 허형만과 이지엽 시인의 시인으로서의 면모와 시세계 그리고 필자와의 사적인 인연의 내력까지를 진솔하게 내보였다.

끝으로, 이 부끄러운 책이 독자들로 하여금 우리 현대시에 조금이라도 쉽게 다가설 수 있게 하는 징검다리가 되길 바라마지 않는다. 그리고 어려운 출판 사정에도 불구하고 선선히 책을 내주신 작가출판사 손정순 시인께 진심으로 감사의 말씀 올린다.

2005년 여름 도림캠퍼스 연구실에서
김 선 태

| 차례 |

제1부

상처 위에 핀 눈부신 생명의 꽃

— 천양희론

1. 들어가며

천양희(1942)는 1965년 『현대문학』을 통해 등단한 이후, 첫 시집 『신이 우리에게 묻는다면』(1983)을 비롯한 『사람이 그리운 도시』(1988)·『하루치의 희망』(1992)·『마음의 수수밭』(1994)·『오래된 골목』(1998) 등 5권의 시집과 시선집 『독신녀에게』(1997), 잠언시집 『그리움은 돌아갈 자리가 없다』(1997)를 상재한 우리 시단의 중견시인이다.

특히 '소월시문학상'과 '현대문학상' 수상 시집인 『마음의 수수밭』과 다섯 번째 시집 『오래된 골목』은 흔히 세기말이라 하여 부질없는 포즈와 천박한 정서가 만연하던 1990년대의 우리시단을 눈부신 생명과 구원의 언어로 환하게 밝힌 탁월한 성과물로 꼽힌다. 더욱이 그것이 시인 자신의 처절한 고통과 절망을 딛고 이룩한 성과물이라는 점에서 그 곰삭은 '절창'의 언어는 읽는 이의 가슴 저변을 한껏 흔들어놓고도 남음이 있다. 따라서 그는 60년대에 등단했지만 90년대에 들어와서야 그 시적 성과를 드러낸 보기 드문 늦깎이 시인이며, 자신의 표현을 빌리면 "숨어서 피는 꽃"[1]이라 할만 하다. 또한 이순의 나이임에도 불구하고 시를 향한 열망은 "꽃불"[2]처럼 뜨겁고, 그 예지의 눈빛이 "초롱꽃"[3]처럼 빛나는 젊은 시인이기도 하다.

천양희의 내면 깊숙이 도사리고 있는 시의식은 한 마디로 상처다. 이 상처는 정도의 차이는 있되 그의 시집 전체에 복병처럼 숨어 있다. 어쩌면 그것이 오늘의 삶과 시를 떠받치는 근원인지도 모른다. 세계와의 불화로 받아들여지는 상처의식은 제1·2·3시집에서 특히 두드러진다. 물론 제3시집의 경우 내적 자아가 조심스런 외출을 시도한다는 점에서 시세계의 변모로 읽히기도 하지만, 크게 보아 제1·2시집과 맥을 함께 하는 바, 상처와 그 상처로 인한 고통과 피해의식이 관류하고 있다.

그리고 제4시집과 제5시집에 오면 상처를 치유하고 극복하면서 새로운 생명의 세계를 열어간다는 점에서 분명한 시적 전환이 이루어진다. 이 두 시집에서 두드러진 이미지 혹은 시적 화두는 '길'이다. 그래서 필자는 천양희의 시학을 '길찾기의 시학'이라 명명하고 싶다. 그의 시는 탐색과 성찰과 각성의 촉수를 거느리고 자연 곳곳을 돌아다닌다. 그의 발걸음이 주로 가 닿는 곳은 제4시집의 경우 '산', 제5시집은 '물'이다. 산은 올라간다는 점에서 상승의 이미지를, 물은 아래로 흘러 평평해진다는 점에서 하강과 수평의 이미지를 띠고 있다고 할 수 있다. 그리고 그의 시를 절창의 경지로 밀어 올리는 데는 연금술사처럼 절묘하게 언어를 교직하는 솜

---

1) 「숨은 꽃」, 『오래된 골목』, 창작과비평사, 1998, 20쪽.
2) 「두붉나무」, 위의 시집, 10쪽.
3) 「한 아이」, 위의 시집, 11쪽. 여성시인인 그의 시집에는 이처럼 '꽃'을 소재로 한 시가 많다.

씨가 한몫하고 있다.

따라서 이 글은 위에서 제시한 시적 특성을 통시적으로 살피기 위하여 그의 시집 전체를 대상으로 출발하고자 한다.[4] 왜냐하면 현재의 시적 성과는 어떤 식으로든 과거와 연결고리를 맺고 있다는 판단 때문이다.

2. 상처 혹은 무궁한 시적 자산

우리는 날마다 상처를 만들며 살아가고 있는지 모른다. 상처는 스스로 만들기도 하고, 타의에 의해 만들어지기도 한다. 그것은 또한 개인적일 수도 있고 집단적일 수도 있다. 삶의 길 위에는 복병 같은 상처의 돌부리가 무수히 잠복해 있어서 느닷없이 우리의 발목을 걸어 넘어뜨린다. 누구나 그 덫을 무사히 피해갈 수는 없다. 더구나 그것이 운명적으로 깊게 걸려 만들어진 상처의 경우 일생 동안 지워지지 않는 흉터로 남는다. 그런 의미에서 이 지상의 모든 풍경은 상처의 풍경이라고 말할 수도 있다. 또한 상처는 추억이라는 다른 이름표를 달기도 한다. 그것이 추억으로도 불릴 수 있다는 것은 잔인하다. 그리하여 우리는 그 추억의 굴레 속에서 헤어 나오기 어렵다. 아니 그 속에 갇혀 있기를 은근히 즐기는 지도 모른다.

시인들이야말로 일반인들보다 상처의 폭이 넓거나 깊은 사람들이다. 아니면 상처에 민감하게 반응하는 사람들이다. 그들의 내면을 들여다보면 대개 개인적이든 집단적이든 깊게 패인 상처 하나씩을 몰래 간직하고

---

4) 지금까지 그의 시에 대한 논의들은 네 번째 시집과 다섯 번째 시집에 편중되어 있다. 이는 두 시집이 이전의 시집들과는 다른 시세계를 보여주고 있기 때문이겠지만, 필자의 생각으론 시적 성취도를 떠나 무명 시절을 돌아보지 않는 우리 시단의 바람직하지 못한 관습이 작용된 것으로 본다. 유명해져야만 주목을 받게 되는 이러한 폐단은 하루속히 시정되어야 할 것이다.

있음을 발견하곤 한다. 그들은 상처의 거름벼늘을 쌓아놓고 있다. 그 거름벼늘이 썩어 시라는 꽃을 피운다. 오래 잘 썩을수록 아름답고 진한 향기의 꽃을 피운다. 마치 잘 발효된 음식이 깊은 맛과 향기를 지니는 것처럼. 그런 의미에서 상처는 무궁한 시적 자산이다. 시인은 그 상처의 거름벼늘을 파먹고 산다. 색깔과 모양의 차이는 있겠지만 그들은 일생토록 개인을 포함한 세계의 상처와 연애하고 있는지 모른다. 그러므로 필자는 실패를 모르고 성공한 사람을 좋아하지 않듯이 삶의 과정에서 수없이 좌충우돌하고 아파해 보지 않은 자의 시를 믿지 않는다. 어떤 형태로든 자기의 상처가 육화되어 있지 않는 시는 감동이 없다. 너무 무미건조하여 사람의 냄새가 나지 않기 때문이다. 지적 말놀음에만 그치는 시는 더더욱 믿지 않는다. 문학은 어디까지나 신이 아닌 불완전한 인간 영역 속의 일이다.

그런 면에서 천양희의 시는 상처의 거름벼늘에서 피어난 눈부신 꽃이다. 또는 절망의 백척간두를 타고 넘어온 "고비새"[5]다. 그렇다면 그의 시에 내재한 상처의 근원은 무엇이며, 어디에서 비롯되는 것인가. 일단 그의 자술 연보에 따르면 그것은 사랑의 상실과 그로 인한 고통과 절망으로 받아들여진다. 그런데 평범하거나 막연한 사랑의 상실 또는 헤어짐이 아니라는데 문제가 있다. 그의 표현대로라면 그것은 "억울하고 원통함"[6]을 동반하고 있으며, "죄도 없이 죄인처럼 숨어살던"[7] 불행의 씨앗이었기 때문이다. 사적인 내용임에도 불구하고, 필자가 이를 거론하지 않을 수

---

5) 「高下리길」, 『작가세계』, 1999. 여름호. 그의 시에는 '꽃'과 더불어 '새'의 이미지가 간단없이 출몰하는데, 새의 이름 중에서도 '고비새' 이외에도 '무소새', '발 없는 새' 등 시적 자아가 투사된 것들이 많다.
6) 천양희, 자술 「시인 연보」, 『시와사람』, 2001. 봄호, 178쪽.
7) 위의 글, 같은 쪽.

없는 이유가 여기에 있다. 아무튼 사랑의 상실로 인해 싹튼 상처는 이후 의식의 저변에 뱀처럼 똬리를 틀고 들어앉아 집요하게 그를 괴롭힌다. 등 단한지 무려 18년 후인 1983년에 가서야 첫 시집이 나온 더딘 문학적 출 발도 여기에서 기인한다.[8] 따라서 그의 상처는 일단 개인적인 성격을 지 닌다고 볼 수 있다.

그렇다면 그는 이 상처를 시에서 어떻게 드러내고 있는가.

떨어지자, 떨어지자
비틀고
이 악물고 바둥대다
당신들 작두 밑으로 떨어지자

아가리도 삭둑삭둑
눈알도 삭둑삭둑
내장도 삭둑삭둑
동이동이 피 쏟고
털만 남았군

억울해, 억울해
개밥 먹고 개똥 누고
개울음이나 컹컹컹 울고
엎어지고 자빠지고 일어나도

---

8) 자술 연보에 따르면, 이 기간 동안 그는 결혼했으나 5년 만에 억울하고 원통하게 헤어졌으며, 12년 동안 생활 때문에 문학도 버리고 여러 직업을 전전타가, 2년 정도 병을 얻어 병원을 내집 처럼 드나들었다고 적고 있다.(위의 글, 같은 쪽 참조.)

말짱 개털이군

당신들

날 선 작두 밑에서는.

— 「개죽음」 전문(제1시집)

개를 잡는 처참한 광경을 묘사한 이 시는 상처로 인한 시인의 피해의
식이 어느 정도인지를 극명하게 보여준다. 그것은 제목 「개죽음」이 시사
하는 바 끔찍함 그대로다. 비록 '나'라는 퍼소나 대신에 '개'를, 구체적
인 가해자 대신에 "당신들"을 내세워 진술을 객관화하고는 있지만 어디
까지나 시인의 자아가 투영되어 있다고 보지 않을 수 없다. 그리고 그 상
처를 드러내는 시인의 언어는 날것 그대로이며, 작두처럼 날이 서 있다.
그러므로 "떨어지자, 떨어지자"와 "억울해, 억울해"는 물론 "삭둑삭둑"
등 의성어·의태어들은 자학과 자탄의 절규로 들린다. 또한 이 시에 유독
많이 동원된 동사들은 상처로 인한 고통과 절망을 안고 간신히 살아지는
자의 가쁜 숨소리로 읽힌다.

　　—풍지박산 내 뼈가루/바람에 날리고/철천지 恨의 모가지 하나/구천 먼곳
까지 너를 부른다(「술래」).
　　—네 머리속 깨어지는 유리/꿈의 파편 조각들/심장 깊숙이 쏟아진다(「人
生」)
　　—그 남자의 장화/밟고 밟고 밟고 밟다가/발걸음도 가볍게 지옥에나 가
지.(「짓밟기」)
　　—울음소리 하나/자나깨나 나를 따라붙는다(「울음소리」)
　　—다가오지 마라 내일이여/세상엔 확실한 통로가 없다(「이외에는 없다」)
　　—내 가슴에 화산 하나 꺼지고/나는 지금 너무 어둡습니다(「默想·6」)

—나는 살고 있는 것입니까/나는 견디고 있는 것입니까(「默想·7」)

—폐선처럼 문을 닫고/정박해 있는 여인(「달맞이꽃」)

—전생애에 비상 걸림(「우리의 일기예보」)

—인두자국 하나 남아 있다(「상처」)

제1·2시집에서 아무렇게나 뽑아본 위의 시구들에서도 확인하듯 천양희의 시는 상처의 비명소리가 사방팔방을 점령하고 있다. 그 비명소리 속에는 한(恨), 원망, 저주, 비탄, 절망, 어둠, 폐허, 불안, 고통 등 모든 비극적 정서가 총동원되어 있다. 따라서 그의 초기시는 상처로부터 결코 자유롭지 못하다. 그것들은 읽는 자의 폐부를 아프게 찌른다.

그리고 그의 상처의식은 위험 수위까지 다다른다. 절망이 깊을 대로 깊어서 생의 극단인 죽음까지를 생각하는 것이 그것이다. 이를테면 "날마다 너를 불러내는 소리/저 치명적인 소리"(「술래」), "세상의 감옥/탈출을 노리는 죄인입니다"(「默想·5」), "잠들고 싶은/平生이 내게 와서 묻는다"(「어느 날 죽음이」), "등짐 풀듯/고통 끝내고 돌아가고 싶습니다"(「默想·3」) 등등이 그것이다. 이러한 죽음의식은 이따금씩 제4시집의 "포기한 자 이탈한 자 그들이 자유롭다 문득 느낀다"(「원근리 길」)와 같은 구절로 이어지기도 한다.

그렇다면 천양희의 시의식은 상처의 암초에 걸려 영원히 침몰하고 마는 것인가. 아니다. 그렇지 않다. 그는 결코 포기하지 않는 생의 의지로 상처에 대한 반격을 시도한다. 그리고 조심스럽게 재생의 싹을 키운다.

① 나도 인간인데

깨어지면 소리가 나야 해

쾅쾅 푸드득

깨어지며 다시 태어나야 해

— 「末日」 부분(제1시집)

② 이제 더 추락하지 마라
　나의 이카루스
　내가 말했을 때
　너는 조용히 속삭인다
　이제 때가 되었다
　네 품속의 칼을 뽑아라
　온몸의 창을 열고
　몸 속의 무덤을 파헤쳐라

— 「나의 이카루스」 부분(제2시집)

①은 제1시집의 맨 마지막 페이지에 실린 작품으로, 가해의 대상에 의해 상처를 받았다면 속수무책으로 아파하고 절망만 할 것이 아니라 마땅히 응전의 태세를 갖추어야 한다는 자기 다짐이 드러나 있다. 그리고 이왕 깨어질 것이면 크게 한번 깨어져야 다시 태어날 수 있다는 역설이 배어 있다. 즉 끝은 시작이요, 절망은 희망의 다른 말일 수 있다는 말이다. 시인에게 있어서 "다시 태어"난다는 것은 무엇일까. 그것은 상처로 얼룩진 시가 아닌 그것을 극복한 새로움의 시를 쓰는 일일 터이다. 그리고 '깬다'는 '破'와 '覺'의 동음이의어로도 받아들일 수 있다.

②는 제2시집의 앞에서 두 번째 실린 작품으로, ①의 자기 다짐에 비해 훨씬 적극적일 뿐더러 단호함마저 엿보인다. "이제 추락하지 마라"는 첫 구절부터가 그렇다. 비상하지 않는 "이카루스"의 존재는 무의미하다. 그럼에도 지금까지는 속절없이 "추락"하는 이카루스였다. 그러나 더 이상

추락을 허용하지 않겠다는 비장한 각오가 서려 있다. 그리고 "이제 때가 되었다"는 것은 그만큼 오랜 세월을 참고 기다려왔다는 이야기다. 그래서 "빈 가슴에 은장도 하나"(「現在」)를 뽑아들고 "무덤"이 상징하는 상처의 거름벼늘을 파헤치겠다는 것이다.

이러한 반격의 칼날이 다음과 같은 재생과 소망의 시를 탄생시킨다.

① 마취당한 꿈의 누더기
　탈의실에 던진다
　골수와 심장 사이
　경계선이 그어지고
　구류상태에서 풀려났다
　사슬로 묶인 치욕
　이제 석방이다
　비장한 자유 고통의 격리다
　그대 지식의 매음에 끊어진 통신
　부속품 노릇에 잦아진 토악질
　이름 붙일 수 없는
　만성의 병
　판결문의 끝.

　　　　　　　　　　　　　　　— 「나는 나」 전문(제2시집).

② 釜山 바다처럼
　퍼렇게 멍이 들어
　파도처럼 아주 부서지더라도
　다시 아무 일 아닌 듯

바다로 있는

마흔 살 되는 해는
우리 그렇게 못되랴

뱃길같이 금간 마음
물속에 던져주고
비늘 같은 상처들은
모래 위에 털어내고

먼 지평선
아무렴, 안 울고도 다시 바라볼 수 없으랴
— 「마흔 살 되는 해는」 부분(제1시집)

①은 "이름 붙일 수 없는/만성의 병" 곧 상처의 덫으로부터 단호한 결별을 보여주는 시다. 그간 "나"의 꿈은 "그대"로 인해 마춰 당해 구류상태에 있었다. 그것은 "사슬로 묶인 치욕"이었다. 그러나 "나"는 비장한 각오로 "누더기"를 벗어 던지고, "경계선"을 긋고, "고통"을 격리시킴으로써 "그대"로부터 벗어난다. 그리하여 얻어낸 결론이 "나는 나"이다. '나=나'라는 등식은 '나＝그대'일 때만이 성립된다. 이는 내가 그대에게 종속된 삶의 쇠사슬을 끊고 스스로 주체적인 삶을 영위하겠다는 의지의 표현이다. 그것이 억울한 누명을 벗고 "석방"될 수 있는 유일한 길이다.

②는 불혹이라 일컫는 마흔 살을 앞두고 그 소망을 노래한 시다. 시인은 유년의 추억이 살아 숨쉬는 "釜山 바다"를 떠올리며 지금까지의 상처를 털어 내고 싶어 한다. 폭풍노도가 속을 다 뒤집어놓아도 "다시 아무

일 아닌 듯" 평정을 찾는 것이 바다다. 따라서 변화와 회복의 속성을 지니고 있는 바다는 시인이 가 닿고 싶은 마음의 지평이다. 그 모든 상처를 평정한 마음의 표상인 "지평선" 혹은 "수평선"을 바라보고 싶어 하는 시인의 소망이 눈물겹다.

그리하여 천양희의 시는 제3시집 『하루치의 희망』에 와서 하나의 전기를 마련한다. 상처로 인한 고통과 절망의 자리에 희망을 들어앉힌다는 점과 마음의 시선을 '나'에서 '우리'로 또는 '집'에서 '세상'으로 조심스럽게 옮겨간다는 점이 그것이다.[9] 예를 들면, "수평선이 되고 싶다" (「끈」), "놀이터에 가서/아이들이 세상의/기쁨이 되는 것을 보았다"(「놀이터에서」), "지하 속에서는/아주 작은 불빛도 희망이다"(「佛행하리」), "그동안 죽음 같은/날들 보내버렸지요"(「기차는 떠나가고」), "내 가슴에 갇힌/찌든 빨래들/비틀비틀/급속코스로 돌고 있다"(「세탁한다」) 등이 전자에, "내가/세상을 임신했나?"(「비교적」), "어둠 속을 헤매는/역사는 밝혀내야 한다고"(「세운상가에서」), "공해를 추방하자/머리에 붉은띠로 무장하고"(「붉은띠를 두르고」), "군화에 짓밟히는/조선의 정신대여"(「선전하는 선전」) 등이 후자의 경우에 해당한다고 볼 수 있다. 드디어 그의 시는 상처의 어둔 그늘에서 서서히 벗어나기 시작한 것이다.

3. 자연친화 혹은 생명과 구도의 길찾기

제3시집에서 한 차례 변모의 과정을 거친 천양희의 시는 제4시집 『마음의 수수밭』에 오면서 확실히 다른 모습을 보여준다. 그 특징을 몇 가지

---

9) 이러한 시세계의 변모는 절망과 슬픔을 이겨내고자 하는 시인 자신의 의지나 막강한 세월의 힘에 따른 것이겠지만, 80년대라는 현실적 상황에 얼마간 영향을 받은 듯하다.

로 간추린다면, 첫째 시적 분위기나 성격이 어둡고 부정적인데서 밝고 긍정적으로 바뀐다는 점, 둘째 시적 소재나 제재가 도시 중심에서 자연 중심으로 옮겨간다는 점, 셋째 화자의 어조가 직설적이고 들떠 있었으나 차분하게 가라앉으면서 사색적으로 바뀐다는 점, 넷째 언어의 운용이 자유자재로우면서도 기품이 있다는 점, 다섯째 대상을 통해 진실을 드러낼 때 자기 성찰을 수반한다는 점 등이다.

위의 특징들 중에서도 가장 특기할 만한 것은 두 번째다. 시인 천양희의 시적 풍경 혹은 관심사가 '집'(제1·2시집)에서 '세상'(제3시집)을 거쳐 '자연'(제4·5시집)으로 바뀐다는 것은 그 세계관이 바뀐 것으로 받아들여도 무리는 아닐 터이다. 그렇다고 과거와 현재가 전혀 다른 세계를 보여주는 것은 아니다. 모름지기 과거 없는 현재란 있을 수 없다. 따라서 탁월한 시적 성과물로 꼽히는 제4·5시집은 어디까지나 그 이전의 시집들과 유기적인 연결고리를 맺고 있다고 할 수 있다.

그럼에도 불구하고 그의 시가 자아의 내면이나 현실의 전면에서 벗어나 자연 속을 돌아다닌다는 것은 중요한 시적 변모로 읽힌다. 그것은 1990년대 초부터 본격적으로 우리 시단의 한 흐름을 형성한 '생태시' 혹은 '생명시'[10] 계열과 그 맥이 닿아 있기 때문이다.

본시 자연(신)과 인간이 하나라고 보는 것이 일원론적인 세계관이다.

10) 이에 대한 명칭은 아직 단일화되어 있지 않다. '생태시', '생명시', '환경시', '공해시', '생태환경시' 등이 그것이다. '환경시'나 '생태시'라는 명칭은 자연과 인간, 인간과 문명의 관계에서 '인간'이 강조된 개념이다. 그러나 오늘날 생태계 파괴로 인한 삶의 위기가 인간의 위기에 국한되지 않고, 모든 '생명'의 근원에 대한 탐구와 존폐문제로 직결된다는 점에서 상당수의 논자들이 '생명시'라는 명칭을 사용하고 있음을 본다. 명칭에 대한 구체적 언급은 장석주의 「시의 생태학적 상상력을 위하여」(『현대시학』, 1992. 8) 205쪽과 남송우의 「환경시의 현황과 과제」(『현대시』, 1993. 5) 46쪽 등을 참조 바람.
그리고, 이에 대한 유형 분류는 송희복의 「푸르른 울음, 생생한 초록의 광휘」(『현대시』, 1996. 5)에 따르면, ① 생태학적 문명비판 시, ② 생태학적 서정시로 2분하고 있는 바, 천양희의 경이는 인간이 자연의 일부로서 자연의 질서에 순응해야 한다는 동양적 세계관과 일맥상통한다. 여기에는 공동체적인 유토피아의 정신이 살아 숨쉰다. 반면에 자연과 인간이 따로 존재한다고 보는 것이 이원론적인 세계관이다. 이는 인간의 우월성이 자연을 지배할 수 있다는 서양의 근대주의가 만들어낸 물질 위주의 세계관이다. 이 이원론적 세계관은 도시 중심의 후기 산업 자본주의 시대를 탄생시켰고, 근대 이전의 농촌 중심 사회를 붕괴시킨 것은 물론 제어할 수 없는 욕망으로 자연 환경을 파괴함으로써 그 위기가 심각한 상태에 이르렀다. 이에 대한 시적 대응의 산물이 '생태 환경시' 다.

천양희의 시도 제4시집을 계기로 현존의 자아와 현실적 고통을 극복할 수 있는 이상향으로 자연 공간을 설정하고 그 속에서 생명과 구원의 질서를 찾아 돌아다닌다. 자연은 말없는 자정작용으로 순환론적인 질서를 그 앞에 펼쳐 보인다. 그 또한 자연의 일부가 되어 스스로의 상처를 치유하고 무구한 생명의 아름다움을 노래한다. 그런 의미에서 그의 시는 생태시 혹은 생명시의 범주에 포함될 수 있다. 그러나 생태 환경 파괴에 대한 직접적인 고발이나 질타를 드러내지 않는다는 점에서 '생태 환경시'와는 분명 거리가 있다. 따라서 그의 시는 생태 서정시 또는 자연친화적 서정시로 보는 것이 가장 무난하다 하겠다.

전술한 바 있듯이, 천양희의 제4시집과 제5시집을 한 마디로 요약한다면 '길찾기의 시학'이라 할 수 있다. 그래서 이 두 시집은 길들의 이미지로 동서남북이 어지럽다. 그가 지난날의 상처를 깊숙이 감추고 자연 속을 돌아다니는 것은 새로운 길을 묻기 위해서 혹은 길을 찾기 위해서이다.

우 생명의 조화와 교감을 노래하면서 동양적 융합의 세계관, 삶의 순환적 질서에 대한 낙관적 전망을 노래한 성향이 강하다는 점에서 ②에 속한다고 볼 수 있다.

물론 그의 길찾기는 훨씬 이전부터 그 출사표를 던져놓고 있었다.

　　살자고 결심하면/언제 죽음인들 무섭더냐/떠나자고 결심하면/언제 동편
이고 서편이고 그 끝 멀다더냐/이제는 서늘하게/폭풍 한 자락으로 휘휘 일어
나/그 위에 내 두꺼운 어둠도 넘어뜨려/길 속에 길 있다면/사시사철 길에게
만 물어보리라/편치 못한 우리네 일 어쩌냐고/추워서 웅크린 속사정 어쩌냐
고/전생의 업보쯤 초개같이 버리고/가자 그리운 나라/내 넋으로 내가 살 수
있는 땅.
　　　　　　　　　　　　　　　　　　 ─「길을 찾아서」 부분(제2시집)

　'길찾기 시학'의 시초로 꼽히는 이 시는 죽음과 거리와 어둠을 무릅쓰
고 '길'을 찾아 나서는 시인의 의지가 거칠 것 없는 단호한 어조로 잘 드
러나 있다. 내가 길을 찾아 나서는 것은 "길 속에 길이 있다"는 믿음 때문
이다. "길 속에 길"이라 함은 이미 지나온 길이 아닌 다른 길이다. 그것은
상처로 얼룩진 길이 아니라 그것을 넘어선 길이며, 죽음의 길이 아니라
신생의 길일 터이다. 그러므로 시인이 찾아 나서는 길의 목적지인 "내 넋
으로 내가 살 수 있는 땅"이란 무엇인가. 그것은 내가 내 삶의 주체가 되
어 마음껏 내 꿈을 펼칠 수 있는 땅이다. 이는 곧 "시로서 따뜻하고 시로
서/사람들이 행복한 곳"(「정든 땅 언덕 위」)이 아니고 무엇이랴.

3-1 상승의 길 ─ '산'

　천양희의 제4시집에서 자주 등장하는 자연물은 산, 새, 꽃, 나무 등이
다. 이 중에서도 산과 관련된 시편들이 특히 많다. 그러니까 그의 시는 주
로 산행하다 만난 자연물을 통해 자아를 성찰하고 삶의 진실에 대한 환한
깨달음을 얻는다. 낮은 곳에서 보았을 때 산은 '높은 곳', '올라가야 하는

곳' 즉 인간의 상승 욕망을 뜻하는 표상이다.

> 세상을 내려놓고는 길 한쪽도 볼 수 없다
> 논둑길 너머 길 끝에는 보리밭이 있고
> 보릿고개를 넘은 세월이 있다
> 바람은 자꾸 등짝을 때리고, 절골의
> 그림자는 암처럼 깊다. 나는
> 몇번 머리를 흔들고 산 속의 산,
> 산 위의 산을 본다. 산은 올려다보아야
> 한다는 걸 이제야 알았다. 저기 저
> 하늘의 자리는 싱싱하게 푸르다.
> 푸른 것들이 어깨를 툭 친다. 올라가라고
> …중략…
> 절벽을 오르니, 千佛山이
> 몸속에 들어와 앉는다.
> 내 맘속 수수밭이 환해진다.
>
> — 「마음의 수수밭」 부분.

이는 제4시집의 표제시로서, 산이 인간의 상승 의지를 부추기는 대상으로 자리하고 있음을 잘 보여준다. "산은 올려다보아야/한다는 걸 이제야 알았다" 같은 구절이 그것이다. 이러한 산에 대한 인식은 첫 시집의 "누가 저같이/높이 서고 싶지 않으랴"(「산을 오르며」)에서도 예견되어 있었다. 그러나 여기에서 시인의 등산을 부추기는 것은 반드시 그러한 상승 욕망이라기보다는 산 위의 하늘이 "싱싱하게 푸르"고, "푸른 것들이 어깨를 툭" 치기 때문이다. 곧 자연의 싱싱한 생명력에 이끌리기 때문이다.

하지만 시인의 마음의 풍경이 처음부터 자연과 동화를 꾀하고 있는 것은 아니다. 거기에는 명암이 교차하고 있다. "수수밭"의 이미지는 쓸쓸하고 척박한 것에 가깝고, 산을 오르기 전 만나는 "보리밭"엔 가난한 세월이 있으며, "절골"의 그림자는 어둡기만 하다. 이것이 현재 시인의 마음인 것이다. 그래서 "세상을 내려놓고는 길 한쪽도 볼 수 없다"는 고백이 가능해진다. 그의 산행 혹은 자연 속으로의 돌아다님이 탈속이나 초월로 받아들여져서는 안 되는 이유가 여기에 있다.

그래서 그는 몇 번의 망설임 끝에 산을 오른다. 그러나 산을 오르는 일은 쉬운 일이 아니다. 길이 없는 가파른 "절벽"이 가로막고 있기 때문이다. 그것을 기어올라야만 비로소 "千佛山"이 나와 한 몸이 되어 "맘속 수수밭이 환해"지는 것이다. 물아일체를 이루는 순간이다. 그리고 산의 이름이 "千佛山"인 것은 그의 친불교적 세계관을 암시하고 있다고 할 수 있다.[11]

그러면 그의 '길'에 대한 인식은 어떠한가.

> 모든 것은 항상 끝나는 곳에서 시작된다. 진로여
> …중략…
> 비로소 진로란
> 우리들 생이 그렇듯
> 비뚤비뚤하거나 비틀비틀한 것이라고
> 중얼거린다.
>
> —「진로를 찾아서」부분.

---

11) 그의 제4·5시집에는 절간의 이름을 비롯한 불교적 시어들이 도처에 산재하고 있다.

둥근 것은 모난 기억을 가지고 있듯이, "진로" 즉 참다운 길은 "항상 끝나는 곳에서 시작"되고, 그 모양은 "비뚤비뚤하거나 비틀비틀한 것이라고" 천양희는 터득하고 있다. 길에 대한 그의 이러한 인식 혹은 깨달음은 그냥 막연한 것이 아니라 지나온 길에 대한 처절한 기억에 근거하고 있다. 그러니까 제4·5시집 곳곳에서 무수하게 반짝이는 삶에 대한 잠언적 진실들은 그의 과거가 되돌려준 경험의 소산이라고 보아야 옳다. 만약에 그가 중도에서 시인의 길을 꺾었다면 아마 "피안거리를 걸었을"(「山行」)지도 모를 일이다. 그러나 피안(彼岸)은 차안(此岸)에서 그렇게 샛길로 건너갈 수 있는 성질이 아니다. 그래서 그의 길은 언제나 차안과 피안의 경계를 오가며 아슬아슬하게 걸쳐 있다. 자칫 차안의 경계를 넘으면 초월이 된다는 것을 그는 잘 알고 있다. 또한 그래서 길은 "가깝고도 먼 것"(「원근(遠近)리 길」)이며, "높고도 낮은 것"(「고하(高下)리 길」)이다. 즉 수평과 수직이 교차하는 풍경을 보여주는 것이다.

바람소리 왁자지걸 우이령을 넘는다. 바람보다 먼저 넘는 세월이, 어깨를 반쯤 골짜기에 묻고 있다. 벼랑 아래 손목도 놓아버리고 산자락도 놓아버려, 나무들의 귀때기가 파래진다. 무슨 일이 일어난 것일까. 이 오월에, 일제히 일어서는 초록의 고요. 잎사귀마다 생생한 바람소릴 달고 있다. 산길을 따라왔던 마음이 능선 아래 멈춘다. 산자락 찢어 덮을 것이 있다. 잡목숲에 내려앉는 어둠의 속. 비탈길을 올라가는 숨찬 生의 속. 덤불속 풀여치 눈도 뜨기 전에, 멀리 도봉이 몸을 불쑥 밀어올린다. 놀란 내 발길이 길을 바꾼다. 바뀐 길 끝에 버티고 선 늙은 불이암. 不二,不二 하며 나를 향해 눈을 부라린다. 이제야 너와 내가 無等임을 알겠다. 무소새 한 마리 문득, 숲에서 달려나온다. 이 시간에, 나는 왜 어머니 생각이 날까. 초록세상이 이렇게 좋다. 숲을 지나며 나는 말끝을 흐린다. 더 갈 곳이 없다!

—「숲을 지나다」 전문.

위 시는 같은 시집에 실린 「여름 한때」, 「바람 부는 날」 등과 함께 눈부신 생명의 세계를 노래한 작품이다. 먼저, 시적 화자인 '나'는 숲에서 만나는 모든 자연물과 자유로운 대화가 가능하다. 자연과 인간이 서로 구분되지 않는 속에서 오월의 숲은 눈부신 초록 생명의 세계를 펼쳐 보인다.

그러나 여기에서도 '길'은 둘로 나뉘어져 있다. "비탈길을 올라가는 숨찬 生의 속"에 있는 "나"의 길과 "잡목숲에 내려앉는 어둠의 속"에 있는 "너"의 길이 서로 일치하지 않는 것이다. 그래서 바뀐 길 끝에 버티고 선 불이암이 "不二,不二" 하며 꾸짖는다. 불교에서 "불이"의 경지는 차별과 판단을 뛰어넘는 세계를 뜻한다. 이는 '모든 만물이 부처'라는 무(無)의 세계를 지향하며, 신과 인간이 또는 자연과 인간이 하나라는 일원론적 세계를 지향한다. 여기에서는 "너와 내가 無等" 곧 遠近과 高下가 없는 평등과 겸손의 세계다. 그래서 모든 것을 텅 비워버린 공(空)의 새("무소새")가 달려나오고, 모든 생명을 낳고, 품고, 기르는 사랑의 "어머니"가 생각나는 것이다. 시인으로 하여금 이 모든 깨달음의 경지에 이르게 하는 것은 다름 아닌 "초록세상"이다. 그 작은 것들이 세계의 진리를 품고 있었던 것이다. 그래서 시인은 "더 갈 곳이 없다!"고 탄성을 지르게 된다.

자연을 통한 눈부신 생명의 세계는 다음 시에 오면 그 절정에 이른다.

폭포소리가 산을 깨운다./산꿩이 놀라 뛰어오르고 솔방울이 툭, 떨어진다./다람쥐가 꼬리를 쳐드는데 오솔길이 몰래 환해진다.

와! 귀에 익은 명창의 판소리 완창이로구나.

관음산 정상이 바로 눈앞인데/이곳이 정상이란 생각이 든다/피안이 이렇게 가깝다/백색 淨土! 나는 늘 꿈꾸어왔다

무소유로 날아간 무소새들/직소포의 하얀 물방울들, 환한 水宮을.

폭포소리가 계곡을 일으킨다./천둥소리 같은 우레 같은 기립박수소리 같
은……바위들이 몰래 흔들 한다

…중략…

나는 다시 배운다

絶唱의 한 대목, 그의 완창을.

— 「직소포에 들다」 부분.

이 시는 천양희 시인의 산행이 폭포를 만나 자연의 비의를 읽어버린
"絶唱"으로 꼽힌다. 그것은 산과 폭포소리와 인간이 한데 어우러진 장엄
하고도 눈부신 생명의 교향악이다. 폭포소리 하나가 산 전체를 흔들고,
인간의 마음 구석구석을 흔들어버리는 경이로운 언어의 경지 앞에 실로
감탄을 금할 수가 없다. 뒤에 가서 다시 이야기하겠지만, 가령 "다람쥐가
꼬리를 쳐드는데 오솔길이 몰래 환해진다."든가, "바위들이 몰래 흔들 한
다" 등의 구절은 접신(接神)의 경지가 아니고선 불가능한 표현들이다. 거
기에는 과거의 어떠한 상처의 그늘도, 설익은 관념도 찾아볼 수가 없다.
그것들을 완전히 곰삭힌 세계, 완전한 자연합일의 경지다. 그가 가고 싶
은 "내 넋으로 내가 살 수 있는 땅", 그가 꿈꾸는 "환한 水宮"의 세계가
바로 이것이 아니고 무엇인가.
그렇다면 천양희의 시가 이렇듯 절창의 경지에 도달할 수 있는 근원은

무엇인가. 그것은 먼저, 다음과 같은 반성과 다짐이 수반되었기 때문이다. 이를테면, "나에게는 다시 써야 할 생이 있다/세상이 잘못 읽은 나의 生/수몰된 生/암매장된 生(「아침마다 거울을」), "저 고개를 넘어야, 결국 나를 넘어서야……"(「동해 行」), "나는 작은 것 속에 세계가 들어 있다고 쓰지 못했다"(「그때마다 나는 얼굴 붉히고」), "전생에 무슨 죄가 많아 귀신 보드키 어물쩡 보지 못한 세상살이 몇 해던가"(「밤섬」), "나는 속썩은 인간으로서 냄새를 피웠고/말 대신 게거품을 물었다"(「세상을 돌리는 술 한 잔」) 등 같은 철저한 자기 반성과, "이 길, 지나가면 다시는 안 돌아오리라/돌아가지 않으리라"(「가시나무」), "허리 곧추세우며 절대로 저 길 바닥에 엎드리진 않으리라"(「밤섬」), "신이여, 부러지도록 나를 당기소서/다시 부러지도록 힘껏 당기소서"(「나를 당기소서」)와 같은 지독한 자기 다짐이 그것이다. 그것들이 그를 간단없이 일깨웠던 것이다.

그 다음으로, 작고 여린 생명에 대한 친화력을 들 수 있다.

비 갠 하늘에서 땡볕이 내려온다. 촘촘한 나뭇잎이 화들짝 잠을 깬다. 공터가 물끄러미 길을 엿보는데, 두살배기 아기가 뒤뚱뒤뚱 걸어간다.

생생한 生! 우주가 저렇게 뭉클하다/고통만이 내 선생이 아니란 걸/깨닫는다./몸 한쪽이 조금 기우뚱한다

— 「여름 한때」 부분.

비가 갠 화창한 여름 한때 "두살배기 아기"가 뒤뚱뒤뚱 걸어가는 모습에서 눈부신 생명의 경이를 느끼는 시인은 그것을 "생생한 生! 우주가 저렇게 뭉클하다"고 찬탄하고 있다. 그것은 천진무구한 어린것들 속에 우주의 내밀한 진실이 살아 숨쉰다는 것을 알고 있기 때문이다. 거기에는

어떠한 비극적인 기억도 끼어들지 못한다. 그래서 시인은 처음으로 "고통만이 내 선생이 아니란 걸/깨닫는다"고 고백하는 것이다.

사실 작고 어린것들에 대한 그의 관심은 첫 시집에 실린 「바닷가」라는 시로부터 비롯되었다고 할 수 있다. 그것이 제4·5시집에 와서 뚜렷한 윤곽을 드러낸 것이다. 이러한 시적 면모는 이 밖에도 제4시집의 "새록이를 안는 순간/어, 버, 버, 반벙어리가 되었다/아이처럼 좋아서/내 세상이로구나"(「새록이」), "아파트 공사장에/까치 한 마리가 새끼를 낳아/다른 곳으로 날아갈 때까지/공사를 중단했다는 이야기"(「어떤 하루」), "온 동네 골목길이/수줍은 듯 까르르 까르르 웃고 있다"(「이른봄의 詩」), "가을 하늘에 새 두 마리 아름답구나/내가 쓴 시보다 아름답고 완벽하구나"(「그때마다 나는 얼굴 붉히고」) 같은 구절과 그리고 제5시집의 "세상의 모든 작은 것들, 새끼들/…중략…/무엇이 세상에서/이렇게 오래 눈부실까요?"(「한 아이」), "뒤꼍의 대나무숲 바람소리와 소리없이 피는 꽃잎과/추위에 잠깬 부엉이 소리가/얼마나 기막힌 소리인가를/그토록 작은 것들이 세상을 들었다는 것을"(「누가 말했을까요?」) 등에서 무수히 확인할 수 있다. 그러므로 작고, 어리고, 푸른 것들의 세계가 그의 시를 환하게 구원한 근원인 것이다.

3-2 하강과 수평의 길 – '물'

제5시집 『오래된 골목』은 제4시집의 연장선상에 있는 시집이다. 그러면서도 제4시집이 이룩한 시적 성과에다 작고, 어리고, 부드러운 것들을 향한 모성적 깊이를 더하고 있다. 다만, 제4시집에서 '길찾기'의 중심 대상이 '산'이었다면, 제5시집에 와서는 '물'로 바뀐 것이 변화라면 변화다. 물과 관련된 시편들이 전체의 절반에 육박한다.

'물'은 생명의 근원, 모성(母性), 부드러움, 투명함의 상징으로 통한다. 그리고 물은 산처럼 요지부동한 것이 아니라 주어진 상황에 따라 변화무쌍하다. 그것은 기본적으로 높은 곳에서 낮은 곳을 향해 흐르며, 한 곳에 모여 있을 때는 평평한 속성을 지닌다. 게다가 물은 들여다보는 이의 모습을 되돌려주기도 한다. 또한 가스통 바슐라르[12]에 따르면 물의 종류도 다양하다. 환한 물과 어두운 물, 고요한 물과 난폭한 물, 깊은 물과 옅은 물, 흐르는 물과 고여 있는 물, 생생한 물과 죽은 물, 여성적인 물과 남성적인 물 등등이 그것이다. 이는 삶의 천태만상을 반영한 것과 같다고 할 수 있다.

따라서 천양희의 시적 관심이 산에서 물로 바뀐다는 것은 그의 길 찾기가 상승 지향에서 하강이나 수평 지향으로 옮겨가고 있다는 것을 의미한다. 그의 물에 대한 관심은 "오르면 내려가는 것이/산만이 아니란 걸"(「고층에 오르다」) 깨달은 데서 비롯된 것으로 보인다. 그녀는 같은 시에서 고층 건물에 대해 "한때 내 정신을 빼앗겼던 최고봉"이었음을 고백한다. 그러나 최근엔 자주 "최고봉"을 "최고위층"으로 잘못 읽는다. 하늘의 경관을 헤치는 빌딩 숲을 비판의 눈초리로 바라보기도 한다. 위층은 아래층을 누른다는 점, 고층은 올려다보아야 한다는 점, 드높은 욕망으로 완강하게 버티고 있다는 점 등이 시인으로 하여금 현기증 나게 만들었던 것이다. 그러므로 산길을 따라 올라갔던 그녀의 발걸음이 다시 물길을 따라 내려오는 것은 자연스럽다.

가장 좋은 것은 물과 같다고 누가 말했었지요/그래서 나는 물속에서 살기로 했지요/날마다 물속에서 물만 먹고 살았지요/물 먹고 사는 일이 쉽지는 않았지요/…중략…/누구의 생도 물 같지는 않았지요/세상에서 가장 어려운

---

12) 가스통 바슐라르, 이가림 역, 『물과 꿈』, 문예출판사, 1980. 86쪽.

건 물같이 사는 것이었지요/그때서야 어려운 것이 좋을 수도 있다는 걸 겨우 알았지요/물 먹고 산다는 것은 물같이 산다는 것과 달랐지요/물 먹고 살수록 삶은 파도쳤지요/오늘도 나는 물속에서 자맥질하지요/물같이 흐르고 싶어, 흘러가고 싶어

— 「물에게 길을 묻다」 부분.

도(道)에 이르는 최고의 경지가 물이라는 동양사상의 비유를 화두로 내건 이 시는 물과 관련된 시의 대표작으로 꼽힌다. 또한 제4시집에서 그의 자화상의 일면을 보여준 시 「아침마다 거울을」과 그 맥이 닿아 있다.

시인은 '수초들'의 입을 빌어 신산했던 자신의 과거와 현재의 삶을 물 흐르듯 토로한다. 그것은 한 마디로 날마다 물속에서 "물 먹고 사는 일"이었다. "물 먹고 산다는 것"은 시적 진술대로 "물같이 산다는 것"과는 그 의미가 전혀 다르다. 전자는 가난하고 힘겨운 삶(어두운 물)을 뜻한다. 그리고 '물 먹었다'는 일상적 표현에는 '골탕 먹었다', '속았다', '배신당했다' 등의 의미가 중첩되어 있다. 이와 반면에 후자는 자연의 순리에 따르는 자유로운 삶(환한 물)을 뜻한다. 그러나 힘겨운 삶을 사는 것은 물속의 수초들로 비유되는 자신만이 아니라 "물가의 잡초들" 즉 다른 사람들도 마찬가지임을 발견한다. 이는 세계에 대한 시인의 비극적 인식을 드러내주는 바, "누구의 생도 물 같지는 않"다고 단언한다. 그래서 "세상에서 가장 어려운 건 "물같이 사는 것"임을 고백하고, 남은 생은 "물같이 흐르고 싶"다고 소망한다. 이렇듯 시인의 물에 대한 관심은 깊어서 "물은 정말 좋다! 물 따라 생각도 따라간다 생각이 바뀌면 운명도 바뀐다고?"(「나는 강변에 있다」)까지 말하게 된다. 필자의 판단에 그것은 빈말이 아닌 것 같다. 그래서 "나는 곧 재조명될 것이다. 밝혀질 것이다/거울같이 환하게 "(「아침마다 거울을」)라고 말한 그의 예언이 맞아떨어졌다는 생각

이 든다. 마침내 그는 절창으로 다시 태어난 것이다. 짐작컨대, 그의 집은 아마 강변 가까이 있을 것이다.

그의 물에 대한 천착은 이제 소멸과 생성이 거듭되는 순환론적 세계관으로 나아간다.

> 벗지 못한 것들이 오래 헐벗었다
> 흐르는 것, 물이나 구름 바람이나 세월
> 언제 썩어 거름된 잎들이 넌 누구냐, 한다
> 와락 눈앞에 달려드는 생생한 기운
> 사람들이 새벽을 새벽이 사람들을 마구 흔든다
> 흔들지만 어디서도 옷 한 벌 떨구지 않았다
>
> ―「새벽 시장」 부분.

시인은 옷 한 벌 사러 나가는 길에서 잎을 다 떨궈버리고 맨몸으로 서 있는 가로수들을 보며 자신이 너무 옷을 껴입었다는 사실을 발견한다, 게다가 장바닥에 쌓여 있는 물건들을 보며 썩지 않는 인간들의 욕망을 본다. 그러면서 "세상을 믿을 수 없다"는 비극적 세계관을 드러낸다. 그러나 썩어서 거름이 된 가로수 잎들이 "넌 누구냐" 일갈한다. 그때 시인의 깨달음은 우주의 "생생한 기운"을 느끼게 된다.

모름지기 인간을 포함한 만물이 살아가는 이 세계는 생성이 있으면 사멸이 있고, 사멸이 있으므로 생성이 있다. 죽은 것들이 썩어 거름이 되고, 그 밑거름 위에서 새 생명이 탄생한다. 그래서 끝은 종말이 아니며, 모든 진로(眞路)는 "항상 끝나는 곳에서 시작"(「진로를 찾아서」)되는 것이다. 이것이 자연 생태의 질서요, 순환론적 세계관의 골자다. 따라서 세계의 지속은 이 질서의 균형을 유지하는데 있다. 만약 그 균형이 깨어진다면 세계가 파멸의 길을 치닫게 됨은 불문가지다.

천양희는 이러한 우주의 질서를 흐르는 것 즉 "물이나 구름 바람이나 세월"에서 읽는다. 그리고 "날 살게 하는 건 썩어 거름된 풀잎들"이며, 그것을 밑거름으로 "싹 내민 무명초들"(「풀 베는 날」)임을 확인한다. 그러므로 그는 자연의 흐름을 따라 사는 일, "물같이 사는 일"을 지향한다. 그러기 위해서는 "무소새"처럼 무거운 옷을 벗어버리고, "空漁"처럼 속을 텅 비어내는 일이 필요한 것이리라.

바람이 먼저 능선을 넘었습니다 능선 아래 계곡 깊고 바위들은 오래 묵묵합니다 속 깊은 저것이 모성일까요 온갖 잡새들, 잡풀들, 피라미떼들 몰려 있습니다 어린 꽃들 함께 깔깔거리고 버들치들 여울 타고 찰랑댑니다 회화나무 그늘에 잠시 머뭅니다 누구나 머물다 떠나갑니다 사람들은 자꾸 올라가고 물소리는 자꾸 내려갑니다 내려가는 것이 저렇게 태연합니다 無等한 것이 저것밖에 더 있겠습니까 누가 세울 수 있을까요 저 무량수궁 오늘은 물소리가 더 절창입니다 응달 쪽에서 자란 나무들이 큰 재목 된다고, 우선 한 소절 불러젖힙니다 자연처럼 자연스런 세상에서 살고 싶습니다 나는 저물기 전에 해탈교를 건너야 합니다 그걸 건넌다고 해탈할까요 바람새 날아가다 길을 바꿉니다 도리천 가는 길 너무 멀고 하늘은 넓으나 공터가 아닙니다 무심코 하늘 한번 올려다봅니다 마음이 또 구름을 잡았다 놓습니다 산이 험한 듯 내가 가파릅니다 雉俗고개 다 넘고서야 겨우 추월산에 듭니다

— 「추월산」 전문.

천양희의 물에 대한 탐색은 또 모성 본능과 평등 지향의 정신으로 이어진다. 능선 아래 깊은 계곡과 오래 묵묵한 바위와 같은 모성은 그 속 깊은 품안에 온갖 잡새들, 잡풀들, 피라미떼들을 기른다. 그 속에서 모든 생

명들은 어린아이처럼 눈부시게 깔깔대며 뛰어 논다. 그 품안으로 모유 같은 계곡 물이 흘러 내려간다. 한 폭의 진경산수화를 연상케 하는 장면이다.

그러나 물은 평등해지기 위해서 마음을 비우고("태연"하게) 낮은 곳으로 흐르는데, 인간의 상승 욕망은 자꾸만 산으로 올라간다. 그래서 시인은 "無等한 것"은 물뿐이며, "무량수궁"의 꿈도 물의 세계를 지향할 때만 가능하다고 역설한다. 그러므로 가장 좋은 소리로 통하는 물소리가 절창으로 들리는 것은 당연하다. 그 물소리는 "응달 쪽에서 자란 나무들이 큰 재목이 된다고" 노래한다. 시인의 굴곡 많았던 삶이 투영된 이 구절은 동시에 가난하고 소외된 자들의 삶까지를 사랑으로 끌어안는다. 그것 역시 모성 본능이 아니고 무엇인가.

그리고 시인은 "해탈교"를 건넌다고 "해탈"하는 것은 아니라고 말한다. 이는 해탈의 경지가 속(俗)의 경계(境界)를 넘는 성(聖)의 세계에 있다는 인식을 경계(警戒)하는 말이다. 바꾸어 말하면 해탈의 경지란 어디까지나 속의 세계 안에 있으며, 유토피아도 마찬가지란 뜻이다. 그것을 환하게 알고 있기 때문에 그는 "이제 몽산은 없다"(「몽산포」)고, "산 아래 마을 멀지 않았다"(「산에서의 하루」)고 중얼거리며 물처럼 하산하고 있는 것이다. 부언하건대, 제5시집의 절창이 「직소포에 들다」였다면, 온갖 생명들이 교감하며 뛰어 놀고 시인의 목소리가 물소리처럼 도란도란 흘러가는 「추월산」은 제6시집의 절창으로 손색이 없다.

지금껏 '산'과 '물'을 따라온 천양희의 길 찾기 여정은 결국 작고, 어린 생명들과 눈부신 교감을 나누는 세계에까지 도달한다. 이는 "그토록 작은 것들이 세상을 읽었다는 것을//…중략…//하늘이 텅 비어 있었다는 것을"(「누가 말했을까요?」) 같은 구절에서 잘 드러난다. 그것은 저 직소포의 물처럼 수많은 탁한 생각들을 흘려버렸기에 비로소 도달한 경지다.

그것이 천양희 시의 아름다운 현주소다.

4. 절묘한 언어의 교직 혹은 곰삭은 절창

앞에서 살핀 대로, 천양희의 시가 커다란 호소력으로 우리의 가슴을 흔들어놓을 수 있는 것은 어두운 상처의 그늘에서 빠져 나와 자연 친화의 정신 속에 작고 어린것들의 눈부신 생명의 세계를 보여주었기 때문이다. 그러나 그러한 내용만으로 그의 시적 매력이 다 설명될 수 있는 것은 아니다. 거기에는 내용을 뒷받침하는 독특한 언어형식이 결합되어 있었기 때문이다. 그것들을 몇 가지로 간추려 살펴보도록 하자.

첫째, 동음이의어를 활용한 기발한 시상의 전개다. 두 번째 시집에 실린 「별아 별아」라는 시에서 그 싹을 보이기 시작한 이러한 언어형식은 세 번째 시집에 오면서 그 활용이 본격화된다. 대표적인 예를 하나만 들어보자.

단수가 단출하고/단순해서 좋다고/말하는 사람들에게/복수가 어디까지나/좋다고/나는 말한다/복부에 물이 든 사람들이나/그것이 싫겠지만/이 더운 날/누군가/관리하고 있는 아파트에서/단수가 된단다/복수의 대야에/물을 받으면서/나쁜 놈/내 단수를 다 빨아 먹고/푸른 물의 청춘을/다 쏟아 놓고/죽일 놈.

— 「복수」 전문(제3시집)

이 시에서 눈에 뛰는 두 단어는 "단수"와 "복수"다. 그런데 이 두 단어는 시상의 전개에 따라 다양하게 확대된다. 우선 단수는 "단수"(單數)

"단촐(단출)" "단순"(單純) "단수"(斷水) "단수"(甘水)로, 복수는 "복수"(複數) "복부"(腹部) "복수"(覆水) "복수"(復讐)로 그 의미가 전이된다. 이 단어들은 「복수」(復讐)라는 한 편의 시를 완성하기 위해 절묘하게 얼키고설켜 있다. 그래서 그것은 일단 단순한 언어의 유희를 넘어서 기발한 착상과 표현의 참신성으로 우리에게 다가온다. 그리고 그것들은 "나쁜 놈"과 "죽일 놈"으로 표현된 어떤 대상에 대한 복수의 감정과 비판을 효과적으로 드러내기 위한 치밀한 장치임을 알게 된다. 그래서 이것은 단순한 표현 기교가 아닌 시인의 문제의식을 간단명료하게 드러내기 위한 시인 나름의 시적 방법론이라는 차원에서 김헌선이 이를 "동음이의어적 세계관" [13]으로 명명한 바 있다. 또한 제3시집의 해설을 쓴 김혜순은 "그는 우연히 의미가 발생하기를 기대하지 않고 자신이 의도적으로 장치한다 …중략… 그는 언어 유희를 통하여 이성적 억압으로부터 해방되는 순간을 갈망하고 꿈꾼다. 그는 언어가 가지는 의미의 층을 파열시킴으로 언어 기호마저도 허구라는 사실을 전해 주면서 아울러 의미 체계를 부수는 순간을 꿈꾼다" [14]고 설명하고 있다. 모두가 일리 있는 견해다. 아무튼 그것이 시인 나름의 세계관을 담는 언어 형식이든 언어의 허구성을 해체하기 위한 일환이든 간에 형식미를 극대화하기 위한 표현 기교임에는 틀림없는 것 같다.

제4시집이나 제5시집에서도 동음이의어의 활용에 따른 시상의 전개는 계속된다. 다만 제3시집보다는 그 활용 빈도가 현저히 줄어들고, 전체가 아닌 부분적인 활용에 그친다는 점이 다르다. 그러나 아무리 기발한 표현 기교라도 의도성이 지나치면 시적 진정성을 헤칠 수도 있음을 염려하지

---

13) 김헌선, 「불이의 시인, 시인 천양희의 시적 지형도」, 『시와사상』, 1996. 여름호, 88쪽.
14) 김혜순, 제3시집 『하루치의 희망』 해설, 청하, 1992. 참조.

않을 수 없다. 기교는 자연스러울 때까지가 그 한계다. 다음과 같은 구절들이 그 예다.

　　—無優 무우 하다 우우, 우울해진다 (「오래된 골목」)
　　—아직 새파란 보리가/菩提의 길을 보여주고 있다 (「보리밭을 지나다」)
　　—高地가 아득하다/아득한 고지 원, 고지는 어디쯤일까 (「끝섬」)
　　—자리가 사람을 만든다고 까치가 覺覺覺 깨우친다 (「2월」)
　　—꽃물결 꽃사태 꽃천지 속 꽃가마 타고 꽃구경… (「숨은 꽃」)

　　둘째, 물처럼 흘러가는 고백적 어조다. 천양희 시의 문체적 특징은 간결한 단문적 질서를 유지함에 있다. 그래서 내용과 형식이 절묘하게 결합된 그의 시는 단아한 고전적 완결성을 지닌다. 제1·2·3시집에서 보여준 천양희의 시적 어조는 단호하고도 경쾌하다. 때로는 다소 격앙된 목소리가 섞여 있기도 하다. 그러나 제4·5시집에 오면 그 기본 어조는 유지하되 목소리가 놀랍도록 착 가라앉고 있다. -ㅂ니다, -ㄹ까(요), -던가, -지요 등 여성적 어투로 다정하고도 나지막이 말을 건네는 그녀의 목소리는 듣는 이를 편안하게 감싸 안는다. "흐를대로 흐른 물은 이제 소리내어 흐르지 않는다"(「강」)고 하였듯이, 그것은 모성을 지닌 물처럼 흐르고 싶은 그의 심경을 그대로 반영하고 있다.
　　그리고 무엇보다도 천양희의 시는 이해하기 쉽다. 들려주는 내용을 못 알아먹을 정도로 어려운 수사나 말 비틈이 없다. 오히려 그것들을 철저히 피해 간다. 그럼에도 불구하고 고도의 표현미가 살아 있는 것이 그의 시다. 기교를 넘어선 기교가 도처에서 반짝인다. 또한 막힘없이 경쾌하게 읽히는 것이 특장이다. 산문적 호흡을 위해 행·연갈이를 하지 않거나 마침표를 생략한 시의 경우라도 단문적 리듬은 그대로 유지하고 있다. 다음 시를 끊어서 읽어보면 쉽게 이해가 갈 것이다.

　　바람이 먼저 능선을 넘었습니다/능선 아래 계곡 깊고/바위들은 오래 묵묵
합니다/속 깊은 저것이 모성일까요/온갖 잡새들, 잡풀들, 피라미떼들 몰려
있습니다/어린 꽃들 함께 깔깔거리고/버들치들 여울 타고 찰랑댑니다/회화
나무 그늘에 잠시 머뭅니다/누구나 머물다 떠나갑니다/사람들은 자꾸 올라
가고/물소리는 자꾸 내려갑니다/내려가는 것이 저렇게 태연합니다/無等한
것이 저것밖에 더 있겠습니까

─「추월산」 부분 재인용('/' 는 필자)

　　셋째, 접신(接神)의 경지에 도달한 표현들이다. 천양희의 시에는 수사
나 비유로서 설명이 불가능한 표현들이 있다. 그것은 신만이 알 수 있는
은밀하고도 도저한 언어의 풍경들이다. 가끔씩 신의 비의를 눈치채버리
는 듯한 그러한 표현 능력은 어디에서 오는 것일까. 이는 아마도 모든 사
물을 자신과 똑같은 인격체로 받아들임으로써 상호 교감을 나누려는 시
인의 남다른 애정에서 비롯된 것이 아닐까 한다. 거기에는 자연 그대로의
모습이 담겨 있을 뿐 어떠한 관념도 없다.
　　아무튼 무릎을 탁, 치게 만드는 그러한 표현들은 어두운 밤길을 가다
가 만난 민가의 불빛처럼 독자들에게 경이와 환희를 선사한다. 동시에 그
의 시가 더욱 빛을 발하게 되는 원동력이다. 다음은 그러한 표현에 속하
는 몇 예들이다.

　　─다람쥐가 꼬리를 쳐드는데 오솔길이 몰래 환해진다 (「직소포에 들다」)
　　─바위들이 몰래 혼들 한다 (상동)
　　─생각하는 사람처럼 깊어지는 가로등들,/모르는 곳에 제 속을 허문다

(「진로를 찾아서」)

　―벼랑 아래 손목도 놓아버리고 산자락도 놓아버려, 나무들의 귀때기가
파래진다 (「숲을 지나다」)

　―온 동네 골목길이/수줍은 듯 까르르 까르르 웃고 있다 (「이른 봄의 詩」)

　―어둔 밤이 꿈틀, 몸 바꾼다 (「새벽 시장」)

5. 나오며

　지금까지 이 글은 시인 천양희의 시적 여정을 좌충우돌하며 따라왔다.
그의 시적 여정을 대신할 수 있는 화두는 '길찾기'이다. 그것은 갈등에서
화해에 이르는 변증법적 길이다. 그가 갈등에서 화해로 건너갈 수 있었던
것은 극복이라는 징검다리를 중간에 놓았기 때문이다. 그 극복의 징검다
리는 그냥 적당히 또는 우연히 놓여진 것이 아니라 죽음을 무릅쓴 것이었
다. 그래서 갈등은 처절한 갈등이며, 화해는 그만큼 눈부신 화해이다.
'상처 위의 신생'이라고 이름할 수 있는 그것은 한 사람의 진정한 시인이
탄생하기 위해선 얼마나 많은 비바람 속을 뚫고 가야 하는지를 생생하게
보여주는 한 편의 감동적인 드라마이다.

　따라서 탁월한 시적 성과물로 꼽히는 천양희의 생명시편들은 신덕룡
을 비롯한 여러 평자들이 지적한 바, "현실에서 벗어나기 위한 방편으로
자연을 통한 투사나 관조 그리고 쉽게 자연에 몰입하는 경향"[15]과는 그
궤를 달리 한다. 그의 시편들은 그러한 막연한 자연 동경의 감상적 낭만
주의와는 달리 자연 속에서 생명의 참다운 모습을 통해 자아와 삶을 성찰

---

15) 신덕룡, 「우주의 숨결과 함께 하기」, 『시와사람』 2000. 가을호, 155쪽.

하고, 새로운 구원의 길을 모색하고 있기 때문이다.

이제 상처에서 출발한 천양희의 시는 '산'을 통한 상승의 길찾기와 '물'을 통한 하강과 수평의 길찾기를 거쳐 작고 무구한 것들과 생명의 교감을 나누는 사랑의 세계에 도달해 있다. 무소새처럼 마음을 비움으로써 도달할 수 있는 그것은 자연과 인간이 일체를 이루는 일원론적인 유토피아의 세계다. 또한 그것은 물질 위주의 근대적 세계관이 낳은 폐해를 극복하고 공생 혹은 상생의 길로 나아갈 수 있는 구원의 세계이기도 하다.

천양희의 시는 아직도 길찾기의 도정에 있다. 그렇다면 앞으로 그의 시는 어떠한 방향으로 나아갈 것인가. 이는 오직 그의 탐색의 더듬이만이 가늠할 수 있을 뿐, 아무도 예견할 수 없는 일이다. 물론 그는 "이제 알 수 없는 것에다 길을 물어 흘러갈 것이다"[16]고 밝히고 있다. 하지만 그 '알 수 없는 것'이 구체적으로 무엇을 의미하는지 알 수는 없다. 다만 그것이 지금껏 그의 시가 그래 왔듯이 삶의 진실과 우주의 진실을 찾아가는 쪽으로 깊어질 것이라는 것, 서정시의 본령을 유지하리라는 것, 불교적 세계관을 지향하되 초월적·선시적 경향을 경계하며 눈부신 생명의 세계를 지속적으로 노래하리라는 것만 짐작될 뿐이다.

결국 그러한 모든 것을 포함하여 천양희 시인이 성취하고자 하는 마지막 꿈은 최고의 시를 쓰는 일 곧 절창의 경지에 이르는 일일 것이다. 그것을 위하여 그는 지금껏 죽음을 무릅쓰고 절망의 벼랑을 넘어 왔으며, 지상으로 내려가면 죽는다는 "발 없는 새"처럼 바람 속에서 부단히 날개를 파닥거리며 있던 것이다. 또 시와의 긴장 관계를 팽팽하게 "당기고" 있었던 것이다. 그래서 "詩는 내 自作나무/너가 내 전 집(全集)이다/그러니

---

16) 천양희,「후기」,『오래된 골목』, 창작과비평사, 1998, 107쪽.
17) 위의 시집, 92쪽.

시여, 제발 날 좀 덮어다오" [17)하며 울부짖고 있지 않은가.

— 『시와사람』(2001년 봄호)

대상과 자아의 절묘한 조화

— 임영조론

1. 들어가며

임영조(1943~2003)는 1970년 『월간문학』과 1971년 중앙일보 신춘문예를 통해 등단한 이후, 첫 시집 『바람이 남긴 은어』(1985)를 비롯한 제2시집 『그림자를 지우며』(1988), 제3시집 『갈대는 배후가 없다』(1992), 제4시집 『귀로 웃는 집』(1995), 제5시집 『지도에 없는 섬 하나를 안다』(2000), 제6시집 『시인의 모자』(2003) 등 6권의 시집과 시선집 『흔들리는 보리밭』(1995)을 상재했다. 현대문학상(1993)과 소월시문학상(1994) 등을 수상한 그는 최고의 시적 경지에 다다를 이순 무렵 안타깝게도 췌장암으로 세상을 뜬 우리시단의 대표적인 중진이다.

그는 평이하고도 정선된 언어로 깊은 맛과 향기를 남기는 독특한 어법을 구사함으로써 시와 독자와의 거리가 점점 멀어지는 시대에 읽히는 시의 바람직한 모델을 제시했고, 유행병처럼 번지는 우리 시단의 산문적 요

설화 경향 등에 맞서 서정시의 본령에 입각한 간결하고 단아한 형식미를 구축했으며, 세기말의 부질없는 포즈와 혼탁하고 천박한 정서가 횡행하던 1990년대 말의 우리 시단을 성찰과 각성 그리고 구원의 세계로 이끄는데 크게 기여한 시인이다. 특히 그는 비슷한 시기 비슷한 연배인 오세영, 김명인, 천양희 등과 함께 불교정신과 도교정신을 위시한 동양적 사유를 시로 형상화함으로써 한국 현대시의 정신적 깊이와 넓이를 한껏 확장시킨 시인으로 꼽힌다.

또한 그는 첫 시집을 내기 위해 등단 후 15년의 세월을 웅크린 늦깎이 시인이다.[1] 그러나 아프게 웅크린 세월만큼 멀리 뛴 시인이며, 달릴수록 안정된 자세와 가속도가 붙는 보기 드문 장거리 주자다. 그가 생의 모든 것을 소진하며 도달할 골인 지점은 시다. "미친 바람 성난 파도를 잠재운다는"[2] 만파식적과 같은 시다. 그는 그러한 "필생의 한 곡"[3]을 뽑기 위해 50대로 접어들면서 20년 동안 밥줄이었던 직장과 단호히 결별했다. 그리하여 '이소당(耳笑堂)'[4]이라는 당호를 내걸고 스스로 고도(孤島)가 되어

---

1) 그의 첫 시집 『바람이 남긴 은어』는 등단 15년째인 1985년 고려원에서 출간되었다. 그 동안 그는 문학과 생활 사이에서 갈등과 번민을 겪은 것으로 보인다. 첫 시집 발간을 계기로 그는 본격적인 시의 길로 접어든다.

2) 임영조, 「만파식적」, 『지도에도 없는 섬 하나를 안다』(제5시집), 민음사, 2000, 34쪽. 앞으로 본문에서 인용하게 될 시들이 실린 시집은 시집 번호만 순차적으로 붙이고자 한다.

3) 위의 시집, 같은 시.

4) 임영조 시인의 호는 '이소(耳笑)'이고, 50대 이후 그의 집필실은 '이소당(耳笑堂)'인데, 이에 대한 내력에 대해 그가 직접 밝힌 바를 인용하면 다음과 같다.
"지어주신 미당선생 말씀에 따르면 '귀가 웃는다'일 겝니다. 30년도 넘는 얘긴데요. 서라벌예대 문창과 시절 수업을 마치면 미당은 학생들을 데리고 길음시장 막걸리집에 자주 갔지요. 하루는 호를 하나 청했더니 '너는 귀가 예쁘게 생겼다. 크게 웃을 때는 귀까지 웃는 것 같다'며 '이소'라고 지어주셨어요. 문우들도 제 사당동 비탈 동네의 단칸방 집필실을 '이소당'이라 불러주더군요. 지난 1997년에 낸 시집은 아예 제목을 '귀로 웃는 집'이라 달기도 했지요."(신승철, 「섬과 길, 그리고 꽃과 시인에 관한 명상」, 추모문집 『귀로 웃는 시인 임영조』, 천년의시작, 2004. 289쪽 참조.)

면벽(面壁)한 지 10년 어느덧 이순(耳順), 그야말로 귀가 순해져 귀로도 웃는 시의 경지에 이르렀다. 그럼에도 불구하고 필생의 한 곡을 위한 열정은 뜨겁고 풋풋해서 오히려 살아생전 그 열정을 수혈하기 위해 그를 따르는 젊은 사람들을 압도했다. 따라서 그는 한창 생활의 덫에 걸려 끙끙대며 시를 쓰는 젊은 시인들에게 단연 모범적이고 이상적인 시인이기 했다.

이 글은 원래 임영조 시의 표현적 특성을 살피는데 목적이 있다. 그는 평소에 시를 쓰면서 내용보다는 형식미를 강조했던 시인이다. 그렇다고 내용에 등한시했다는 말은 물론 아니다. 필자가 생각키로 그는 누구보다 형식과 내용의 조화를 추구한 시인이다. 하지만 표현 형식에서 자신만의 변별적 특성을 더 많이 지니고 있는 시인이다. 그러면 지금부터 그의 시집 전체(총 6권) 속에 나타나는 표현적 특성을 1) 쉬운 언어와 간결한 구문, 2) 대상과 자아의 절묘한 결합, 3) 담화ㆍ재치ㆍ해학으로 구분하여 살펴보기로 하겠다.

2. 쉬운 언어와 간결한 구문

임영조 시의 표현적 특성 중 가장 변별적인 것을 꼽는다면 아마 쉬운 언어와 간결한 구문의 사용일 것이다. 현대시의 속성상 시를 쉽게 쓴다는 것 자체가 결코 미덕일 수 없음에도 불구하고 그가 이러한 시적 장치를 내세우게 된 것은 무엇보다도 시와 독자와의 의사소통이 절실하다는 판단에 따른 것으로 보인다. 대저 문학이 성립하기 위해서는 작가와 작품 그리고 그것을 읽어주는 독자가 반드시 필요한 바, 독자가 없는 작품은 작가 자신만의 자족적 대상 이외에 아무 것도 아니기 때문이다. 하지만 작금의 문학적 현실은 시와 독자와의 사이가 점점 벌어지고 있으며, 벌어지는 정도를 넘어 좀처럼 회복 불능한 지경에 이르렀다고 해도 과언이 아니다. 그래서 요즈음 시를 읽을 수 있는 독자는 시인과 비평가들뿐이라는 자조 섞인 이야기까지 나온다. 여기에는 복잡하고 바쁜 일상을 살아가느라 해독할 수 없는 시를 읽어줄 관심과 여유조차 없는 독자들에게도 문제가 없는 것은 아니지만, "화자 일방통행식의 현학적 과시와 궤변으로 혹은 언어유희로 독자를 무시하고 자신까지 기만하는" 시인 스스로와 "그같은 행태가 무슨 신대륙 발견이나 되는 것처럼 비호하고 부추겨온 일부 문학관리자들의 부화뇌동"5)에 일차적인 책임이 있다고 보는 것이 임영조 시인의 견해6)인 듯하다.

그렇다고 현대시 나름의 다양한 표현 미학을 무시하고 무조건 쉽게만 쓰라는 말은 아니다. 단순성 자체만으로는 전달 기능 이상의 의미가 없기 때문이다. 그러한 위험성을 그는 누구보다 잘 알고 있다. 그래서 "그 화법은 누구나 알아들을 수 있고, 아무나 구사할 수 있는 평이한 언어를 사용하되 간결한 구문으로 시의 전달기능과 공감효과를 높이는 언어운용이 탁월해야 한다는" 생각과 "가장 일상적인 언어이면서 일상적이 아닌 세계를 창조하는 것이 시의 언어"7)라는 상식을 일관되게 견지해 온 것이

---

5) 임영조, 「세상에 바치는 분신공양」, 계간 『시와사람』, 2001, 가을호, 191쪽.
6) 여기에 대해 좀더 구체적인 그의 견해를 들어보면 다음과 같다.
　"한 편의 시가 시인의 손을 떠나 미지의 세계로 던져지면 그 시는 동시대를 살아가는 모든 이웃과 함께 나누는 감흥이며, 아픔이며, 열정과 정서이며, 언어의 꽃이어야 한다는 상식적인 믿음을 갖고 시를 쓰려고 노력한다. 그러기에 가급적 평이한 언어와 간결한 구문, 단절과 무리가 없는 단락의 연결로 시의 전달 기능과 효과를 높이는 화법 구사에 치중해 왔다. 아무한테나 들을 수 있고 아무나 구사할 수 있는 보편적인 언어이면서 애정과 진실성이 돋보이는 언어, 전혀 대체할 말이 없을 만큼 용도가 분명하고 필연적인 언어 구사가 독자에게 친숙감을 주고 진한 감흥을 불러일으킨다는 자의(自意)에서다."(임영조, 「중심으로 드는 길」, 추모문집 『귀로 웃는 시인 임영조』, 천년의시작, 2004. 83~84쪽)
7) 위의 글, 같은 쪽.

다. 그렇다면 그의 이러한 어법이 구체적으로 시에서 어떻게 구현되고 있
는가를 하나만 예를 들어 살펴보자.

옥상에 널린 빨래가
다냥한 햇볕 받아 눈이 부시다
오랜만에 사람을 벗어버리고
찌든 때를 씻어내고 냄새도 털고
날아갈 듯 가볍게 펄럭거린다

이제는 각자 옷 그만 두고
새나 되어 훨훨 날아가겠다는 듯
온 하루 빨랫줄을 잡고 흔든다
바람이 부추기면 신바람이 나는지
쩔쩔매는 바지랑대 혼자 바쁘다

주인의 흉허물을 싸고돌던 한통속
백주에 속속들이 드러나면 저렇게
서로 다른 색깔로 아우성칠까
자중지란 난파된 갑판에 서서
수기를 흔드는 보트 피플들 같다

다시 보면 가을 운동회 날
하늘에 나부끼던 만국기 같은
저 옥상에 넌 빨래를 보면
아직 덜 마른 내 마음이 무겁다

사람도 때를 씻고 무게를 덜면
저렇듯 깨끗하고 가벼울 수 있다면
제멋대로 부시게 펄럭일 수 있다면

젖은 빨래처럼 몸 무거운 날
나도 눅눅한 마음 꼭 짜 널고 싶다
한 점 얼룩 없는 백기로 펄럭
내 멋대로 세상에 나부끼고 싶다.

인용한 시는 제5시집에서 무작위로 골라본 「빨래」의 전문이다. 먼저
시어나 비유를 뜯어보자. 제목인 "빨래" 부터가 일상적이고 친근한 소재
일 뿐더러 동원된 시어들이 누구나 그 뜻을 알 수 있고 또 자주 사용하고
있는 것들이다. 다소 부담스러운 시어가 있다면 순수 토속어인 "다냥한"
과 한자어인 "자중지란" 그리고 영어 "보트 피플" 정도다. 그러나 이 정
도의 시어는 웬만한 독자라면 금방 그 뜻을 알 수 있고, 또 모르는 경우라
도 문맥상으로 충분히 짐작이 가능하다. 깨끗하게 빨래하여 걸려 있는 옷
을 의인화시킨 "오랜만에 사람을 벗어버리고/찌든 때를 씻어내고 냄새도
털고" 같은 감각적인 묘사들이나 빨랫줄에 걸려 바람에 펄럭이는 옷을
"자중지란 난파된 갑판에 서서/수기를 흔드는 보트 피플들 같다"고 표현
한 비유들은 빨래한 옷의 속성을 관찰하고 그것들이 걸려 있는 모양을 연
상한다면 누구나 쉽게 알아차릴 수 있는 구절들이다.

다음은 시적 형태와 구문을 보자. 5연 26행으로 짜여 있는 이 시는 길
이로만 놓고 보면 다소 긴 편이다(임영조의 시는 결코 짧지 않다. 이는 시
적 대상을 바라보는 그의 시선이 단편적이거나 즉흥적인 차원에 그치지
않고 충분한 사색의 깊이와 넓이를 동반한다는 것으로 이해된다). 그러

나 한 행이 14자를 넘지 않고(그의 시는 의도적인 산문 형태의 시를 제외하고는 한 행이 최대 20자를 초과한 경우가 거의 없다), 한 행의 음보율은 우리 민족의 호흡에 가장 잘 어울린다는 3음보 혹은 4음보를 철저하게 유지하고 있으며, 간결한 단문 구조로 이루어져 있어 음악성과 함께 지루하지 않고 경쾌하게 읽히는 특징을 보여주고 있다.

그런데 이 시가 이러한 전달 기능이나 형식미에만 그치는 것이 아니다. 문제는 어김없이 대상에 대한 자아 성찰의 진술이 실린다는 점이다. 4연의 "아직 덜 마른 내 마음이 무겁다" 이후의 구절들이 그것인데, 이는 빨래의 속성에 견주어 자아의 현실적 욕망의 무거움에 대한 통렬한 반성과 그것으로부터 벗어나 자유와 무욕의 삶을 살고 싶어 하는 소망을 부여함으로써 읽고 난 후의 독자들 스스로를 돌아보게 하는 잔잔한 여운과 공감을 불러일으키는 것이다.

이렇듯 임영조의 시는 쉬운 언어와 간결한 구문으로 독자를 위한 최대한의 예의를 갖추면서도 높은 품격을 유지하는 특징을 보여준다. 이는 시의 위상이 자꾸만 추락해 가는 시대에 읽히는 시의 바람직한 모델을 제시한 것으로 높이 평가할 만하다. 그러나 사실 이러한 어법은 누구나 구사할 수 있는 성질의 것은 아니다. 손빨래하듯, 일단 어렵고 복잡한 형식과 내용을 깨끗하게 빤 뒤, 다시 헹구고 표백시켜 잘 말려야 하는 과정을 무수히 수반해야 하기 때문이다. 따라서 필자가 보기에 그의 시는 결코 쉽게 써진 시가 아니라 각고면려 속에서 나오는 진정한 의미의 난해시다.

3. 대상과 자아의 절묘한 조화

임영조 시가 자랑할 만한 또 다른 표현적 특성은 시적 대상과 자아를 절묘하게 결합(통일)하는데 있다고 할 수 있다. 주지하다시피 대상(세계)과 자아를 일치시키는 수법은 서정시의 동일화 원리에 속한다. 이 원리에는 두 가지가 있는 바, 자아를 대상화하는 '동화(同化)'와 세계를 자아화하는 '투사(投射)'가 그것이다. 이를 대신할 수 있는 말로 물아일체, 자연합일, 주객일치 등을 생각할 수 있다. 이에 대해 임영조 자신이 밝힌 시작 원리와 홍용희의 적절한 지적을 보자.

> 흔히 접하는 자연현상, 즉 식물·동물·물건 등에서 얻어지는 직관이 시의 소재를 이루는 가운데 비유·연상·유추를 통해 나의 존재는 무엇인가를 거듭 반문하고 성찰하는 내면탐구도 병행해 왔다. 나의 존재와 더불어 타자인 사물에 감추어진 비의와 우주적 신비를 새로운 눈으로 읽어냄으로써 내가 속한 현실과 대결하기 위한 구도행위로 승화되기를 갈구하였다.8)

> 임영조 시세계의 미학적 본령은 여기에서 더 나아가 시적 상상력이 자아와 대상이 구별되지 않는 긴밀한 상호 의존과 통일 속에서 전개될 때 진가를 발휘한다. 이때 시인의 자기의식과 대상은 내재적 필연성에 의해 동일성을 확보하는 유기체가 된다. 따라서 외부 세계의 사물을 노래하는 것이 자신의 내면의 심연을 표현하는 것이며, 자신의 내면을 탐색하는 것이 사물의 심연을 묘사하는 것이 된다.9)

그리고 이 시작 원리는 사물과 인간을 동격에 놓고 바라보는 의인화에 의해 가능하다. 그 의인화에 의해 시인은 이 세계에 존재하는 동물과 식

---

8) 임영조, 「내용보다 향기에, 메시지보다 형식미에」, 추모문집 『귀로 웃는 시인 임영조』, 천년의 시작, 2004, 63쪽.
9) 홍용희, 「의식과 존재의 변증법」, 계간 『시와사람』, 2001, 가을호. 204쪽.

물 심지어는 생명이 없는 무생물이나 자연현상까지와도 대화나 몸 바꾸기가 가능하다. 그러나 그 대화나 몸 바꾸기는 사물에 대한 시인의 지속적이고도 극진한 애정(觀察)이 없이는 불가능하다. 주마간산 격으로 대드는 무성의한 시인에게 이를테면 바위 같은 사물이 가슴을 열고 자신의 속마음을 보여줄 리 만무한 것이다. 이는 남녀 관계에 있어서 구애의 원리와도 일맥상통하다. '열 번 찍어 안 넘어갈 나무 없다'는 것이다. 그리하여 좋은 시인은 사물에 대한 면밀한 관찰과 직관을 통해 조물주나 알고 있을 천기(天氣)나 속뜻(秘義)까지도 읽어내는 것이니, 임영조가 바로 그러한 경지에 이른 시인이다.

　① 다시 톱질을 한다/언젠가 잘려나간 손마디/그 아픈 순간의 기억을 잊고/나는 다시 톱질을 한다(제1시집「木手의 노래」부분)

　② 그만 노여움을 푸세요/청상(靑孀)의 굳은 절개를 지켜/한 시절 다 보내고/노안(老顔)의 주름살로 버티는/오, 가엾은 할머니(제2시집「호두」부분)

　③ 비천한 습지에 뿌리를 박고/푸른 날을 세우고 가슴 설레던/고뇌와 욕정과 분노에 떨던/젊은 날의 속된 꿈을 말린다/비로소 철이 들어 禪門에 들듯/젖은 몸을 말리고 속을 비운다(제3시집「갈대는 배후가 없다」부분)

　④ 어둠 속에 갇히면/누구나 오히려 대범해지듯/저마다 뜨거운 敵意를 품고 있어/언제든 부딪치면 당장/焚身을 각오한 요시찰 인물들(제3시집「성냥」부분)

　⑤ 아직도 맴맴 귓바퀴를 돌린다/한평생 집 한 칸 없이/세속을 멀리하고

숲 속에 숨어/바람과 이슬만 먹고 산 그는/필생의 마지막 절창을 뽑기 위해/
온몸을 쥐어짜며 시를 읊었다(제4시집 「매미껍질-곤충 채집 3」 부분)

⑥ 열사흘 활시위를 당긴다/앙리 마티스의 둥근 누드화/둥두렷이 솟는 젖
무덤 아래/만삭이 된 나부의 배가 부푼다(제5시집 「달빛 소나타」 부분)

위에서 부분 인용한 6편의 시들은 동일성의 원리에 의해서 창작된 것
들이다. 먼저 ①,③,⑤는 대상과 자아가 몸 바꾸기를 통해 서로 구별되지
않는 긴밀한 통일성을 보여준다. ①의 목수는 시인과 동격으로서 톱질을
하는 행위는 시를 쓰는 행위로 통한다. ③에서 갈대 역시 시인 자신과 구
분되지 않은 바, 갈대의 속성과 양태가 "젊은 날의 속된 꿈"을 비우고 가
벼운 마음으로 탈속을 꿈꾸는 시인의 그것과 절묘하게 맞아떨어진다. ⑤
역시 '그'로 표현된 시적 화자인 매미의 행위는 "필생의 마지막 절창을
뽑기 위해/온몸을 쥐어짜며 시를 읊"는 시인 자신과 그대로 일치한다고
볼 수 있다.
그러나 여기에서 실제로 톱질을 하는 목수의 행위가 시인이 시를 쓰는
행위와 같다든지, 갈대가 바람에 흔들리는 모습이 "고뇌와 욕정과 분노
에" 떨기 때문이라든지, 매미가 자지러지게 우는 모습이 "필생의 마지막
절창을 뽑기" 위한 것은 물론 아닐 터이다. 거기에는 임영조 시인 개인의
주관적 경험이 반영되거나 감정이 이입되었기 때문이다. 하지만 자아와
대상의 일치를 꿈꾸는 것이 서정시의 기본원리인 바, 상호간의 속성에서
동일성을 발견하고 거기에 시적 진실이 절묘하게 얹힐 때 우리는 '아하,
그렇구나!'라는 탄성과 함께 대상에 대한 새로운 인식과 공감을 얻게 되
는 것이다. 따라서 서정시에서 시적 대상은 그것을 바라보는 시인의 주관
에 의해 이끌리므로 그 해석은 자의적이고 일방적일 수밖에 없다. 그러나

이렇듯 시인마다 해석이 서로 다르기 때문에 그 시인만의 개성과 세계관이 탄생할 수 있는 것이다.

그런데 ①,③,⑤와는 달리 ②,④,⑥처럼 시적 대상이 시인 자신과 일치하지 않는 경우도 있다. ②의 호두는 "할머니"와 결합되고, ④의 성냥은 "요시찰 인물"로 형상화되며, ⑥의 달은 "둥근 누드화"나 "둥두렷이 솟는 젖무덤", "만삭이 된 나부의 배"로 연결되기도 한다. ②와 ⑥은 외양끼리 어렵지 않게 결합된 경우라 할지라도 ④에서 성냥의 속성을 "焚身을 각오한 요시찰 인물"로 연결시킨 것은 우리 현실의 한 국면을 반영한 것으로 이해되어 주목된다. 그도 그럴 것이 이 시가 쓰여졌을 것으로 추정되는 1980년대 말은 우리 사회에 분신자살이 횡행한 시기였기 때문이다. 이렇게 보면 임영조 시인의 동일화 수법은 대상에 대한 자아의 일치에만 국한되어 있는 것이 아니라 타자(他者)에게도 다양하게 열려 있음을 알수 있다. 그리하여 제4·5시집에 이르면 대상과 자아가 완전히 일체가 되는 구경(究竟)을 보여준다.

① 눈짐 진 노송이 문득/잘 마른 화두 하나 던지늣/옜다! 솔방울을 떨군다/덤불 속 멧새들이 화들짝 놀라/재잘재잘 山經을 읽는 소리(제4시집 「겨울 산행」 부분)

② 나는 아직 선뜻 내놓을 게 없어서/죄송죄송 서둘러 하산하는데 어!/싸리나무 회초리가 어깨를 후려친다/짐스런 생각마저 털고 가라고?/산에 와 깨치는 늦가을 문답.(제5시집 「늦가을 문답」 부분)

①에서 노송이 솔방울을 떨구는 것을 "잘 마른 화두 하나 던지"는 것으로, 멧새들이 재잘거리는 소리를 "山經을 읽는 소리"로 연결시키는 구

절들은 접신(接神)의 경지에 도달하지 않으면 불가능한 표현들이다. 이는 시인의 상상력과 직관력이 자연의 비의(秘義)까지 읽어낼 정도로 최고조에 달했음을 보여준다. 이러한 경지에 이르면 어느 것이 주체이고 어느 것이 객체인지, 어느 것이 자연이고 어느 것이 인간인지를 구분하는 일이 무의미하게 된다.

②에서도 모든 자연물들은 의인화되어 "나"와 "산"과 "싸리나무"가 한 인격체로서 문답이 자유롭다. 여기에서 전체를 인용하지는 않았지만, 이것들 외에 산에서 만나는 "풀잎"이며 "억새꽃", "청미래 덤불", "홀아비 새", "가랑잎" 등도 모두 그러하다. 인간들끼리 만이 아닌 모든 동식물과 무생물과 자연 현상과도 스스럼없이 대화가 가능한 상태, 상호간의 구분이 없는 물아일체의 상태, 바로 이것이 서정시가 갈망하는 궁극의 세계가 아니겠는가. 「늑대와 춤을」[10]이라는 영화가 우리에게 아름다움을 선사했듯이 말이다.

4. 담화와 재치 그리고 해학

쉬운 언어와 간결한 구문, 대상과 자아의 절묘한 결합과 함께 임영조 시의 표현적 특성으로 꼽을 수 있는 요소들은 ① 구어체 담화, ② 재치 있는 언어 운용, ③ 해학적 발상이다. 이러한 요소들은 공히 시를 읽는 맛과 재미를 배가시키는 한편 엄숙한 시적 분위기를 한결 경쾌하고 유연하게 누그러뜨리는 효과를 발휘한다. 바로 이러한 요소들 때문에 그의 시는 아

---

10) 아메리카 인디언들과 자연의 아름다운 관계를 보여준 이 영화에서 사람과 동식물의 이름은 서로 구분되지 않는다. 이를테면 「늑대와 춤을」이라는 영화 제목도 대자연 속에서 늑대와 춤을 추던 주인공의 이름이다.

무리 심각한 내용을 말하더라도 무거운 느낌이 들거나 싫증이 나지 않는다. ①은 발간된 시집 전체에서 일관되게 활용하고 있으며, ②는 제4시집에서 두드러지게 나타나고 있으나 제5시집과 제6시집에 가면 급격히 줄어든다. 이는 자칫 언어의 유희로 비칠 가능성을 스스로 경계한데 따른 절제로 보인다. ③은 제4·5시집에 집중되어 있다.

먼저 ①의 경우를 보자.

▷ 아빠, 돈벌면/비행기랑 과자랑 이만큼 사와!(제1시집 「죽기 연습」에서)

▷ -이봐, 나도 젊어 한때는/얼굴이 탐스럽고 예뻤어!(제2시집 「호두」에서)

▷ -인생의 지름길은 없나요?/-그걸 알면 누구나 詩를 쓰게!(제3시집 「미로 찾기」에서)

▷ -아저씨, 저랑 놀다 가요, 네?/…/-아니, 지금 내 나이가 몇인데……(제3시집 「달맞이꽃」에서)

▷ 에라, 모르겠다/너 죽고/나 죽고/고엽제나 막 뿌려?(제4시집 「자벌레-곤충채집 1」에서)

▷ 슬쩍 한번 들춰봐? 예끼!(제4시집 「잠자리-곤충채집 10」에서)

▷ 아니면 용도 폐기 된 거니?/그래? 알아서 용퇴했다고!(제4시집 「낮달」에서」)

▷ 내일 날 밝거든 답하마!(제5시집 「그대에게 가는 길 7」에서)

▷ 암, 그래야 살지, 헌데 사람들은 왜/돌아오면 저마다 홀씨가 되지?(제5시집 「민들레 산조」에서)

각 시집에서 몇 개씩 뽑아본 이 구어체의 담화들은 소설이나 희곡 속의 대화처럼 시의 중간 중간에 끼어서 일정한 시적 흐름에 파격을 주고 주의를 환기시킨다. 또한 시적 화자가 자문자답하거나 시적 대상의 속성을 대변하기도 하는 형식을 취하고 있는 이 담화들은 시를 읽는 독자들을 직접 시 속으로 끌어들이는 친밀성과 익살스러움마저 지니고 있어서 흥미를 한껏 제공하기도 한다. 이는 "대화는 언어를 매개로 하되 반드시 상대가 있어야 된다. 그 상대가 누구든 나의 말에 수긍하며 경청할 사람을 찾자면 먼저 화술부터 익혀야 한다. 어떻게 하면 나의 말을 보다 능숙하게, 보다 감동적으로 전달할 수 있을까"[11]에 대한 고민의 산물이다. 대체로 이러한 화법은 서사성을 지니고 있어서 시의 문체로는 부적절하다 하여 다른 시인들의 시에서는 좀처럼 찾아보기 힘들다. 그럼에도 불구하고 임영조는 그러한 고정관념을 과감히 깨고 이를 적절하게 활용함으로써 그만의 독특한 표현 효과를 높이고 있음을 본다. 이러한 표현 방식 역시 묘사와 진술 위주의 엄숙한 시적 분위기를 누그러뜨림으로써 시와 독자와의 거리를 좁혀보겠다는 노력의 일환으로도 생각되어 공감하는 바 적지 않다. 그는 "아무 데서나 들을 수 있는 평범한 말의 나열이나 아무리 보아도 무슨 소리인지 이해하기 힘든 언어 배설은 독자를 깔본다는 뜻에서 경계해야 한다."[12]는 소신을 평소 지닌 시인이었다.

다음은 ②의 경우를 보자.

▷ 나는 지금/再修인가? 三修인가?/아니면 未知數인가?(제3시집 「1월」에서)

▷ 갈대는 갈 데도 없다(제3시집 「갈대는 배후가 없다」에서)

▷ (치뤌 파뤌 치뤌 파뤌/배부르고 편하면 시가 안된다?(제4시집 「매미 껍질-곤충 채집 3」에서)

▷ 뻐꾹새가 불현듯/……/뻐꾹뻐꾹 빽뻐꾹 방점을 찍는다(제4시집

11) 임영조, 「박제된 나의 詩法을 위하여」, 추모문집 『귀로 웃는 시인 임영조』, 천년의시작, 2004, 53쪽.
12) 위의 글, 54쪽.

「봄 산행」에서)

▷ 기러기떼 끼룩끼룩……/……/제 이름 밑에 언더라인 치듯/일렬 종대로 點點點 멀어져 간다(제4시집 「가을 산행」에서)

▷ 팔월 염천 쓰르라미 한 마리가/……/쓰을 쓰을 쓰읍쓸 쓰읍쓸/온 하루 입맛 쓴 선문답한다(제4시집 「어떤 선문답」에서)

▷ 蜂을 鳳으로 읽는 재벌은/학명이 같은 閥?/필시 罰에 쏘이리.(제4 시집 「벌-곤충 채집 9」에서)

▷ 허구를 감싼 저 몇 겹의 체재(體裁)가/나를 늘 나답게 완성하고/ 거울 밖 세상으로 나돌게 하지(제5시집 「옷걸이」에서)

▷ 입 속 온통 뜨겁다, 치가 떨린다(제5시집 「치통」에서)

위의 시 구절들을 보면, 해마다 시작의 의미로 받아들여지는 1월을 시험지로 연결시켜 "瑞雪처럼 차고 빛 부신/희망의 白紙 한 장"으로 받아들이나 매번 정답을 몰라 몇 번씩 고쳐 쓸 수밖에 없는 인생(혹은 자신)을 再修-三修-未知數로 표현한 것을 비롯하여, 백발성성한 "老後"를 "갈대"에 비겨 "갈대는 갈 데도 없다'고 호소력 있게 표현한 점, 매미의 울음소리를 제철인 7·8월로 연결시킨 "치뤌파뤌", 뻐꾹새 울음소리를 방점을 찍듯이 시각화한 점, 기러기 떼가 비행하는 모양을 "點點點"이라는 한자를 병렬하여 시각화하면서 부사어(점점점=갈수록)로서의 의미까지 노린 점, 쓰르라미 울음소리를 "쓰을 쓰을"(쓸쓸)과 "쓰읍쓸 쓰읍쓸"(씁쓸)로 정서화한 점, 게다가 재벌을 벌로 연결시켜 "閥?/필시 罰에 쏘이리"로 풍자화한 점, 나의 몸을 감싼 옷이 나를 "나답게"하고 밖으로 "나돌게"('돌아다니게'와 '나를 돌아버리게') 한다고 의미를 중첩시킨 점, 관용어인 "치가 떨린다"를 치통으로 연결시키는 점에 이르기까지 그의 자유자재롭고도 기발한 언어 운용은 가히 탄성과 경이를 자아내게 한다. 재치 혹은 언어의 유희 차원으로 받아들일 수 이러한 표현들은 시적 문맥 안에서 필연성을 지닐 때 의미와 효과를 발휘한다. 그렇지 못하고 작위성이 지나칠 때는 진정성이 떨어져 장난기로 비칠 염려가 있으므로 경계할 일이다. 그러나 위에서 보듯이 임영조의 경우 이러한 기우에서 충분히 벗어나 그만의 효과적인 표현 미학의 하나로 자리잡고 있음을 알 수 있다.

다음으로 ③의 경우를 하나만 예로 들어 보자.

> 태안읍 병풍 백화산에 오르면
> 마애삼존 불상이 반갑게 맞아줘
> 마음이 저절로 편안해진다
> 아담한 키에 두 손 얌전히 모은
> 볼우물 예쁜 보살을 가운데 두고
> 우람한 체구의 두 부처가
> 미소를 띤 채 떠억 버티고 서 있는
> 표정 참 알듯 모를 듯한 삼각관계다

보살은 아마 인근 고을에서 가장 심성이 착하고 얼굴 예쁜 처녀였겠지 두 부처는 용모가 걸출한 총각 동갑내기 절친한 친구 사이였겠지 한 총각은 핸섬하고 노래 잘 하고 한 총각은 머리 좋고 투망 잘 하는 둘 다 볼수록 매력적인 신랑감인데 두 총각은 내심 그녀를 사랑했는데 우정을 핑계로 기회만 엿보았겠지 그녀도 둘 다 좋아 번갈아 만나면서 누구를 고를까 고민고민하다가 어느 달 밝은 밤 가위바위보로 이기는 신랑감을 택하기로 하고 두 총각을 백화산 마루로 불러냈겠지 두 총각은 막상 무엇을 낼까 숙고를 거듭하다 그만 날 새고 날이 가고 달이 가고 세월이 흘러 두 총각은 손 동작 야릇한 부처가 되고 처녀는 샌드위치 보살이 된 모양인데

천년이 훨씬 지난 지금도 두 부처는 무엇을 낼까 골똘히 생각하고 보살은
행복하고 난처한 모양인데

> 내가 봐도 보살은 너무 예쁘다
> 연포 앞바다 노을젖는 물소리에
> 두 부처 잠시 넋놓고 깜박 졸 때쯤
> 저 키 작고 눈웃음 착한 보살만
> 슬그머니 빼돌려 옆자리에 태우고
> 부르릉! 줄행랑을 쳐버려?
> 삼각이 사각관계로 안정된다면
> 나도 행여 부처가 될까?
>
> ― 「태안 마애삼존불-그대에게 가는 길 14」(제5시집) 부분.

절로 웃음을 자아내게 하는 작품이다. 어떻게 불가에서 신성시되는 불
상을 보면서 그것을 인간 사회 남녀간의 애정 관계로 연결시킬 수 있는지
우선 그 발상이 놀랍고도 흥미진진하다. 일반인들이 태안의 마애삼존불
앞에 섰다면 그 배치 구도가 특이하다는 점과 풍기는 인상이 참 편안하다
는 느낌 정도였을 것이다. 실제로 태안 백화산에 있는 마애삼존불은 서산
마애삼존불처럼 그 배치 구도가 본존불이 크고 양쪽 보살상이 작은 것이
일반적인데 반해 양옆의 여래가 크고 가운데 보살이 작은 특이한 형태를
취하고 있다. 이는 보살이 여래(부처)보다는 클 수 없는 까닭이라고 한다.
그런데 이 배치 구도의 특이함과 불상의 생김새가 시인의 상상력을 자
극함으로써 기상천외한 이야기가 펼쳐진다. 인근 마을에 사는 두 동갑내
기 총각(양옆에 서 있는 우람한 두 여래)이 한 처녀(가운데 작고 예쁜 보
살)를 두고 팽팽한 삼각관계를 계속하다가 오랜 세월이 흘러 모두 부처

가 되었다는 이야기가 그것이다. 그리하여 상상력이 여기까지 미친 시적 화자는 "저 키 작고 눈웃음 착한 보살만/슬그머니 빼돌려 옆자리에 태우고/부르릉! 줄행랑을 쳐버려?" 하며 불경스러운 생각을 하게 된다. 그러나 이 욕심은 천진스런 호기심에 불과할 뿐 현실적으로는 물론 불가능하다. 그러나 그러한 가정이 가능하여 "삼각이 사각관계로 안정된다면/나도 행여 부처가 될까?" 하고 또 한번 익살을 부려본다. 정말로 그가 부처가 될 수만 있다면 아마 소탈하고 장난기 많은 그런 인간적인 부처가 될 것이다.

그는 억지로 꾸며내는 어법, 화려한 수사학을 거부하고 우리들이 일상적으로 주고받는 담화의 어법을 채택하고 있다. 시란 어떤 고답한 정신의 경지를 추구하고 그것을 언어로 드러내는 작업이긴 하지만 그 언어조차 고답해지고 기이해져서 일반인들이 이해하기 어려운 것이 되어서는 안 된다는 생각을 지니고 있다. 우리에게 쉽게 다가오는 시, 그러면서도 그 뒤에 의미의 여운과 정신의 향취를 남기는 시를 원하는 것이다. 그래서 그의 어법은 자유롭고 활달하며 때로는 익살과 재치를 부려 언어유희를 즐기기도 한다.[13]

임영조의 시세계는 독자들의 어깨에 결코 공격적인 부정, 폭로, 대결, 선동의 긴장과 부담을 지우지 않는다. 항상 인간적인 소탈함과 웃음을 통한 화해와 성찰이 그의 시세계 전반의 배음을 이룬다. 융화와 포용의 해학성은 그의 시세계의 대표적인 수사적 특성으로 내면화 되어 있다.[14]

---

13) 이숭원, 「정신의 자유와 표현의 새로움」, 추모문집 『귀로 웃는 시인 임영조』, 천년의시작, 2004. 223쪽.
14) 홍용희, 앞의 글, 263~264쪽.

위의 지적에서도 보듯이, 임영조의 많은 시편들에는 익살과 해학이 넘쳐난다. 신성(神性)을 띠고 있는 마애불에까지도 기발한 상상력을 발동하여 인간적인 모습으로 바꾸어놓은 그의 익살스럽고도 해학적인 표현은 어떤 진지하고 딱딱한 시적 분위기라도 재미있고 부드럽게 만드는 미덕을 지닌다. 그뿐만 아니라 그의 시는 현실이나 인간을 풍자하고 비판할 때도 냉혹하거나 공격적이지 않고 연민과 동정의 시선으로 포용하는 해학성을 잃지 않고 있다.

5. 나오며

지금까지 이 글은 거칠게나마 임영조 시가 이룩한 표현 미학을 1) 쉬운 언어와 간결한 구문, 2) 대상과 자아의 절묘한 결합, 3) 담화 · 재치 · 해학으로 구분하여 살펴보았다. 1)은 시와 독자의 거리가 점점 멀어져 가는 시대에 읽히는 시의 좋은 모델로서, 2)는 서정시의 궁극에 도달하기 위한 이상적인 시적 방법론으로서, 3)은 엄숙하고 딱딱한 시석 분위기를 부드럽고 재미있게 누그러뜨리기 위한 장치들로서 각각 의미를 지니고 있다. 또한 이것들은 성찰과 구도로 요약될 수 있는 그의 시정신을 담는 독특한 그릇이다.

그리고 그는 이러한 특성들을 제1시집부터 제6시집에 이르기까지 일관되게 견지해 왔을 뿐만 아니라, 세월과 시적 연륜이 깊어질수록 더욱 원숙한 경지에 도달했음을 확인할 수 있었다. 아울러 이러한 특성들은 그의 타고난 성품에 기인한 바도 있겠지만, 전체적으로 독자에게 최대한의 예의를 갖추면서도 아무나 모방할 수 없는 그만의 개성적인 시작법으로 이해된다. 따라서 그것은 저절로 혹은 쉽게 이룩된 것이 결코 아닌 바,

"시작 방법의 단순화"[15]를 염려하는 일부의 지적은 지나친 기우라는 생각이 든다.

아직도 우리 시단에는 난해한 시는 좋게 보고 쉽게 이해되는 시는 일단 깔보는 경향이 있다. 이는 '난해시'라는 용어의 참뜻을 잘못 이해하는 경우이다. 필자의 소견으론 어려운 모든 것을 잘 곰삭혀서 쉽게 풀어내는 시가 진정한 난해시다. 그렇게 쓰기가 정말로 어렵기 때문이다. 그런 의미에서 임영조의 시는 나라 안에서 손꼽힐 만한 난해시다.

—『애지』 (2003년 봄호)

---

15) 정효구, 「난폭한 세계, 순수한 자아」, 임영조 제3시집 『갈대는 배후가 없다』 해설, 세계사, 1992, 129쪽 참조.

묘사와 변주의 탁월한 경지
— 박재두론

1. 들어가며

박재두(1936) 시인은 우리 시조계의 원로이다. 경남 통영에서 출생한 그는 지금껏 고향 일대를 벗어나지 않으면서도 훌륭한 작품세계를 일군 향토시인이다. 1965년 동아일보 신춘문예를 통해 등단한 그는 기록상으로만 보면 1975년 『流雲蓮花文』을 펴낸 이후 아직 작품집을 묶지 않고 있다. 하지만 그간의 작품성을 인정받아 '경남도문화상'(1976)을 비롯, '정운시조상'(1984)·성파시조문학상'(1987)·가람시조문학상'(1989)·이호우시조문학상'(1992) 등 시조계의 굵직굵직한 문학상을 두루 수상했다. 이로 보아 그는 함부로 자신을 세상에 드러내지 않을 뿐더러 작품 또한 남발하지 않는 깐깐한 자존의 시인인 셈이다.

그럼에도 불구하고 이 글을 쓰는 필자에게 그의 이름은 낯설다. 솔직히 필자는 연보와 작품을 접하기 전까지는 원로시인인 그의 이름을 몰랐다. 그래서 작품을 정독하고 난 후 부끄러움과 함께 뭔가 골똘한 생각에 잠기지 않을 수 없었다. 원인은 무엇보다 그가 시조시인이고, 필자는 시인이라는 데 있었던 듯하다(시조시인들은 시조를 '시', 현대시를 '자유시'로 따로 구분하여 부르기도 한다. 상당 부분 일리 있는 주장이다). 말하자면 우리 시단에서 시조가 시에 비해 일방적으로 소외당하고 있다는 데 그 원인이 있었던 것이다. 아무튼 이와 관련된 내용은 이 글의 성격상 논외로 할 수밖에 없지만, 우리시의 뿌리에 해당하는 시조를 '흘러간 옛노래' 쯤으로나 생각하는 문단의 그릇된 인식은 이젠 근본적으로 재검토할 시점에 왔다는 생각이 든다. 우리 현대시조가 과거의 고루한 면모를 일신하고 자유시 못지않은 변별력을 갖추어 가고 있기 때문이다. 최근 계간 『열린시조』가 기획하고 있는 '우리 현대시조 100인선' 간행도 이와 같은 흐름을 체계적으로 정리하여 시조문학에 대한 위상을 다시 세우려는 차원으로 이해된다.

필자가 보기에 박재두 시인의 작품성은 우리가 알고 있는 어느 유명한 시조시인의 그것보다 모자람이 없다고 판단된다. 특히 형식과 표현에서 자유시가 무색할 정도의 현대성도 겸비하고 있다. 그러면 '묘사와 변주의 탁월한 究竟'으로 요약할 수 있는 그의 시세계를 살펴보자.

2. 들어가 살펴보며

주지하다시피 시조는 우리 고유의 시적 양식이다. 따라서 현대시조를 쓰는 시인들의 시가 전통성에 그 뿌리를 두고 출발하고 있음은 지극히 당연한 일이다. 하지만 오늘의 시조가 어제의 시조를 그대로 답습하고만 있다면 이는 심각한 문제일 것이다. 그것은 시조라는 장르 자체가 더 이상

존속할 필요가 없음을 자인하는 일이기 때문이다. 오늘 했던 말이 내일 아침이면 더 이상 효력을 발휘할 수 없는 것이 시적 언어의 숙명이다. 그래서 시인을 종종 혁명가에 비유하기도 한다. 혁명이 무엇이던가. 기존의 질서와 체제를 부정하는 반역이 아니던가. 그래서 아들은 아버지를 죽여야만(넘어서야만) 새로운 아버지가 될 수 있는 것이다. 時調가 詩調가 아닌 이유도 여기에 있다. 시대의 흐름에 따라 새로운 옷을 갈아입어야만 존재 가치가 있다는 뜻이다. 따라서 한 시인의 시를 평가할 만한 가치가 있느냐 없느냐 하는 것도 여기에 달려 있다고 본다.

이렇듯 현대시조의 사명은 과거의 문학적 전통을 일신하여 새로운 문학적 전통을 수립하는데 있다고 본다. 하지만 새로운 문학적 전통을 수립한다는 일이 무조건적인 옛것의 단절이나 파괴를 뜻하는 것이 아니라 바람직한 것들을 이어받으면서 또 그것을 현대적으로 변형 · 발전시키는데 있음을 의미한다. 박재두 시인은 위에서 이야기한 바를 누구보다 충실하게 시로써 구현하고 있는 시인이다. 다시 말해 그의 시세계의 특징은 전통성에 그 뿌리를 두고 있으면서도, 그것을 현대적으로 변형 · 수용하는데 있다. 그것은 구체적으로 모국어의 아름다운 조탁과 전통적 율격의 현대적 변용으로 드러난다. 그 특징을 형식 · 내용으로 2분하여 거칠게나마 들여다보자.

2-1 형식
2-1-1 다양한 변주
전술한 바대로 박재두 시인의 시적 특징 중의 하나는 전통적 율격을 바탕으로 새로운 율격을 창조하는데 있다. 그것은 다양한 형태 실험으로 나타난다. 그가 부단히 다양한 변주를 시도하는 배경에는 무엇보다 기존 율격의 틀로는 빠르고 다변한 현실의 내용을 효과적으로 담아낼 수 없다는 인식에 기초하고 있는 것으로 보인다. 우선 기존 율격의 틀에 입각하여 쓴 시부터 보자.

> 연줄 멕일 사금파리 찧고 빻은 가루별이
> 서둘다 발이 걸려 하늘에 쏟은 별이
> 한뎃잠 머리 위에도 사금파리 빛나던 별이
>
> 가난한 지붕머리 지켜주는 밤이 있어서
> 별 사이를 누비며 날으는 꿈이 있어서
> 눈물 속 하늘에 뜨는 행복이 있어서
>
> ─「별이 있어서」 전문. (밑줄=필자)

이는 3·3조 혹은 4·4조를 기본 율격으로 하고 있는 2연 6행의 평시조다. 외형상으로만 보면 기존 율격의 틀을 고수하고 있는 작품이다. 그러나 자세히 들여다보면 고정된 틀 안에서도 변화를 주기 위해 상당한 공을 들였음을 알 수 있다. 우선 행과 연을 재배치하고 있다. 그러니까 원래 1연 1행은 2행 1연으로, 1연 2행은 2연 2행으로, 1연 3행은 2연 3행으로 각각 시상이 연결되어야 맞다. 그런데 행과 연을 의도적으로 재배치함으로써 밑줄 친 부분을 각운 처리하고 있음을 보라. 이는 물론 반복운을 통해 음악성을 배가하려는 의도이다. 게다가 2연의 각 행들은 모두가 "-있어서"로 끝남으로써 여백의 미를 남겨두고 있다. 말하자면 '어떻더라'에 해당하는 서술어를 생략하고 있는 것이다. 다음 시를 보자.

> 어른들/공출 달러/넘어간/산모롱이
> 진달래/불길은 타고

황톳길/아지랭이

가파른/보릿고개를
빈 손 빨며/넘겼었더란다

콩깨묵/움쌀 얹어/찰기 없는/옥수수밥
돌아서면/허기져/손가락/입에 물고
진달래/
꽃빛을 빨며/
뻐꾸기 소리/배를 채우고……

피는/못 속이던가
반 세기/아득한 저편
응어리진/식민의 피
그마저/내림인지

네 아비/
한 대(代)를 건너/손가락을/빨다니

말리는/눈치는 빨라/할미 등에/붙어 선다
징용 피해/짚동 속에/숨어 지낸/
네 증조부.

나뭇단/
바람 닿는 소리/

가슴/조였다더니

그날 밤/이마 위에/바늘끝으로/뻗치던
얼어/파랗게 질린
별빛 닮은/네 눈동자

떨면서/
엎드려 새운/모습까지
쏘옥/빼다니
— 「어린 손자, 손가락을 빨아」 전문.(/=필자)

다소 긴 이 작품은 원래 5연 15행인데, 의도적인 행·연갈이로 인해 무려 9연 28행으로 늘어나 있다. 외형상으로만 보면 누구든 이 작품을 자유시로 보지 시조로는 보지 않을 것 같다. 그러나 자세히 들여다보면 지킬 것은 다 지키고 있다. 말하자면 시조의 기본 율격을 바탕에 깔고 그것을 자유자재로 변형시키고 있음을 알 수 있다. 때로는 변형이 너무 지나쳐 작위적인 인상마저 풍길 정도다.

위 작품의 형태를 구체적으로 분석해 보자. 첫째, 1연과 2연은 원래 하나의 연인데 둘로 나누었다. 그런 다음 초장은 4음보 그대로 두고, 중장은 2음보씩 행갈이를 했다. 그리고 종장은 별도로 연갈이 하여 다시 2음보씩 나누었다. 둘째, 3연은 연갈이를 안하고 또 초장과 중장을 그대로 둔 대신 종장을 3행으로 나누었다. 셋째, 4연과 5연은 역시 하나의 연인데 둘로 나눈 다음, 초장과 중장을 2음보씩 나누어 4행으로 만든 뒤, 종장을 1음보와 3음보로 나누어 2행 1연으로 변형시켰다. 넷째, 6연과 7연도 하나의 연인데 역시 둘로 나눈 다음, 초장은 그대로 두고 중장을 3음보와 1음보씩 나누어 2행으로 하였으며, 종장을 별도의 연으로 떼어 각 1음보, 1음보, 2음보씩 3행으로 늘렸다. 다섯째, 8연과 9연도 하나의 연인데 둘로 나눈 다음, 초장은 그대로 두고 중장을 각 2음보씩 2행으로 나누었으며, 종장을 따로 떼어 각 1음보, 2음보, 1음보로 나누어 3행으로 만든 다음 1연으로 잡았다. 그러니까 원래 5연 15행인 이 작품은 9연 28행으로 철저하게 변형이 된 바, 같은 형태의 연이 하나도 없을 만큼 변화무쌍하다.

한편, 박재두 시인의 형태 변형에 대한 관심은 평시조에만 그치지 않고 「쑥뿌리 사설 1·2」처럼 사설시조에까지 이어진다. 주지하다시피 사설시조는 시조의 형태만 간신히 갖추고 있을 뿐 산문시와 거의 구분이 어렵다. 특히 중장에서 하염없이 늘어진 사설은 할 말 못할 말을 가리지 않고 모두 소화시키는 배불뚝이다. 따라서 사설시조는 오늘의 복잡다단한 현실의 내용을 가장 효과적으로 그리고 비판적으로 수용할 수 있는 시적 장치라 할 수 있다.

박재두 시인의 사설시조도 이와 맥을 함께 하고 있다. 다만 다른 시인과는 달리 초장과 중장을 분리시키지 않고 아예 통합하여 사설로 처리하는 변형을 보여순다. 그러나 박재두 시인의 경우 평시조에 비해 사설시조의 변형을 꾀한 작품은 드물다. 이로 보아 그는 사설시조보다는 평시조나 그 변형에 능한 시인이라 할 수 있다.

이렇듯 박재두 시인은 일단 기본 율격에 준하여 창작을 한 다음, 그것의 변형을 꾀하는 창작 방법을 습관화하고 있는 것으로 보인다. 이번에 필자가 읽은 100여 편의 작품 중 똑같은 틀에 맞춰 쓴 것이 거의 없을 정도로 그의 변주는 다양하고도 현란하다.

그렇다면 이와 같은 변형을 통해 그가 노린 시적 의도 혹은 효과는 무엇인가. 그것은 필자가 보기에 다음 세 가지로 집약할 수 있지 않을까 한다. 첫째, 호흡의 단속과 속도의 조절을 통해 시조의 단조로운 리듬과 구조에 다양한 변화를 주려는 점. 둘째, '낯설게 하기' 차원을 넘어 최대한 자유시 형태에 근접하려는 점. 셋째, 구조의 확대 · 변형을 통해 어떠한 내용도 거기에 담을 수 있도록 하려는 점 등이 그것이다. 다시 말해 이는 결국 시조의 구태를 일신하여 새로운 면모를 구축하려는 실험정신의 산물로 읽힌다.

2-1-2 섬세한 관찰과 묘사

박재두 시인의 시적 특징 중 다양한 변주 못지않게 두드러지는 것이 섬세한 관찰력과 묘사력이다. 필자가 보기에 이 점은 그의 시가 지니고 있는 최대 장점으로 꼽힌다. 관찰력과 묘사력이 뛰어나다는 것은 그만큼 사물의 속성을 들여다보는 시각이 예리하고 감성이 풍부하다는 증거다. 이번에 필자가 읽게 된 작품들이 최근에 쓰여진 것인지 아닌지는 알 수 없지만, 이순의 중반을 넘어서고 있는 나이에 젊은 시인을 능가하는 예민한 감성을 지니고 있다는 것은 놀라운 일이라 아니할 수 없다.

> 헝크러진 실타래 배배 꼬인 다리
> 오그린 무릎 겹겹이 개고 붙어 앉아
> 돌멩이 이불을 덮고 죽은 듯이 누웠다.

하루살이 날개만 스쳐도 쑤셔놓은 벌집 윙윙 바람개비 돌려 녹화되고 굴러가는 벌레소리까지 쪽집게로 찍어 녹음하는 도청 장치 둘레 8백 리에 뻗친 산 맥을 떠받친 암반 밑 개미집 청사진 떠서 밀실 차린 땅굴 속, 좁쌀 낟도 하나 낱낱이 체크되는 고성능 최첨단 초고밀도 컴퓨터 바람 입 막고 구름 눈감기고 귀신같이 숨어들어 명경알같이 꿰뚫어보고 귀 덮어도 무쇠 철모, 첩첩 위장막을 덮고 또 덮어도 한 점 봄 입김만 스치면 초록불꽃 터뜨릴 활화산 하

나 환약으로 말아 쥐고 눈치만 살피는 뇌관 하나 구비구비 돌아든 밀실

말이야 바른 말이다. 감춘다고 모를 것가.

—「쑥뿌리 사설 · 2」 전문.

이 작품은 겨우내 땅속에 묻혀 있는 쑥뿌리가 봄이 되면 지상으로 그 싹을 내밀듯이 억눌리고 은폐된 상황이나 진실은 결국 드러나게 된다는 내용을 담고 있다. 그런데 관심은 이 시가 담고 있는 내용이 아니라 그 쑥뿌리와 땅속을 들여다보는 시인의 미시적 관찰력 또는 투시력에 있다. 어떻게 보이지도 않는 땅속을 마치 현미경을 들이대듯 면밀하게 관찰하고 또 묘사할 수 있는 것인지, 구절구절이 마치 그의 예민한 감각기관을 설명하고 있는 것 같아 그저 놀랍기만 하다.

이 시를 통해 짐작컨대, 그의 감각기관은 "움직이는 좁쌀 낱도 하나하나 낱낱이 체크되는 고성능 최첨단 초고밀도 컴퓨터"다. 그의 예리한 시각은 모든 사물의 움직임을 "명경알같이 꿰뚫어 보고", 그의 뇌관 같은 청각은 "무쇠 절모, 첩첩 위장막을 덮고 또 덮어도 한 점 봄 입김만 스치면 초록불꽃 터뜨릴 활화산"처럼 일촉즉발이다. 그러니 그의 감각의 레이더망을 어찌 개미새끼 한 마리라도 그냥 통과할 수 있겠는가.

그의 미세한 감각은 한 걸음 더 나아가 "솔잎" 하나에서까지 그 숨결을 보고 듣는다. "밝은 별 맑은 공기 모아 채운 염록소/꼬이고 비틀린 오장육부 따라 돌며/메마른 혈관 틔우고 속 시원히 흘러라."(「참솔 생즙을 마시고」) 같은 구절이 그것이다.

그러면 그의 섬세한 묘사력은 또한 어떠한가. 다음은 묘사의 절편을 보여주는 몇 구절들이다.

① 숨가뻐 이불 펴는/봄밤은 만리(萬里) 강(江)물 —「꽃필 무렵」에서.

② 허물만 손톱이 길어 찬 하늘을 긁어댄다 —「들풀같이」에서.

③ 산모롱 외진 길섶 주막 낸 늙은 작부 —「민들레처럼」에서.

④ 벼락부자 났다. 하루 아침 만석군 났다. —「가랑잎에 묻혀 서다」에서.

⑤ 뜻 아니/목맺힌 기억/잠시 닻을 던졌나. —「돝섬을 보다가」에서.

⑥ 구운 굼장어같이 뒤틀린 세태를 씹으며 —「포장집에서」에서.

⑦ 눈 가장자리 번지는 웃음처럼 밀리는 물살 —「다도해를 지나며」에서.

⑧ 가지마다 색실 얽혀 구름으로 뜨는 노래 —「찔레꽃 산조」에서.

　①은 꽃필 무렵 봄밤의 융융한 정취를 만리 강물에 연결시키고 있으며, ②는 풀잎이 바람에 하늘거리는 모습에 시인의 자아를 투사시켜 손톱으로 하늘을 긁는다고 촉각화하고 있다. ③은 백발을 뒤집어쓴 민들레꽃을 주막집 늙은 작부에 비유하여 감각적으로 표현하고 있다. ④는 늦가을 수북히 떨어져 쌓인 가랑잎을 지폐 더미나 벼 가마를 쌓아놓은 것에 비유하고 있으며, ⑤는 불가시적인 기억의 닻을 가시적인 섬으로, ⑥은 뒤틀린 세태를 구운 굼장어에 빗대어 각각 시각화하고 있음을 본다. ⑦은 다도해의 잔잔한 물살을 사람의 웃음으로, ⑧은 가지마다 하얗게 피어 있는 찔레꽃을 구름으로 연결시킨 뒤 이를 다시 노래로 청각화하는 솜씨가 일품이다.

　이렇듯 박재두 시인의 뛰어난 감각적 표현들은 그의 시작품 전체에 두루 포진하고 있다. 이는 무엇보다 그가 현대적 표현 감각을 갖춘 시인임을 말해 준다. 그리고 관찰이나 묘사 그 자체에만 그치지 않고 언제나 거기에 삶의 체험과 역사의식을 불어넣어 형상화하고 있다. 바로 이 점이 독자로 하여금 그의 시에 대해 신뢰감을 갖게 만드는 요소이다.

2-2 내용
2-2-1 자기관조와 안빈낙도

그렇다면 이처럼 다양한 변주와 섬세한 관찰·묘사를 바탕으로 박재 두 시인이 추구하고자 하는 시세계의 내용은 무엇인가. 그것은 크게 네 가지로 요약된다. ① 자기관조, ② 안빈낙도, ③ 자연친화, ④ 역사의식이 그것이다(물론 이외에도 思鄕이나 소시민적인 삶을 노래한 시편들도 있다). 따라서 그가 추구하고자 하는 시적 내용은 전통적인 주제들과 그 맥을 함께 한다고 볼 수 있다. 다만 그의 경우 ①,②,③에 비해 ④에 입각하여 쓴 시가 많은 것은 격동의 시대를 살아오면서 시조가 역사와 현실을 제대로 반영할 수 있는 거울이어야 함을 자각한데 따른 비판정신의 확대 차원으로 받아들여진다. 형식에서 전통적인 율격의 변형이나 산문성이 크게 두드러진 것도 같은 맥락으로 읽힌다. 그러나 비판정신 또한 선비정신에 그 뿌리를 두고 있음을 감안할 때 그는 어디까지나 시조의 정통성을 크게 벗어나지 않은 시인이라고 볼 수 있다. 그러면 먼저 자기관조 혹은 자아성찰을 노래한 시들을 보자.

> ① 실바람만 스쳐도 가누지 못해 몸부림치고
>   환한 얼굴빛 기쁜 듯이 꾸며내며
>   그림자 그늘진 뿌리 지심(地心) 깊이 드리우노니
>
>   고개 들지 못하는 예쁜 죄 하나 저질러
>   없는 듯 들풀같이 흔들리며 가려는 길에
>   허물만 손톱이 길어 찬 하늘을 긁는다.
>
> ― 「들풀같이」 부분.

② 무딘 궷바퀴 눈보라에 찢기운 채
　보채던 피도 식어 주저앉은 둘치던가
　칼날도 삭이는 바람. 청대 같은 나를 깨우나.

　힘겨운 목숨의 짐을 수레로 실어와서
　굳게 잠긴 무쇠 대문 담 밖에다 부려놓고
　자물쇠, 녹슨 빗장을 그 누가 따고 있나.

　푸른 강물에 지던 동백꽃빛 피 한 방울
　내게도 있었던가 바람 자는 이 아침
　선지피 머리에 이고 고개 드는 생각의 꽃.
　　　　　　　　　　　　　　　　　　　　　—「꽃 깨우는 바람」 전문.

　①은 "들풀"에 시적 자아가 투사된 시다. 들풀은 산과 들 어디를 가나
볼 수 있는 흔한 풀이다. 그래서 귀하지도 화려하지도 않은 소박한 무명
초라 할 수 있다. 그러나 비바람 눈보라 다 맞고 자라는 들풀은 생명력이
강할 뿐더러 해와 달과 별과 구름을 머리에 이고 사는지라 자연의 본질에
가까운 속성을 지녔다.
　그러면 이 시에 나오는 들풀은 어떤 모습을 하고 있는가. 그것은 "실바
람만 스쳐도 가누지 못해 몸부림"칠 정도로 연약하다. 하지만 꺾이지 않
고 언제 그랬느냐는 듯이 "환한 얼굴빛"을 되찾아 "그늘진 뿌리"를 "지
심(地心) 깊이 드리우"는 허리가 유연한 들풀이기도 하다. 게다가 "고개
들지 못하는 예쁜 죄 하나" 저지르기를 소망하는 들풀이다. 여기서 시인
이 말하는 "예쁜 죄"란 무엇일 것인가. 그것은 소박하고도 깨끗한 시인이
기를 꿈꾸는 마음이 아니겠는가. 시인은 그렇게 들풀처럼 "없는 듯", "흔

들리며" 살기를 원한다. 하지만 삶이 어찌 자기가 바라는 대로만 펼쳐지던가. 그러므로 "허물만 손톱이 길어 찬 하늘을 긁는다"는 구절은 후회와 반성의 표현으로 아프게 읽힌다.

②에서도 "꽃"과 그 꽃을 깨우는 "바람"의 관계를 통해 아픈 자화상을 확인하고 있다. 나이가 들어 썼을 것이 확실한 이 시에서 시인은 젊은 날의 열정과 감각이 되살아나기를 희망하고 있다. 그래서 "청대 같은 나"나 "생각의 꽃"은 시인의 현재가 투사된 사물이다.

시인의 열정과 감각이 예전과 같지 않다는 것은 도처에서 확인된다. "무딘 귓바퀴", "보채던 피도 식어", "굳게 잠긴 무쇠 대문", "자물쇠, 녹슨 빗장", "동백꽃 피 한 방울/내게도 있었던가" 등이 그것이다. 하지만 그 녹슬고 무딘 열정과 감각을 깨우는 것은 바람이다. 그것도 "칼날도 삭이는 바람"이다. 그 바람이 굳게 잠긴 녹슨 꽃의 빗장을 따며 다시 개화를 재촉하고 있다. 그래서 "바람이 자는 이 아침"에 드디어 "선지피"처럼 붉게 핀 "생각의 꽃"이 다시 고개를 드는 것이다. 이처럼 그는 아직도 청대처럼 푸르고 꼿꼿하다. 다음은 안빈낙도의 시편들을 보자.

> ① 가난을 섞어 들면 찬물에도 맛이 든다
> 몇 차례 헛기침으로 한 끼쯤 건너뛰자
> 흥부네, 심술 말고도 따로 살맛 있거니…….
>
> …중략…
>
> 가진 것 없이 머리 둘 하늘은 있고
> 등성이마다 흘러내리는 넉넉한 빛깔 하며
> 황금빛 햇살 만으로도 만석군이 안 부럽다.

―「가을 뜨락에서」 부분.

②가난도 때오르면 부귀(富貴)보다 사치롭고
　한 고개 넘어서면 극락같이 열린 하늘
　그 하늘 별 뜨는 가난, 맨발로 우러러 서리.

―「어떤 가난」 전문.

①을 보면 박재두 시인의 시의식은 "찬물"처럼 정갈하다. 왜냐하면 가
난하지만 그 가난에 지배되지 않은 넉넉한 정신을 소유하고 있기 때문이
다. 얼마나 의연한 자세를 견지하고 있길래 "가난을 섞어 들면 찬물에도
맛이 든다"고 표현할 수 있는가. 그것은 "찬물"을 밥먹듯이 들이킨 자만
이 알 수 있는 지극한 정신의 경지다. "홍부네"가 심술 말고도 "따로 살
맛"이 있다는 것은 한 착한 필부로서 가족을 데불고 소박한 행복을 누리
며 사는 것이겠지만, 여기에서는 시인으로서의 청빈한 삶의 행복을 가리
키는 것일 터이다. 따라서 박재두 시인이 이 시에서 진짜 가난의 모델로
내세우는 사람은 홍부네가 아니라 저 박지원의 「양반전」에 나오는 찢어
지게 가난한, 그러나 자존심 높은 선비(시인)가 아니겠는가. 그런 가난을
긍정하는 선비에게서야 가을 뜨락의 모든 것들이 넉넉하기만 하다. 머리
위에는 높고 푸른 "하늘"이 있고, 단풍 든 산등성이를 흘러내리는 "빛깔"
까지도 넉넉하며, 뜨락에 쏟아지는 "황금빛 햇살"만으로도 만석군이 안
부러운 것이리라. 청빈한 시인의 이미지가 투명한 가을 뜨락의 정경과 딱
들어맞는 시다.

그러나 박재두 시인이 항용 가난을 긍정하는 것만은 아니다. 오히려 ②
에서 그 가난을 경계하고 있음을 보라. "가난도 때오르면 부귀(富貴)보다
사치롭"다는 일침이 그것이다. 그렇다면 여기에서 "때"오른 가난이란 무

엇일까. 그것은 아마도 부귀와 타협하는 가난, 부귀에 무릎꿇는 가난, 가난을 팔아먹는 가난 등등일 터이다. 그러니까 결국 가난의 참뜻을 모르는 거짓 가난이라고 할 수밖에 없다. 그러나 가난을 긍정하는 일이 어디 그리 쉬운가. 그래서 "극락같이 열린 하늘"은 아무에게나 모습을 드러내는 것이 아니다. 그것은 참으로 지극한 가난의 경지에 이른 사람만이 볼 수 있는 하늘이다. 그 하늘에서는 가난이 곧 "별"이다. 시인은 그 가장 아름답고 고귀한 "별"(가난)을, 그것도 "맨발로" 찬양하겠다고 다짐한다. 참으로 청빈하기 이를 데 없는 시인의 정신이 별빛처럼 그렁그렁하는 듯하다. 그러나 필자는 오늘날 박재두 시인처럼 가난을 행복으로 여기며 시를 쓰려는 자가 과연 있을 것인가를 생각해본다. 그리고 보면 필자를 포함한 상당수의 시인들은 소위 "때"가 낀 가난한 속물들임을 부인하기 어렵다.

2-2-2 자연친화와 역사의식

박재두 시인의 시는 자연물을 소재로 한 것들이 주류를 이룬다. 그 중에서도 특히 꽃에 대한 시편들이 많다. 이는 그가 전통적인 소재를 즐겨 쓰는 시인이라는 말도 되지만, 평생토록 고향 일대의 자연을 벗 삼아 시를 쓴 향토시인이라는 말도 된다. 그러나 이러한 자연친화적인 시들이 자연 그 자체의 서경만을 노래하지 않는다는데 그의 시적 특징이 있다. 거기에는 예외 없이 시인의 인생관이나 구체적 삶의 모습 또는 역사의식이 투영되어 있다.

> ① 몰라 그렇지 하나씩 깨쳐 가면
> 숨쉬는 이파리마다 눈물겨운 자랑으로
> 지선(至善)한 눈망울들이 반짝이고 있고나.

볼 부비며 깨알같이 새겨내는 목숨이기
실핏줄 개울마다 더운 입김을 쐬며
청자빛 하늘 우러러 속엣말을 푸는가.

―「풀밭에서」 부분.

②아홉 겹 성곽을 헐고 열 두 대문 빗장을 따고
바람같이 질러 닿은 맨 마지막 섬돌 앞
뼈끝을 저미는 바람, 추워라. 봄도 추워라

용마루 기왓골을 타고 내리던 호령소리
대들보 쩌렁쩌렁 흔들던 기침소리
한 왕조 저문 그늘이 무릎까지 덮는다.

다시, 눈을 닦고 보아라. 보이는가
칼놀음. 번개 치던 칼놀음에 흩어진 깃발
발길에 와서 걸리는 어지러운 뻐꾸기 울음

―「꽃은 지고」 전문.

①에서 시인은 풀밭에 다가가 풀잎을 본다. 풀잎에는 맑은 이슬방울들이 맺혀 있다. 그것을 시인은 "지선(至善)한 눈망울들이 반짝이고" 있다고 표현한다. 풀잎에 시인의 마음이 투사된 까닭이다. 풀잎들은 "볼 부비며 깨알같이" 목숨을 새겨낸다. 깨알 같은 목숨이 무엇일 것인가. 그것은 시인이 목숨처럼 소중히 여기는 시일 것이다. 그래서 또한 풀잎이 하늘거리는 모습을 "청자빛 하늘 우러러 속엣말을 푼다"고 표현하고 있다. "속엣말"은 따라서 내밀한 시인의 언어와 정신이다. 그러니까 이 작품을 통

해 우리는 풀잎이라는 자연물에 투사된 시인의 시작관과 정신세계를 읽을 수 있는 것이다.

②는 낙화를 역사의식으로까지 연결시킨 절편이다. 꽃이 지는 것을 한 왕조의 몰락으로 보고 있다. 먼저 1연은 바람에 꽃잎이 차례로 지는 모습을 적군들이 성을 부수고 쳐들어가는 전투 상황으로 연결시키고 있다. "아홉 겹 성곽"이나 "열 두 대문 빗장", "맨 마지막 섬돌 앞" 등은 낙화의 순차적 과정을 보여준다. 왕조의 몰락이 백척간두에 다다른 살벌한 상황이다. 그래서 시인은 봄인데도 춥다고 표현한 것이다. 2연은 꽃잎이 떨어져 쌓이는 과정을 왕조의 몰락이 한창 진행되는 상황으로 연결시키고 있다. "호령소리"와 "기침소리"가 궁궐에 가득하고 여기저기 시체들이 난무하는 어지러운 상황 끝에 드디어 한 왕조가 몰락한다. 낙화가 끝난 것이다. 3연에서 시인은 그 상황을 재차 확인하고 있다. 그가 확인한 것은 "번개 치던 칼놀음"과 "어지러운 뻐꾸기 울음"이다. 그것은 피비린내 나는 살생과 아비규환의 울음소리 가득한 현장이다. 따라서 낙화는 왕조의 몰락처럼 자못 비극적이다. 아무튼 정적인 낙화의 정경을 이렇듯 동적인 싸움의 현장으로 바꾸어 놓은 시인의 상상력이 놀랍다.

다음으로, 박재두 시인은 역사의식과 현실인식에 투철한 시인이다. 그것은 민족정서와 비판정신을 통해 나타난다. 특히 일제시대에 태어나고 자란 그의 시의식에는 일제에 대한 강한 저항정신과 민족의식이 뿌리 깊게 남아 있다. 이러한 그의 시의식은 민주화를 위한 투쟁정신으로까지 이어져 가열한 불을 뿜는다.

　① 의붓어미 그늘에서 풀물 든 설움이야
　　떫은 보릿고개 도토리랑 삼켰다마는
　　퍼렇게 민적에 앉은

식민의 피는 못 지웠다.

뼈마디 물러 앉고도 못벗은 징용살이
동자 깊이 박고 간 황토빛 타는 산천
풀국새
뭉개진 울음
쑥빛으로 물드나.

—「쑥물 드는 신록」 전문.

② "지지배,
지배지배,
지지배배 지지배배"
미주알 고주알 낱낱이 뭐라 일러바치는

발정난 노고지리에 봄하늘을 덮는다.

"······친외세 반민중의 체제란 허깨비는
마구잡이로 마구잡이로 갈기갈기 찢어 발겨······

던져라!'
돌팔매 뜬다. 때맞친 종달새.

"어미 아비 발 뻗치고도 눈물 한 방울 비치지 않을
세상모르고 자라난 철부지들은······

짓이긴 고춧가루다. 최루탄을 먹인다."

이렇게 오는 거란다, 아가야 민주의 봄은
철조망 바리케이트 개나리빛 노란 연막

화염병
꽃불이 퍼져
온 광장이 벌겋게……

　　　　　　　　　　　　　　　　　　　　　　　　— 「민주화로 오는 봄」 전문.

　①은 신록의 빛깔을 통해 일제시대의 민족의식을 한으로 형상화하고
있다. 주지하다시피 우리 민족은 일제라는 "의붓어미 그늘"에서 36년이
라는 세월 동안 "풀물 든 설움"을 겪었다. 그리하여 쑥이며 "도토리" 등
으로 "보릿고개"를 넘기며 쓰라린 가난을 맛보았다. 그리고는 해방을 맞
이했다. 그러나 해방도 우리 손으로 쟁취한 것이 아니었지만, 일제의 잔
재 청산마저 이루어지지 않은 상태에서 다시 6·25라는 민족적 비극을
겪음으로써 분단이 고착화됐다. 더구나 일본은 아직도 반성이나 속죄의
식이 없이 식민 지배의 정당성을 주장하고 있는 것이 오늘의 현실이다.
그래서 시인의 역사의식은 "퍼렇게 민적에 앉은/식민의 피는 못 지웠"으
며, "뼈마디 물러앉고도 못벗은 징용살이"라고 진단한다. 게다가 강제 징
용으로 끌려간 동포들이 꿈에도 못잊을 고향산천을 그리며 아직 일본에
서 살고 있지 않은가. 그래서 민족의 설움과 한이 투사된 무구한 "신록"
은 색깔이 파란 것이 아니라 퍼런 것이며, 한스런 "풀국새" 울음으로 이
산하가 온통 "쑥빛"으로 물드는 것이다.
　②는 민주화 열기로 뜨거웠던 80년대 상황을 풍자한 작품으로 보인다.

이 작품은 형태 변형도 변형이지만, 무엇보다 구어체를 효과적으로 활용하여 생동감 있게 시위 현장을 담아내고 있는 것이 이채롭다. 워낙 많은 말이 빠르게 난무하는 시의 성격임을 감안한 "……" 처리도 유효 적절하다. 노고지리의 울음소리를 "지지배(계집)", "지배지배(지배)", "지지배배(종달새 울음)"으로 구분하여 표현한 것도 재미있다. 이는 그가 얼마나 표현에 민감한 시인인가를 다시 한번 보여주는 증거다.

　시인은 하고자 하는 말을 종달새의 지껄이는 소리에 실어 구어체로 표현하고 있다. 종달새 소리는 따라서 모두가 시위 구호에 가깝다. 그 중 핵심 구호는 "친외세 반민중"이다. 얼마나 시인의 비판정신이 격렬한지 종달새는 "마구잡이로 갈기갈기 찢어 발"기라고까지 소리친다. 따라서 이 작품은 박재두 시인의 시의식이 80년대라는 격렬한 시대 상황에 어떻게 다가서 있었으며, 그것을 또한 시조라는 양식에 얼마나 적극적으로 담아냈던가를 알 수 있는 작품이라 할만 하다.

　이렇듯 박재두 시인의 시세계는 다양한 형태 실험이나 표현에 대한 섬세한 관심 못지않게 내용 또한 넓이와 깊이를 지니고 있음을 알 수 있다. 그러고 보면 그의 형태 변주나 섬세한 묘사력은 다양한 내용들을 효과적으로 담기 위한 그릇인지도 모른다.

3. 나오며

　지금까지 필자는 박재두 시인의 시세계를 형식과 내용으로 크게 2분하여 들여다보았다. 그것은 형식에 있어서 다양한 변주와 섬세한 묘사력, 내용에 있어서 자기관조와 안빈낙도 그리고 자연친화와 역사의식으로 집약된다. 그것을 다시 한 마디로 표현하면 모국어의 아름다운 조탁과 전통적 가락의 현대적 변용이라 할 수 있겠다.

박재두 시인의 형태 실험에 대한 관심은 다양하고도 집요하다. 이는 기존 시조의 구조와 율격으로는 다변하고 복잡한 현대성을 살릴 수 없다는 자각에 기초하고 있는 것으로 보인다. 그리고 미시적 관찰을 통한 섬세한 묘사력은 그의 가장 두드러진 시적 특장으로 읽히는 바, 이 역시 현대적 표현미를 극대화하기 위한 전략적 차원으로 보인다. 이 뛰어난 묘사와 변주의 그릇 속에 그의 청빈한 선비정신이 담긴다. 이렇게 볼 때 박재두 시인의 시세계는 형식과 내용의 행복한 조화를 보여준다고 할 수 있다. 이 말은 전통성과 현대성의 행복한 조화라는 의미까지를 동시에 포함한다. 따라서 이러한 박재두 시인의 시적 면모는 최근 지나치게 형태 실험과 시적 기교에만 집착하는 젊은 시조시인들에게 좋은 귀감이 될 수 있을 것으로 보인다. 시조는 자유시와 다른 변별력이 있어야만 하기 때문이다.

이제까지 살펴본 바, 박재두 시인은 청대같이 청빈하고 결이 곧은 시인이다. 따라서 세한도처럼 단아한 기품과 서늘한 아름다움을 지닌 그의 시들은 우리 현대시조의 값진 유산의 하나로 남을 것으로 확신하며 이 글을 맺는다.

―『열린시조』(2000년 여름호)

비애와 무상의 시학
— 김현구론

1. 머리말

　이 글은 남녘의 한 시골마을에서 태어나 그 곳에서 조용히 시를 쓰며 살다간 김현구라는 시인의 시세계를 김영랑의 시세계와 대비[1]를 통해

---

1) 두 사람은 다소의 차이는 있지만 흥미롭게도 다음과 같은 숙명적인 공통점을 가지고 있다.
　첫째는, 두 사람이 비슷한 시기에(영랑 : 1902년, 현구 : 1904년)에 같은 곳(전남 강진)에서 태어나, 생의 대부분을 그곳에서 함께 보냈으며, 또한 같은 해(1950년)에 6·25의 참화로 세상을 떠났다는 점이다.
　둘째는, 시작 활동 면에서 볼 때 둘 다 습작기에 강진의 '靑丘'라는 문학동인회의 멤버였고, 『시문학』을 통해서 등단한 후 같은 동인으로 활동했으며, 비슷한 양의 작품 편수(영랑 : 86편, 현구 : 85편)를 남겼다는 점이다.
　셋째는, 두 사람이 줄곧 같은 향리에서 서로를 자극하는 동반자로서 시작 생활을 펼쳤던 만큼 시의 소재나 내용 그리고 구조면에서 매우 유사한 특징들이 발견된다는 점이다.
　따라서 필자는 현구의 시적 장·단점을 효과적으로 드러내기 위해선 영랑 시와의 대비·고찰이 필수적이라고 생각한다. 그러나 논의의 중심은 어디까지나 현구에게 두었다.

약식으로 살펴보는 데 그 목적이 있다.

玄鳩 金炫耉는 1904년 전남 강진에서 태어나 1950년 6·25의 참화로 세상을 떠난, 아직도 우리에게 다소 낯선 시인이다. 1930년 『시문학』을 통하여 등단했고, 시문학파의 중요한 일원으로 활동하면서 85편이라는 주목할만한 시를 남겼지만, 비슷한 시기에, 같은 곳에서 태어나, 줄곧 같은 곳에서 살며, 같은 동인지로 등단하고, 또한 같은 동인으로 활약했던 永郎 金允植이 한국현대시사상 김소월과 더불어 최고의 서정시인으로 평가되고 있음에 반해, 현구²⁾는 살아생전 이렇다 할 만한 평가를 받아보지 못했으며, 더욱이 시집 한 권도 내보지 못하고 세상을 떠났다는 점에서 매우 불운한 시인이다. 다만 그가 세상을 뜬 지 20년 후인 1970년에야 비로소 유고시집인 『현구시집』이 비매품으로나마 발간된 것은 다행스러운 일이라 하겠으나, 이 시집 또한 문단에 널리 배포되지 않은 관계로 지금까지 논의의 대상에서 제외되어 왔다는 점에서 그의 시 전반에 대한 본격 연구는 여전히 미답의 상태³⁾에 있다고 할 수 있다.

그렇다면 왜 그는 지금까지 철저하게 소외되어 왔는가. 이 점에 대해 그의 시작 활동이 미진하였거나 작품이 이렇다 할만한 특징이 없었기 때문이라면 문제는 간단하다. 그러나 뒤늦게라도 그의 유고시집을 읽어본 사람이라면 누구나 그렇게 간단히 넘어갈 문제가 아니라는 데 동의할 것이다. 그렇다면 왜 그가 소외되어야만 했는가의 원인을 밝히고, 시작 전모를 다시 살펴서 정당한 평가를 내린 다음, 그의 시적 자리를 새로이 한국현대시사에 편입시켜야 마땅하다고 하겠다.

---

2) 이후부터 김현구를 '현구'로, 김영랑을 '영랑'으로 약칭하려 한다.
3) 그러나 현구에 관한 논의가 전혀 없었던 것만은 아니다. 문제는 김학동의 글을 제외한 대부분의 글들이 본격 논의라고 보기에는 어려운 단평 류라는 데 있다. 여기에 관한 주석은 지면 관계상 생략한다.

2. 생애와 불운한 시적 행보

현구의 생애에 관한 기록은 지극히 미비하다. 앞으로도 이를 소상하게 밝힐 수 있는 가능성은 거의 희박하다고 본다. 유감스럽게도 그는 고향 강진에서조차 철저히 소외되어 있다. 영랑이 다산과 함께 강진을 빛낸 상징적인 존재로 떠받들어져 오고 있음[4]에 반해 현구의 이름을 기억하고 있는 강진사람들은 드물다. 해마다 영랑의 생가에는 수많은 문학 답사객들이 찾아오지만 그곳에서 약 150미터 떨어진 곳에 현구라는 시인의 생가와 분가[5]가 있다는 사실을 함께 알고 찾아오는 이는 없다.

다만 지금까지 알려진 기록에 따르면, 현구는 1904년 강진의 명문 관료 집안에서 5형제 중 셋째 아들로 태어나, 같은 김해 김씨 집안의 삼촌뻘인 영랑과 함께 강진공립보통학교(현 중앙국교)를 나와 배제학당을 다녔고, 그 뒤 일본으로 건너가 그리 길지 않은 학업을 계속했다는 것, 그리고는 결혼하여 슬하에 9남매를 두었고, 줄곧 강진의 산하에 묻혀 시를 쓰며 살다가 1950년(46세) 6·25의 참화로 세상을 떠났다는 것이 그 전부이다.[6]

현구의 공식적인 시작 활동은 1930년 5월 『시문학』 2호에 〈님이여 강물이 몹시도 퍼렇습니다〉를 비롯한 4편의 시를 발표하면서 시작된다. 그

---

4) 실제로 강진읍 내에는 영랑과 다산에 관련된 다방이나 음식점, 수퍼마켓, 주택 등의 이름이 즐비하다.

5) 현구가 태어난 생가는 강진읍 서성리 179번지인데 지금은 정원을 비롯한 원형이 많이 훼손된 상태이다. 그가 결혼한 이후 분가하여 살았던 집은 강진읍 서성리 214번지로서 생가와는 지척지간에 있으나 유족들이 강진을 뜨면서 팔아버려 지금은 金在燮씨(65세, 강진경찰서 정보계장으로 정년 퇴임)가 살고 있다.

6) 그러나 필자가 본고를 준비하면서 관련된 모든 기록을 찾아보고, 사람들을 만나 그들로부터 증언을 들어본 결과 그의 생애에 관한 좀더 소상한 내용을 알아낼 수 있었다.

러니까 창간멤버로서 『시문학』 1호에 〈동백닢에 빗나는 마음〉 등 13편의 시를 발표함으로써 시단에 얼굴을 내민 영랑보다 두 달 후에 등단한 셈이며, 등단과 함께 현구는 시문학파의 일원으로 본격 가담하게 된다.

현구는 그 후로도 『시문학』 3호(1931. 10)에 〈黃昏〉 등 4편, 『문예월간』 창간호(1931. 11)에 〈풀우에 누어〉7), 『문학』 창간호(1931. 11)에 〈내 마음 사는 곧〉, 『문학』 2호(1934. 2)에 〈길〉, 『문학』 3호(1934. 4)에 〈山비 달기 같은〉 등 총 12편의 시를 발표하면서 활발한 시단활동을 벌인다. 그러나 『문학』의 종간과 더불어 현구의 공식적인 시단활동은 끝을 맺게 된다. 이후 그는 시단과의 인연을 끊고 향리에 묻혀 자족적(自足的)으로 시를 쓰다가 1941년 시집을 발간하려 했으나 뜻을 이루지 못하고 1950년 6·25로 타계하게 된다. 사후 20년만인 1970년 유족들과 임상호씨를 비롯한 '현구기념사업회'에 의해 유고시집인 『현구시집』이 고인의 뜻에 따라 비매품으로 출간되었고, 그 뒤 22년 후인 1992년 11월 강진군의 후원으로 『김현구시집』이 재 출간되었으며, 강진군립도서관 앞 「영랑시비」가 마주 보이는 자리에 「현구시비」가 세워졌다.

여기까지가 현구의 시단 활동의 전부이다. 그렇다면 왜 현구는 1934년 4월 『문학』의 종간 이후 시단활동을 중단했으며, 시집도 발간하지 못한 채 지금까지 잊혀진 시인이 되었는가. 그 요인은 다음 몇 가지로 나누어 생각해 볼 수 있다.

첫째, 지나친 결백성과 자족적인 시적 자세를 들 수 있다.

그는 세상사에 매우 비관적이고 소극적이었다. 또한 자신을 비하하거나 자기의 시에 대해서도 스스로 폄하하는 습성이 있었다. 그래서 그는 영랑과는 달리 시문학파의 해체와 더불어 시단활동을 더 이상 적극적으

7) 작품 제목이나 본문의 표기는 원문을 따랐음.

로 이어갈 생각을 하지 못했으며, 모든 것을 잊고 조용히 향리에 묻혀 시를 쓰며 살아가고자 했다. 그의 이러한 시적 자세는 『현구시집』 머리말에 잘 드러나 있다.

本來가 이 詩集은 그 價値에 있어서 甚히 低劣하다 함을, 내 自身 謙讓에 의한 過小評價가 아님을 確認함에 널리 世上에 읽히어서 有益됨이 없을 것을 自覺하고 寫本으로나 하여, 내 혼자 간직하여 두려던 것으로써 詩壇的 責任과 批評을 忌避하려는데 있음……[8]

둘째, 시집 간행을 약속했던 용아 박용철의 와병에 이은 죽음을 들 수 있다.

주지하다시피 박용철은 시문학파의 문학적 성과를 정리하기 위해 시문학사에서 정지용과 김영랑의 시집을 발간했다. 그런데 문제는 이들의 시집에 이어 세 번째로 현구의 시집을 발간하려고 했었다는 사실이다. 이에 대한 기록은 그의 유고시집 뒷부분에 쓰여 있는 동생 炫奭씨의 회고의 글에 잘 나타나 있다.

龍兒先生은 …중략… 詩集發刊을 서둘러 당시 高踏的인 詩人이라고 評을 받았던 芝蓉 永郎 玄鳩 등으로 차례를 定했으나 不幸하게도 그 뜻을 이루지 못하고 臥病으로 治病차 日本 東京으로 가시던 길에 그만 幽明을 달리하셨으니 千秋의 恨이요 兄님의 詩가 지금까지 햇빛을 보지 못한 第 一의 原因이 었습니다.[9](밑줄 필자)

---

8) 김현구, 「서문」, 『현구시집』, 문예사, 1970. 11쪽.
9) 김현석, 「兄님! 지금도 강물이 몹시 퍼렇습니다」, 『현구시집』, 173쪽.

위의 내용이 사실이라면 현구의 작품 발표를 맡았고 시집 발간을 기획했던 용아의 와병과 죽음은 이후 현구가 묻혀버리게 되는 결정적인 요인이 된다고 볼 수 있다. 발표한 시의 전부를 용아가 주재했던 문예지에만 국한했던 현구로서는 시집 발간도 내심 시문학사만을 고집했을 것임은 자명하다. 그러나 『정지용시집』(1935. 10.)과 『영랑시집』(1935. 11.)에 이어 그의 시집을 발간키 위해 준비하던 기간 중 용아의 와병에 이은 사망은 더 이상의 시집 발간은 물론 시문학사의 존속마저 불가능하게 만든다. 그래서 현구는 원래의 시집 발간 기회를 불행히도 놓치게 되고, 그의 시를 일찍 세상에 소개하는데 실패한다. 그러나 그는 1941년 다시 소박하게나마 시집을 발간하고자 한다. 앞에서 인용했던 그의 「머리말」은 시집 발간을 전제로 그때 쓰여진 것이다. 하지만 그가 굳이 시집을 비매품으로만 발간하려 함에 따라 출판사 측과 타협을 보지 못한다. 그러다가 그가 세상을 떠난 지 20년 후(1970)에야 비로소 그의 유족 등에 의해 유고시집이 발간되기에 이른 것이다. 아무튼 이 유고시집[10]이 결국 고인의 뜻을 좇아 비매품으로나마 발간되었지만, 지극히 제한된 사람들의 손에만 시집이 건네졌을 뿐 다수의 독자들이 접하지 못함에 따라 여전히 그가 생소한

---

10) 유고시집 『현구시집』(1970)이 세상에 나오기 이전에 현구는 세 번의 시집 발간을 시도한 바 있다. 그 첫째는 1935년 경 시문학사에서이며, 둘째는 1941년 광명인쇄공사, 셋째는 해방 후 영랑이 주선한 출판사에서이다. 그리고 유고시집인 『현구시집』은 연구 과정에서 많은 문제점이 발견되었는데, 그 첫째는 원본이 확정되지 않았다는 점이며, 둘째는 창작시기 구분이 되지 않아 시적 변모 과정을 살피기 어렵다는 점, 셋째는 표기체계가 엉망이라는 점 등이다. 따라서 필자는 박사학위논문(원광대 · 1996)에서 문예지에 발표한 12편과 자필 시집 원본에 있는 73편을 합한 85편을 원본으로 최종 확정하였으며, 창작 시기를 전기(1930년-1940년)와 후기(1941년-1950년)로 2분하고 그것들을 다시 형식과 내용에 따라 전기(60편) · 후기(25편)로 분류함으로써 앞으로 현구의 시를 연구하는데 긴요한 이정표를 제시했다. 또한 유고시집 간행 때 현대국어로 바꾸는 과정에서 빚어진 원전의 훼손과 표기체계의 오류 등을 자필 시집 원본과 낱낱이 대조함으로써 바르게 수정하였다.

시인으로 남을 수밖에 없었음은 물론 논의의 대상에서도 제외되어 왔다고 할 수 있다.

셋째, 발표한 작품 편수가 부족하다는 점이다.

전술한 바 있듯이 현구가 공식적으로 문예지에 발표한 시의 편수는 총 12편이다. 같은 기간 동안 영랑이 『시문학』과 『문학』에만 총 37편의 시를 집중적으로 발표한 것과 비교했을 때 이는 3분의 1에 불과하다. 용아는 29편(이 중 11편이 시조임), 지용이 18편(이 중 시문학파로 가담 전 발표한 작품을 재 발표한 것이 많음)이다. 물론 신석정 6편, 허보 9편, 이하윤 2편, 변영로가 1편을 발표한 것에 비하면 결코 적은 양은 아니지만 이들이 이미 시문학파 이외의 문단경력을 가지고 활동하고 있었음을 감안할 때 현구의 발표량은 역시 부족하다고 할 수 있다.

다음으로 시문학파의 일원이었던 현구는 어떻게 동인으로 가담하게 되었고, 어떠한 성분에 속했으며, 그 활동은 어떠하였는지를 살펴보자.

먼저 현구는 어떻게 해서 시문학파의 일원으로 가담하게 되었는가.

이번에 玄鳩氏의 作品을 처음 실게 된 것은 대단한 깃븜으로 녁입니다.[11]

(밑줄 필자)

위의 인용문은 현구의 작품 천거를 알리는 『시문학』 2호의 편집 후기이다. 현구의 동인 가담 경위에 대해서는 용아의 이 편집 후기 외에 어떠한 기록도 찾아볼 수 없다. 또한 동인들이 모두 세상을 뜬 현재의 시점에서는 어떠한 증언도 들을 수 없다. 물론 용아는 처음부터 동인들의 가담 경위를 거의 기록으로 밝히지 않고 있다. 다만 위의 후기로 미루어 볼 때

---

11) 『시문학』 2호 편집후기, 시문학사, 1930. 5. 47쪽.

그의 작품성이 좋고, 시문학파의 문학적 방향을 충족시키는 데 손색이 없다고 인정하여 동인으로 발탁된 것으로 추정될 뿐이다.

『시문학』 동인들은 스스로의 작품들이나 새로 투고된 작품을 『시문학』에 게재함에 있어 '수업시 同人의 눈'을 거치거나, 공개된 '編輯同人會議에서 推薦되는 作品'만을 발표함으로써 작품의 수준이나 예술성 면에서 매우 엄격한 심사과정을 두고 있었다. 현구가 이러한 과정을 거쳐 발탁되었을 것이라는 점에서 일단 그의 시적 자질이 우수하다는 점을 인정할 수 있다. 현구에 대한 원고 청탁은 영랑을 통했으며, 편집 주간으로서의 용아가 현구의 작품에 대해 갖는 신뢰감은 매우 컸던 것으로 보인다. 이 점은 영랑에게 보낸 용아의 편지에서도 충분히 드러난다.

　　玄鳩兄 어떻게 지나시는가 佳作이 많이 밀렸을 듯 싶네 나같은 말라붙은 腦와 달라 … 중략… 玄鳩兄은 黃昏의 感覺에 "폴 우에 누어"를 配하고 四行이란 이름 없이 四行 一 二를 加하면 더 어울리지 않을까 會心의 新作이 있으면 勸해서 보내주게 Page를 느려도 좋으니[12](밑줄 필자)

다음으로 시문학파의 일원이었던 현구의 위상을 밝히기 위해 동인 구성의 과정, 동인간의 성분과 활동 상을 객관적 자료를 토대로 분석한 결과 다음과 같은 사실들이 드러났다.

먼저 총 9명의 동인을 문단 경력상 비경력파(김영랑 · 박용철 · 김현구)와 경력파(정인보 · 변영로 · 정지용 · 이하윤 · 신석정 · 허 보)로 2분하고, 그 기능상 명분파(정인보 · 변영로), 실무파(박용철 · 이하윤), 창작파(정지용 · 김영랑 · 김현구 · 신석정 · 허 보)로 3분할 수 있으며, 또 그

---

12) 박용철, 「영랑에게의 편지」, 『박용철 전집』 2권, 347쪽 참조.

활동상 적극파(김영랑 · 박용철 · 이하윤 · 김현구)와 비적극파(정인보 · 변영로 · 정지용 · 신석정 · 허 보)로 2분할 수 있다.[13]

그리고 비경력파와 경력파 사이에는 활동 면에서 커다란 차이가 드러난다. 즉 전자가 『시문학』 창간을 주도하는 등 애정을 가지고 적극적으로 활동했다는 것이다. 따라서 엄격한 의미에서 볼 때 순수한 시문학파는 김영랑 · 박용철 · 김현구뿐이라고 할 수 있다. 그러니까 지금까지 그 이름이 널리 알려져 있지 않던 현구는 시문학파의 동인 중 영랑 · 용아와 함께 성분상 가장 중요한 위치에 놓일 수 있으며, "가장 순수한 시문학파"[14]의 한 사람이었음이 입증된 셈이다. 이런 점에서 볼 때 지식산업사에서 영랑 · 용아 · 현구 세 사람만을 묶어 『한국현대시문학대계 · 7』[15]을 발간한 것은 의미 있는 기획이라 할 수 있다.

3. 작품세계의 특성 분석

작품 세계의 특성을 소재와 내용 그리고 구조로 3분, 영랑 시와의 대비를 통해 고찰한 결과를 요약하면 다음과 같다.

3-1. 소재적 특성

현구 시의 소재적 특성은 한 마디로 '향토적 자연과 습속'으로 요약될 수 있다. 엄격히 말해서 그의 시는 기행시 8편을 제외한 77편 전체가 고

---

13) 여기에서 편의상 붙인 성분상의 명칭들은 적절한 것이 아닐 수도 있음을 밝혀 둔다.
14) 유윤식, 「시문학과 연구」, 한양대 박사학위논문, 1988, 15쪽 참조.
15) 이 책의 해설을 쓴 평론가 김현은 김영랑, 박용철, 김현구 등 세 사람만을 묶어 '강진시파'로 별칭한 바 있다.

향 강진의 자연풍광과 습속에서 자유롭지 못하다. 이 점은 영랑의 시도 마찬가지다. 현구와 영랑은 시작 생활의 대부분을 향리 강진에서 펼쳤던 만큼 그곳의 '강'과 '바다', '꽃'과 '새', '봄', '습속'과 '인정' 등을 주로 시 속에 끌어들이고 있는데, 같은 소재를 취하면서도 그것을 표현하는 데 있어서 서로 많은 차이를 보이고 있다.

먼저 두 사람 공히 '강물'을 소재로 한 시를 시적 출발점으로 삼고 있으나, 현구가 구체적인 자연으로서의 강물이라면 영랑은 내면화되고 추상적인 강물이다. '바다'의 경우도 현구가 고향바다를 자족적인 요람과 유토피아로 파악하고 있음에 비해, 영랑은 유배의 바다인 그곳을 떨치고 언젠가는 넓은 바다로 나아가고자 하는 대상으로 표현하고 있다.

'꽃'에 있어서 현구는 '할미꽃', '민들레꽃', '땅찔레꽃' 등 주로 소박하고 이름 없는 들꽃들을, 영랑은 '모란', '동백꽃', '복숭아꽃' 등 주로 정원에 핀 화사한 꽃들을 소재로 하고 있는데, 현구의 경우 '사랑꽃', '서름꽃' 등 꽃을 관념화시키는 특이한 이미지를 보여 주고 있다.

'새'에 있어서도 현구가 '산비둘기', '갈매기' 등 무리 지어 사는 수수한 새들을, 영랑이 '누견', '꾀꼬리' 능 목소리나 사배가 고운 새들을 각각 자신과 동화시켜 소재로 취하는 특성을 보이고 있다.

'봄'은 두 사람이 사계절 중에서 가장 편애하는 소재다. 현구는 봄의 이미지를 어린이와 어른을 대비시켜 '거룩함'과 '슬픔'의 이미지로 교차시키는 면을 보여 주고 있고, 영랑은 삶의 기대와 상실감을 '5월'과 '모란'에 집중시키고 있다. 그리고 영랑은 현구와는 달리 '가을'을 소재로 한 시도 봄 못지않게 시적 소재로 즐겨 쓰고 있다.

또한 두 사람의 시에는 향리의 소박한 생활모습과 인정을 그린 시가 많은데, 현구가 대체로 고달프고 서러운 촌민들의 삶과 인정을 구체적으로 보여주고 있다면, 영랑은 현실과는 일정한 거리를 둔 비교적 여유 있거나 소박한 생활습속을 보여주고 있다. 이 밖에 현구는 '낙화정', '신학산', '남포', '서문' 등 향리의 구체적인 지명들까지도 소재로 끌어들임으로써 그가 확실한 고집쟁이 향토시인이었음을 입증하고 있다.

3-2. 내용적 특성

현구 시의 내용적 특성은 한 마디로 '비애와 무상 시학'이라고 할 만하다. 이러한 정서는 영랑의 그것과 거의 일치한다고 볼 수 있으며, 시문학파가 지향한 낭만주의적 순수시의 충실한 구현이라고 평가할 수 있다. 그것은 전기시와 후기시에서 확연한 차이를 보여 준다.

먼저 전기시(1930-1940)는 자연친화와 향토성, 비애의식, 비관적 현실인식과 무욕의 삶으로 요약될 수 있다. 자연을 인위적으로 해석하지 않고 그 자체를 노래하는 현구의 시들은 지극히 밝고 아름답다. 그러나 그것에 현구 자신을 투영시킬 때 비애의식은 싹튼다. 비애의식을 나타내는 시어들을 조사한 결과, 현구는 '외로움'과 '서러움'이 압도적이며, 영랑은 '눈물'이나 '울음'이 많이 쓰이고 있다. 이렇듯 두 사람의 비애의식이 서로 유사하지만 현구가 영랑에 비해 유독 '외로움'과 관련된 시어가 많은 것은 그가 시골에만 묻혀 있었으며, 타협할 줄 모르는 결백한 성격의 소유자이었음을 시사해 준다.

현구의 비애의식은 '봄'의 상실과 '님'의 부재에서 기인한다. '봄'과 '님'은 꿈과 희망 그리고 기다림의 대상이다. 영랑의 비애의식은 사별한 아내에 대한 그리움 또는 '봄'의 무너짐에서 촉발된다. 이들의 비애의식을 촉발시키는 근원은 일제하라는 현실상황 속에서 개인적인 꿈과 삶의 보람을 상실한 것과 무관하지 않다. 그러나 영랑은 '모란'에 기대어 '봄'을 끝까지 기다리는 자세를 취하고 있으며, 현구는 아무리 기다려도 오지 않을 '님'으로 하여 체념의 자세를 보인다. 결국 현구는 비관적인 현실인식에 이르게 됨으로써 속정의 개입을 불허하고 향리의 자연에 몰입하여 무욕의 삶을 추구하게 된다.

후기시(1941-1950)에 오면서 이들의 시의식은 전기시와는 많이 달라진다. 그것은 인생무상과 죽음의식, 기행시와 국토예찬, 해방의 감격과 우국정신 등으로 요약될 수 있다. 전기시에서 이미 그 싹을 보인 바 있는 현구의 허무와 죽음에 대한 관념은 후기시를 일관되게 지배하는 시의식으로 자리한다. 이 점은 영랑도 마찬가지다. 그러나 죽음을 대하는 시적 자세에서 큰 차이를 보인다. 현구가 죽음을 자연현상의 하나(행려의식)로 담담하게 받아들이는 반면, 영랑은 죽음에 대한 인간적 두려움을 표출시키고 있다. 그리고 그 죽음의식을 촉발시키는 요인 또한 차이가 있는데, 현구가 본질적 요인에 따른 것이라고 한다면, 영랑은 해방기의 외적 요인에 따른 부분이 더 크다.

해방을 맞이하자 이들의 시의식은 전혀 다른 방향으로 전개된다. 마치 새로운 삶이 시작되기나 한 것처럼 그 목소리가 밝고 힘차다. 그러나 여기에서 영랑은 해방을 맞이한 민족이 나아갈 길에 대한 구체적인 대안을 제시하지 못한 채 목소리가 들떠 있는 반면, 현구는 단순한 감정 차원이 아닌 구체적인 대안도 제시하고 있어 차이를 보인다. 그러나 그 감격은 동족간의 비극을 목도하면서 우국의 탄식으로 바뀐다.

3-3. 구조적 특성

지금까지 1930년대 시문학파에 대한 논의나 평가는 그들이 독자적으로 구축해 낸 시의 구조적 특성에 초점을 맞춰 이루어져 왔다고 해도 과언이 아니다. 이는 그들이 시가 언어의 예술이라는 점을 내세워 언어의 조탁과 전통적인 시가 율격에 기초한 시의 음악성 회복에 특별한 관심을 보여 한국어의 시적 아름다움을 극대화하는 데 기여함으로써 한국현대

시를 예술의 경지로 끌어올렸다거나 현대적 서정시를 완성했다는 평가일 것이다.[16]

그리고 지금까지 시문학파에 내려진 긍정적 평가에 값하는 사람은 동인 전체가 아닌 김영랑과 정지용 두 사람에 국한하여 왔던 게 사실이다. 특히 김영랑은 이러한 평가의 상당 부분을 차지[17]하고 있다고 할 수 있다. 그러나 한 유파의 문학사적 공과는 마땅히 총체적인 결과에 따라 내려져야 한다. 동인 전체가 아닌 대표적인 몇 사람만으로 국한하여 평가를 내리는 자세는 결코 바람직하지 못하다. 그래서 필자는 같은 시문학파의 한 사람으로 지금까지 묻혀 있었던 현구의 시를 분석하면서 시문학파에 대한 논의가 영랑을 비롯한 몇 사람만으로 국한되어서는 안 된다는 주장을 하게 되었다.

현구 시의 가장 큰 장점은 영랑의 그것처럼 구조적인 특성에 집중되어 있다. 그것은 또한 시문학파의 시사적 업적으로 직결된다. 때로는 언어학적인 접근 방법까지를 동원하여 철저하게 분석한 결과를 요약하면 다음과 같다.

먼저 형태이다.

〈표〉 현구 · 영랑 시의 형태적 분류

형 태		4행	4행2연	4행3연	4행4연	4행5연	2행3연	2행4연	2행5연	2행6연	2행8연
편수	현구	16	22		10	1	4	3		1	1
	영랑	28	6	1	2	2		3	2	1	

2행9연	3행2연	3행4연	3행5연	5행2연	5행4연	5행5연	7행7연	8행4연	혼합	무연	계
3	2	1		1	1				18	1	85
		2	1			2	1	1	15	19	86

16) 김재용 외 3인 공저, 『한국근대민족문학사』, 한길사, 1993. 568쪽.
17) 위의 책, 569쪽.

위 표를 비교해 보면 아래와 같은 흥미로운 사실들이 드러난다.

첫째, 4행시와 4행연시를 합한 편수가 각각 49편(현구)과 39편(영랑)이나 된다는 점이다. 이는 전체의 58%와 46%에 해당되는 것으로 두 사람이 모두 4행시 형태를 시적 출발로 삼고 있다는 증거가 된다. 다만 영랑이 4행시가 많은 반면, 현구는 4行聯詩가 상대적으로 많다.

둘째, 4행시나 4행연시의 변형이라고 볼 수 있는 2행연, 3행연, 5행연, 7행연, 8행연의 시가 각각 18편(현구)과 13편(영랑)이다. 이를 다시 세분해 보면, 2행연시의 경우 현구가 13편이고 영랑이 6편으로 현구가 배 이상이 많으며, 3행연과 5행연시는 3편과 2편으로 둘 다 같다. 그러나 비교적 긴 형태라고 볼 수 있는 7행연과 8행연시의 경우 현구는 한 편도 없고 영랑만 각각 1편씩 있음을 본다. 이는 두 사람 모두가 4행시의 형태를 기축으로 하고 있으되 그것을 고수하려 했다기보다는 부단히 변형을 시도함으로써 새로운 율격을 창조하려 했음을 보여준다.

셋째, 두 사람의 시를 전기와 후기로 구분하여 살펴보았을 때, 전기에는 주로 4행시를 바탕으로 한 짧은 시형을 추구한 반면, 후기에는 혼합시와 無聯詩를 중심으로 한 다소 길고 산문적인 시형으로 바뀌었음을 알 수 있다. 특히 현구가 초기시를 발표할 당시부터 4행시를 중심으로 한 짧은 시와 다소 긴 자유시형을 병행한 반면, 영랑은 초기에는 거의 4행시형만을 추구하다가 후기에는 완전히 혼합형과 무연시로 바뀌고 있음을 본다. 이는 해방 이후 영랑의 현실참여에 따른 시적 변모로써 그의 시적 기품과 긴장이 이완된 것으로 풀이된다. 한 가지 흥미로운 점은 현구의 경우 무연시가 단 1편[18]으로 영랑의 19편과 좋은 대조가 된다는 것이다. 이는 현구가 끝까지 행과 연의 구분에 각별한 관심을 기울였음을 입증해

---

18) 그것도 어느 면에서는 14행 2연시로 볼 수 있다.

주고 있다.[19]

이상으로 볼 때, 현구 시의 형태적 근원은 영랑의 그것처럼 4행시형에 있으며, 행과 연의 구분에 특별한 관심을 두었음을 알 수 있다. 그것은 말할 것도 없이 우리의 전통적인 시가의 율격을 현대적으로 계승 발전시키고 음악성을 고양시키기 위한 노력으로 평가할 수 있다.

그렇다면 실제적으로 현구의 시에 나타난 형태적 특성은 무엇이며 또 그 중요성은 무엇인지를 시 한 편을 예로 들어 구체적으로 살펴보자.

　　　시들픈 꽃잎이 나른다 나른다 / 재운봄 언덕에
　　　오오 벋아 그잔 들으시라 / 보는체 말자

　　　무심한 세월은 흐른다 흐른다 / 아끼는맘 비웃고
　　　오오 젊은이여 어둔한숨 거두우라 / 근심을 잊자

　　　죽엄길의 상여소리 들린다 들린다 / 어제도 오날도
　　　오오 그대여 서른귀 가리우라 / 드른체 말자

　　　때오면 무덤에 도라갈 이몸도 이몸도 / 외로운 나그네
　　　오오 님아 나를 껴않어다고 / 슬픔을 잊자

　　　　　　　　　　　　　　　　　　　－〈無常〉 전문. (밑줄 필자)

이 시는 4행 4연시로서 4개의 연이 문맥상으로 각각 4개의 완결된 문

---

19) 참고로 현구의 경우〈乙酉年 八月 十五日〉이라는 62행의 장시가 1편 있는데, 이 시도 무연시가 아니라 8연으로 쓰여졌다. 그래서 김 현은 "현구의 시인다움은, 많은 시인들이 노래한 시적 주제에, 거기에 알맞는 시적 형태를 부여하는 데 있다."고 진단한 바 있다.(김 현,「찬란한 슬픔의 봄」,『한국현대시문학대계 7』, 지식산업사, 1981. 참조.)

장을 이루고 있으며, 각 연이 모두 동사로 끝나고 있다. 그러니까 이 시는 4연이 각각 대등한 문장구조를 이룸으로써 한 연씩 떼어 독립시켜도 4개의 완전한 4행시가 된다. 다만 각 연이 순차적 전개에 따른 의미의 점층 구조를 형성하고 있다. 즉, 1연의 '시들픈 꽃잎', 2연의 '무심한 세월', '3연의 죽엄길의 상여소리', 4연의 '무덤에 도라갈 이몸' 등으로 무상의 느낌이 단계적으로 확대 심화되어 나가는 것이다. 한편, 이 시는 시인의 치밀한 의도 아래 쓰여짐으로써 전체가 하나의 완벽한 리듬의 덩어리를 형성하고 있다고 할 수 있는데, 먼저 율격에 있어서 3 · 3조 또는 4 · 4조 의 음수율에 각 연마다 4-2-4-2음보의 엄격한 정형률로 되어 있으며, 매 연의 첫 행이 '나른다 나른다', '흐른다 흐른다', '들린다 들린다', '이몸 도 이몸도'의 반복과 매 연 3행 첫 구절의 감탄사 '오오'의 반복, 그리고 매 연의 끝도 '말자', '잊자', '말자', '잊자'가 일정하게 반복됨으로써 무상한 시간의 흐름에 대한 율동감을 적절하게 드러내주고 있다. 또한 매 연마다 압운을 형성하고 있는 바, 1연이 '-다, -에, -라, -자', 2연이 '-다, -고, -라, -자', 3연이 '-다, -도, -라, -자', 4연이 '-도, -내, -고, -자'의 각운 의 효과를 충분히 살리고 있으며, 유독 'ㄹ'음을 비롯한 'ㄴ, ㅁ, ㅇ'등의 유성음을 많이 사용함으로써 음악성을 배가하는 '유포니(euphony)'[20]의 효과까지 살리고 있음을 본다.

지금까지 고찰한 바에 따르면, 현구의 시적 형태의 근원은 영랑의 그 것처럼 4행시와 그것의 변형에 있음을 알 수 있다. 말하자면 4행연의 형 태가 아닌 나머지 시들도 거기에서 파생된 것들이다. 4행시는 짧은 시다.

---

20) '유포니'란 우리 말로 '활음조'로 번역되고 있으며, 에이브럼즈에 의하면 "달콤하고, 유쾌하고, 음악적인 언어"를 말한다.(M.H. Abrams, *A Glossary of Literary Terms*, Holt, Reinhart and Winston, Inc, 1971, p. 56.) "Euphony is language which seems smooth, pleasant, and musical to the ear."

짧은 시는 운율을 의식한 시다. 시에 있어서 운율을 의식한다는 것은 곧 시의 음악성을 중요시한다는 말이다. 현구는 영랑처럼 순수시 운동을 주창한 시문학파의 문학적 방향에 걸맞게 시의 내용보다 구조에 훨씬 더 관심을 두었던 시인이다. 이는 차트만이 "하나의 율격은 하나의 구조에 대한 記述이다"[21)]라고 하였듯이 거의 100%에 이르는 행과 연의 구분이라든지, 음보와 음수율을 중심으로 한 율격(미터), 각운과 반복어, 반복聯句, 그리고 유포니를 중심으로 한 압운(라임) 등으로 나타나고 있다. 이미 만들어진 사실을 취급하고 새것을 꾸며내지 않는다면 시인이라는 이름을 잃게 된다. 왜냐하면 그는 만드는 자가 아니라 단지 만들어진 것을 암송하는 자이기 때문이다.[22)]라고 친티오가 '창조자'로서의 시인의 성격을 밝힌 바처럼 현구는 전통적인 4행시의 정형성에만 관심을 둔 것이 아니라 운율적 언어구조를 추구함으로써 그 나름대로의 독특한 시형을 창조하고 있으며, 전통적 율격의 변형에 의한 자유시형을 아울러 추구하고 있다고 하겠다.

흔히들 김영랑은 정지용과는 달리 시각적, 공간적 언어구조가 아닌 청각적, 운율적 언어구조를 창조함으로써 한국어의 시적 가능성을 시범한 시인[23)]이라고 한다. 이는 시문학파의 핵심 멤버인 영랑에게 내려진 적절한 평가이다. 그러나 이러한 평가는 영랑에만 국한하여 내려져서는 안 된다. 영랑과 같은 선상에, 또는 영랑의 바로 뒤에 영랑에 버금가는 평가를 받아야할 현구가 말없이 서 있기 때문이다.

다음은 시어이다. 현구와 영랑의 시에서 가장 많이 눈에 띄는 시어들은 전남방언과 옛 말투들이다. 특히 현구의 경우 영랑에 비해 전남 남부

---

21) Seymour Chatman, *Literary Style*, London and New York : Oxford Univ. Press, 1971. p. 208.
23) 유윤식, 앞의 논문, 12쪽.

방언적 성격이 더 진하게 나타난 것으로 보아 그 시어의 바탕이 전남 남부방언 즉, 강진방언에 있다고 할 수 있다. 영랑의 경우는 지금까지 알려진 것과는 다르게 전남방언보다는 옛말투의 구사가 더 두드러진다.

현구의 시 속에는 전남방언으로 볼 수 있는 시어가 총 77개가 나온다. 그것들을 다시 품사별로 분류하면 명사 30개, 동사 21개, 형용사 9개, 부사 13개 그리고 종결형 어미가 4개이다. 영랑의 경우는 총 68개로서 명사가 20개, 동사가 17개, 형용사가 9개, 부사가 각 10개, 조사가 4개, 그리고 종결형 어미가 8개이다. 특히 '청상(천상)', '사심한', '샌추', '섬서리발', '까끔', '새다리' 등의 시어들은 전남 남부의 특유한 냄새가 물씬 풍기는 사투리라고 할 수 있다.

그러면 그것들이 갖고 있는 기능이나 효과를 알아보자.

먼저 현구의 '늬', '괴럼', '외름', '맘', '간대', '한종일', '불든' 등과 영랑의 '맘', '외론', '실타리', '빽은치야' 등은 음운을 축약시킨 것이며, 현구의 '호리호리', '자꼬', '보드라', '희부얀' 등과 영랑의 '작고', '히부얀' 등은 음성모음을 양성모음화함으로써 밝은 음조의 효과를 노린 것이다. 현구의 '올마다가', '설리', '게울리' 등과 영랑의 '올마오고' 등은 역시 유연성을 위해 밝은 유성음의 방언을 사용한 것이다. 또한 현구의 '딱', '끈치어', '시다끼여' 등이나 영랑의 '깔닙', '쏘', '딱', '쭈무러', '끄득', '쪼여들고' 등은 방언의 경음을 그대로 끌어들인 것이다. 이밖에 현구의 '-갓', '입부게' 등이나 영랑의 '인젠', '땅검이', '-갓', '불르면', '엽태' 등은 음운을 첨가시킨 것들이며, 현구의 '나불니며', '홍그리니', 영랑의 '홍근', '골불은' 등은 음운을 생략하거나 탈락시킨 것들이다.

이렇듯 현구와 영랑의 시 속에 나오는 전남방언들은 대부분 음의 장단과 고저 그리고 강약 등 시의 음악성을 살리는 데 크게 기여하고 있음을 알 수 있다.

영랑의 방언 구사에 대해서 "地方語-全羅道-를 永郎 以上으로, 淨化, 詩化해 쓴 詩人은 아직까지 없었다."[24]라든지, "南道方言과 그 抑揚까지 살린 듯한 口氣가 또한 永郎의 詩語에서 독특한 면모를 나타내주고 있다"[25]라든지, "南道의 방언들이 갖는 억양이나 향토색을 加味함으로써 詩의 律調를 생동케 하고 있음은 永郎의 특이한 面이며 커다란 공적"[26]이라는 등 이미 많은 평가와 찬사가 내려진 바 있다. 그러나 현구의 시에서도 전남방언이 영랑 못지않게 구사되고 있다는 사실이 밝혀진 일은 아직 없다. 이제 필자에 의하여 이 점이 구체적으로 밝혀진 이상 시사적으로 영랑에게 내려진 이와 관련된 제반 평가는 현구에게도 공히 내려져야 마땅하다 하겠다.

그리고 현구와 영랑의 시 속에는 각각 70개와 90개의 옛 말투가 나온다. 옛 말투의 사용은 그 당시의 다른 시인들의 시에서도 종종 보이는 것이지만 유독 이들이 즐겨 사용하고 있는 것은 다분히 의도적이라고 할 수 있다. 즉, 민족어를 통해 전통적 정서를 효과적으로 표현해 내기 위함은 물론 시에 있어서 음악성을 최대한 살려내기 위한 시문학파의 문학적 이념의 구현과 합치되는 것이다.

옛말투의 사용 효과는 앞에서 살펴본 전남방언의 그것과 비슷하다. 우선 현구의 '하날', '얼골', '아조', '가삼', '아모', '뫼', '자최', '마조', '오날', '하로', '고요하야' 등과 영랑의 '하날', '얼골', '가삼', '아모', '자최', '고만', '나종', '마조', '오날', '하로', '말삼', '모다' 등은 음

---

24) 이헌구, 「김영랑평전」, 『自由文學』 창간호, 1956. 151쪽.
25) 정한모, 「조밀한 서정의 탄주」, 『文學春秋』 1권 9호, 1964. 12. 258쪽.
26) 김학동, 앞의 책, 36쪽.

성모음을 양성모음화시킴으로써 밝은 음조의 효과를 내고 있으며, 현구의 '하오신가', '가오리', '바이' 등과 영랑의 '되오리', '서어로아', '하오련만', '바이' 등은 長音과 아어적 표현 효과를 내기 위해 모음을 첨가한 것들이다. 또한 현구의 '붉었습데', '눈물일레', '쓸쓸타', '그립느냐' 등과 영랑의 '이젓습네', '감기엿대', '몰랏스료만', '멈췄으라 등은 短音의 효과를 내기 위해 모음을 탈락 또는 축약시킨 것들이며, 현구의 '따', '버레', '나래', '소색임', '끈단말이' 등이나 영랑의 '따', '나래', '버레', '조히등불', '차운', '너무로구려', '바달러냐' 등도 자음이나 음운을 탈락시키거나 생략한 것들이다. 이와는 반대로 현구의 '향긔롭어', '자랑일다' 등은 자음을 첨가시킨 것들에 속한다.

전남방언이나 고어투의 사용보다 중요한 것은 시인으로서 자기 나름의 독특한 시어를 만들어 쓰는 노력일 것이다. 자기 나름의 언어를 신조하여 쓴다는 것은 매우 어려운 일에 속한다. 그것은 서정주의 표현을 빌면, "우리말이 고스란히 無視되고 짓밟히던 日政의 植民地時節에 있어서는 밤길에 흘린 좁쌀을 줏어 金剛石을 비져내는 일만큼 어려운 일"[27]이었는지도 모른다.

현구는 85편의 시 속에서 무려 36개의 시어를 나름대로 신조하여 쓰고 있다. 영랑이 86편의 시 속에서 25개의 신조어를 구사하고 있음을 감안한다면 현구의 조어에 대한 관심은 오히려 영랑을 능가하고 있다고 보아도 좋을 것이다. 두 사람의 중복된 신조어는 '날빗' 과 '재운' (제운) 2개에 불과하다. 나머지는 모두가 각자 따로 만들어 쓴 시어들이다. 이러한 신조어의 구사는 당시의 상황을 감안할 때 민족어를 갈고 빛내어 그것을 완성시키는 차원에서 매우 소중한 업적임은 물론 우리 국어의 새로운 영

---

27) 서정주, 「跋」, 『영랑 · 용아시선』, 세운문화사, 1970. 239쪽.

역을 확장한 것으로 평가할 수 있다.

특히 현구의 '얄포시', '시들퍼', '흐들폈노니', '재운', '으리는', '희살부린듯', '스르시' 등과 영랑의 '애끈한', '제운', '호동글', '희미론', '향미론', '토록' 등의 시어들은 우리 국어의 새로운 영역을 확장했다고 보겠다.

그리고 현구의 시어에 있어서 또 하나의 특기할 만한 것은 영랑에 비해 감각어의 구사가 두드러진다는 점이다. 이 점은 현구의 시가 영랑의 시에 비해 훨씬 감각적인 요소가 짙다는 말이 된다. 영랑이 주로 청각에 호소하는 성향이라면, 현구는 청각과 시각을 적절하게 배합시킴으로써 보다 공감각적인 성향이 짙다. 그것은 형용사와 부사어, 음성상징어, 접두·접미사, 음의 첨가·축약·생략 그리고 색채어 등의 폭 넓고 다양한 구사에 의해 이루어진다. 유연·소박·정밀성과 명암·거리·비애감각을 효과적으로 나타내주는 형용사와 부사어의 활용, 반복음을 통한 음악적 효과와 시적 생동감을 불어 넣어주는 음성상징어, 섬세한 감각을 드러내주는 접두사 '실-', '은-'과 접미사 '-결', 음의 고저와 장단을 위한 의도적인 음의 첨가·축약·생략 그리고 다양한 색채어의 구사는 어감이나 뉘앙스 그리고 이미지의 창조에 이르기까지 상투적이 아닌 새로운 의미를 갖는다고 할 수 있다.

그러나 현구의 시어에는 단점으로 지적될 수 있는 부분도 있다. 이는 한자 및 외래어가 많다는 점이다. 특히 한자의 남용은 그의 가장 큰 시적 결함으로 꼽을 수 있다. 같은 시문학파였던 지용이나 석정보다는 심하지 않지만 한자와 외래어의 사용을 극도로 자제했던 영랑에 비하면 그 정도가 심하다. 이 점은 현구가 영랑을 뛰어넘을 수 없는 한계라고도 볼 수 있어 아쉬운 부분이다.

4. 맺는말 – 재평가와 시사적 의의

미진하나마 지금까지 현구에 관해 언급한 기존의 글들은 한결같이 그를 중요한 시문학파의 일원으로 높게 평가하고 있으며, 그의 시세계 또한 재조명되어야 한다고 보았다. 이를테면, "우리 시단에 드물게 보는 충실한 뮤-즈의 사도"[28]라든지, "우리 서정시사상 한 그루 아름다운 수목"[29], "문자 그대로 시문학파가 자랑해도 좋을만한 멤버"[30], "속정의 개입을 철저히 배제하고 남녘바다의 온화한 해풍 속에 피어난 서정의 꽃"[31], "시문학파가 지향한 순수서정시의 한 극치"[32], "가장 순수한 시문학파"[33]라는 등의 평가가 그것이다.

이 글을 통하여 드러난 제반 사실을 토대로 그와 그의 시에 대한 재평가와 시사적 의의를 다음과 같이 간추릴 수 있다.

첫째, 현구는 '가장 순수한 시문학파 동인' 이었다. 성분상 현구는 김영랑, 박용철과 함께 무명으로 시문학파에 가담하여 오로지 시문학파로서만 그 문학적 활동을 끝마친 유일한 동인이었다. 정인보와 변영로는 실제적인 활동이 거의 없었던 소위 '얼굴마담'이었고, 정지용은 그 당시 명성을 드날리던 모더니틱한 성향이 짙은 시인임은 물론 시문학파로서의 활동이 소극적이었으며, 이하윤은 번역과 실무에만 전념하였다. 신석정과 허보는 나중에 참가하여 그 활동이 미미하였을 뿐만 아니라 오히려 다른 잡지나 신문에 작품을 더 많이 발표하였다. 따라서 순수한 시문학파는

---

28) 이하윤, 「1930年中의 文壇」, 『別乾坤』 5권 11호, 1930. 12. 24-25쪽.
29) 이하윤, 「한국신시발달의 經路」, 『白民』 21호, 1950. 3. 참조.
30) 김용직, 「시문학파 연구」, 인문연구론집 제2집, 서강대 인문과학연구소, 1969. 241쪽.
31) 김학동, 앞의 책. 109쪽.
32) 유윤식, 앞의 논문, 1988. 71-73쪽.
33) 유윤식, 위의 논문, 같은 쪽.

김영랑 · 박용철 · 김현구만 남는다. 그래서 김현은 이들 셋만을 묶어 '강진시파'[34]로 따로 분류했던 것이다. 그런데 이 중에 박용철은 자신이 순수시운동의 이론적 근거를 마련했음에도 불구하고 창작에 한계를 느껴 비평으로 기울어진다. 따라서 끝까지 시문학파로서 창작에만 전념한 시인은 김영랑과 김현구이다.

둘째, 그는 영랑과 함께 시문학파가 내건 문학적 방향을 시로써 가장 충실하게 구현한 시인이다. 한 유파가 제시한 문학적 방향은 이론적 주장으로만 그치는 것이 아니라 무엇보다도 작품으로써 그것을 구현해내야 그 가치를 인정받는다. 엄격한 의미에서 그 유파가 내세운 문학적 지향점을 작품으로 보여주지 못하거나, 이질성을 띤 작품을 창작할 경우 그 사람을 그 유파의 충실한 동인이라고 보기는 어렵다. 이러한 맥락에서 시문학파가 내세운 문학적 방향이라고 할 수 있는 낭만주의적 순수 서정시의 추구, 예술성과 음악성의 추구, 전통성과 외래성의 조화 추구, 민족어의 완성 추구 등을 가장 충실하게 구현해 냈다고 지금까지 평가받은 사람은 영랑이다. 그런데, 필자는 현구와 영랑의 작품세계를 대비 · 고찰한 결과 그러한 평가가 영랑 한 사람에게만 집중되어서는 안 된다는 확신을 갖게 되었다. 영랑이 갖고 있는 제반 시적 특성을 현구 또한 공유하고 있음을 확인했기 때문이다. 따라서 시문학파의 문학적 방향의 이론적 근거를 마련한 사람은 박용철이지만 그것을 작품으로써 가장 충실하게 구현해낸 시인은 영랑과 현구였다고 새롭게 평가할 수 있다.

그러면 현구의 시는 시사적으로 어떠한 의의를 갖는가. 위에서 이미 여러 사람들이 밝힌 바 있지만, 역시 현구 시의 시사적 의의는 영랑의 그것과 관련이 깊다. 그것은 다소의 차이는 있겠지만 영랑에게 내려진, 시

---

34) 김 현, 앞의 글, 167쪽.

문학파 이전의 "감정시와 난해한 현대시와의 교량적 시인"[35]이라든지, "한국의 풍토와 감각, 지방의 언어까지도 이를 청신한 언어 표현으로 시화"[36] 했다든지, "민족적 서정의 확립과 전통시의 계승·발전"[37]이라든지 하는 시사적 평가들과 거의 일치하고 있다. 여기에 낭만주의적 순수 서정시와 남도적 자연의 서러운 정서를 개척한 향토시인이라는 의의까지를 덧붙일 수 있겠다.

아울러 그의 시적 결함과 한계를 지적하면, 첫째 한자와 외래어의 남용, 둘째 시적 표현의 직설성, 셋째 도피·자족·은일의 소극적 문학 자세로 요약할 수 있다.

지금까지의 결론을 종합해 볼 때, 김현구는 그 동안 문학사에서 소외된 불운한 시인이었지만 총체적인 재조명의 결과 무시할 수 없는 시문학파의 일원이었으며, 시세계 또한 영랑과 견주어 거의 손색이 없는 특성을 지닌 바, 영랑과 같은 선상에서 새로운 시사적 평가를 받아야 마땅하다 할 것이다.

—『현대문학』(1996년 2월호)

---

35) 서영목, 「한국시 분석의 가능성」, 『현대문학』, 1966. 2. 107-126쪽.
36) 김우정, 「한국시인론(5) - 김영랑을 위한 노오트」, 『현대시학』, 1969. 9. 92-95쪽.
37) 허형만, 「영랑 김윤식 연구」, 성신여대 박사학위 논문, 1993. 54쪽.

제2부

자연의 秘義를 읽어내는 황홀한 究竟
— 정진규 시집, 『本色』

1. 들어가며

정진규(1939) 시인은 우리 시단에서 話頭의 생산자로 통한다. 그는 시의 위기설이 난무하고, 소위 세기말의 어지러운 정서가 만연하던 1990년대 시단에 '몸'과 '알' 그리고 '틈'이라는 구원의 화두들을 차례로 내던짐으로써 우리시의 새로운 주제와 방향을 제시했다. '몸'의 발견으로 시작된 이 화두들은 시대적 화두와 절묘하게 맞물림으로써 1990년대 이후 우리시의 커다란 흐름을 형성하는데 기여했으며, 그는 그 흐름을 주도하는 중심에 서 왔다.

정진규 시인의 12번째 시집 『本色』은 「자서」에서 밝힌 대로 『몸詩』이후의 시집들과 연장선상에 있다고 할 수 있다. 그러니까 개인적으로 몸이 아팠던 체험이 중요한 계기가 되어 깨닫게 된 '몸'(시간 속의 우리 존재와 영원 속의 우리 존재를 함께 지니고 있는 실체)과 몸이 추구하는 우주적 완결성을 상징하는 '알'(절대 순수생명체), 그리고 알의 세계를 완성하기 위한 극복 대상으로서의 '틈'(자아와 타자 사이의 간극)이라는 화두를 지속적으로 천착하면서도 이전보다 유연하고 원숙한 경지를 보여주는 것이 이번 시집의 특징이라 하겠다.

특히 이번 시집은 『몸詩』(1994)나 『알詩』(1997)처럼 일관된 주제나 연작시의 형태를 고집하지 않는다는 점에서 『도둑이 다녀가셨다』(2000)와 그 맥락이 직결되어 있다고 볼 수 있다. 『도둑이 다녀가셨다』에서 그가 겉과 속 혹은 자아와 타자의 경계인 '틈'의 실체(알몸)를 묘파하려고 애를 쓴 것처럼, 이번 시집에서도 인간과 자연의 경계를 지워 그 '本色'을 드러내기 위해 부단히 자연 속을 돌아다닌다. 그리하여 자연과의 황홀한 교감을 통해 그 비의를 읽어낸다. 자연의 비의를 읽어낸다는 것은 그것을 창조한 조물주와 상호 대화가 자유자재롭다는 뜻이니, 이는 그의 耳順의 시력이 바야흐로 降神이나 接神의 경지에 도달했다고 보아도 무리가 없을 듯하다. 그래서 이번 시집에 실린 79편의 시들은 시인 스스로 밝힌 것처럼 '만든 것'이 아니라 '발견한 것'이며, '쓴 것'이 아니라 '쓰여진 것'이며, '제왕절개의 것들'이 아니라 '자연분만의 것들'이다. 이렇게 자연발생적으로 탄생한 시들은 개울물처럼 흘러가는 자유로운 산문율 속에 발견과 각성의 사유를 가득 담고 있다.

2. 『本色』으로의 여행

전술한 바대로, 『本色』은 자연과의 교감 속에서 탄생한 시집이라고 할 수 있다. 그만큼 자연에서 얻은 소재가 대부분을 차지한다. 그는 '저만치' 거리를 두고 자연을 관망하려는 것이 아니라 직접 찾아가 가까이 대면하려 한다. 자연을 찾아가, 자연과 연애하면서(교감하면서), 자연의 비의를 읽어낸다. 또는 자연의 본색을 적출한다. 그리하여 자연과의 '틈'을 지운 物我一體의 상태에 도달하고자 한다. 물론 시인과 자연 사이에는 언어라는 결정적인 경계가 가로놓여 있지만, 끊임없이 자연 속을 드나드는 것도 자연과 일심동체가 되는 방법일 수도 있다. 그는 줄곧 그러한 시적 경지를 꿈꾸어 왔고, 이순 중반을 넘어서면서 그 꿈에 대한 열망은 더욱 간절해지고 있다. 이는 정말로 자연 속으로 돌아가야 할 시간이 얼마 남지 않았기 때문이다.

그럼, 지금부터 『本色』으로 여행을 떠나보기로 하겠다. 먼저 그의 시론과 관련 있는 시들을 보자.

① 제일 두려웠던 것은 내 시 속에 내 나이가 맨몸으로 들앉아 있지나 않을까 하는 것이었는데, 들키는 건 제일 나중에 하자고 작심해 온 것이었는데, 늙지 않았다는 말을 다행으로 여겨 왔는데 이젠 아니다 正面이다 그간 나는 은유에 속았다 은유가 거추장스럽다 잘 자란 소나무는 片鱗이 얇다 홍안 백발이라는 말이 있지 그말 그대로 너의 문전을 서성대이겠다 박대하지 말라 제대로 늙자…중략…나를 늙었다고 당당하게 말해다오 걸어 다닐 줄 모르는 나무들도 죄다 알고 있다 모든 것들엔 다 눈들이 달려 있다 아침이면 눈뜨고 밤이면 눈을 감는다

—「詩論」부분.

② 그는 굴비낚시라는 말을 쓸 줄 안다 그는 죽은 물고기를 살려낸다 그것도 이미 소금으로 발효시킨 짜디짠 조기 한 마리가 퍼들퍼들 낚싯줄에 매달린다 팽팽하다 그는 질문을 아주 잘 하려는 궁리에 골몰한다 생각의 비늘들을 번득인다 예정된 답변 말고 누구도 모르던 本色을 탄로시킬 줄 안다 이 봄날엔 나무들이 꽃으로 초록 嫩葉들로 本色을 탄로시키고 있다 하느님의 질

문엔 어쩔 수 없이 정답이 나온다

―「本色」 전문.

③ 모든 사물들을 실물 크기로 그리고 싶다 내 사랑은 언제나 그게 아니
된다 실물 크기로 그리고 싶다 사랑하는 紫丁香 한 그루를 한번도 실물 크기
로 그려낸 적이 없다 늘 넘치거나 모자라는 것이 내 솜씨다 오늘도 너를 실물
크기로 해질녘까지 그렸다 어제는 넘쳤고 오늘은 모자랐다 그게 바로 實物
이라고 실물들이 실물로 웃었다

―「紫丁香」 전문.

①은 이번 시집의 시적 출사표에 해당한다고 볼 수 있는 시로서 이순
에 접어든 정진규 시인의 시적 각성, 선언, 다짐 등이 나타나 있다. 그가
지금껏 제일 두려워하고 경계했던 것은 소위 '늙었다' 고 생각하는 나이
였다. 시를 쓰는 시인에게 있어서 '늙었다' 는 '낡았다' 와 동의어로 비칠
수 있는 바, 그것은 곧 시정신이나 표현 등이 진부하여 더 이상 생명력이
고갈되었다는 뜻으로 풀이 될 수 있기 때문이다. 이는 곧 시인에 대한 사
형선고나 다름없다. 그래서 그는 이 사실을 들키지 않기 위하여 시에다
'은유' 의 옷을 입힌다. '은유' 야말로 시적 표현의 핵심이며, 최고의 언어
위장술이기도 하기 때문이다. 그러나 이제 그것이 잘못임을 깨닫고 '제
대로 늙자' 며 당당하게 '正面' 돌파를 선언한다. 이 선언은 어디까지나
자연의 섭리인 나이는 인정하되, 그 나이에 걸맞은 혹은 나이를 뛰어넘는
뛰어난 시를 쓰겠다는 의지의 표현으로 읽힌다. '홍안 백발' 이 그것이다.
'은유에 속았다 은유가 거추장스럽다' 는 표현도 시에서 은유가 필요 없
다는 것이 아니라, 그러한 수사적 장치를 동원하지 않고도 곧바로 사물의
실체를 묘파하는 직관과 감성의 언어가 있다는 뜻으로 읽힌다. 이순에 접

어든 그는 이미 "들리는 소리보다 들리지 않는 소리를 잘 듣게 된" 경지
에 이르렀기 때문이다. 시집 뒤에 실린 산문에서 "제 스스로 언어의 몸짓
을 하는 시와 더불어 나는 이즈음의 내 삶을 이끌고 있다"고 술회한 것도
이와 같은 맥락으로 받아들일 수 있다. 모든 사물은 스스로 육체와 영성
을 지니고 있는 만큼 부질없는 포즈로 본질을 왜곡할 것이 아니라, 그 자
연 생태적 질서에 맞는 언어와 리듬으로 시를 쓰겠다는 것이다. 그리하여
그는 '물푸레나무를 풀푸레나무' 라고 표현할 수 있는 솔직담백한 언어
로 나무의 본질을 드러내는 시를 쓰고자 한다.

②도 ①을 뒷받침하고 있는 시로서 정진규 시인이 어떤 시를 어떻게
쓰고 싶어 하는가를 잘 드러내고 있다. 우선 '굴비낚시' 라는 말부터가 기
상천외하다. '조기낚시' 도 아니고 '굴비낚시' 이기 때문이다. 바다낚시
를 좋아하는 필자로서도 처음 듣는 말이다. 어떻게 죽어 발효된 조기 한
마리가 다시 퍼들퍼들 살아 팽팽하게 낚싯줄에 매달릴 수 있다는 말인가.
그것은 상투적인 발상과 인식으로는 도저히 이해할 수 없는 일이다. 그러
나 그것을 가능하게 하는 것이 詩이다. 詩의 언어는 과학과 현실을 훌쩍
뛰어넘기 때문이다. 그러므로 '굴비낚시' 는 '詩낚시' 이며, '굴비낚시'
를 하는 '그' 는 '시인' 이라고 할 수 있다. 좋은 시인 아니 뛰어난 시인은
'굴비낚시' 라는 말처럼 생생하게 살아 있는 언어와 팽팽한 긴장감으로
이미 죽어버린 언어나 세계를 재생시키는 마력을 갖고 있다. 시인의 번득
이는 질문의 화살은 언제나 본질이라는 과녁을 향해 날아가 꽂히므로 필
연적으로 정답이 나온다. 봄날이면 '나무들이 꽃으로 초록 嫩葉들로 本
色을 탄로시키' 듯이 말이다. 그러므로 '本色' 은 모든 사물들의 본질이
며, 실체며, 알몸이며 더 나아가 우주의 원리이다. 정진규 시인은 하느님
만이 아는 그러한 '本色' 을 탄로시키는 시를 쓰고 싶은 것이다.

그리고 정진규 시인이 쓰고 싶은 시는 '실물 크기' 이다. 그는 모든 사

물들을 실물 크기로 그리고 싶어 한다. 그러나 그것은 말처럼 그리 쉬운 일이 아니다. ③은 그 어려움을 토로하고 있는 시다. '실물 크기' 라 함은 실재하는 사물 그대로의 크기를 말하므로, '실물 크기로 그리고 싶다' 는 말은 과장이나 축소가 없이, 쓸데없는 치장이나 왜곡이 없이, 정직하게 그리고 싶다는 뜻이다. ①에서 '물푸레나무를 물푸레나무' 라고 말하고 싶은 것과 같은 의미이다. 게다가 이 말은 사물의 겉과 속을 다 관통하는 본질 혹은 알몸을 그리고 싶다는 말로도 이해되는 바, '실체' 와 동의어로 볼 수도 있다. 그런데 그는 지금껏 한번도 실물 크기로 그려낸 적이 없다고 겸손한 고백을 하고 있다. 그러나 결국은 '늘 넘치거나 모자라는 것' 그 자체가 '實物' 임을 터득하게 된다.

그렇다면 그가 내세우고 있는 시론에 가깝다고 생각되는 대표적인 시들을 보자.

① 미리 젖어 있는 몸들을 아니? 네가 이윽고 적시기 시작하면 한 번 더 젖는 몸들을 아니? 마지막 물기까지 뽑아 올려 마중하는 것들, 용쓰는 것 아니? 비 내리기 직전 가문 날 나뭇가지들 끝엔 물방울들이 맺혀 있다 지리산 고로쇠나무들이 그걸 제일 잘 한다 미리 젖어있어야 더 잘 젖을 수 있다 새들도 그걸 몸으로 알고 둥지에 스며들어 날개를 접는다 가지를 스치지 않는다 그참에 알을 품는다

— 「봄비」 부분.

② 새카맣게 하늘 덮는 되새 무리 보러 울진 갔다 순전히 서로 몸 부딪치지 않고 무리 지어 나는 그들을 보기 위해서였다 그들은 어떻게 틈을 아는가 순전히 그걸 보기 위해서였다 눈깔린 들판에 기절한 되새 한 마리 떨어져 있지 않았다 나만 벼락 맞았다 금갔다 이 몸 겨울 들판에 넘어져 누워버렸다 틈

을 만들지 못했다

—「돼새떼」전문.

③ 直立이란 없다 서로를 버티게 해주는 이쪽 저쪽의 힘을, 사방 기울기를 내가 볼 수 있었던 것은 내린 눈들의 무게와 흰 빛들의 비유가 숲의 알몸들을 분명하게 드러내 주었기 때문이다 이쪽 나무에서 저쪽 나무로 건너뛰는 청설모의 속도마저 한눈에 가늠할 수가 있었다 나무들의 사이를 건드릴 수가 없었다 건드리면 쨍 소리를 낼 듯 공기들의 살얼음이 팽팽했다 이쪽 청솔이 오른쪽으로 기운만큼 그만큼만 저쪽 청솔이 왼쪽으로 기울고 있었다 그런 사방 기울기의 연속무늬를 보았다

—「숲의 알몸들」부분.

①은 정진규 시인이 자연과 어떻게 교감을 나누고, 또 그 비의를 읽어 내는가를 보여주는 명편이다. 시인은 봄날에 산을 오르다가 가문 날 나뭇가지들 끝에 물방울들이 맺혀 있는 것을 주목한다. 보통 사람들 같으면 그저 이슬방울로 여기고 지나쳤겠지만, 시인은 "한참 가물다가 봄비가 내릴 징후가 보이면 나무들이 그런다"는 사실을 알고 전율한다. 여기서부터 시인의 독해력은 자연의 비의(실체)를 단숨에 읽어낸다. 물방울은 이슬방울이 아니라 자연물끼리의 상호 교감이나 자연물끼리의 관능적 반응의 일종이었던 것이다. 사람이 애타게 기다리는 님이 오신다는 말을 듣고 미리 마중 나가듯이, 사랑을 나누기 전 미리 애액을 분비하듯이, 말이 없을 뿐 나무들도 똑같은 반응을 보인다는 사실을 간파한 것이다. 게다가 나무들뿐만이 아니라 새들도 그걸 알아 둥지로 스며들어 알을 품고, 마침내 내리는 봄비도 젖은 몸을 한번 더 적시며 온 지상의 만물들이 이 아름다운 우주적 축제에 동참하는 것을 본 것이다. 그야말로 자연물끼리

의 以心傳心이다. 이렇듯 놀라운 자연 현상을 발견한 시인의 입에선 그래서 '미리 젖어 있어야 더 잘 젖을 수 있다'는 직관의 감탄사가 절로 터져 나온다. 그리고 물방울처럼 모든 자연의 "상징에는 실체가 있다"는 사실을 몸으로 깨닫는다. 이와 같이 우주의 질서와 원리를 상징적으로 보여주는 자연, 그 자연의 실체를, 本色을, 알몸을 탄로시키는 시야말로 바로 정진규 시인이 꿈꾸는 시의 궁극인 것이다.

②는 '틈'의 발견을 통해 공존의 원리나 질서를 묘파한 작품이다. '새카맣게 하늘을 덮는 되새 무리'가 '서로 몸 부딪치지 않고' 날아다니는 신기한 모습이 이 시의 주된 관심사다. 시인은 도대체 빈틈이 없이 거대한 덩어리로 날아다니는 그들에게도 '틈'이 있음을 발견한다. 되새들은 그들 사이의 틈을 몸으로 잘 알고 있기에 결코 충돌하거나 추락하는 일이 없다. 그래서 '눈깔린 들판에 기절한 되새 한 마리 떨어져 있지 않'은 것이다. 그것이 되새떼들이 한 덩어리가 되어 하늘을 날 수 있는 원리요 실체다. 그러나 '人生世間'의 약자인 '人間'은 어떠한가. 아름다운 공존의 원리인 '틈'을 무시한 채 날마다 서로 충돌과 다툼을 일삼고 있지 않은가. 그래서 한 치의 오차 없이 날아다니는 되새떼의 모습을 보며 시인은 '나만 벼락 맞았다'는 충격과 함께, 지금껏 '틈을 만들지 못했다'는 自省의 탄성을 내지르는 것이다.

③도 눈 쌓인 겨울숲 나무들의 '기울기(傾斜)'를 통해 관계와 공존의 원리를 밝힌 작품이다. 시인은 대설주의보가 내린 화계사 청솔숲에 가서 눈을 머리에 인 채 사방으로 기울어진 청솔들을 보며 '直立이란 없다'고 깨닫는다. 눈 쌓인 청솔숲의 아름다운 조화 혹은 공존의 풍경은 스스로 똑바로 서는 게 아니라 '서로를 버티게 해주는 이쪽 저쪽의 힘'이 있기 때문에 연출될 수 있다는 것이다. 그리고 시인이 그러한 숲의 알몸(실체)을 분명하게 볼 수 있었던 것도 '내린 눈들의 무게'와 '흰 빛의 음덕'이

있었기에 비로소 가능하다는 사실이다. 뿐만 아니라 한 걸음 더 나아가 시인의 눈은 나무들 사이를 건너뛰는 청솔모들의 속도와 보이지 않은 공기들의 살얼음까지를 읽어낸다. 자연 속에 완전히 몰입되어 있는 경지를 보여주는 것이다.

이렇듯 정진규 시인은 하느님만이 알 수 있는 자연의 상징과 실체를 읽어냄으로써 우주적 삶의 원리를 밝혀내는 시적 경지를 보여준다. 그렇다면 그의 이러한 시적 경지는 저절로 이루어진 것일까. 다음에 인용한 시들에서 결코 그렇지 않다는 사실을 확인하게 된다.

　① 내가 쓰는 시는 당신에게 드리는 연애편지 틀이 될 것이다 나는 움치고 뛸 수가 없다 틀이다 밖으로 가만히 한 발을 내밀어보지만 허당이다 벼랑이다 나는 당신의 틀에 들렸기 때문이다 나 병이 깊다 당분간이다 나의 시는 지금 낭패다-중략-내 연애의 運身엔 길이 없다 길을 잃었다 연애는 길을 잃은 것이다 속수무책이다 급강하의 위험이 예고되었다 선암사 홍매화는 피어날 대로 피어나선 지금 꽃잎 지기만 기다리고 있다

　　　　　　　　　　　　　　　　　　　　ー「선암사 홍매화」부분.

　② 그렇다고 가라앉을 수도 없는 지느러미 하나가 非夢似夢 멈추어 있다 흐를 수 없다는 것이 제일로 참기 어렵다 너의 어깨에 滿開의 벚꽃들 허공 담아 져내리고는 있으나 정지된 화면이다

　　　　　　　　　　　　　　　　　　　　　　　ー「春泥」부분.

①은 '연애편지의 틀'이 시사하듯이 시적 매너리즘에 빠져 침체와 절망 속에 길을 잃고 헤매는 참담한 심경을 고백하고 있다. '허당이다 벼랑이다', '나 병이 깊다', '나의 시는 지금 낭패다', '길이 없다 길을 잃었

다', '속수무책이다', '지금 꽃잎 지기만 기다리고 있다' 와 같은 무수한 탄식이 그것이다. ②에서도 가라앉을 수는 없다는 사실을 알고는 있지만, 시를 쓰지 못하고 나태와 침체의 늪에 빠져 대책 없이 허송세월하는 나날을 그리고 있다.

이 밖에도 이번 시집에 실린 상당수의 시편들이 자신의 시작 태도와 지금까지 추구해온 시업에 대한 통렬한 반성을 동반하고 있음을 본다. 이를테면, "나는 너무나 많은 사물들과 연애 걸었으며, 內通했으며, 울궈먹고 작살내면서 오늘도 시라는 걸 쓰고 있다 염치가 없다"(「동티를 위하여」 부분.)이라든가, "사과를 깎는다 썩었다 당연하지 異物인 내 탓이지 당신께 올리는 접시 위에 겨우 반쪽으로 남을까 말까 하게 발라내지고 있는 썩은 사과 한 알의 이 겨울밤"(「사과를 깎으며」 부분.) 같은 경우가 그것이다.

그러나, 정진규 시인은 언제까지나 그러한 자신을 대책 없이 내버려두지 않았다. 그리하여 「詩論」에서 밝힌 바대로 침체와 절망의 늪에서 빠져나와 '正面' 승부로 위기를 돌파할 것을 선언한다. 이순의 나이를 두려워하고 경계할 것이 아니라, 그 연륜에 걸맞은 탁월한 시를 쓰는 길만이 그가 고심 끝에 찾아낸 시적 돌파구였던 것이다. 바꿔 말하면 억지로 젊어지는 길을 버린 것이다. 그런 점에서 '제대로 늙자' 라는 각오와 다짐은 여러 가지 의미를 내포하고 있다고 할 수 있다. 하지만 앞의 시들에서 보았듯이 한때의 방황과 절망 그리고 반성과 모색의 시간이 없었다면 지금처럼 좋은 시들은 쓰여지지 못했을 것이다.

다음으로, 이번 시집에서 정진규 시인이 자연의 실체 그리기만큼이나 비중 있게 다룬 관심사가 소멸과 죽음의 문제라고 할 수 있다. 이는 이순 중반의 세월을 살고 있는 그에게 어쩌면 당연하고도 불가피한 시적 주제라고 할 수 있다.

우선 소멸과 이별을 예감하는 징후들이 도처에서 눈에 띤다. "곱빼기에 곱빼기로 나는 지워져가고 있다는 생각을 했다"(「곱빼기 자장면을 먹으면서」 부분.), "이제 그만 우리들의 방황을 접을 때라 말하고 싶네"(「집을 비우며」 부분.), "충만은 언제나 소멸을 예감한다"(「내장산 단풍」 부분.), "햇볕들이 기력이 딸리는 모양이다…마무리가 깨끗치 않군", "直前이다 혼자 지나가게 될 것이다 되도록 빨리 지나갈 것이다 다들 떠났다 그게 상책이다"(「소나기」 부분.), "임박하도다 서러움이 임박하고 이별이 임박하고…"(「가을」 부분.), "나는 뎁혀지지 않는다 늘 냉골이다"(「겨울여행」 부분.), "내 삶의 후반부가 더욱 더디다 꼬리가 길다"(「맡겨둔 것이 많다」 부분.), "서둘러 돌아가야 하리 왜 이토록 서성거리는 게냐"(「마지막 가을」 부분.), "추위에 떨 때가 되었다 이제는 추위가 내 것이다 당당해지"(「초겨울」 부분.), "그만한 그림이면 아깝지 않느냐 포기는 아직 이르다고 생각한다"(「이별에 대하여」 부분.) 등등이 그것이다. 이러한 징후들을 종합·요약해보면 1) 떠나야 할 시간이 임박해 오고 있다는 것, 2) 머뭇거리지 말고 당당하게 그 시간을 맞이해야 한다는 것, 3) 떠나기 전 아직 해야 할 일이 있으며 뒷마무리가 깨끗해야 한다는 것이다.

그러면 그가 죽음의 문제를 어떤 자세로 받아들이고 있는가를 살펴보자.

① 죽음이여, 그래도 아직 십중팔구는 알을 슬을 수 있을지도 모를 늙은 男子 하나, 그의 이후 행로가 궁금하다…중략…꿀벌들은 全身으로 정직하시다 일을 치루자마자 알을 슬자마자 수펄들 깨끗이 自盡한다 공중분해된다 알을 위해 목숨을 바친다 태어남은 죽음만큼이어야 한다는 걸 몸으로 알고 있다

— 「죽음」 부분.

② 너무 비극적이어서 이름까지 밝히고 싶지 않다 아프리카 오지 어느 섬에 번식을 스스로 멈춘, 種을 끝낸 나무들이 있다고 한다 까닭을 알 수가 없

었다 마침내 밝혀진 바로는 동반자살이었다…중략…어느날 그 나무들의 堅
果가 그 나무들의 견과답지 못하게 되었고 그 새들의 똥이 그 새들의 똥답지
못하게 되었음을 그들이 알아차렸기 때문이었을 터이다 서로가 효험이 없음
이 제일 슬픈 일이다 사랑할 때 그렇다…중략…춥도록 깨끗한 그들의 뒷자
리에 동반타살이라고 바꾸어 적지 말라 사랑의 墓碑銘은 오염시키는 게 아
니다 오직 동반자살이다

— 「나무와 새」 부분.

①은 꿀벌들의 생태를 통해서 生死를 진단하고 있다. 알을 위해서 깨
끗이 목숨을 바치는 수펄들에게 태어남과 죽음은 똑같은 의미를 지닌다.
生이 死이고, 死가 生이라는 인식은 자연의 생태질서이자 불교의 윤회설
과도 겹친다. '죽었다' 대신에 '돌아갔다'는 우리말이 있듯이, 죽음은 태
어난 원위치로 회귀하는 일인 것이다. 따라서 정진규 시인의 죽음에 대한
인식은 허무나 비탄이 아니라 이 같은 자연의 순리를 받아들이는데 있는
것처럼 보인다. 다만, 꿀벌들이 사는 동안 열심히 일하고 알을 슬자마자
깨끗이 자진하듯이, 여생에 열심히 시를 써서 자신의 시석 화무인 '몸'과
그것의 우주적 완결성을 뜻하는 '알'을 완성하고 떠나는 것이 남은 과업
일 터이다.

②는 시집의 마지막 쪽에 실린 시로서, '나무'와 '새'의 동반자살을
통해 죽음의 방식을 이야기하고 있다. 아프리카 오지 어느 섬에 서식했다
는 이 나무와 새는 이를테면 연인들과 견줄 수 있는 관계인데, 이들이 춥
도록 깨끗한 뒷자리를 남기고 동반자살한 것은 슬프게도 서로가 서로에
게 효험이 없어졌기 때문이다. 구체적으로 말하면 '그 나무들의 堅果과
그 나무들의 堅果답지 못하게 되었고 그 새들의 똥이 그 새들의 똥답지
못하게 되었음을 그들이 알아차렸기 때문'이다. 나무와 새처럼 시인과

시 또는 시인과 애독자의 관계도 이와 마찬가지일 터이다. 한 시인이 쓴 시가 더 이상 시답지 못하고 독자들을 사로잡지 못할 때 그는 이미 죽은 시인이나 다름없다. 그럴 때 시인과 시는 깨끗한 동반자살의 방식을 택하게 되는 것이다. 이러한 사실을 정진규 시인은 누구보다 잘 알고 있다.

마지막으로, 이번 시집에서도 고수하고 있는 산문시의 형태적 특성에 대해서 거칠게나마 언급하지 않을 수 없다.

개미들의 행렬이 길다/곧 소나기가 쏟아질 것이다/삽시에 젖어버릴 것이다/부산하다/짐승들은 산등성이를 내닫고 날개들이 하늘을 메운다/지느러미들이 모두 물 위로 솟았다(「소나기」 전반부, 사선=필자)

필자가 무작위로 골라 부분 인용한 위의 시에서 보듯이 정진규 시인의 산문 리듬은 막힘이 없다. 꼭 필요하다고 생각되면 쉼표나 느낌표, 물음표 몇 개만을 거느리고 흘러간다. 문장도 간결한 단문 구조다. 한 문장이 4음보를 넘어서지 않은 경우가 대부분이다. 그래서 그것의 보폭은 경쾌하다. 마치 시골 들판을 자유로이 흘러가는 개울물 같다. 한 마디로 자연적 리듬에 가까운 것이다.

정진규 시인이 산문시를 처음 시도한 것은 제3시집 『들판에 비인 집이로다』(1977)부터라고 할 수 있다. 당시 그는 개인적 비애와 역사적 현실의 문제를 통합하기 위한 시형을 찾는 과정에서 산문시의 포용력과 깊이를 자각하고 이를 자신의 시에 도입한다. 『비어 있음의 충만을 위하여』(1983)를 비롯한 80년대 시집들에서는 산문시를 본격적으로 탐구하고 정착시키면서 개인의 문제에서 벗어나 역사적 삶과 소통하려는 노력을 더욱 구체화한다. 이때부터 그의 산문시에는 미학적 장치가 줄고 직설적이고 소박한 진술이 강화된다. 90년대에 접어들어 제9시집 『몸詩』(1994)를 발간하면서 잠시 자유시로 변화를 꾀하기도 했던 그는 제10시집 『알詩』(1997)에 오면서 다시 산문시로 복귀하여 오늘에 이른다. 이때부터 그의 산문시는 일체의 치장을 버리고 자연을 닮은 알몸의 언어와 리듬을 장착하게 된다. 그래야만 자연과의 원활한 소통을 도모할 수 있다고 판단했기 때문이다.

물론 그의 산문시를 두고 문제점을 지적하는 경우가 없었던 것은 아니다. 시적 긴장감을 떨어뜨리고, 시의 본질을 왜곡할 수 있다는 우려나 지적이 그것이다. 하지만 "〈노래〉를 행갈이 시에만 가두려는 규범이 나는 답답했다"는 시인의 고백대로 "언어의 리듬에만 매이고 이미지의 리듬을 감지 못하는" 현대시의 형식에 대한 폐쇄적 인식도 문제가 아닐 수 없다. 게다가 그는 누가 뭐래도 우리 시단에서 확고한 신념을 갖고 산문시를 오래 그리고 깊이 천착해온 거의 유일한 시인임이 틀림없다. 따라서 교감과 각성의 언어만으로도 충분히 시의 究竟에 도달한 그의 산문시는 자신만의 독특한 형식미학으로 자리잡았다. 형식 또한 내용과 더불어 이미 그의 '몸'이 된 것이다.

3. 나오며

지금까지 살펴본 바대로 『本色』은 『몸詩』 이후의 시적 흐름과 맥을 함께 하는 시집이다. 그러면서도 시적 대상을 다루는 솜씨가 연륜에 걸맞게 훨씬 유연함과 원숙함을 보여준다. 그리고 이번 시집의 주제는 ① 자연과의 교감과 실체 읽기, ② 소멸과 이별의 예비로 크게 2분할 수 있다. 이 두 주제 사이에 자기 부정과 성찰의 시편들이 끼어 있다. 이순에 접어들면서부터 더욱 강렬해진 이 두 주제에 대한 관심은 아마 붓을 놓을 때까지 이

어질 것이다. 한편, 정진규 시인의 시들은 대부분 관찰 · 교감 · 발견 · 각성의 과정에서 태어난다고 할 수 있다. 그런 의미에서 그의 시학을 '교감의 시학' 또는 '발견과 각성의 시학'으로 명명해도 좋을 것이다.

주지하다시피 정진규 시인은 90년대 이후 우리 시단의 주요 흐름을 이끌어온 어른이다. 또한 그는 이순 중반의 나이에도 불구하고 여전히 지칠 줄 모르는 변화와 모색의 정신으로 새롭고 독특한 시세계를 펼침으로써 뒤를 따르는 후배 시인들을 무색케 하는 '홍안 백발'의 젊은 시인이기도 하다. 그가 이렇듯 나이를 의식하지 않는 시세계를 펼칠 수 있는 것은 변화와 모색의 정신 이외에도 스스로의 나태와 안일을 용서치 않는 자기 부정과 성찰의 정신이 수반되었기 때문이다. 이번 시집에서도 이러한 깨어 있는 정신이 유감없이 발휘되었음은 물론이다. '제대로 늙자'라는 말도 이와 같은 맥락일 터이다.

그렇다면 그는 앞으로 남은 시간 동안 어떠한 시세계를 펼칠 것인가. 그것을 전망하는 일은 그리 어렵지 않다고 생각된다. 그는 지금껏 '몸'과 '알'이라는 화두를 천착하는 일에서 한번도 눈을 떼지 않았기 때문이다. 따라서 앞으로 남은 시간도 '몸'과 '알'의 세계를 완성시키는 일에 바쳐질 것이다. 특히 '몸'의 완결체인 둥글고 단단한 '알'을 완성하는 일에 몰두하게 될 것이다. 그리하여 그는 마침내 자연의 품속으로 표표히 돌아가는 한 마리 새가 될 것이다.

끝으로, 그가 앞으로도 여전히 할 일이 남아 있음을 시사하는 구절을 인용하는 것으로 이 글을 맺는다.

  한 번 범하고 싶었던 그 女子는 아직도 오지 않았다 平生 걸려도 그건 쉽지가 않다고 했다(「實物」부분.)

—『시작』(2004년 가을호)

유목의 언덕에 싹트는 푸른 생명의 언어
— 이재무 시집 『푸른 고집』

1. 뜨거운 유목의 피

이재무는 자술한 바대로 "뜨거운 유목의 피"(「민박」)를 간직한 시인이다. 그의 산문집 『생의 변방에서』(2003)를 읽어보면 얼마나 오랫동안 그가 일정한 직업도 없이 고단한 유랑의 시간을 살아왔는지를 알 수 있다. 천형 같은 가난을 탈피하기 위해 정든 고향 부여를 등지고 상경할 때까지 무려 열 번이나 이사를 다녀야 했으며, 서울 입성 18년째를 맞고 있는 지금도 오로지 살아남기 위하여 "굴 속 웅크린 짐승"(제5시집 『시간의 그물』)의 시간을 견디고 있는 것이 그것이다. 이 과정에서 그는 수많은 좌절과 상처의 옷을 입는다. 또한 생활의 터전을 옮겨 다닌 일 못지않게 그의 시적 이력도 다사다난했던 것 같다. 주지하다시피 그가 시단 활동을 시작한 80년대 초반은 민주화 열기로 뜨거웠던 시기였다. 그는 농부의 자식답게 고향과 민중의 삶을 대변하는 시를 문학의 출발점으로 삼고, 자유

실천문인협회 일에 관여하는 등 소위 "좌파"(「한강」) 문인의 전력을 갖고 있다. 그러나 80년대 말에 이르러 좌파 문인들이 구심점과 방향성을 잃고 좌절하거나 흩어질 때 이재무는 끝까지 자신의 시적 중심을 잃지 않고 살아남은 몇 안되는 시인 중의 한 사람이다.

이렇듯 정처 없는 유목의 삶을 살아왔음에도 불구하고 그는 지금껏 일곱 권의 시집을 펴냈다. 가히 다산성의 시인이라 할 만하다. 하지만 이는 그가 얼마나 시적 열정과 허기가 많은 시인인가를 반영하는 증거이기도 하다. 그의 시세계는 대체로 시골과 도시라는 정서적 공간을 기점으로 양분된다고 볼 수 있다. 시적 변모 또한 그렇다고 할 수 있다. 첫 시집 『섣달 그믐』(1987)을 비롯, 『온다던 사람 오지 않고』(1992), 『벌초』(1994) 등이 주로 유년의 기억과 피폐한 고향의 삶을 그리고 있다면, 서울 생활의 굴욕과 상처를 드러낸 네 번째 시집 『몸에 피는 꽃』(1997)을 통과의례로 삼아 다섯 번째 시집 『시간의 그물』(1998)과 여섯 번째 시집 『위대한 식사』(2002)에 오면 생태적 사유를 중심으로 시세계가 새롭게 변모하고 있음을 알 수 있다. 이번에 발간한 일곱 번째 시집 『푸른 고집』도 주로 자연과 인간의 교감을 통한 생명의 세계를 심화하고 있다는 점에서 앞의 두 시집과 연장선상에 놓인다고 할 수 있다.

그의 일곱 번째 시집 『푸른 고집』은 제목부터가 퍽이나 인상적이다. 왜냐하면 이 간단명료한 제목 속에는 '이재무'라는 시인의 고집스런 이미지와 그가 지향하고자 하는 초록 생명의 이미지가 함께 숨쉬고 있기 때문이다. 그러므로 '어리다', '순수하다', '새롭다', '완강하다', '신생', '부활', '생명' 등 여러 의미가 중첩되어 있는 이 '푸른'이라는 형용사는 '고집'이라는 명사 앞에서 눈부신 빛을 발한다. 따라서 이번 시집은 그간 힘든 유목의 세월을 살아온 과거의 기억과 무기력한 현재의 삶을 견뎌내야 하는 시적 자아가 자연의 '푸른' 생명과의 교감을 통해 어떻게 다시 활력을 얻고 치유될 수 있는가의 가능성을 보여주는 기록의 총체라고 할 수 있다.

2. 상처 혹은 무기력한 일상

이재무는 상처의 시인이다. 상처는 "뜨거운 유목의 피"를 간직한 자가 결코 피해갈 수 없는 운명적인 덫과 같다. 상처는 유목의 길목에 매복해 있다가 간단없이 다리를 걸어 넘어뜨린다. 그러므로 좌충우돌하는 유목민의 길은 울퉁불퉁하거나 구불구불하다. 상처는 과거일 수도 있고 현재일 수도 있으며, 어쩌면 미래일 수도 있다. 또한 상처는 개인적일 수도 있고 집단적일 수도 있다. 타고난 가난과 부랑의 삶 그리고 찬바람 쌩쌩 부는 80년대의 한복판을 통과해온 이재무의 상처는 이러한 면모를 두루 지니고 있다. 상처는 상처를 당한 자의 얼굴에 그늘을 드리운다. 상처는 지워지지 않는다. 지워지지 않고 마음의 저변에 거름벼늘처럼 쌓인 다음 곰삭아 형언할 수 없는 향기(승화)를 풍긴다. 시간에 발효되어 추억이라는 이름표를 다는 상처는 아름답지만 잔인하다. 상처는 무궁한 시적 자산이다. 그러므로 "상처 없이 미끈한 나무가 떨군 열매 믿을 수 없다"(「상처」)는 이재무의 말에는 진정성이 있다. 상처는 힘이 세다.

이재무의 이번 시집에는 도처에 상처가 포진하고 있다. 과거의 시간에 대한 상처와 회한 그리고 현재의 삶에 대한 무력감을 기록한 시편들이 그것이다. 이는 그가 과거와 현재의 삶에 대한 중압감으로부터 아직 자유롭지 못하다는 증거이다. 하지만 그것들이 새로운 시적 돌파구를 열어가야 하는 그에게 꼭 부정적인 요소들로만 비추지는 않는다. 인위적이거나 느닷없이 이루어진 변모란 있을 수 없으며, 설사 있다고 하더라도 진정성을 담보로 할 수 없기 때문이다. 그러므로 바람직한 시세계의 변모는 과거의 경험적 바탕 위에서 점진적으로 이루어져야 마땅하다. 그런 의미에서 이러한 상처의 시편들은 시인 이재무만의 정직한 삶의 고백이자 변모를 위한 반성적 몸부림으로 읽힌다.

　　강물은 이제 범람을 모른다/좌절한 좌파처럼 추억의 한때를 가지고 있을 뿐이다/그는 크게 울지 않는다/내면 다스리는 자제력 갖게 된 이후/그의 표정은 늘 한결같다/그의 성난 울음 여러 번 세상 크게 들었다/놓은 적 있다/그러나 그것은 이미 약빨 떨어진 신화/그의 분노 이제 더 이상 저 두껍고 높은//시멘트둑 넘지 못할 것이다/…중략…/찬란한 야경 품에 안은 강물은/저를 감추지 못하고/다만, 제도의 모범생 되어 순응의 시간을 흐르고 있다

—「한강」 부분.

　　한강을 의인화하여 그 오염 상태를 증언한 이 시는 생태 환경시로 읽을 수도 있지만, 그보다는 강의 흐름을 세월의 흐름이나 역사의 흐름으로 보고 작금의 사회적 현실을 비판적으로 증언한 시로 보인다. 특히 필자가 보기엔 이재무 자신의 무기력한 삶의 태도를 반영한 시로도 읽힌다. 만약 필자의 독법대로 따른다면, 그의 현재적 삶의 태도는 대단히 비관적이어서 출구가 없는 것으로 비친다. 강물은 '범람을 모'르거나, '크게 울지 않'거나, 자제력으로 '표정이 늘 한결 같'거나, '시멘트둑을 넘지 못'하거나, '제도의 모범생 되어 순응의 시간을 흐르고 있'는 부정적 모습으로 그려져 있기 때문이다. 오염되고, 늙고, 지쳐서 강으로서의 기능을 상실한 이러한 한강의 모습은 관습적이고 무기력한 삶을 살아갈 수밖에 없는 오늘 이재무의 정직한 자화상이자 우리 모두의 슬픈 자화상이다. 게다가 그는 스스로 통과해온 80년대라는 역사적 현실에 대해서도 그다지 긍정

적인 의미를 부여하지 않는다. '좌절한 좌파처럼 추억의 한때를 가지고 있을 뿐'이라거나, '그것은 이미 약발 떨어진 신화'라는 구절에서 우리는 그러한 태도를 읽을 수 있다. "무모한 열정이었으되 아름다운 소비였던 그날"(「눈부신 행진」), "비록 한때일망정 그린벨트의 생을/살았던 우리 젊음은 속절없이 기울고/…중략…/우리는 버려진 개…"(「강가에서」)라는 또 다른 구절들도 이와 같은 맥락으로 읽힌다.

그렇다면 그는 정말로 젊음의 열정과 투지를 소진한 늙고 지친 소시민으로 전락하고 만 것인가. 시집 속에 기록된 여러 가지 고백적 문맥이나 정황으로만 보면 그것은 사실인 것처럼 보인다. 그러나 필자의 눈에는 반드시 그렇게 보이지는 않는다. 그가 자신의 과거와 현재의 삶을 부정적인 모습으로 그리고 있는 것은 그 자체를 수긍하기 위한 것은 아닐 것이다. 오히려 역설적으로 그러한 삶을 살아서는 안 되겠다는 반성과 극복의 의지가 더 크게 배면에 깔려 있다고 볼 수 있기 때문이다. 따라서 이는 잘못된 삶이나 현실을 부정함으로써 긍정에 이를 수 있는 원리와 같다. 그것이 보다 넓고 깊은 세계를 품기 위한 자연스러운 상처의 발효 과정이다.

3. 상처의 치유 혹은 가벼움의 발견

앞에서 살펴본 바대로 이재무의 상처와 절망은 깊다. 그것을 사회적 현실 안에서 스스로 치유하고 극복할 만한 방법은 아직 없어 보인다. 그래서 그는 시적 출구의 하나로 자연을 설정한다. 현실로부터 받은 상처를 자연 속에서 치유한 다음 다시 현실 속으로 복귀하는 것이 이재무의 상처 치료방식이다. 그에게 있어 자연은 상처의 요양소인 셈이다.

흐르는 물에 상추잎 씻듯 시간의 상처

씻어주는 것들, 풍경 속에 약손이 있다

우수 경칩 지나 몸 푼 강물과 초롱초롱

눈 뜬 초록별 그리고 지상으로 기어올라와

부신 햇살 속으로 얼굴 디밀고는

어리둥절한 지렁이의 가는 허리와

꿈틀거리는 봄날의 오솔길

등속이 피워내는 적막의 부드럽고 따뜻한

혀가 쩍, 벌어진 진애의 살(肉)을 핥는다

풍경 속으로 풍경 되어 걸어가면

순간의 열락으로 몸은 한지처럼 얇고 투명해진다

풍경은 붕대다

늙고 지친 생을 감고 부옇게 떠오르는

생활의 거품 천천히 가라앉기를 기다린다

그러나 언젠가 새 살 돋아 가려워진 생은

풍경의 울타리를 벗어나 스스로 걸어나올 것이다

— 「풍경」 전문.

　생활에 찌들고 지친 시인은 봄날 자연을 찾는다. 거기에서 그는 '몸 푼 강물'과 '눈 뜬 초록별'과 '지렁이의 가는 허리'와 '꿈틀거리는 오솔길' 등속의 풍경을 만난다. 물론 이러한 풍경들은 가까운 현실의 주변에서도 만날 수 있는 것들이다. 그러나 많은 사람과 생활의 부산함 그리고 시끄러움 등과는 멀리 떨어져 있다는 점에서 차이가 있다. 그래서 이러한 풍경들은 그 자체로도 바라보는 자에게 위안의 대상이 될 수 있지만, 정작 상처를 핥아주는 것은 '적막의 부드럽고 따뜻한 혀'이다. '고요'와 대체

할 수 있는 '적막' 은 '소란' 과는 대립적인 단어이다. 현실의 '소란' 속에서는 정작 들어야 할 소리가 들리지 않고, 보아야 할 풍경이 보이지 않는다. 오직 삶의 부산한 몸짓만 감지될 뿐이다. 그렇게 삭막하고 냉엄한 현실 속에서 몸과 마음이 황폐화된 자에게 풍경이 선사하는 '적막의 부드럽고 따뜻한 혀' 는 분명히 '약손' 이고 '붕대' 다. 그 '적막' 속에서야 비로소 모든 것이 제대로 보이고, 무거운 '몸은 한지처럼 얇고 투명해' 진다. 잠시나마 현실적 욕망의 누더기를 벗어버릴 수 있기 때문이다. 그래서 시인은 그 풍경들 속에서 '생활의 거품' 즉 상처나 비루한 삶의 찌꺼기가 가라앉기를 기다린다. 이것이 이재무 시인이 상처의 치유 방법으로 자연을 택한 이유이다. 그런데 주목을 끄는 것은 언젠가 상처가 아물고 잃었던 삶의 활기를 되찾게 되면 '풍경의 울타리를 벗어나 스스로 걸어 나올 것' 이라는 구절이다. 이는 비록 '언젠가' 라는 불확실한 시간의 단서를 달고 있기는 하지만, 더 이상 '순간의 열락' 을 주는 자연의 풍경에 기대지 않고 예전과는 다른 모습으로 다시 현실 속으로 뛰어들어 정면돌파하겠다는 결의를 담고 있는 표현으로서, 앞으로 그의 시세계의 중요한 변화를 예시하고 있는 것으로 받아들여진다. 다시 말해 앞으로 이재무 시의 최종 지향점은 자연이 아니라 현실임을 시사하고 있는 것이다.

이번 시집에서 이재무가 발견한 또 하나의 시적 출구는 '가벼움' 의 발견이다. 사실 그간 그의 시는 지나친 시대적 중압감에 눌려 있었다고 할 수 있다. 금년 '미당문학상' 최종심에 올랐던 그가 "1980년대의 시대적 중압감 때문에 그 동안 내 시가 진지하고 무거웠던 것 같다"고 자신의 시세계를 평한 것이 이를 뒷받침한다. 필자가 만나본 바, 그의 얼굴에서 드러나는 표정의 심각성도 이와 마찬가지다. 물론 지나치게 가볍고 천박한 시들이 판을 치고 있는 것이 요즈음 우리 시단임을 감안할 때 진중한 시가 아직 미덕인 것만은 틀림없다. 그러나 시대마다 유행하는 옷이 다르고 노래가 다르듯이, 시를 표현하는 방식도 달라야 한다. 과거에 아무리 그 방식이 좋았다고 하더라도 영원무궁 그것만을 고집할 수는 없는 일이다. 낡은 것은 아무리 그 내용이 좋다고 하더라도 새로운 것에 밀리기 마련이다. 이는 노래방에서 모두들 최신 음악을 부르는데 세대차를 탓하며 자기 혼자만 청승맞게 흘러간 옛 노래를 부르는 것과 마찬가지다.

테니스 치는 여자는 물 속 유영하는 물고기 같다/그녀의 동작은 단순하지만 매우 율동적이다/…중략…/그녀의 눈 속으로 오후의 낡고 오래된 시간들이 갑자기/생기를 띠고 소용돌이치며 빨려들어 가고 있다/…중략…/몰려드는 파란 공기의 입자들 그녀가 테니스를 치는 동안/세상은 발칙한 소녀와 같이 건방지고 젊어진다 그녀가 간간이/터뜨리는 웃음으로 세상은 환하고 눈부신 꽃밭이 된다/테니스 치는 여자는 공중을 나는 새처럼 가볍다/저 가벼움이야 말로 무거운 세상을 이기는 힘이 아닐까/세상의 짐을 내려놓고 풍경이 되어 풍경 속을 거닌다

— 「테니스 치는 여자」 부분.

이재무는 테니스 치는 여자의 몸놀림을 통해 세상의 풍경이 달라짐을 느낀다. '단순하지만 매우 율동적'인 여자의 동작으로 인해 그토록 무기력하고 권태로운 '오후의 낡고 오래된 시간들'이 갑자기 젊고 팔팔한 생기를 띠고, '세상은 발칙한 소녀와 같이 건방지고 젊어'지며, 그녀가 터뜨리는 웃음으로 인해 '세상은 환하고 눈부신 꽃밭이' 되는 것을 경험한다. 그리하여 '저 가벼움이야말로 무거운 세상을 이기는 힘이 아닐까'라는 깨달음에 도달한다. 이는 늘 '무거움'에 짓눌려 살았던 그로서는 상상할 수 없었던 발상의 전환이요 감각의 혁명이다. 이러한 깨달음에 도달할 수 있는 배경에는 지금까지의 고루한 시적 가치관과 표현 방식으로는 더

이상 새로운 시세계를 열어갈 수 없다는 인식과 반성이 깔려 있었을 것으로 짐작된다. 진지하고 무거운 시가 비록 도덕적 당위성은 있다고 하더라도 가뜩이나 삶의 중압감에 시달리며 사는 독자들을 환한 감동으로 이끌어줄 수는 없기 때문이다. 이번 시집에는 인용한 시 이외에도 생기발랄하고 힘이 넘치는 시들이 많다. 「눈부신 행진」, 「냇가에서」, 「국밥집」, 「힘」 등이 그것이다. 이러한 건강미 넘치는 시들이 앞으로도 그의 새로운 시적 돌파구 중 하나가 되어야 할 것이다.

4. 푸른 생명과의 눈부신 교감

이재무의 시 창작 원리는 대상과 자아의 몸 바꾸기라고 할 수 있다. 다시 말해 시인과 자연 혹은 현실과 자연과의 긴밀한 소통이라고 할 수 있다. 따라서 그의 시는 대상과 자아가 서로 분리되지 않고 한몸이 되어 뒹군다. 이는 서정시의 원리이자 서정시가 추구하는 궁극의 세계와 일치한다고 볼 수 있다. 그의 생태적 사유의 방식도 여기에서 탄생한다. 또한 앞에서도 살펴본 바 있듯이 시적 자아와 자연이 나누는 눈부신 교감이야말로 이재무 시인의 상처 치유방식이기도 하다. 따라서 다섯 번째 시집 『시간의 그물』 이후 시세계의 변화를 이끈 원동력이라고 할 수 있는 생태적 상상력은 그가 처음부터 생태시를 쓰고자 의도한 데서 생긴 것이라기보다는 서정시의 원리에 충실한 시를 쓰는 과정에서 자연스럽게 발휘된 것이며, 그가 상처의 치유 대상이나 방법으로 자연을 선택한 것에서도 그 출발점을 찾을 수 있다는 것이 필자의 견해이다.

이번 시집에서도 가장 높은 시적 성취도를 보여주고 있는 시들이 자연과의 긴밀한 교감을 나누는 과정에서 탄생한 소위 생태시 혹은 생태 환경

시들이다.

① 늦은 밤이나 새벽 숲 속에 가면
　나무들 수액 빨아올리는 소리 우렁차다
　나무들 벌써 그렇게 일 년 농사 시작하는 것이다
　이제 곧 울퉁불퉁한 수피
　부드러운 햇살 툭, 툭, 툭, 치고 가면
　가지 밖으로
　병아리 같은 주둥이 내밀며 초록들
　온통 파랗게 하늘을 물들이며 재잘대겠지
　근육질의 사내들 팔 뻗으며
　숲을 살 찌우고
　다산성의 여인들은 두근, 두근거리는 가슴 열어
　씨앗들 토해낼 거야

　　　　　　　　　　　　　　　　　　　　— 「3월」 부분

② 우수 경칩 지나 몸 푼 강물이여
　기형을 낳고 시름시름 앓고
　있구나 너는 나이 든 여인처럼
　주름이 많다 언덕 구르는 자전거
　바퀴살에 와 튀는 햇살 파편에
　눈이 부셔 어리둥절한 강물이여,
　노엽고 분한 것을 어찌 그리도
　반짝이는 설움으로 울고 있느냐
　풍요로운 다산의 세월은 가고

일급 장애, 불임의 여윈 몸으로

뱉을수록 더욱 깊게 고이는 가래

강 안으로 힘겹게 토하며 걷는

너의 부르튼 발 따라가면

아아, 마침내 불행한 나라

적조의 바다 서해 아니냐

— 「봄강」 전문.

　①은 새싹이 움틀 준비를 서두르는 3월의 숲을 인간 현실의 노동으로 연결시켜 건강한 생명의 세계를 노래한 시다. ②는 심한 오염으로 시름시름 앓고 있는 봄강을 고발한 시다. ①과 ②는 자연을 의인화하여 인간의 현실과 동일시하고 있다는 점에서 생태시로 분류할 수 있는 시들이다(다만, ②는 오염된 강의 생태 환경을 고발하고 있다는 점에서 생태 환경시로 재분류할 수 있다). 하지만 ①과 ②는 같은 3월의 자연물(숲과 강)을 대상으로 다루고 있으되, 여러 모로 대조적인 양상을 보이고 있다. ①이 건강한 생명의 세계를 다루고 있는 반면 ②는 오염된 생명의 세계를 다루고 있다는 점, ①이 생기발랄하고 희망적인 어조를 띠고 있다면 ②는 어둡고 절망적인 어조를 띤다는 점, ①이 '우렁차다'와 같은 근육질 언어를 사용하고 있는 반면 ②는 '기형', '불임', '설움' 등 병약한 언어가 많다는 점 등이 그것이다.

　그렇다면 왜 같은 주제를 다루면서도 결과는 다른 양상을 보이는 것일까. 이는 일단 소재의 성격적 차이에 그 직접적인 원인이 있는 것으로 보인다. 즉, 긍정적인 소재를 다루느냐 아니면 부정적인 소재를 다루느냐에 따라 그 양상이 달라진다는 말이다. 위에서 인용한 시를 예를 들어 설명한다면, 오염이 안 되었거나 덜된 '숲'을 다루느냐 아니면 심하게 오염된

'강'을 다루느냐의 차이로 볼 수 있다. 또는 일상 현실과 가까운 거리에 있는 자연물을 선택하느냐 먼 거리의 자연물을 선택하느냐의 차이일 수도 있다. 이번 시집에서 환경 생태시로 분류할 수 있는 시들(②를 포함한 「개펄」, 「깡통을 위하여」, 「한강」 등)이 하나 같이 일상 현실과 지근거리에 있는 자연물을 선택하고 있음이 이를 증명한다. 하지만 이재무는 이 둘 중 어느 한쪽만을 선택할 시인이 아니다. 그는 이들의 양면적 가치를 다 중요하게 여기는 기질을 타고난 시인이다. 오히려 그는 자연 그 자체보다는 일상 현실에 바탕을 둔 생태시에 더 비중을 두고 있다. 그것이 자연에만 기대어 허황된 노래나 부르는 다른 생태시들과 구별되는 이재무만의 생태시의 특장이다.

그러므로 ①의 세계와 ②의 세계는 이재무 생태시의 양축이다. ①과 같이 인간과 자연 혹은 현실과 자연이 서로 분리되지 않고 한몸이 되어 뒹구는 건강하고 아름다운 생명의 나라를 건설하는 일이 이재무 시가 꿈꾸는 궁극의 목표라고 할 수 있다. 그러나 ②처럼 비판적인 시가 없다면 생태계 자체의 존립마저 무너질 위험성은 물론 그의 시적 목표 또한 결국 달성하지 못할 것이다. 이것이 이번 시집의 제목처럼 그가 끝끝내 '푸른 고집'을 부리는 이유이며, 오랜 유목의 상처와 현실의 무력감을 벗어날 수 있는 바람직한 시적 돌파구로서 일상성을 바탕으로 한 생태시를 써야 하는 당위성이기도 하다.

앞으로도 부디 그가 더욱 생기발랄한 시적 상상력으로 이 답답한 세상의 가슴을 확, 뚫어주기를 바라며, 시 한 구절을 더 인용하는 것으로 이 두서 없는 글의 마지막을 대신한다.

세상 밖으로 보송보송한 얼굴 내밀고는
아장아장 허공을 걸어가는 저 철없는 유년의

푸른 고집은 얼마나 환하고 눈에 부신가

                              ㅡ「봄날의 애가」 부분.

                         ㅡ『현대시학』 (2004년12월호)

성찰 · 구도 · 반추의 고독한 풍경
— 임영조, 『지도에 없는 섬 하나를 안다』
— 송찬호, 『붉은 눈, 동백』
— 문태준, 『수런거리는 뒤란』

1.

일군의 시인들이 돌아다니고 있다. 새로운 천 년이 시작되었는데도 아랑곳없이 돌아다니고 있다. '지금 여기'라는 현실의 전면을 잠시 벗어나 어딘가를 돌아다닌다는 것은 삶의 여유라거나 연륜이라는 세월의 힘에 심신을 내맡긴다고도 해석할 수도 있지만, 그보다는 '지금 여기'에 없는 무언가를 찾기 위해서거나 보기 위해서일 터이다. 따라서 그것은 필시 삶에 대한 성찰 · 구도 · 반추 등의 의미와 정처 없음이라는 쓸쓸한 풍경을 동시에 거느린다.

그러므로 '지금 여기'라는 시간과 공간을 일탈하여 돌아다닌다는 것은 불신과 환멸 등으로 인한 도피라기보다 궁극적으로 보다 잘 들여다보기 위한 '거리 두기'에 가깝다. 거리를 둠으로써 불투명한 부분은 선명한 전체로 다가오기 때문이다. 그런 면에서 '멀리 하기'는 '가까이 하기'의 다른 말일 수도 있다. 그리고 떠남은 돌아옴을 전제로 하고 있는 바, 여행의 시작과 끝은 언제나 '집'이다. 그래서 묵은 천 년과 새로운 천 년이라는 시간의 단위에 관계없이 지금 시인들에게 요청되는 자세는 어쩌면 현실의 전면과의 거리 두기일지도 모른다. 이 속도와 불안 그리고 파괴와 혼돈으로 요동치는 현실의 급류에 대책 없이 떠밀리지 않고 다시금 거리를 두고 근원부터 천천히 거슬러 오르는 자세가 필요할지도 모른다. 세계는 외양만 달라졌을 뿐 결코 본질까지 달라질 순 없으며 또 달라져서도 안 된다는 냉철한 신념으로 말이다. 우리가 역사를 공부하는 것도 같은 맥락이 아니겠는가.

필자가 여기에서 다루고자 하는 세 권의 시집도 각각 차이는 있으되, 크게 보아 이 돌아다님의 풍경 안에 놓인다. 50대인 임영조 시인의 시집 『지도에도 없는 섬 하나를 안다』는 자연 속 곳곳으로, 40대인 송찬호 시인의 시집 『붉은 눈, 동백』은 주로 산경(山經)을 끼고 동백숲으로 그리고 30대인 문태준 시인의 시집 『수런거리는 뒤란』은 아예 퇴락한 시간 혹은 공간 속으로 여행을 떠나고 있기 때문이다. 이제 거칠게나마 그 뒤를 따라 가보자.

2.

임영조 시인은 지천명의 중반을 지나가고 있다. 사람도 자연의 일부이므로 계절로 치면 가을, 그것도 늦가을로 향하는 길목에 있다. 늦가을이 어떤 계절이던가. 삼라만상이 제 몸무게를 줄이며 깊고 고요한 눈빛으로 겨울을 예비하는 쓸쓸하고도 정갈한 때가 아니던가. 따라서 그의 다섯 번째 시집『지도에도 없는 섬 하나를 안다』에는 살아온 세월의 무게와 남은 삶을 가벼이 갈무리하기 위한 깊고도 맑은 성찰의 이미지가 가을물처럼 그렁그렁하다. 그러므로 그가 자연 속으로 돌아다니는 근인은 막강한 세월의 힘에 따른 것이며, 그것이 또한 자연의 길임을 알고 있기 때문이라 여겨진다. 실제로 대부분의 시편들이 자연 속을 돌아다니며 얻은 것들이어서 이 시집을 읽고 있으면 그의 50대 중반의 도정이 환하게 드러난다.

그렇다면 그의 돌아다님의 풍경은 어떤 구도 안에 놓이는가. 그것은 간단히 말하면 '집→ 자연 →집'의 순환 구도이다. 그러니까 돌아다님의 시작과 끝은 '집'인 셈이다. 그러나(후술하겠지만), 같은 집이라도 풍경의 차이가 있는 집이다. 돌아올 때의 집은 출발할 때의 집에 비해 자연 속을 돌아다님으로써 훨씬 순화된 집, 그의 표현을 빌면 "숙제 없는 나의 집"(「숙제 없는 집」)으로 바뀌기 때문이다.

이 시집의 또 다른 구조적 특징은 무거움과 가벼움의 대비 혹은 몸과 마음의 대비에 있다. 다음 시를 보자.

그 동안 참 열심히들 살았다
나무들은 마지막 패를 던지듯
벌겋게 상기된 이파리를 떨군다
한평생 머리채를 휘둘리던 풀잎도
가을볕에 색 바랜 몸을 뉘고 편하다
억척스레 살아온 저마다의 무게를
땅 위에 반납하는 가벼움이다
가벼워진 자만이 업을 완성하리라
허나, 깨끗하게 늙기가 말처럼 쉬운가

아하! 무릎 칠 때는 이미 늦가을

— 「늦가을 문답」 부분.

먼저, 이 시는 늦가을 자연과 시인과의 문답 형식을 취하고 있다. 문답이란 묻는 이와 답하는 이를 전제로 한 대화법일진대, 이 양자가 따로 없으니 시인 스스로의 문답인 셈이다. 사물에 자기의 생각이나 정서를 투사하여 표현하는 것이 서정시의 기본 수법인 바, 산에 올라가서 만나는 자연물들을 상대로 벌이는 이 자문자답은 따라서 주관적일 수밖에 없다. 그러나 그 주관적 해석이 자연의 본질 혹은 섭리에 가 닿을 때 문답은 객관성을 획득한다. 소위 자연이 말없는 스승일 수 있는 것도 시인이 그만큼 자연의 본질에 가까이 다가설 때에 가능한 말이다. 따라서 여기에서의 문답은 시인 스스로의 각성이다. 사물의 의인화도 마찬가지다. 정호승 시인이 말한 대로 "임영조는 의인화의 명수다". 산에서 만나는 수많은 사물들이나 풍경들과도 대화가 자유자재로 가능한 것은 시인이 그것들에게 낱낱의 인격을 부여하는 힘이 특출하기 때문이다. 그러므로 모름지기 시인은 그 자체로 하나의 풍경이다.

다음으로, 시인이 늦가을 산에 올라 자연을 통해 깨우친 것은 "가벼움"이다. 이 "가벼움"은 "업을 완성"하고 "깨끗하게 늙기" 위한 필수 조건이다. 그러나 이를 충족시키기 위해선 늦가을 나뭇잎이나 풀잎처럼 제 "무게"를 줄이거나 "반납" 해야 하는 전제 조건이 따라붙는다. 하여, 그걸 알면서도 그러질 못하는 어려움, 갈등, 번민이 가벼움과 무거움 사이(틈새)에 항상 드러누워 있는 것이다. 그래서 내지르는 "아하!" 라는 감탄사는 필자에겐 깨달음보다 탄식으로 읽힌다.

그렇다면 무게를 "선뜻" 반납하지 못하도록 방해하는 요인은 무엇인가. 그것은 "거느리는 식솔" 등에서도 알 수 있듯이 아직은 떨쳐버릴 수 없는 현실적 여건 또는 시인 스스로의 욕망과 미련일 터이다. 시인은 "가랑잎같이 따뜻하게 잘 마른/어느 老시인의 손"을 통해 대리 만족을 느껴보려고도 하지만 부질없는 일임을 안다. 그래서 그의 하산은 "죄송죄송"한데, 그것마저 "짐스런 생각"이라며 "싸리나무 회초리"가 일갈한다. 결국 그가 "더 늦기 전에" 하산하여 돌아가야 할 곳은 식솔들이 기다리는 집인 것이다.

이렇듯 임영조 시인은 자연을 통해 부단히 자아와 삶을 성찰하는 대신에 그것과 쉽게 합일하기를 주저하거나 경계하고 있음을 곳곳에서 보여준다. 그 대표적인 것이 제3부의 「그대에게 가는 길」 연작 시편이다. 이 17편의 연작시들은 시인이 가장 열망하여 닿고 싶은 것이 무엇이며, 그러나 왜 쉽사리 가 닿지 못하는가를 자세하게 들려준다. 하나만 보자.

> 내 하던 말 마감하면
> 그대에게 가리라
> 영화 속을 빠져나온 주인공처럼
> 영욕과 슬픔과 대사(臺詞)도 버리고
> 그대 중심으로 들어가 쉬리
> 89년식 르망 몰고 소백산 넘어
> 부석사 들러 소조여래와 눈 잠깐 맞추고
> 풍기 봉화 영양 스쳐 길을 계속 당기면
> 나 홀로 세 들다 뜨고 싶은 곳
> 갯마을의 고요가 나를 당기네
>
> — 「그대에게 가는 길 1」 부분.

연작 시편 중 서시에 해당하는 이 시에서 가장 중요한 시어는 "그대"

이다. 그렇다면 시인이 그토록 그리워 찾아 헤매는 "그대"는 무엇인가. 일차적으로 그것은 사람은 아닌 듯하다. 왜냐하면 앞에서도 말한 바 있듯이 임영조 시인은 "의인화의 명수"이기 때문이다. 그렇다면 짐작컨대 그것은 사물이거나 장소 혹은 풍경일 소지가 크다. 이 시로만 본다면 그것은 "나 홀로 세 들다 뜨고 싶은 곳"으로서 어느 "갯마을"에 해당한다. 그 "갯마을"의 풍경과 분위기는 어떤 곳인가. 그곳은 "고요"하며, "자궁 속같이 아늑하고 감감한", "아름다운 환멸"의 장소이다. 말하자면 지천명의 시인이 억척스레 살아온 삶을 눕히고 쉬고 싶은 곳이다. 그러니까 그곳은 마음의 이상향이요, 그가 결국 돌아가 안겨야 할 자연의 품속이다. 그뿐만 아니라 "그대"는 레테의 강 저편에 있는 피안까지를 포함한 개념으로 이해된다.

그러나 시인은 쉽사리 "그대"에게 이르지 못한다. "하던 말"을 마감해야 하는 일이 남아 있기 때문이다. 그렇다면 "그대"와 "나"를 행복하게 합일시킬 매개체인 이 "말"이란 또한 무엇인가. "그대 뜨거운 언어의 중심"(「그대에게 가는 길 5」), "내 발자국에 음각되는 불립문자"(「그대에게 가는 길 6」) 등에서 시사하는 바, 그것은 시인의 필생의 업(業)인 시이다. 그것도 그냥 시가 아니라 자연 혹은 우주의 본질에 가 닿는 시이다. 그것을 완성하기 전까지는 그대에게 온전히 다가서지 못한다. 왜냐하면 자연 혹은 우주의 본질이 미완성인 그의 시와의 합일을 거부하기 때문이다. 그래서 시인은 "정토와 진창 사이"(「시인」)를 헤맨다. 헤매는 이유는 자연 속에서, 자연의 가르침을 받아 그 불립문자를 완성하기 위해서다. 그런 의미에서 시인은 자연이라는 혹독한(말없는) 스승 앞에서 배우는 제자일 뿐이다. 임영조 시인이 끊임없이 "그대"를 찾아 천지간을 돌아다니는 이유도 여기에 있다.

하지만 그 돌아다님의 끝은 집이다. 그가 "모든 길은 집에서 나와 집으로 돌아가네"(「그대에게 가는 길 5」)라고 말한 것처럼 "길"의 시작과 끝은 "집"이다. 물론 그 집은 근원의 집과 현실의 집을 동시에 포함하는 개념이다. 왜냐하면 인간을 포함한 모든 생명체는 집에서 태어나 집으로 돌아가기 때문이다. 그래서 요람과 무덤은 같은 장소일 수 있다. 그러나 여기에서 말하는 집이란 현실의 집에 가깝다. 그 현실의 집으로 돌아갈 수밖에 없는 이유는 앞에서 설명한 바대로다. 임영조 시인의 시가 정직하고 설득력 있게 읽히는 이유는 함부로 근원으로 집으로 돌아가려는 욕망을 스스로 통제 또는 경계하고 있기 때문이다. 그래서 "가끔씩 몸은 두고 마음만 가네"(「그대에게 가는 길 3」)라고 정직한 고백을 토로하는 것이며, 그 몸과 마음이 따로 놀 수밖에 없는 이유로 "허나, 제부도는 늘/물때를 알고 가야 길을 내주네"(「그대에게 가는 길 5」), "나 함부로 따라가지 않는다"(「그대에게 가는 길 6」), "내일 날 밝거든 답하마!"(「그대에게 가는 길 7」), "나 아직 이승에 잔정이 많아"(「힘에 대하여」) 등등의 구절들이 따라붙는 것이다. 만약에 그의 시가 이러한 현실과 근원 사이의 긴장과 갈등 구조를 생략하고 쉽게 합일하는 모습만을 보인다면 그것은 무의미한 탈속 이외의 아무 것도 아니리라. 그것은 거짓의 언어다.

그러므로 "그대"는 아직 내게서 멀다(아니, 멀어야 한다). 시인 스스로가 「자서」에서 "〈그리운 사람〉은 커녕 〈그대〉도 아직 찾지 못했다"고 한 것도 지천명의 세월을 살고 있는 시인의 입장으로 보면 어쩌면 당연한 고백이다. 다만 진실로 그대에게 가고자 하는 열망과 업을 완성하기 위한 불꽃이 너무나 뜨겁고 아름답다.

옥상에 널린 빨래가
다냥한 햇볕 받아 눈이 부시다
오랜만에 사람을 벗어버리고

찌든 때를 씻어내고 냄새도 털고
날아갈 듯 가볍게 펄럭거린다

…중략…

젖은 빨래처럼 몸 무거운 날
나도 눅눅한 마음 꼭 짜 널고 싶다
한 점 얼룩 없는 백기로 펄럭
내 멋대로 세상에 나부끼고 싶다

—「빨래」 1·4·5연.

임영조 시인의 언어는 눈부시도록 환하고 정갈하다. 그것을 색깔로 이
야기한다면 흰색이다(그래서인지 시집의 표지까지도 희다). 이는 무게를
줄이고 가벼워지려는 그의 투명한 시의식을 그의 언어가 뒷받침하고 있
는 것으로 보인다. 그래서 그의 언어는 애써 장막을 치려 하지 않고, 그
의 춤은 엑스 세대의 그것처럼 "현란하고 앙증한 몸짓"(「제비꽃」)을 내
보이려 하지도 않는다. 그러면서도 그의 시가 젊게 느껴지는 것은 엑스
세대를 능가하는 감성과 뜨거운 시혼이 내재하고 있기 때문이다. 대개 나
이가 들면 감성이 무뎌지고 추해지는 증세를 보이는 것이 한국의 시인들
임을 감안한다면 임영조 시인의 경우는 분명 예외로 칠 만큼 특별하다 하
리라.

이젠 중심이나 잡으러 간다
숙제 없는 나의 집으로.

—「숙제 없는 집」 부분.

시집의 끄트머리에 실린 이 시처럼 이제 임영조 시인은 "내내 산과 들을 헤매다" 지쳐 집으로 돌아가고 있다. 그의 무게 중심이 아직 세속의 경계선을 넘지 않고 있기 때문이다. 그러나 그가 돌아가는 집은 "숙제 없는 나의 집"인 바, 한결 현실적 무게가 줄어들었거나 줄어들 집이다. 그러므로 귀가하는 그의 뒷모습은 일단 가볍다. 그러나 이순으로 향하는 그의 외로움과 쓸쓸함은 더욱 무거울 듯싶다. 하지만 그는 앞으로도 "그대"에게 더욱 가까이 가기 위해 돌아다닐 것이 분명하고, 그 돌아다님은 더욱 심원한 진수를 우리 앞에 펼쳐 보이리라 확신한다. 그것이 "그대"가 그에게 부과한 새로운 "숙제"다. 그래서 「숙제 없는 집」은 「숙제 있는 집」일 수도 있는 것이리라.

3.

송찬호의 세 번째 시집 『붉은 눈, 동백』은 여전히 어렵다. 어려운 이유는 무엇보다도 그가 존재론적인 언어관에 입각하여 시의 그릇을 빚고 있으며, 그 그릇에 담기는 내용물 또한 현실 저편의 세계를 꿈꾸고 있기 때문일 것이다. 그러나 이 '어렵다'는 필자의 푸념은 그의 언어관이나 세계관에 대한 불만이라기보다 독자의 한 사람으로서 시의 본질적인 속성에 온전하고 빠르게 대처하지 못하는 자탄의 소리에 가깝다. 오늘 한 말이 내일 아침이면 부패하여 냄새를 풍긴다는 것, 새로움은 근본적으로 낯설고 불온하다는 것, 그러므로 혁명적 속성에 가깝다는 걸 모르는 바 아니지만, 불편함을 감내하며 시집을 읽고 난 후 시인의 숙명과 함께 송찬호 시인이 누구보다 외로울 것이라는 생각을 했다. 아울러 시와 독자와의 거리가 지나치게 벌어지고 있다는 생각을 하지 않을 수 없었다.

그럼에도 불구하고 그의 세 번째 시집은 첫 번째 시집 『흙은 사각형의 기억을 갖고 있다』(1989)와 두 번째 시집 『10년 동안의 빈 의자』(1994)에 비하면 덜 부담스럽게 읽힌다. 이는 그의 추상적이고 관념적인 언어관이나 세계관의 변화를 뜻하는 것이 아니라 시적 자아가 한 곳에만 머물지 않고 구체적인 사물이나 풍경을 거느리며 돌아다닌다는 데 기인한다고 여겨진다. 말하자면 정적인 내부에서 동적인 외부로 걸어 나오는 풍경들이 상당수 목격되기 때문이다. 특히 그가 동양의 경전인 『산해경』을 끼고 아름다움의 본질을 찾아 남도의 동백숲을 돌아다니는 구도의 시편들은 이번 시집의 새로운 풍경이 되기에 충분하다. 필자가 보기에 동백과 산경에 관련된 시 20여 편(총 47편 중)은 분명 광주를 중심으로 한 남도 기행이 계기가 되어 얻어진 것으로 짐작된다. 따라서 이 돌아다님의 시편들이 드라이하기 짝이 없는 그의 시적 분위기를 다소 누그러뜨리는 효과를 발휘하고 있다는 이야기다.

시집 해설을 쓴 김춘식의 말을 빌리면, 그의 첫 번째 시집은 시적 구원에 대한 신뢰를 바탕으로 삼아 언어를 '존재의 집'으로 바라보는 인식이 중심을 이룬다면, 두 번째 시집은 그런 언어의 한계에 대한 구체적인 자각과 도전을 보여주는 시집이다. 그에 비해 이번 세 번째 시집 『붉은 눈, 동백』은 '존재의 탐구'라는 형이상학적 시론(첫 번째 시집)과 '형식주의 미학'(두 번째 시집) 사이의 심도 있는 조화를 꾀한 시집이라는 것이다. 필자도 이에 동의하면서 그의 시편을 읽어보기로 한다.

> 마침내 사자가 솟구쳐 올라
> 꽃을 활짝 피웠다
> 허공으로의 네 발
> 허공에서의 붉은 갈기

나는 어서 문장을 완성해야만 한다
바람이 저 동백꽃을 베어물고
땅으로 뛰어내리기 전에

　　　　　　　　　　　　　— 「동백이 활짝」 전문.

　이 시에 나오는 동백꽃은 가장 근원적인 아름다움을 상징한다. 그런데 그 동백꽃은 어떻게 피는가. 그것은 "사자가 솟구쳐 올라"로 표현된다. 육안으로는 피는 모습을 감지할 수 없는 정적인 개화를 용맹스럽고 사나운 사자가 포효하는 듯 동적으로 처리한 송찬호 시인의 언어는 가히 낯설고 충격적이다. 이는 "동백꽃"이라는 사물의 본성이 우리의 상식과는 달리 짐승적임을 뜻한다. 그 원초적이고 동물적인 속성을 지닌 동백꽃이야말로 그가 가장 아름답다고 생각하는 꽃이다. 따라서 위의 표현은 그의 언어나 시가 어떤 형태를 지향하는지를 보여주는 실례다. 그가 "피로써 약속할 수/있는 것만 이야기하자"(「희생」)고 한 것도 같은 맥락이다. 다른 시에서도 그는 동백꽃을 "사자처럼 용맹한"(「동백 열차」), "앞발을 번쩍 들고"나 "불끈"(「산경 가는 길」), "얼굴 붉은 짐승"(「산경에 가서 놀다」), "짐승을 닮은 꽃"(「관음이라 불리는 향일암 동백에 대한 회상」) 등으로 일관되게 표현하고 있음을 보라.

　"나는 어서 문장을 완성해야만 한다"는 것은 "활짝" 핀 개화의 순간을 시로써 포착해야 한다는 긴장과 초조를 드러낸 것으로 해석된다. 개화는 시시각각으로 모양을 달리하기 때문이다. 아름다움은 순간이나 찰라에 가까워서 그 때를 놓쳐버리면 땅으로 추락하고 만다. 따라서 이 구절은 송찬호 시인의 시작 과정을 엿볼 수 있는 것으로 읽힌다.

　　동백은 결코 땅에

항복하지 않는 꽃이란다
거친 땅을 밟고 다니느라
동백의 발바닥은 아주 붉지
그런 부리부리한 동백이
앞발을 번쩍 들고
이만큼 높이에서 피어 있단다
동물원 쇠창살을 찢고
집을 찢고
아버지를 찢고
나뭇가지를 찢고
이렇게
불끈,

— 「山經 가는 길」 부분.

동백은 때로 이상주의의 상징이기도 하다. 그것은 시나 시인 또는 혁
명가의 이미지로 겹치기도 한다. 따라서 동백은 도전적이고 부정적이며
불온한 속성을 지닌다. 그래서 "동백은 결코 땅에/항복하지 않는 꽃"이
며, "거친 땅을 밟고 다니느라" 발바닥이 붉다. 생생하게 살아 있는 붉은
색깔은 혁명을 상징하는 색깔이면서 상처를 암시하기도 한다. 그것은
"가슴이 빨갛게 멍드는"(「검은머리 동백」) 이미지와 일맥상통한다. 이는
이상주의를 실현하기 위해서는 그만큼의 절망과 상처와 시련이 따른다
는 것이다. 또한 이 붉은 색깔은 「검은머리 동백」의 검은 색깔과 대비된
다. 붉은 색깔이 살아 있는 언어라면 검은 색깔은 죽은 언어다. 시인은 이
살아 있는 언어를 창조하기 위해서 끊임없이 죽은 언어들과 싸워야 한다.
이것이 시인의 숙명이다. 그러므로 시인의 이미지는 혁명가의 이미지와

겹치는 것이다.

동백이 피는 과정도 가히 혁명적이다. 동백은 "동물원 쇠창살을 찢고/집을 찢고/아버지를 찢고/나뭇가지를 찢고" 역동적으로 핀다. 혁명은 기존의 질서와 체계에 대한 반역이다. 시도 마찬가지다. 이상적인 시는 "동물원 쇠창살"(말의 감옥)을 찢고, "집"과 "아버지"(기존의 텍스트)를 찢고 나와야 한다. 그것도 결코 항복하지 않고 "불끈" 힘차게 피어나야 한다. 그러므로 그 개화의 과정은 처절한 아픔과 외로움이 동반하는 것이다. 그는 또 「총알」이라는 시에서 "근대의 혼혈아인/납탄 덩어리가/격발의 이름으로/금속인 아버지를 찢고 나와/날아간다"고 표현하고 있다. 이는 근대시 또는 현대시의 본질에 대한 그의 인식과 함께 그것을 뛰어넘어야 한다는 투철한 장인 정신을 보여주는 것이라 하겠다.

이렇듯 송찬호 시인은 시를 쓰는 행위가 현실적으로 혁명을 하는 것과 같다고 보고 있다. 그래서 동백꽃을 "혁명가"로, 수북히 모가지를 떨어뜨리는 동백숲을 "교도소"로 묘사하기도 한다. "거긴 혁명가들이 우글우글 하다더군", "나, 면회 간다/동백 교도소로"(「나, 동백꽃 보러 간다」)가 그것이다. 게다가 동백숲을 "동백국"이라 하여 유토피아의 상징으로, 그 이상국가를 다스릴 사람은 "동백의 등을 타고 오신 그대"(「동백의 등을 타고 오신 그대」) 곧 시인 혹은 혁명가이다. 또 동백을 운주사 와불처럼 부처의 현신으로 확대·표현하기도 한다. "동백이 나타나면 그 붉은 기운이/사방 수백리에 뻗치고 그 해의 액운과 질병을 두루 물리쳐"(「이른 아침 창가 나뭇가지에 동백이 앉아 있었네」)나 "이제 나는 돌부처의 목 부러진 이유를 알겠다"(「목 부러진 동백」)는 구절이 그것이다. 그러나 "이때껏 수많은 동백의 몸이 나타났으나 결코 인간과 세간에 깃들인 적이 없었노라"(「이른 아침…」)고 하여 현실의 전면과는 거리를 두고 있는 그의 시의식을 드러낸다. 이는 "나는 廣場과 戰場을 항상 피해왔다/거기서 인간을 마주치기 때문이다"(「어느 회의주의자의 일생」)고 고백하고 있듯이 송찬호 시인 스스로가 시가 아닌 현실의 개혁에는 관심이 없으며, 그가 지향하는 시세계 또한 인간이 아니라 비인간의 세계와 가까움을 암시하는 것이다. 그런 의미에서 그가 말하는 혁명가는 언어의 개혁을 위한 혁명가(시인)이지 현실의 개혁을 위한 혁명가의 이미지와는 거리가 멀다.

　이그, 저기 가는 저것들 또 산경 가자는 거 아닌가/멧부리를 닮은 잔등 우에 처자를 태우고/또랑물에 적신 꼬리로 휘이 휘이 마른 들길을 쓸고 가고 있는 저 牛公이

　어깻죽지 우에 이름난 폭포 한 자락 걸치지도 못한/저 비루먹은 산천이 막무가내로 봄날 산경 가자는 거 아닌가/일자무식 쇠귀에 버들강아지 한 웅큼 꽂고 웅얼웅얼 가고 있는 저 풍광이

　세상의 절경 한 폭 짊어지지 못하고 春窮을 넘어가는 저 비탈의 노래가 저러다 정말 산경의 진수를 찾아 들어가는 거 아닌가/살 만한 땅을 찾아 저렇게 말뚝에 매인 집 한 채 뿌리째 떠가고 있으니/검은 아궁일 끌어 묻고 살 만한 땅을 찾아 참을 수 없이 느릿느릿 저 신선 가족이 가고 있으니
　　　　　　　　　　　　　　　　　　　　　— 「봄날을 가는 山經」 전문.

　이번 시집에서 동백과 함께 이미지나 의미가 겹치면서 자주 등장하는 것이 산경(山經)이다. 산경은 중국의 고전 『산해경』에서 따온 말인 바, 송찬호 시인의 시적 상상이 그려내는 유토피아 혹은 "살만한 땅"(지상낙원)을 상징한다. 또한 위에서 말한 바 탈속적인 비인간의 세계 혹은 동양적인 선계(仙界)의 상징으로도 읽힌다. 그가 어떠한 계기로 산경을 접하

게 되었는지는 알 수 없으되, 아무튼 이 산경과 관련된 풍경들이 등장함으로 해서 그의 시가 한결 구체성을 얻은 듯 하며, 언어 또한 딱딱한 금속성을 벗고 유연한 동양적 기품을 갖게 된 것으로 보인다.

인용한 시에서 우리가 연상할 수 있는 풍경은 한 폭의 동양화다. 동양화 중에서도 봄날의 산천을 배경으로 한 투명한 신선도쯤에 해당한다. 그것도 느린 원경으로 잡히는 신선도. "휘이휘이", "웅얼웅얼", "느릿느릿" 같은 첩어들이 이 시의 동양적인 이미지를 배가시키는데 일조하고 있다. 그래서 "참을 수 없이" 휘늘어진 이 풍경은 먼 꿈결 속에나 다녀온 듯 아련하기만 하다. 신선도라 함은 벌써 세속의 그림이 아니다. 따라서 그것은 송찬호 시인의 상상 속에서나 가능한 그림이다. 그것은 그가 꿈꾸는 세계의 풍경인 바, 그의 현실적 욕망을 포함한 시적 욕망이 지향하는 산경 곧 이상향이리라.

그러면 그 산경으로 가는 풍경이 구체적으로 어떻게 그려지고 있는가. 우선 풍경을 끌고 가고 있는 주체는 "牛公"이다. 이 의인화된 "牛公"은 점차 "산천", "풍광", "노래" 그리고 "신선"으로 그 이름을 달리 하나 모두 동격으로서 시인의 시적 자아를 대변하고 있는 것으로 보인다. 그것들은 "비루먹은", "막무가내", "일자무식", "비탈" 같은 부정어들과 "어깻죽지 우에 이름난 폭포 한 자락 걸치지도 못한", "세상의 절경 한 폭 짊어지지 못하고", "검은 아궁일 끌어 묻고" 같은 부정적 표현들을 거느린다. 이러한 자기 폄하 또는 현실 부정의 수식어들은 그의 시가 지향하는 세계가 형식주의 미학에 기초하고 있으며, 지향하는 현실 또한 그러한 아름다움이 다스리는 이상향임을 보여준다고 하겠다. 그런데 시인은 그러한 "노래가 저러다 정말 산경의 진수를 찾아 들어가는 거 아닌가" 하고 힘겹게 자문하고 있다. 이 "- 아닌가"는 그러나 필자의 눈에는 반신반의가 아니라 내심 확신하고 있는 것처럼 보인다. 아무튼 그가 집요하게 추구하는 세계가 이른바 '미학적 이상주의'라면 거기에다 산경을 앞세운 동양적 풍경을 끌어들인 점은 긍정적인 시적 변모로 받아들여진다.

> 삶이 어찌 이다지 소용돌이치며 도도히 흘러갈 수 있단 말인가
> 그 소용돌이치는 여울 앞에서 나는 백 년 잉어를 기다리고 있네
> 어느 시절이건 시절을 앞세워 명창은 반드시 나타나는 법
> 유성기 음반 복각판을 틀어놓고, 노래 한 자락으로 비단옷을 지어 입었다
> 는 그 백 년 잉어를 기다리고 있네
> 들어보시게, 시절을 뛰어넘어 명창은 한 번 반드시 나타나는 법
> 우당탕 퉁탕 울대를 꺾으며 저 여울을 건너오는,
>
> ─「임방울」부분.

"산경의 진수"를 찾아 들어가기를 내심 원하는 듯한 송찬호 시인의 시적 욕망은 탁월한 명창의 이름을 빌어 드러나기도 한다. 한 시대를 풍미하고, 그 시대를 뛰어넘어 오늘에까지도 뭇사람들의 심금을 울리고 있는 소리꾼 임방울이 그이다. "임방울"은 "동백"(그러고 보니 이동백이라는 명창도 있었던가?), "산경"과 함께 이번 시집에서 송찬호 시인을 매료시킨 고유명사임에 틀림없다. 따라서 이 시는 송찬호 시인이 구체적인 고유명사를 끌어들여 그의 시적 지향점을 이야기하고 있다는 점에서 주목을 끈다. 특히 첫 행과 마지막 행이 반복·강조하며 보여주듯이 한 예술가의 "삶"과 "소리"가 "소용돌이치며 도도히 흘러갈 수" 있음을 그가 경탄해 마지않고 있다는 사실이다. 앞의 시에서 그가 "세상의 절경 한 폭 짚어지지 못하고", "이름난 폭포 한 자락 걸치지도 못한"이라는 자기 진단(겸손인지는 모르지만)을 내리고 있어서 더욱 그렇다. 이 점에서 그는 한 마디로 "임방울" 같은 명창이 되고 싶은 것이다. 그러면 명창은 어떻게 나타

나는가. 그것은 "시절을 앞세워" 혹은 "시절을 넘어" 그것도 "반드시" 나타난다. 그러나 필자가 보기에 송찬호 시인의 경우는 "시절을 앞세워" 쪽과는 거리가 먼 듯하다. 말장난 같지만 그의 시는 삶에 대한 의미의 구체성이 결여되어 있다.

임방울의 소리는 어떻게 오는가. 그것은 "우당탕 퉁탕" 울대를 꺾으며 온다. 이는 "사자처럼 용맹한 동백"(「동백 열차」)을 닮았다. 그가 기다리는 "백 년 잉어"는 또한 무엇일 것인가. 그것은 명창 임방울과 같은 대시인 또는 그런 빼어난 시가 아니겠는가. 그렇다면 송찬호 시인은 어떠한가. 그에 대한 사전 지식이 전무한 필자로서는 뭐라 말할 수 없다. 다만 그의 구체적 삶의 모습이 궁금하다. 그리고 지나치게 자의적인 언어의 운용을 독자의 한 사람으로서 지적하고 싶다. 경(經 또는 鏡)을 멀리하는 그의 시가 그러나 경을 통해서만 해독이 가능하니 이 아이러니를 어찌할 것인가. 그럼에도 불구하고 필자는 그의 시가 만인의 심금을 "우당탕 퉁탕" 울릴 수 있기를 바란다. 그는 그만큼의 자질을 타고난 시인이다.

4.

문태준 시인은 70년대 산 '애늙은이' 다. 혹은 사투리로 말해 '똘것' 이다. 갓 서른의 나이에 그는 사오십대들이나 기억할 만한 퇴색한 경험들을 두루 거쳤다. 신세대인 그가 노래방에서 또래의 재기발랄한 노래가 아닌 흘러간 옛노래를 부르다니 참 놀랍고도 청승 맞는 일이다. 더욱이 모든 것이 빠르게 뒤바뀌는 이 현기증 나는 속도의 시대에 아랑곳없이 말이다.

이미 읽은 책장을 다시 넘겨 읽는다는 것은 제대로 보지 못한 것이 있거나, 강렬하게 마음을 사로잡는 뭔가가 남아 있기 때문일 것이다. 문태준 시인의 시집 『수런거리는 뒤란』은 바로 거기에 기초하고 있다. 그는 남들이 무심결에 혹은 어쩔 수 없이 지나쳐버린 퇴색한 시간의 책장을 다시 넘겨 우리가 잃어버려선 안될 소중한 것들을 새로운 목소리로 읽어내고 있다. 특히 자본과 정보의 물결을 거슬러 우리의 삶의 뿌리를 들추어 냄으로써 신세대들에겐 새로운 자각을, 구세대들에겐 아픈 질타를 가하고 있는 것이다.

그가 용기와 배짱을 앞세워 이 무모하리만치 힘든 싸움을 벌이는 배후에는 무엇보다 그의 가슴 저변을 사로잡고 있는 근원에 대한 향수와 상실에 대한 회오와 반성 그리고 "지게에 쟁여진 나무들은 아직 맥박이 있다"(「집착에 관하여」)는 믿음 때문인 듯하다. 그러나 과거로의 여행을 감행하는 그의 뒷모습은 마치 아득한 산골짝 어둠 속에 홀로 남은 불빛처럼 외롭고 힘겨워 보인다. 왜, 어찌 외롭고 힘들지 않을 것인가. 그러므로 소중하지 않을 것인가. 문태준 시인처럼 농촌에 삶과 추억의 뿌리를 묻고 객지를 떠도는 필자는 이 외롭고 힘든 싸움을 벌이는 그의 손을 힘껏 잡아주고 싶은 심정이다. 막걸리라도 한 잔 받아주고 싶은 심정이다.

문태순 시인의 첫 시집 『수런거리는 뒤란』은 따라서 걷잡을 수 없이 퇴락해 가는 현재 우리의 농촌 이야기다. 그의 고향 김천을 원체험의 공간으로 삼고 있는 이 시집은 그러나 이 땅의 모든 농촌으로서의 보편성을 지닌다. 거기에는 작금의 농촌 현실과 농촌 사람들의 이야기 심지어는 원초적 샤머니즘 등이 함께 숨쉬고 있다. 그의 몸과 마음은 날마다 그 공간으로 날아가 기억을 현재화하고 있다. 따라서 이 시집의 전반적인 색채는 어둡지만(실제 '까맣다', '검다'라는 형용사가 시집 전반을 지배하고 있다), 그의 새로운 숨결이 닿을 때마다 다시 환하게 밝아오는 풍경을 보여준다.

그렇다면 문태준 시인은 그 공간에 어떻게 접근하고 있는가.

내가 다시 호두나무에게 돌아온 날, 애기집을 들어낸 여자처럼 호두나무
가 서 있어서 가슴속이 처연해졌다

철 지난 매미떼가 살갗에 붙어서 호두나무를 빨고 있었다

나는 지난 여름 내내 흐느끼는 호두나무의 뜻을 들었다
그러나 귀가 얇아 호두나무의 중심으로 한번도 들어가보지 못했다

내가 다시 호두나무에게 돌아온 날, 불에 구운 흙처럼 내 마음이 뒤틀리는
걸 보니 나의 이 고백도 바람처럼 용서받지 못할 것을 알겠다
— 「호두나무와의 사랑」 전문.

이번 시집의 '서시'에 해당하는 이 시는 화자인 "나"와 고향을 대변하
는 상징물인 "호두나무"와의 관계를 통해, 그리고 그것을 시각→ 청각화,
청각 →시각화하는 독특한 방법으로 시인의 고향 이야기가 어떤 마음 상
태에서 비롯되고 있는지를 잘 보여 준다. 결론부터 이야기한다면 그것은
고향에 대한 연민과 사랑 그리고 자책과 반성이다.

먼저 1연에서 화자는 그리던 고향에 다시 돌아와 호두나무를 본다. 그
런데 그 호두나무는 "애기집을 들어낸 여자처럼"(시각) 서 있다. 이는 이
미 열매가 다 떨어져 앙상하거나 다시는 열매를 맺을 수 없는 형상인 바,
폐허지경에 이른, 복구가 불가능할 것 같은 농촌의 실상을 보여주는 것이
다. 그 처참한 모습을 본 화자의 심경은 처연하다.

그런데 2연을 보면, 그 호두나무에 "철 지난 매미떼"가 달라붙어서 울
고 있다. 그것을 화자는 "빨고"(청각 →시각) 있다고 표현한다. 청각과 분
산의 이미지인 '운다'보다 시각과 고착의 이미지인 '빤다'는 고향에 대

한 화자의 애정의 강도로 읽힌다. 그리고 '빤다'는 어머니의 젖꼭지를 자연스럽게 환기시킨다. 고향은 어머니의 품속이 아니던가. "철 지난 매미 떼"는 그런 폐허의 고향에 뒤늦게야 돌아온 화자의 이미지와 겹친다.

3연에서 화자는 "지난 여름 내내" 객지에서 "호두나무의 뜻"을 들었다고 이야기하고 있다. 호두나무가 바람에 나붓기는 모습을 "뜻"(시각→청각)한다고 표현한 것은 화자가 처참하게 무너져가는 고향과 또 그런 고향에 대한 연민과 사랑의 끈을 잠시도 놓아버리지 않았다는 증거이며, 그러나 "귀가 얇아 호두나무의 중심으로 한번도 들어가보지 못했다"는 것은 그런 무너져가는 고향에 대한 실상을 제대로 파악하지 못했고, 또 거기에 대처하는 구체적인 실천력도 부족했다는 자책이라 할 수 있다.

그래서 4연에 오면 "호두나무"를 바라보는 "내 마음"은 "불에 구운 흙"(시각)처럼 뒤틀린다. 이는 고향에 다시 돌아와 살고 싶은 마음과 그간 황폐화 되도록 내버려두었던 마음이 서로 길항하는 양상이다. 그래서 이러한 화자의 아픈 "고백"도 결국 스쳐지나는 "바람처럼 용서받지 못할 것"이라는 자성에 도달한다.

그러니까 이 시집에서 풀어놓은 모든 이야기는 황폐화되도록 내버려둔 고향에 대한 자성과 그 죄책감을 덜기 위한, 그래서 마음이 조금이라도 환해지기 위한 고백성사의 성격을 지닌다.

그러면 뒤늦게나마 고향에 돌아온(실제로 귀향해 살고 있는지 알 수는 없다) 그는 그 퇴락한 얼룩을 지우기 위해 무엇을 노래하고 있으며, 어떠한 비전을 제시하고 있는가.

① 가령 사람들이 변을 보려 묻어둔 단지, 구더기들, 똥장군들.
   그런 것들 옆에 퍼질러앉은 저 소 좀 봐,
   배 쪽으로 느린 몸을 몰고 가면 되새김질로 살아나는 소리들.

쟁기질하는 소리, 흙들이 마른 몸을 뒤집는.

워, 워, 검은 터널을 빠져나오느라 주인이 길 끝에서 당기는 소리.

원통의 굴뚝에서 텅 빈 마당으로 밀물지는 쇠죽 연기.

그러나 不歸, 不歸! 시간은 사그라드는 잿더미에 묻어둔 감자 같은 것.

족제비가 낯선 자를 경계하는 빈, 빈집에 들어서면

녹슨 작두에 무언가 올리고 싶은, 도시 회고적인 저 소 좀 봐.

—「회고적인」 전문.

② 지붕 위로 기어오르는 넝쿨을 심고 녹이 슨 호미는 닦아서 걸어두겠습
니다 육십촉 알전구일랑 바꾸어 끼우고 부질없을망정 불을 기다리렵니다 흙
손으로 무너진 곳 때워보겠습니다 고리 빠진 문도 고쳐보겠습니다

—「빈집 2」 부분.

인용 시 ①은 "소"를 통해 고향의 기억들을 재구성하고 있다. "소"는
농촌을 고향으로 둔 자들의 뇌리에서 지울 수 없는 상징이며, 여기에선
시인의 자아가 투사된 동물이다. 또한 "소"는 "되새김질"을 숙명으로 타
고난 반추의 동물이다. 그러므로 그것은 "도시 회고적인" 이 시인의 속성
을 닮았다. 시인은 고향을 되찾아가 하필이면 빈집의 더러운 것들 옆에
퍼질러앉은 소를 본다(그것은 환영일 수도 있다). 되새김질하는 소의 모
습에 시인의 마음이 겹치면서 온갖 기억들이 하나씩 되살아난다. 그러나
그것은 기억을 현재화하는 일일 뿐 다시 그 시간 속으로 들어갈 순 없다.
그 안타까움을 표현하는 말이 "不歸, 不歸!"라는 탄성이다. 그러나 한계
를 잘 알면서도 "녹슨 작두에 무언가 올리고 싶은" 것이 이 시인의 현재
심정이다. 따라서 문태준 시인의 이번 시집의 성격은 "도시 회고적"(추억
의 복원)일 수밖에 없다.

인용 시 ②를 보면 그의 고향 복구를 위한 모습은 차마 눈물겹다. 하지만 그 노력이나 대책이란 것이 그다지 효력이 있어 보이지 않는다. 이 역시 기억 또는 추억의 복원 이상을 넘지 못한다. 그래서 "부질없을망정" 불을 기다리겠다고 진술하고 있지 않은가. 또한 "-겠습니다"는 앞날을 기약할 수 없는, 자신감이 결여된 말꼬리다. 하지만 현재의 상황으로선 그것이 최선일 수밖에 달리 길이 없다. 다만 그는 "지게에 쟁여진 나무들은 아직 맥박이 있다"(「집착에 관하여」), "용쓰다 몸이 지칠 때 魂이/맑아진다"(「열락의 꽃」), "빈 것으로부터의/힘!"(「焚書」) 등 나름대로의 믿음에 간신히 기대고 있을 뿐이다. 더구나 그는 "섬, 불탄 집에 들어가 불길을 지피던 예전의 바람을 보는 자는 섬에 닿지 못할 것이다/저 번잡한 새들은 밤새워 울어도 섬을 유혹하진 못할 것이다"(「섬에서 며칠」), "검은 개펄에 검은 게 한 마리가 오래도록 옆으로 기어가고 있을 뿐이었다"(「황도포구」)고 진단하고 있거나, 심지어 이 시집의 마지막에 실린 「첫눈」이라는 시에선 "하나/하나가/벼랑집"이라며 그의 고향 노래의 한계를 절감하고 있다.

그럼에도 불구하고 퇴락한 시·공간을 되짚는 그의 노래가 우리의 기억을 환하게 일깨울 수 있는 것은 무엇보다 그것을 새로운 어법으로 들려주고 있다는 데 있는 듯하다. 이를테면, 몇 편의 시에서 아무렇게나 뽑아본 다음 시구들은 얼마나 그 표현이 감각적으로 빛나는가. 아름다운 표현으로만 그치는 것이 아니고 퇴락한 농촌의 실상과 그 속으로 돌아와 살고자 하는 시인의 마음을 얼마나 간절하게 전달해주고 있는가.

ㅇ. 갈색으로 말라가는 옥수수 수염을 타고 들어간 바람이/이빨을 꼭 깨물고 빠져나온다/…중략…/이름은 모르나 귀익은 산새소리 알은체 별처럼 시끄럽다 - (「처서」).

ㅇ. 대숲 지나온 바람이 창틀 거미줄을 거머쥔다/…중략…/건빵만한 점방에서 대작을 마친 저문 사내들 꽈배기 모양으로 뒤틀려 돌아간다/…중략…/실패한 영농후계자 굽은 그 길 소상하다/…중략…/긴 빨랫줄에 符籍 꼴로 널리다 마실가는 바람, 퇴락한 것은 풍문 잦다 - (「태화리에서 2」)

ㅇ. 서쪽에서 불어오던 바람이 산죽의 뒷머리를 긁습니다 - (「수런거리는 뒤란」)

그리고 다음의 시구들은 또한 우리들의 어두운 마음의 뒤란을 얼마나 환하게 밝혀주는가.

ㅇ. 어둠이, 흔들리는 댓잎 뒤꿈치에 별을 하나 박아주었습니다 - (「수런거리는 뒤란」)

ㅇ. 탁한 낮달이 어둘녘 청명해지고 있다 - (「동학사 洞口」)

ㅇ. 바구미 등처럼 까맣게 빛나는 봄날 오후의 下里 정미소 - (「下里 정미소」)

서두에서 필자는 문태준 시인을 '70년대 산 애늙은이'라 표현한 바 있다. 이는 그의 시가 이미 오래된 시간이나 공간을 붙들고 늘어지는 경향을 빗댄 표현이지만, 직접적인 또는 간접적인 체험 이전에 그의 마음속에는 천성적으로 '애늙은이'가 하나 들어 있지 않나 하는 생각을 하도록 만들기도 한다. 그는 유독 낡고, 퍼지고, 늙은 것들에 대해 집착이 강하다. 게다가 샤머니즘적인 본능까지 겸비하고 있다. 「봉산댁」, 「유혹」, 「개미」, 「미친 여자와 소 이야기」 그리고 「꽃뱀을 쫓아서」, 「사라진 뱀 이야기」, 「비겁한 상속」 등 서사성을 지닌 시편들이 그것이다. 이러한 그의 시적 경향은 서로 시각이나 어법의 차이는 있다 할지라도 멀리는 저 백석이

나 이용악, 서정주의 시와 맥이 닿아 있으며, 가까이는 신경림, 송수권, 김용택, 고재종의 시들과도 연결된다고 볼 수 있다.

아무튼 젊은 문태준 시인은 새로운 천년에 돌연 "오래된 악기"를 들고 무대에 올랐다. 그의 연주가 언제까지 지속될지는 모르겠다. 다만 필자는 그가 이 어두운 밤 모두가 쌩쌩 앞만 보고 달려나가는 고속도로 길섶에 남은 한 점 반딧불이 같다는 생각을 한다. 그래서 그의 외로움의 주변을 둘러싼 색깔은 까맣다. 그러나 그 반딧불이가 어떤 벌레이던가.

목하, 그의 다음 시집이 궁금하다.

—『시와사람』(2000년 여름호)

자연친화와 새로운 삶의 길트기

— 최두석 시집, 『꽃에게 길을 묻는다』
— 백무산 시집, 『初心』
— 이원규 시집, 『옛 애인의 집』

1.

최두석, 백무산, 이원규는 소위 운동권의 경험을 공유한 시인들이다. 최두석은 80년대 벽두 '5월시' 동인으로 활동한 시인이고, 백무산은 80년대 노동운동의 현장에 있었던 전형적인 노동자 시인이며, 이들보다 연배가 어리지만 이원규는 홍성광업소의 광부로 일하는 등 노동해방문학에 깊숙이 발을 들였던 시인이기 때문이다.

일단, 이들 세 시인이 거의 동시에 시집을 내놓은 것은 것도 흥미롭거니와, 시집을 펴낸 출판사의 이름 또한 흥미롭다. 실천문학사는 그렇다 하더라도 문학과지성사나 솔 출판사가 이들의 시집을 펴냈다는 사실 자체가 이채롭다. 이는 출판사 간의 문학적인 경계가 더 이상 무의미해졌다는 사실과 함께 이들의 문학적 변모 또한 이에 값한다고 볼 수 있기 때문이다.

80년대의 거대 담론이 사라진 이후, 소위 운동권 시인들의 문학적 행보는 가히 변화무쌍하다고 할 수 있다. 상당수의 시인들이 새로운 문학적 흐름에 적응치 못하고 정체 또는 도태되었는가 하면, 개인적 성향으로의 전환 혹은 자연 생태주의 문학과 불교적 세계관에 대한 관심을 갖게 된 것 등이 그것이다. 이 중에서도 자연친화 혹은 생태주의 문학에의 경도가 두드러진다. 새로운 문학적 이슈로서의 생태주의 문학에 대한 관심은 마땅한 시대적 흐름으로 볼 수도 있겠지만, 소위 운동권 시인들이 유독 현실의 전면에서 벗어나 자연친화적 성향을 보인다는 것 자체가 그다지 바람직스럽다거나 어떤 당위성 차원으로 받아들여지지는 않는 게 사실이다.

금번에 출간한 이들 세 시인의 시집의 경우도 정도의 차이 또는 관점의 차이는 있으되 이러한 경향에서 크게 벗어나지 않는다고 할 수 있다. 필자가 보기에 이들 세 시집은 자연친화적인 성향을 공통분모로 갖고 있다. 세 시인 모두 자연물과의 대화나 교감을 나누기 위해 돌아다니거나 아예 자연의 품속으로 안겨 들어가는 경향이 그것이다. 최두석은 자연생태에 대한 순정한 자세가 일관되게 나타나 있으며, 이원규의 경우엔 자연친화를 넘어서 합일의 경지에까지 이르는 모습을 보여주고 있다. 백무산의 경우는 그래도 현실적인 시각을 견지하면서 자연물을 통해 삶을 사유·성찰적인 면이 부각되어 있는 점이 다르다면 다르다.

2.

최두석의 다섯 번째 시집 『꽃에게 길을 묻는다』는 네 번째 시집 『사람들 사이에 꽃이 필 때』의 연장선상에 있다고 할 수 있다. 역사적 상상력을 시적 출발로 내세운 그의 시세계는 따라서 네 번째 시집이 그 변모의 기점이 된다. 역사적 상상력에서 생태적 상상력으로의 변모가 그것이다. 여기에 이르러 그의 시는 인물 위주의 시에서 자연물 위주의 시로 바뀌게 되며, 자연물에 굳이 역사적 의미를 담지 않고 그 자체대로 받아들여 순수한 가치를 발견하는 양상이 두드러진다. 그리하여 이번 시집에 이르면 이러한 양상이 더욱 확대된다.

　①지리산 등성이 여기저기 누운
　　산사람 혹은 국방군
　　그들이 뒤엉켜 함께 피우는
　　찔레꽃
　　지리산 찔레꽃

　　　　　　　　　　　　　　　　　　ー「지리산 찔레꽃」 부분.

　②찔레 열매 보면 찔레꽃 떠오르네
　　절로 자라 피우는 아름다움이
　　얼마나 생생하며
　　얼마나 그윽한 향내 풍기는지 보이네
　　꽃향기의 축제가 열린
　　무르익은 봄날의
　　잉잉대는 음악소리가 들리고
　　너울거리는 춤사위가 보이네

　　　　　　　　　　　　　　　　　　ー「찔레꽃을 보면」 부분.

①과 ②는 둘다 찔레꽃을 소재로 한 작품이다. ①은 제3시집 『성에꽃』에 실려 있으며, ②는 이번 다섯 번째 시집에 실려 있다. 그러나 이 두 작품 사이에는 찔레꽃을 바라보는 관점의 차이가 분명하다. ①의 찔레꽃은 그냥 찔레꽃이 아니다. "지리산"이라는 특정 장소도 장소려니와 "산사람 혹은 국방군"이 뒤엉켜 함께 피우는 찔레꽃이다. 말하자면 역사적인 의미가 부여된 찔레꽃이다. 그러나 ②의 찔레꽃은 "찔레 열매 보면 찔레꽃 떠오르네"에서도 보듯이 그냥 자연물 그대로의 순수 찔레꽃이다. 거기에는 찔레꽃이 지닌 속성 이외의 어떤 의미도 개입되어 있지 않다. 시인은 그저 찔레꽃을 보며 찔레꽃 자체의 아름다움과 향기를 노래하고, 그 속에서 "음악소리"를 듣고 "춤사위"를 볼 뿐이다. 이렇듯 ①과 ② 사이에는 상당한 관점의 차이가 내재해 있는 바, 역사적 상상력에서 생태적 상상력으로의 전환이 이루어지고 있는 것이다.

그렇다면 이러한 시세계의 전환은 어떠한 성찰이나 깨달음이 있었기 때문인가.

① 되새김질하고 삭힐 일 많아/머리에 새치가 늘어가는 한 사내
— 「달룽개」 부분.

② 크고 우람한 일이 무엇이며/작고 가벼운 일은 무엇인가 찾아본다
— 「느티나무와 민들레」 부분.

③ 무릇 참나무로 태어나/비탈에 서 있는 자/상처 입지 않고 말끔하게/살아갈 수 없거니
— 「참나무의 노래」 부분.

④ 가시로 세상에 맞서는 일이/부질없다는 걸 깨우친 까닭이다

― 「엄나무」 부분.

위에서 부분 인용한 시들은 모두가 시적 대상을 통한 자아성찰이나 깨달음의 내용을 담고 있다. ①에서 "되새김질하고 삭힐 일이 많"다는 것은 젊은 시절의 행적이나 사고에 대해 다시 생각할 점이 많다는 뜻으로 읽히며, ②는 "나는 얼마나 느티나무를 열망하고/민들레에 소홀하였나"를 반성하면서, "크고 우람한 일"(느티나무)과 "작고 가벼운 일"(민들레)은 무엇이 중요하고 중요하지 않는가를 떠나 서로의 존재 가치를 인정하는 깨달음에 도달한다. 이는 시인이 작고 가벼운 일 즉 이전에는 등한시했던 사소한 것들에 새로운 애정을 갖게 되었음을 뜻한다. ③과 ④에는 과거의 경험을 통한 깨달음이 절실하게 토로되어 있다. ③은 참다운 삶을 위해 위험을 감내하는 자는 결국 상처 입을 수밖에 없음을, ④는 젊은 시절처럼 날카롭게 세상에 맞서는 일이 무모하고 부질없음을 이제야 알았다는 다소 허무주의적인 인식이 깔려 있다. 이러한 성찰과 깨달음을 통하여 그의 시적 관심사는 우리에서 나로, 외적인 것에서 내적인 것으로, 크고 무거운 것에서 작고 가벼운 것으로 자연스러운 변화가 이루어지는 것이다.

그리고 이번 시집에서 무엇보다도 두드러진 특징은 자연물에 대한 지극한 관심이라고 할 수 있다. 시집 도처에 동식물들의 이름이 산재해 있다. 그리고 보면 이번 시집은 동식물들을 찾아 답사하며 시를 쓴 흔적이 역력하다. 시인은 이 땅에 자생하는 동식물들의 이름을 호명한다. 그것도 지극한 애정을 실어 고유명사로 호명한다. 그것들을 낱낱이 헤아리자면, "마라도 바다국화", "민들레", "호박꽃", "노루귀", "마타리", "구절초", "찔레꽃", "매화", "금강산 처녀치마", "금강초롱", "불두화", "점봉산 얼레지" 등의 꽃 이름과 "엄나무", "참나무", "용주사 회양목", "느티나무",

"보리수", "우장산 쪽동백", "석송령", "갑옷 탱자나무", "공룡능선 마가목", "울릉도 향나무" 등 나무 이름, "냉이", "달롱개" 등 풀 이름, "동고비", "동박새", "제비나비", "까마귀" 등 새 이름, "시화 망둥이", "연어", "열목어" 등 물고기 이름, 그리고 "사슴풍뎅이", "무당개구리", "고라니" 등에 이르기까지 34가지나 된다. 여기에 "된꼬까리"라는 여울의 이름이나, "공룡능선" 같은 산줄기의 이름, "담양 읍내리 오층석탑" 같은 유적지의 이름, "불일폭포" 같은 폭포의 이름 등을 합하면 무려 40여 가지가 넘는다. 시집의 절반 이상이 동식물들의 이름으로 채워져 있는 셈이다. 제3시집까지 주류를 이루던 사람의 이름이 3번밖에 나오지 않고 대부분 동식물의 이름이 그 자리를 차지하고 있다는 것은 이번 시집이 인물 위주의 서사성에서 동식물 위주의 서정성으로 바뀌었음을 말해준다.

> 나무야 나무야/설악산 마가목아/새파란 하늘 아래/주렁주렁 탐스럽게 붉은 열매 매달고/멀리 동해를 굽어보는 마가목아/너희는 무슨 연유로/비바람 사납고 눈보라 매서운/공룡능선에 사니?
>
> — 「공룡능선 마가목」 부분.

> 된꼬까리야/영월 동강의/힘센 물살아/노래를 불러다오
>
> — 「된꼬까리」 부분.

시인은 "마가목"이나 "된꼬까리" 같은 사라져가는 것들의 이름을 부른다. 빈번하게 등장하는 호격조사들은 이러한 생명체들과의 대화를 얼마나 간절히 원하고 있는가를 극명하게 보여준다. 그리고 돌이킬 수 없을 정도로 파괴되고 멸종되어가는 자연물에 대해 지극한 연민과 애정을 보내면서 인간 중심적인 문명에 대한 강도 높은 비판의식을 견지한다. 「된

꼬까리」에서는 동강의 아름다운 여울을 없애려는 개발의 논리에 맞서 "너를 수장시키지 못해 안달한/개발교의 교주와 신도들의 욕망"이라고까지 표현하기도 한다. 시인의 생태적 감수성이 첨예하게 빛나는 대목이다.

인용한 시에서도 보듯이 간결한 어법과 리듬은 이번 시집의 또 하나의 특징이다. 길고 복잡한 가락은 짧게 이발을 한 듯 간결하고 곡진해졌으며, 어법 또한 군더더기 하나 없이 단아한 맛을 풍긴다. 산문시의 형태로 쓰여진 몇 편의 시를 제외하고는 이러한 특징을 일관되게 유지하고 있다. 이야기시에서 노래시로의 전환으로 받아들여지는 이러한 특징은 해설을 쓴 나희덕의 지적대로 "의식의 차원보다는 오랜 기간에 걸친 마음의 변화를 통해 얻어진 것"이기에 가능할 수 있는 것이 아닌가 싶다.

최두석의 다섯 번째 시집 『꽃에게 길을 묻는다』는 순수하고 투명한 시집이다. 어찌나 투명한지 시를 읽다가 부지불식간에 동심의 세계로 빠져들 때가 있을 정도다. 그래서 이번 시집은 어떠한 이념의 그늘로부터도 자유롭다. 모든 것을 비운 듯 자연의 곁으로 다가가 교감을 나누는 듯한 이번 시집은 그래서 우리에게 깨끗한 아름다움을 선사한다. 다만, 쉽게 쓰려고 의도적으로 노력한 흔적은 충분히 이해가 가나, 그럼에도 불구하고 너무 단조롭다는 인상을 풍기는 점이 옥에 티라면 티라고 할 것이다.

3.

노동자 시인으로 불리는 백무산의 다섯 번째 시집 『初心』은 세 번째 시집 『인간의 시간』과 네 번째 시집 『길은 광야의 것이다』의 연장선상에 있다고 할 수 있다. 이들 시집은 두 번째 시집 『동트는 미포만의 새벽을 딛고』와는 분명히 구별되는 바, 정치적 전위조직을 통한 노동자의 권력

획득에 대한 비판과는 전혀 다른 방향으로의 모색을 보여주고 있다. 즉 그는 노동자의 권력, 즉 '역권력'의 환상과 결별하면서 '반권력'으로서의 삶의 대안 찾기에 골몰하고 있는 것이다. 그리하여 이번 시집은 자본의 수량적 무한성에 대해 강력하게 비판하면서 자본주의 너머에 있는 새로운 삶의 원리 추구를 위한 사유의 여행 과정을 여실히 보여준다. 그런 의미에서 이번 시집의 제목인 『初心』은 그의 애당초 시적 출발점과는 다른 의미의 초심이다.

백무산의 그러한 사유의 여행 과정에는 불교적 상상력이 자리잡고 있다. 거기에는 우리로 하여금 우려를 자아낼 만한 지나간 시간과 낡은 믿음에 대한 회의 같은 것이 내재해 있는 것처럼 보인다. 이를테면 「산이 그러데」에서 '산'과 '속세' 중 그가 산에 더 친화적임을 시사하는 부분, 「머리 없는 돌부처」에서 "나를 내려놓으니 나 아닌 것이 없노라는데", 「섣달 그믐」에서 "나는 역사를 얼마나 믿고 있는 것일까 나의 이 낡은 믿음을 지고 어디까지 가야 하는 것일까" 같은 구절이라든지, 여러 시편들에서 "비운다", "허문다", "버린다" 등과 같은 시어들이 간단없이 출몰하는 것이 그것이다. 이러한 시편들은 제3시집 『인간의 시간』에서 처음 나타났던 시와 선불 전통과의 접목으로 볼 수 있는 것들이다. 아(我)와 비아(非我)의 소멸, 시간과 공간을 가로지르는 '나'의 확장은 선불 전통의 주요 특징 가운데 하나다. 시집 해설을 쓴 정남영은 이를 선불(仙佛) 전통의 마음 닦는 법과 관계된 "예의 전통"으로 풀이하고 있다. 그러나 백무산의 자아에 투과되는 나무와 강, 돌부처 등은 선시나 계송들이 추구하는 초월이나 해탈의 경지가 아니라 여전히 역사와 현실 위에 서 있다. 분명 회의를 거듭하고 있기는 하지만, 그의 회의는 다시 회의에 대한 회의로, 부정에 대한 부정으로 사유의 여행을 계속한다.

① 내게도 지나온 세월 있어/지나오긴 했는지 몰라도/뒤돌아보이는 게 없는 건/아직도 쓸려가고 있는 것인가/내가 언제나 확인하고 확신하는 이 몸짓은/떠내려가면서 허우적이는 발버둥인가

　내게는 도무지 사는 일이 왜/건너는 일일까

　한 시대를 잘못 꿈꾼 자의 강박일까/삶은 해결해야 할 그 무엇일까/이 생의 건너에는 무슨 땅이 나올까

　많이도 쓸려왔을 터인데/어째 또 맨 그 자리일까

　　　　　　　　　　　　　　　　　　　　　　　　 ―「강박」 부분.

② 다시 살아는 걸 나는 어쩌지 못합니다
　분노 같은 파도가 다시 살아나는 것을
　나는 어쩌지 못합니다
　비 내리는 바닷가에 올 때마다

　　　　　　　　　　　　　　　　　　　 ―「비에 젖은 바다」 부분.

③ 그러나 내 눈에는 죽어 갯값도 받지 못한
　수많은 얼굴들 그 허기진 얼굴들이
　어른거리고 손이 떨리고 가슴이 복받쳐
　참을 수 없네 오, 나는 참을 수가 없네

　　　　　　　　　　　　　　　　　　　 ―「통일 이데아」 부분.

①에서 시인은 삶을 "건너는 일"로 파악하면서 끊임없이 회의를 갖고

있다. "-가"와 "-까"라는 종결어미가 달라붙어 있는 구절들이 그것이다. "건너는 일"에 대한 숙명을 느끼고 있지만 그의 과거와 현재적 삶은 "뒤돌아보이는 게 없"는 것으로 보아 "쏠려왔"거나 아직도 "쏠려가고 있"는 것으로 파악된다. 그의 "확인"과 "확신"도 "떠내려가면서 허우적이는 발버둥"에 불과할 뿐 강을 가로지르지는 못하고 있다. 설사 건넌다고 하더라도 "건너에는 무슨 땅"이 펼쳐져 있는지에 대해서도 모른다. 그래서 그는 "건너는 일"에 대해 "한 시대를 잘못 꿈꾼 자의 강박일까"라는 회의를 품지 않을 수 없는 것이다. 그럼에도 불구하고 그는 결국 "맨 그 자리"인 현실 속에 있음을 확인하고 만다. ②에서는 아예 과거를 회상하는 순간 "어쩌지 못"한 채 애초의 삶(정치적·사회적 삶)의 카테고리 속으로 복귀하기도 한다. 젊은 시절 "그 아픈 사랑 비에 젖은 시신들 껴안고/오열하던 사람들 그 얼굴들 허물어진 얼굴들"을 본 순간 "분노 같은 파도가 다시 살아나는 것"이 그것이다. 정주영의 죽음을 소재로 한 ③에서도 그는 마치 1980년대의 투쟁하는 노동자로 되돌아간 듯 한 경영자의 죽음을 정치적 맥락으로 분석하며 "참을 수 없네 오, 참을 수가 없네"라고 분노하고 절규하는 것이다. 이렇듯 그는 여전히 생존과 현실의 울타리 안에 있는 것이다.

그러나 지금의 백무산은 1980년대의 백무산이 아니다. 이미 그는 『인간의 시간』과 『길은 광야의 것이다』를 통하여 '투쟁하는 노동자'로서 자신의 '잘못된 꿈'에 대한 비판을 철저하게 해 왔듯이 이번 시집에서는 완전히 새로운 정치철학을 내세우고 있다. 「그 아이의 집」에서 "뒤집어 지배한다고 이기는 것이 아니야"라는 구절에서도 알 수 있듯 그는 노동자 권력, 즉 '역권력'으로부터 과감히 결별하고 "더 온전하게 더 푸르게 피어오르는 넉넉한 저항", 즉 '반권력'으로서의 생명의 힘을 키워가자고 제의한다.

그러나 나는 걱정스럽게 말한다. 생존을 분배받기 위해 화염병으로 저항하고, 생활을 분배받는 일로 쇠파이프로 무장하는 일이 어쨌단 말인가. 그러나 욕망을 분배 받는 일은 벼랑으로 가는 일, 노예되기를 동의하는 일, 저 강물을 배반하는 일, 나무를 능멸하는 일, 저들과 공범이 되는 길. 이제 다시 물어야 한다, 왜 파업을 하느냐고, 다시 물어야 한다. 그리고 그 대답은 이제 달라야 한다고.

— 「욕망의 분배」 부분.

그는 일단 1980년대의 노동투쟁의 방식을 아직도 옹호한다. 그러나 이어 "욕망을 분배받는 일" 즉 생활과 생존을 분배받기 위한 투쟁은 "노예되기를 동의하는 일", "저들과 공범이 되는 길"임을 지적한다. 이제 노동자들의 파업은 임금의 증감과는 다른 쪽을 향해 열려 있어야 함을 주장하는 것이다. 여기에서 그가 쓰는 '생활', '생존', '욕망'이란 말은 미래의 꿈과는 무관한 자본의 가치화에 종속된 삶, 혹은 생존수단으로 환원된 삶을 가리킨다. 「길은 그리움으로 열린다」에서도 보듯 '생활'은 소외된 삶이나 생존수단으로 전락한 삶이며, 반면에 '길'은 이러한 소외를 넘어선 미지의 비전과 관련 있는 삶인 것이다.

백무산이 이번 시집에 있어서 또 하나 물고늘어지고 있는 것은 시간의 영원성이다. 이 문제는 그가 『인간의 시간』에서부터 탐구해 온 관심사다. 「눈 오는 경주 남산」에서 나오는 "새들 몇 마리 날아와 탑 위에 앉았네/나는 오래오래 눈을 맞고 그를 기다리네/신라 적에 올랐으니 꽤 오래 앉아 있었네"라는 구절에서 보듯 그는 한달음에 천년 이상의 시간을 내딛는다. 이는 단순한 비유가 아니라, 근대적 시간인 자본주의의 시간을 극복하는 의미를 지닌다. 백무산에게 있어서 시간은 죽지 않는다. '천년 전'은 아직 존재하고 있다. 이것이 그가 말하는 '영원'인 바, 이 영원은 시간의 양적 무한성을 뜻하는 것이 아니라, 짧은 한 순간도 영원이 되기에 충분하다는 뜻이다.

왼쪽 어깨에서 산의 정상이/솟았다가 출렁이며 흘러내린 능선을 타고/다시 굽이치며 서쪽으로 휘날리고/오른 어깨는 천길 벼랑에 감추고/한량없는 허공으로 비껴서고//여래님 눈을 빌려/눈길 따라 서쪽 하늘 보셔요//능선과 바위는 굽이치는 소맷자락/손끝으로 허공을 쥐었다 펴는/아,/춤이 아니신가/아스라한 허공을 딛고 이제 막/나래 펴는 한바탕 춤이 아니신가//여래님 마음 빌려/그 마음으로 일어나시어요/천년 세월이/이제 막 한 걸음 내디디는/버선코가 아니신가

— 「한바탕 춤이 아니신가」 부분.

경주 남산의 형상을 한바탕 사람의 춤으로 묘사한 이 시는 그랜드한 상상력이 일품이다. 백무산의 시는 드물지만 이러한 거대한 대지의 상상력을 보여줄 때 빛난다. 시인의 사상과 미학이 하나로 포개져 합일을 이루기 때문이다. 이러한 문학적 완성도 못지않게 이 시는 영원이 한 순간일 수 있음을 보여준다. "천년 세월이/이제 막 한 걸음 내디디는/버선코가 아니신가"가 그것이다. 마치 '백발 삼천장'이나, 만상이 '부처님 손바닥'이라는 비유를 연상케 하는 대목이다.

찰라가 영원으로 파악되듯, 백무산의 시에서는 개체도 전체로 통한다. 그에게 있어서 '가득함'이라는 것은 수량적으로 많다는 것을 뜻하지 않는다. 다음 시를 보자.

돌담에 붉은 매화 한 그루면/천지 가득 매화였습니다/우리들 살림도 꼭 그만큼의/빛과 향으로 족했습니다//…중략…//강을 따라 십 리 넘어 꽃길이

지만/빛깔과 향기가 모자라/오히려 아쉽습니다//꽃은 한 송이라도 세상 가
득함에/모자랄 것이 없습니다
　　　　　　　　　　　　　　　　　　ー「매화가 지천인데도」 부분.

　백무산은 이 시에서 섬진강 강마을에 핀 "매화"를 통해 '많음'과 '적음'
이 꼭 물량으로만 파악되지 않는다는 것을 말한다. 물량은 자본주의에서
말하는 수량적 무한을 뜻하는 것이다. 그러나 이 수량적 무한에는 "빛과 향
기가 모자라"다. "빛과 향기"만 있다면 매화는 단 한 그루라도 "천지에 가
득"할 수 있는 것이다. "우리들 살림도 꼭 그만큼의/빛과 향으로 족했"었
기 때문이다. 그러나 자본은 개체 속에 담긴 이 무한성을 결코 보지 못한
다. 오늘날 우리의 삶의 가치가 물질만능주의로 흐를 수밖에 없는 이유가
여기에 있다. 물질은 결코 보이지 않는 정신 영역을 충족시킬 수 없다. 백
무산은 물신주의에 대항한 새로운 삶의 대안으로서 이 "빛과 향"의 회복을
제시·주장하고 있는 것이다. 그것이 곧 진정한 풍요가 아니겠는가.

3.

　이원규의 네 번째 시집 『옛 애인의 집』은 한 마디로 '지리산 시집'이
라고 할 만하다. 지리산의 동물과 식물, 지리산의 봉우리와 고개, 지리산
의 기후와 사계, 지리산의 해와 달, 지리산의 절간과 마을 그리고 지리산
의 오줌발이라고 할 수 있는 섬진강에 이르기까지 지리산 한 채가 통째로
들어와 살아 숨쉬고 있다. 여기에다 지리산의 품에 안겨 지리산의 자식이
다 된 한 대책 없는 사내(시인)의 눈물과 외로움 그리고 견딤이 있다.
　한 때 홍성광업소의 막장 광부 생활과 노동해방문학의 일선에 섰던 그

는 몇 해 전 어쩌자고, 문명의 한복판인 서울을 홀쩍, 등지고 지리산으로 숨어들어왔다. 그리하여 지리산에 뒹군 지 6년만에 그 결과물인 이번 시집을 내놓게 되었다. 왜, 무엇 때문에 그가 지리산으로 숨어들어왔는지 그 자세한 곡절은 알 수 없지만, 만일 그 목적이 시를 위한 것이었다면 일단은 성공한 셈이라고 여겨진다. 이번 그의 시집은 단아하고 간결한 리듬과 지리산 자락처럼 자유자재로 휘늘어진 언어의 운용 그리고 지리산과 행복하게 합일하는 빼어난 시편들이 많은 것으로 판단되기 때문이다.

앞서 말한 대로 그는 세상의 모든 것과 결별하고 지리산으로 들어왔다. 아직은 젊다고 할 수 있는 나이에, 남들은 한창 삶의 안정을 찾아갈 나이에 모든 것을 홀홀 털어버리고 세상을 등진다는 것은 말처럼 쉬운 일이 아니다. 타고난 역마살이나 세상과 삶에 대한 지극한 환멸이 아니고서는 불가능한 일이다.

낙엽 하나 떨어지는/순간/가을 햇살은 그 위에서 빛난다//사랑이란 그런 것이다//산까치 한 마리 날아오르면/출렁,/소나무도 푸른 날개를 펴지만/굳이 함께 날아오르지 않는다//바람 불면 공중 헤엄치며/온몸으로 울지만/미련이란 그런 것이다/처마 끝의 풍경//소리만 딸려 보낸 뒤/묵묵부답이다/그 푸르던 잎새들/무서리 찬바람에 열병을 앓으면//늦가을의 나무 저도/문신 같은 나이테 하나 만들며/문득 두 손을 놓아버리는 것이다

— 「결별」 전문.

"낙엽"과 "가을 햇살", "산까치"와 "소나무", "풍경"과 "소리" 등은 서로 팽팽한 긴장 속에 갈등하고 있다. 사물들끼리의 유기적인 관계를 통해서 인간의 "사랑"과 결별 그리고 그 이후의 "미련"을 해석하고 있는 이 시는 이원규 시인 자신의 결별의 방식이 아름답게 투사되어 있다. "소리

만 딸려 보낸 뒤/묵묵부답"이라는 구절 속에 말로 형용할 수 없는 지독한 견딤과 흐느낌이 내재해 있다. 결별의 방식이 자연의 몸짓처럼 자연스럽지만 읽는 이의 마음을 아프게 하고 또 쓸쓸하게 만든다.

그렇게 세상과 많은 사람들로부터 떨어져 나왔지만, 칼로 무 자르듯 모든 것이 마무리된 것은 아니다. "먼 곳의 친구를 생각하며/그 이름을 쓰고 또 지우며"(「다래술을 담그며」), "갈꽃들/나를 대신해/석양의 편지를 쓴다"(「머리편의 안부」). 아직 미련이 남아 그를 괴롭히는 것이다. 그럴 때마다 그는 "포기하자 이제는 포기하자/덫에 걸린 궁노루처럼 울"(「눈꽃으로 울다」)기도 하고, "안면몰수하고/가던 길 그대로 가고 싶"(「내 이름을 지우다」)어 한다. 낡은 집 피아산방에서 "그와 나의 경계"를 "군불 지피는 아궁이 속에"(「낡은 집 피아산방」) 지운다. "한 번 절하고/너는 누구냐/또 한 번 절하고/너는 또 누구냐"(「거울 속의 부처」) 묻고 묻는다. 그리고는 혼자서 "절대고독"(「상선암」)에 사무쳐 울고 또 운다.

① 밤마다
　이 산 저 산
　울음의 그네를 타는

　소쩍새 한 마리

　섬진강변 외딴집
　백 살 먹은 먹감나무를 찾아왔다

　저도 외롭긴 외로웠을 것이다

                                        ―「동행」 전문.

② 밤새 너무 많이 울어서 두 눈이 먼 사람이 있다

—「부엉이」 전문.

이원규는 '동일화'의 명수다. 동일화의 명수라는 것은 그만큼 그의 시가 서정성이 높다는 뜻이다. ①과 ②에서 소쩍새와 부엉이는 그대로 이원규 자신과 겹친다. 이들은 밤에만 혼자서 외롭게 우는 새들이다. 소쩍새가 밤마다 "이 산 저 산" 옮겨다니며 "울음의 그네"를 탄다는 구절은 울음을 시각화한 표현도 표현이지만, 지리산 자락 이곳 지곳을 옮겨다니며 살고 있는 시인 자신을 가리킨다. 그는 "백 살 먹은 먹감나무"가 서 있는 "섬진강변 외딴집" 피아산방에 엎어져 "이 세상의 모든 이름들마저 지우고"(「내 이름을 지우다」), 심지어 스스로의 이름까지도 지우고 울고 있다. 얼마나 외로움에 사무쳤으면, 얼마나 숱한 울음을 울었으면 "두 눈이 먼 사람"이 되었을까.

① 남들 출근할 때/섬진강 청둥오리 떼와 더불어/물수제비를 날린다/남들 어리 싸매고 일할 때/낮잠을 자다 지겨우면/선유동 계곡에 들어가 탁족을 한다/미안하지만 남들 바삐 출장 갈 때/오토바이를 타고 전국 일주를 하고/정말이지 미안하지만/남들이 야근할 때/대나무 평상 모기장 속에서/촛불을 켜 놓고 작설차를 마시고/남들 일중독에 빠져 있을 때/나는 일 없어 심심한 시를 쓴다/그래도 굳이 할 일이 있다면/가끔 굶거나 외로워하는 것일 뿐/사실은 하나도 미안하지 않지만/내게 일이 있다면 그것은 노는 것이다

—「獨居」 부분.

② 내게도 이승의 집 한 채 있으니
　 물처럼 흐르는 집

바람의 속도로 달리는 집
길 위에서 박살이 나는
오토바이크

— 「이승의 집 한 채」 부분.

  그렇다면 그는 지리산 자락이나 섬진강변에서 무엇을 하며 살고 있는 것일까. ①에서 보듯이 그가 날마다 하는 일은 "물수제비를 날" 리거나, "낮잠을 자"거나, "탁족"을 하거나, "전국일주를 하"거나, "작설차를 마시"거나, "심심한 시를"쓰거나, "굶거나 외로워하"는 것뿐이다. 한 마디로 "노는 것"이 전부인 셈인데, 이렇게 놀 수밖에 없는 배후가 문제라면 문제일 것이다. ②에서도 보듯이 그는 "오토바이크"를 타고 세상을 떠돌아다닌다. 그래서 오토바이크는 그가 숙식을 하는 집인 피아산방 이외의 또 다른 "집"이요 "무덤"인 셈이다. 사실 이번 그의 시집에는 이렇다 할 만한 일관된 주제나 화두가 없다. 그저 아무 것에도 거리낄 것 없이 휘휘 돌아다니며 노는 그의 마음의 궤적을 옮은 것이 대부분이라고 해도 과언이 아니다.

  그렇다면 그는 지리산의 자연물과 어떻게 반응하며 하나가 되고 있는가.

그믐께마다
밤마실 나가더니
저 년,
애 밴 년

무서리 이부자리에

초경의 단풍잎만 지더니

차마
지아비도 밝힐 수 없는
저년,
저 만삭의 보름달

당산나무 아래
우우우 피가 도는
돌벅수 하나

— 「월하미인」 전문.

지리산 자락의 휘황한 달빛을 "애 밴" 처녀에 비유하여 읊은 이 시에
는 신화적 상상력과 역사적 상상력이 함께 동원되어 있다. 달은 본시 여
성의 문학적 상징이니 보름달은 여인네의 달거리와 연결되며 또한 "만
삭"의 배와 겹친다. 그래서 예로부터 '보름달이 뜨면 밀밭이 쓰러진다'
고 하지 않던가. 그런데 "차마/지아비도 밝힐 수 없는/저년"에 묘한 역사
적 문맥이 숨어 있다. 지리산의 달빛과 얽힐 수 있는 문맥이 무엇이겠는
가. '빨치산' 곧 '산사람' 아니겠는가. 그렇다면 이름을 밝힐 수 없는
"지아비"는 달빛을 따라 처녀를 만나러 산에서 내려온 빨치산 아니겠는
가. 그리하여 당산나무 아래 "돌벅수 하나"마저 피가 도는 것이니, 이 시
는 지리산의 달빛과 하나가 되지 않으면 나올 수 없는 명편이라고 할 수
있다.

쓰르라미는 쓸람쓸람 울고요

뿔조지매미는 뿔조지 뿔조지 울지요

홀로 툇마루에 누워
낮잠을 청하면
뿔조지매미 저도 심심한지
감나무에 앉아
슬슬 시비를 걸어옵니다

뿔조지 뿔조지 뿔조지
세 번 울고
우이히히히 웃지요

　　　　　　　　　　　　　　　　　　— 「나의 친구 뿔조지」 부분.

　이 시 역시 "뿔조지매미"와 "내"가 완전히 친구가 되어 서로 대화나 교감을 나누는 아름다운 풍경을 보여준다. "뿔조지매미"라는 이름도 재미 있거니와 "뿔조지 뿔조지" 운다고 생각하는 시인의 표현이 더 재미있다. "뿔조지 뿔조지 뿔조지/세 번 울고/우이히히히 웃"는다는 표현은 얼마나 실감나고 재미있는가. 뿔조지매미의 울음소리를 유심히 들어본 사람이라면 실로 이 표현에 박장대소를 할 것이다. 그러나 매미하고나 장난을 치고 노는 시인의 심경은 어떠할까를 생각하니 웃음이 뚝 그치는 표현이다.

　잡초들을 뽑으려고/밀짚모자 쓰고 나섰다가/그대로 둔다/하나같이 어여쁘지 않은 게 없다//…중략…//이건 맛이 없어,/저건 독초야/솎아내다 남은 것은 무엇인가//잡초는 저희들끼리/열렬히 몸을 섞어/제아무리 뽑아내도 다시 자란다//저리도 무성한 풀들/설사/금지된 사랑이면 또 어떤가//지금껏 잡초라 믿어왔던 생각들도/더 이상 뽑아내지 않는다

— 「잡초를 기른다」 부분.

그리하여 지리산 피아산방에 휘늘어져 유유자적하던 그는 그 사이 이력이 붙어서인지 사물을 대하는 눈이 무장무장 깊어진다. 쓸 데 없는 잡초들도 "저희들도 무슨 뜻이 있으려니" 하며 보호하는 시각이 그것이다. 세상의 모든 하찮은 것들이라도 그 존재 가치를 인정하려는 시선, 그것은 생명에 대한 각별한 애정이 아니고서는 불가능한 것이다. 더욱이 잡초는 "제 아무리 뽑아내도 다시 자"라는 "무성한" 생명력을 가지고 있다. 인간 관계도 그렇다. 세상에는 이러저러한 사람들이 다 있는 것이다. 제 마음에 맞는 사람들만 골라서 사귀다 보면 편협과 인색의 그늘에서 벗어나지 못하는 것이다. 그래서 시인은 "지금껏 잡초라 믿어왔던 생각들도/더 이상 뽑아내지 않"고 내버려둠으로써 있는 그대로 자연스럽게 살아가려는 철학을 갖게 된 것이리라.

끝으로 그의 서릿발 돋는 외로움에 손 하나를 얹는다.

— 『시와사람』 (2003년 겨울호)

제3부

몽상과 자유의 퓨리턴
— 최하림의 시세계

1.

일모가 올 때 자욱한 빛깔을
시간과 진행의 종말처럼 도시의 언덕에서 가리며
우리들은 분별할 수도 없이 나무가 타는 것을 보았다
검은 광택을 퍼부으며 바다에서 주워 올려지는
불 붙는 삿대의 방향 같은/해변의 동요! 동요!

날이 피안에 미쳐 전화받고 있음을, 이렇게
인간의 의사가 전달되고 있음을 알게 되었다
발밑까지 올라온 충실의 바닷물을 타고
배들은 항구로 돌아가는데
구석구석에서 어둠을 품으며 쏟아져 나오는

무수한 이들의 불안에 싸인 아름다움
그들의 검은 눈과 손과 발 빛과 소리
죽음의 그림자처럼 몽롱한 소리를 가르며
빛이여 빛이여 우리들의 사지를 잘라 버려라
악운이 최초의 인간에게보다도 급속으로
밀어오는 저녁 층계 위에서 우리들의 사지를 잘라버려라

                                        ― 「황혼」(제1시집) 부분.

　　최하림(1939)은 목포의 해조음이 길러낸 몽상과 자유의 퓨리턴이다. 목포 바닷가에서 태어난 그는 잠시(6세~11세) 안좌도 기좌리(수화 김환기의 고향)에서 어린 시절을 보내다가 다시 물길을 따라 목포로 건너와 오거리 일대를 중심으로 문학청년기를 보냈다. 스산한 바람과 칙칙한 어둠이 골목골목을 어슬렁거리는 당시 오거리는 문학과 미술을 꿈꾸는 많은 청년들이 고뇌와 열정으로 밤낮 술병을 거꾸러뜨리는 아름다운 아지트였다. 그가 그때(1962) 그곳을 빈 주머니에 손 찌르고 어슬렁거리다 만난 사람이 저 김현과 김지하이다. 또 미술하는 박석규·원동석·김소남·양계탁들과 함께 「고도를 기다리며」를 무대에 올렸으며, 김현·김승옥과 더불어 '산문시대'(1962~1965) 동인을 결성, 이후 김치수·곽광수·김상일·염무웅 등이 가세하며 5집까지 동인지를 발간하기도 했다(이들은 김영랑·박용철·김현구가 '강진시파'로 만나 '시문학파'의 핵심 주역이 되었듯이, 나중에 '문학과 지성'의 주축 멤버가 된다). 그리고 이들 겁 없는 아이들을 따스하게 감싸주는 후견인(예술적 선배)으로 남농 허건·차재석(차범석의 동생)·조희관 선생이 버티고 있었다. 마치 한국문학의 중심이 목포 오거리로 옮겨온 듯 부럽기 그지없는 시절이었다. 그는 매년 신춘문예 당선자가 2~3명은 나올 정도로 당시 목포의 문학적 분위기가 융성했다고 회상한다(이때와 지금의 문학적 분위기를 비교해 보라. 지금 목포 오거리에는 누가 있는가). 그러나 1965년 무렵 더 큰 세계를 향해 서울행 밤차에 오른 그는 약 30년을 서울에서 생활하다가 1988년 광주로 내려온다. 전남일보사에서 10여 년 밥을 벌다가 병을 얻어 은퇴한 그는 그러나 여생을 보낼 곳으로 그토록 그리워하던 목포를 택하지 않고, 충북 영동 산골에 칩거하면서 유리창 너머로 물끄러미 세상을 내다보고 있다.

최하림은 오거리 시절인 1964년 조선일보 신춘문예로 등단한 뒤 문학적 회의에 빠져 10여 년간 시를 쓰지 못하다가(이 기간 동안 주로 역사책과 미술책을 읽는데 골몰) 1976년 첫 시집 『우리들을 위하여』를 펴낸 이후 최근 『굴참나무숲에 아이들이 온다』에 이르기까지 5권의 시집과 3권의 시선집을 상자했다. 한 마디로 그는 목포 출신 중 김지하와 더불어 우리 문학사에 남을 빼어난 시인이다.

문학청년 시절 비현실적이었던 그는 상징주의와 이미지즘에 경도되었던 것으로 보인다. 특히 그는 발레리와 말라르메를 문학적 대선사로 모시고 있었다고 고백하고 있다. 당시 발레리의 시집 『해변의 묘지』는 그의 붙박이 텍스트였을 것임에 틀림없다. 따라서 그의 첫 시집에는 지중해적 이미지가 넘실거린다. 60년대와 70년대에 쓴 시들이 반반씩 섞여 있는 이 시집은 시의식의 전환(비현실→현실)이 분명히 이루어지고 있지만 여전히 그의 어법은 발레리 풍에 기대고 있다. 특히 60년대 목포에서 쓰여진 시들은 몽환적인 바다의 이미지가 완전히 점령하고 있다. 그는 숫제 바다에 몸과 마음을 담그고 파도처럼 쉴 새 없이 불안한 꿈을 꾸고 있었으리라.

날이 흐리고 가랑비 내리자 북쪽으로 가려던 새들이 날기를 멈추고 서 있다 오리나무숲 새로 저녁은 죽음보다 조금 길게 내리고 산 밑으로는 사람들이 두엇 두런두런 얘기하며 가고 있다 어떤 충격이 없이도 사람의 모습은 아름답다 바람도 그들의 머리칼을 날리며 그들식으로 말을 건넨다 바람의 친화력은 놀랍다 나는 바람의 말을 들으려고 귀를 모으지만 소리들은 예까지 오지 않고 중도에서 사라져버린다 나는 그것으로 됐다 나는 너무 멀리 있다 나는 유리창 너머로 마른 나무들이 일어서고 반향하며 골짜기를 이루어 흘러가는 것을 보고 있다 나는 모두를 알 수 없다 나는 너무 멀리 있다 새들이 다시 날기를 멈추고 시간들이 어디로인지 달려가고 그림자들이 길 위에서 사라지는 것을 나는 보고 있다 이제 유리창 밖에는 새도 나무도 보이지 않는다 유리창 밖에는 유령처럼 내가 떠오르고 있다

— 「나는 너무 멀리 있다」(제5시집) 전문.

최하림은 시적 균형주의자 또는 중간주의자이다. 그의 시의식은 이쪽과 저쪽의 경계인 중간 지점에 아슬아슬하게 걸쳐 있다. 따라서 그 색깔은 회색이라고 보아도 무리가 없을 듯하다. 여러 색깔이 혼재해 있는 회색은 불투명하다. 그는 스스로 "나는 명백한 것이 싫다"고 고백하고 있다. 그의 시적 위상이 선명하게 부각되지 않은 이유도 여기에 있다. 불투명한 색깔은 몽롱하지만 그래서 또한 자유롭다. '균형'은 그의 시적 미덕이다. 하지만 그 균형은 지난하여 아무나 잡을 수 없다. 따라서 아주 면밀한 계산(지성)을 필요로 한다. 그는 "김현이 아폴로였다면 김지하는 디오니소스였다"고 술회한 바 있다. 그렇다면 그는 그 두 사람을 합친 이미지에 가깝다고 보아야 할 것이다. 다시금 거칠게 말해서 최하림의 시적 여

정은 모더니즘의 집에서 리얼리즘의 집으로 잠시 외출하였다가 이내 양자를 통합한 내면의 집으로 깊숙이 귀가한 것으로 보인다. 시적 사유 또한 서구적인 것과 동양적인 것이 적당히 혼용하여 최근 그것을 고요히 통합하는 모습을 보여준다.

인용한 시는 다섯 번째 시집 『굴참나무숲에서 아이들이 온다』(1998)에 실린 것으로 최근 그의 도저한 내면 풍경이 잘 드러나 있다. 그는 이제 "해변의 동요"로 일렁이는 고향 목포를 떠나 딱딱하고 살벌한 도시 서울과 민주의 성지 광주를 거쳐 충북 영동 깊은 산속으로 들어와 있다. 그간 그의 몸과 마음에 달라붙은 모든 거추장스러운 것들을 벗어버리고 투명한 유리창 하나에 기대어 세상을 보고 있다. 그 유리창 밖에는 날이 흐려 가랑비가 내리고, 새들이 오리나무숲 새로 깃들고, 사람들이 지나간다. 그는 그러한 풍경을 있는 그대로 바라보며 "아름답다"고 말한다. 이미 그의 눈빛은 인위의 안개가 걷혀 순연하기 때문이다. 실제로 그의 언어도 이전의 어떤 말비틈이나 수사가 없이 그저 자연스럽다. 그의 말들은 물 흐르듯 숨표나 마침표도 없이 잔잔하게 굽이친다. 그러나 그러한 풍경과 또 그 풍경이 거느리는 말들은 여전히 나와 거리를 두고 있다. 나는 그것들과 하나로 통합되지 못한다. 그래서 그는 그것을 바라보되 "나는 너무 멀리 있다"고 말하게 된다. 그리하여 어둠이 사물의 경계를 완전히 지우는 저녁이 되어서야 풍경과 자아는 하나로 겹친다. 유리창 밖에서 "유령처럼 내가 떠오르"는 것이다. 하지만 거기에는 "유령처럼"이라는 단서가 붙어 있다. 그는 또 다른 풍경인 나를 멀리서 읽고 있다.

그의 다섯 번째 시집은 투명하다. 전술한대로 젊은 시절 그의 시야를 가리던 불투명한 언어나 관념의 안개는 찾아볼 수 없다. 마치 물속의 풍경을 보고 있는 듯 한없이 꿈결처럼 적요롭다. 그는 이제 소멸의식에 기대고 있는 듯 "이만쯤에서 나는 내 시의 로프줄을 끊어버리고 싶다"고 선언한다(그러나 아직은 "-싶다"일 뿐임에 유념하자). 시집 도처에서도 죽음의 그림자가 어른거리고 있다. 일몰의 어두운 그림자가 목포 바닷가의 모든 것을 하나씩 지우듯이 그는 죽음을 예비하며 남은 시간을 뚫어져라 응시하고 있는 것인가. 그러나 그의 응시는 발레리의 무덤처럼 바다에 있는 것이 아니라 먼 산속에 있다. 그는 그의 고향과 "너무 멀리 있다".

—『광주 · 전남 현대시문학 지도』(2001년 1월)

저항에서 생명으로
─ 김지하의 시세계

1.

고여 흐르지 않는 둠벙 속에 깊이 숨어/끝끝내 나를 여기에 묶는 것은 무 엇이냐//눈부신 붉은 산비탈/간간이 흔들리는 흰 들꽃들조차/가까이 터지는 남포소리조차 아득히 멀고/흙에 갇힌 고된 노동도 죽음마저도/나를 일깨우 지 않는다//흐린 불빛이/가슴을 누르는 소주에 취한 밤/목쉬인 노래와 지새 우는 알 수 없는 몸부림에/기어이 나를 묶는 것은/아아 무엇이냐 무엇이냐/- 중략-/어디에 와 있는 것이냐/나는 살아 있는 것이냐/무딘 느낌과 예리한 어 둠이 맞서/섞이지 않는다 부딪히지도 않는다/또다시 시퍼런 새벽이 온다

─ 「산정리 일기」 부분.

김지하(본명 김영일, 1941)는 목포가 낳은 세계적인 시인이요, 이 땅의 반독재 투쟁의 대명사이며, 자본의 폭력과 파멸의 아수라장인 금세기 말

반생명에 맞선 생명사상가이다. 목포시 대안동 18번지 부둣가에서 영세 상인의 외아들로 태어난 그는 산정초등학교를 졸업하고 목포중학교 2학 년에 다니던 1954년(13세) 아버지를 따라 원주로 이주했다. 서울대 미학 과 3학년에 다니던 1961년 남북학생회담 남쪽 대표 3인 중 한 사람으로 지명수배된 그는 학업을 중단하고 해남을 거쳐 다시 목포로 도피하여 항 만 인부생활을 하며 20대 초반의 피 끓는 젊음을 고향땅에서 숨어 지낸 다. 이 때 그가 날마다 술에 취해 들락거리던 오거리에서 만난 사람이 김 현과 최하림이다. 그가 『목포문학』 2호(1963)에 처음으로 「저녁 이야기」 라는 시를 발표한 때도 이 시기이며, 제1시집 『황토』에 실린 「산정리 일 기」, 「비녀산」, 「성자동 언덕의 눈」, 「용당리에서」 등 대부분의 시가 이 때의 체험을 모티프로 쓰여진다. 1973년 『토지』의 작가 박경리씨의 외동 딸과 결혼한 그는 1974년 민청학련사건 등으로 지명수배된 뒤 흑산도 예 리관광여관에서 체포되어 수갑을 찬 채 목포를 지나간다. 그때의 기억을 쓴 산문 「고행-1974」에서 그는 목포를 "내 시의 어머니, 굽이굽이 한이 얽힌 저 핏빛 황토의 언덕들"이라고 묘사한다. 그러니까 그가 목포와 맺 었던 인연은 총 15년 정도인 셈이다. 이후 그는 오랜 민주화 투쟁 속에서 투옥, 재투옥을 거듭, 8년여를 감옥에서 보낸 뒤 지금은 경기도 일산에서 적요로운 이순의 나이를 바라보고 있다.

김지하는 1969년 김현의 소개로 『시인』지를 통해 처음 문단에 얼굴을 내민다. 이후 그는 첫 시집 『황토』(1970), 『검은 산 하얀 방』(1986), 『애린 1·2』(1986), 『이 가문날에 비구름』(1986), 『별밭을 우러르며』(1989), 『중 심의 괴로움』(1994) 등 6권의 시집과 시선집 『타는 목마름으로』(1982), 『김지하 시전집』(1993) 그리고 판소리의 창조적인 면과 현대적 계승을 탁월하게 보여준 담시집 『오적』(1993, 발표는 1970)과 대설 『남(南)』(전 5권, 1994)을 펴냈다. 독재 정권의 탄압으로 정작 국내에서는 제대로 평가를 받지 못했던 그는 한국인으로서는 처음으로 1975년 노벨문학상 후보로 추대되었으며, 같은 해 아시아 · 아프리카 작가회의의 '로터스상'과 1981년 국제시인회의에서 주는 '위대한 시인상'을 수상했다.

부분 인용한 시는 첫 시집 『황토』에 실린 것으로 그가 지명수배되어 목포에서 노동을 하며 숨어 지낼 무렵인 1961년에 쓰여진 것이다. 이 시집은 필자가 대학 1학년 때인 80년대 초반까지 금서로 묶여 타이프로 타자한 것을 몰래 복사하여 돌려보던 기억이 생생하다. 분단 이래 이른바 순수주의에 함몰되어 온 이 땅의 시단에 정치적 상상력을 폭발시키는 결정적인 계기를 마련한 것으로 평가 받고 있는 이 시집은 민중의 한스런 삶이 그 밑바탕에 깔려 있으며, 비관적인 현실인식과 부정정신이 관류하고 있다.

시 제목의 '산정리'는 지금의 산정동 일대를 가리킨다. "남포소리"가 터지는 그곳은 당시 그가 노동을 하던 현장이다. 그는 4 · 19와 5 · 16 직후인 그 무렵 고향에 숨어들어 매일 밤을 노동자들과 함께 "소주"와 "목쉬인 노래"와 "칼부림"으로 지샌다. 군사독재정권이 들어선 이 땅의 암울한 상황을 멀리 하고 땅 끝에 숨어 있을 수밖에 없는 그의 참담한 의식을 점령하고 있는 것은 비관과 절망이다. 그도 당시 고향 목포를 "고여 흐르지 않는 둠벙 속"으로 표현하고 있다. 그는 그 무기력한 둠벙 속에서 청춘의 독주를 마시며 "기어이 나를 묶는 것은/아아 무엇이냐 무엇이냐", "나는 살아 있는 것이냐"고 끊임없이 자문한다. 그를 고향에 묶는 것이 무엇일 것인가. 그야 당연히 군사독재의 서슬 퍼런 칼날일 터이다. 그러나, 그는 곧 "박차고 일어"서서(「비녀산」) 그 칼날과 정면으로 맞선다.

시를 쓰되 좀스럽게 쓰지 말고 똑 이렇게 쓰랸다/내 어쩌다 붓끝이 험한 죄로 칠전에 끌려가/볼기를 맞은 지도 하도 오래라 삭신이 근질근질/방정맞은 조동아리 손목댕이 오물오물 수물수물/뭐든 자꾸 쓰고 싶어 견딜 수가 없으니, 에라 모르것다/볼기가 확확 불이 나게 맞을 때는 맞더라도/내 별별 이상한 도둑이야길 하나 쓰것다. /…중 략…/저 솟고 싶은대로 솟구쳐 올라 삐까번쩍/으리으리 꽃궁궐에 밤낮으로 풍악이 질펀 떡치는 소리 쿵떡/예가 바로 재벌, 국회의원, 고급공무원, 장성, 장차관이라 이름하는,/간땡이 부어 남산만 하고 목질기기 동탁배꼽 같은/천하흉폭 오적의 소굴이렸다.

　　　　　　　 —「오적」 시작 부분(본문의 한자는 한글로 고쳤음).

첫 시집 『황토』가 척박한 이 땅의 현실과 억압에 대한 울분과 저항의식을 드러내는데 초점이 놓여졌다면, 「오적」(1970)을 비롯 「앵적가」(1971) · 「비어」(1972) · 「오행」(1974) 등 일련의 담시(단편서사시. 민담에서 '담'자를 차용하여 세상에 떠도는 구비전승 이야기들을 노래체의 율문으로 기록한 문학 양식)들은 정치적 억압 및 경제적 질곡과 맞서 싸우는 문학적 응전양식으로서의 성격을 지닌다. 이들 담시들은 대체로 그의 고통스런 70년대 전반의 영어체험과 날카롭게 대응되는 가장 치열한 정치시들이다.

특히 부분 인용한 「오적」은 유신독재정권의 폭력에 맞서 70년대 벽두에 터진 강력한 폭탄이었다. 이 작품이 『사상계』 5월호에 발표되자, 김지하는 반공법 위반으로 투옥되고 잡지는 등록을 취소당한다. 또한 이 사건은 국회로까지 비화되어 '김지하'란 이름이 일약 세계에 알려지는 계기가 된다.

이농으로 인해 가진 거라곤 몸 하나밖에 없이 도시빈민으로 흘러들어온 갯땅쇠 꾀수를 당대의 권력형 부패특권층인 오적, 즉 "재벌, 국회의원, 고급공무원, 장성, 장차관"과 맞서 세움으로써 졸속한 근대화에 따른 독재 권력의 폭력성과 비리를 고발하고 질식돼 가는 민중생존권문제를 정면으로 제기한 것이 「오적」의 줄거리이다.

「오적」의 구성은 일반적인 서사시의 유형처럼 서사, 본화, 결사 등으로 이루어져 있는 바, 인용한 시는 그 서사 부분이다. "시를 쓰되 좀스럽게 쓰지 말고 똑 이렇게 쓰랬다"로 시작되는 이 서사 부분은 "북을 치되 잡스러이 치지 말고 똑 이렇게 치랬다"로 시작하는 저 판소리소설의 서두 양식을 그대로 빌려 쓴 것으로, 분단 이래 오랜 동안 지속돼 왔던 한국문학의 순수편향성 내지 문학지상주의를 통타함으로써 민족문학 또는 민중문학의 길을 올바르게 제시하고 있음을 본다. 또 "내 별별 이상한 도둑이야길 하나 쓰겄다"라는 서사는 결사의 "이때 또한 오적도 6공으로 피를 토하며 거꾸러졌다는 이야기. 허허허/이런 행적이 만대에 민멸치 아니하고 인구에 회자하여/날 같은 거지시인의 싯귀에까지 올라 길이길이 전해오겄다"와 맞물리면서 이 시에 담긴 이야기를 김지하 자신의 주관에 머물지 않는 객관적인 차원으로 끌어올리고 있다.

이렇듯 「오적」은 서사적 구조를 지니고 있으며, 단일 사건이 극적으로 전개되고, 비애와 골계가 공존하되 그 내용은 비장하면서 표현이 골계스럽다는 점에서 우리의 서사민요와 판소리를 그대로 닮았다. 게다가 익살 넘치는 관용구 및 속담·한문구·고사에다가 전라도 사투리를 섞어 거침없이 흘러가는 문체는 읽는 이의 막힌 가슴을 시원하게 뚫어버린다.

우리는 담시 「오적」에서 문학이 문학에만 머물지 않고 삶의 한복판으로 들어옴으로써 실천의 영역 또는 정치적인 응전력을 획득하고 있음을 본다. 김지하에 의해 그 돌파구가 열린 소위 실천으로서의 문학은 이후

70 · 80년대의 거친 광야에 들불처럼 번지면서 수많은 민중시인들을 탄생시킨다. 그러나, 문학이 언제까지나 무기일 수만은 없다. 이를테면, 매미가 사시사철 울지는 않는 것처럼 말이다. 모름지기 과거에만 집착하는 시는 썩는다. 이것이 변질이 아닌 변화가 필요한 까닭이다. 새로운 천년을 앞둔 목포 시단은 과연 그 변화의 흐름을 읽고는 있는 것인가. 특히 젊은 시인들의 경우, 자신의 시세계를 아프게 갱신하고 있는가.

3.

생명
한 줄기 희망이다
캄캄한 벼랑에 걸린 이 목숨
한 줄기 희망이다

돌이킬 수도
밀어붙일 수도 없는 이 자리

노랗게 쓰러져 버릴 수도
뿌리쳐 솟구칠 수도 없는
이 마지막 자리

어미가
새끼를 껴안고 울고 있다
생명의 슬픔

한 줄기 희망이다.

—「생명」 전문.

70년대와 80년대 초반까지를 격렬한 저항의 몸짓으로 통과해온 김지하의 시는 그러나 80년대 중반을 넘어서면서 새롭게 변모한다. 1986년에 발간된 연작시집 『애린 1·2』가 그 시초이다. 이 시집은 『타는 목마름으로』 등의 시집이 보여주었던 대결구조나 반역의 정신과는 달리 순환구조나 탐구의 정신을 표방하고 있다. 달리 말해 이 시집은 투쟁의 시·무기의 시로부터 통일의 시·사랑의 시로의 전환이자 서양적 세계관을 동양적 세계관으로 접수·고양시키는 구도의 성격을 지닌다. 그것의 주제는 '생명사상'이다. 그가 '심우(尋牛)'의 과정을 통해 그토록 찾아 헤매던 '소'는 다름 아닌 '민중'이고, 처음도 끝도 없이 나고 죽고 움직이는 근원적인 생명의 모습 그 자체였던 것이다. 특히 그의 생명사상은 90년대 이후 한국시단의 중심 화두로 떠오른 생명시 혹은 생태시를 발아시키는 터전이 되었다.

80년대 말에 발간된 『별밭을 우러르며』(1989)에 오면서 그의 시는 내면성, 철학성, 사상성이 더욱 깊어진다. 겨울과 밤이 상징하는 절망과 죽음을 넘어서서 새삶, 새생명에 도달하고자 하는 소망과 기다림이 서정적인 문체로 아름답게 그려진다. 새생명에의 추구는 땅과 중생에만 그치지 않고 이젠 '별'로 상징되는 천상의 질서로까지 나아간다.

인용한 시는 위의 시집에 실린 것으로 그의 생명사상의 근간이 잘 드러난 작품이다. 80년대 중후반에 쓰여진 것으로 판단되는 이 시를 읽으면서 필자는 김지하를 둘러싸고 있었던 오해 한 가지가 생각난다. 돌이켜보건대, 80년대 중반은 날마다 투신자살과 분신자살하는 일이 잦은 죽음의 시기였다. 그때 김지하는 모 신문에 쓴 칼럼에서 그러한 "죽음의 굿판을 때려치우라"고 일갈함으로써 많은 운동권 지식인들로부터 변절자라는 비난을 받았던 것이다. 그러나 그것은 그의 생명사상에서 우러나온 발언이었음을 미처 깨닫지 못한 오해의 소치였다.

위의 시는 생명만이 인간의 마지막 희망이며 지고지선의 가치임을 알려주고 있다. "캄캄한 벼랑에 걸린 이 목숨"은 생명이 처한 위기의 현실을 반영한다. 그것은 또한 "돌이킬 수도/밀어붙일 수도 없는", "노랗게 쓰러져 버릴 수도/뿌리쳐 솟구칠 수도" 없는 진퇴양난 혹은 절체절명의 자리이다. 그러나 그 극단의 자리에서도 결코 포기할 수 없는 유일한 희망이 "생명"임을 역설하고 있다.

90년대에 들어 김지하의 위상은 투사나 시인보다는 사상가 쪽으로 완전히 기운다. '생명운동'에 이어 '율려운동'을 내세운 그의 사상의 확대·심화는 상대적으로 시의 침체를 초래한 듯하다. 근래에 발간된『중심의 괴로움』(1994)은 그 자신의 개인적 감회나 단순한 일상을 노래한 시가 많다. 물론 이 시집은 "삶과 자연과 우주가 심각한 앓음 속에서도 서로 상생의 깊고도 드넓은 관계를 맺고 있음을 확인시키는 희망과 대긍정의 세계를 담고 있다"고 평가받고 있다. 그러나 오랜 두병과 침묵 끝에 발간된 이 시집은 그의 거칠 것 없던 문학적 상상력이 고갈되지는 않았는가 의심케 만드는 부분이 많다. 이제 그의 시도 나이 따라 늙어버린 것인가. 아니면 아직도 인간구원의 길을 모색키 위해 끊임없는 자기파괴와 자기극복의 과정 속 "중심의 괴로움"을 맛보고 있는 것인가.

—『광주·전남 현대시문학 지도』(2001년 1월)

「흑조」 혹은 「반시」에 대한 기억
— 김창완의 시세계

척박한 땅일수록 여럿이 묻혀/개간의 괭잇날을 완강히 거부하던/너는 한 때 보수주의자였다./그러던 네가 어디를 떠돌이로 다니다가/고향 버린 막벌 잇군들만 모여 사는/이 변두릿길에까지 굴러와서/취한 사내들의 발부리에 채이거나/리어카아 바퀴에 밀리거나 하면서도/너는 그들과 같이 살고자 원한다./…중략…/너는 날개 없이도 날수 있고/거만하게 번쩍이는 유리창을 깨 뜨렸고/눈부셔 바로 보지 못하던/넓고 환한 이마도 깨뜨렸다./겨울이 아무리 길고 추워도/네가 묻혀 있던 이 땅의 어느 어덩 하나/어깨 움추린 걸 나는 아 직 보지 못했다.

— 김창완, 「돌멩이」 부분.

김창완(1942)은 1970년대 초반 목포시단에 젊은 패기를 불어넣었던 리얼리스트다. 그는 주정연과 함께 김지하의 이미지와 부분적으로 겹친 다. 그가 김지하의 민중정신과 괘를 함께 하고 있다면, 주정연은 김지하의 풍자정신 또는 꼿꼿한 선비정신과 서로 겹친다.

　신안 태생으로 어린 시절 장산도 해변에서 바닷물에 발을 적시며 놀던 그는 이후 목포로 나와 문학청년기를 보내다가 1973년 상경, 현재에 이르기까지 거친 세상의 바다를 떠돌고 있다. 1966년 주정연·정영일·박광호 등과 함께 문학동인회 「흑조」(나중에 고정희 가담)를 결성했던 그는 1973년 서울신문 신춘문예로 등단하던 해에 서울로 이주하여 변두리를 전전하다가, 1975년 정호승·이종욱·하종오·권지숙·김명인 등과 함께 동인지 시대의 개막을 알리는 「반시」 동인회를 결성, 우리시단에 커다란 반향을 일으켰다. 우리시의 낡은 속성을 깨뜨리며 리얼리즘을 기저로 '쉬운시 운동'을 펼쳤던 이들은 그러나 80년대 중반 이후 해체되면서 현재로선 김명인·정호승을 제외한 나머지는 모두가 문학적 이정표를 잃고 헤매거나 주저앉아 버렸다. 아쉽지만 김창완도 예외가 아니다.

　1978년 첫 시집 『인동일기』를 펴낸 그는 이후 『우리 오늘 살아있다 말하자』(1984)·『별을 따는 여자들』(1990) 등을 펴냈으나 시단의 주목을 받는데 실패했고, 시작 활동 또한 미미했다. 이제 그의 이름은 「반시」 동인의 한 사람이있다는 정도로 기억되고 있나.

　인용한 시는 비교적 성공적인 시집으로 평가되는 첫 시집에 실린 것으로, 고향을 떠나 "돌멩이" 하나로 세상을 떠도는 그의 자화상과 시정신의 변화를 한꺼번에 읽을 수 있다. 보충 설명을 하자면, 목포에서 쓰여진 그의 습작기 시들은 「반시」 동인 참여 이후의 시들과는 확연히 달랐다. 필자는 주로 풍융한 상상력에 기대어 고향 바다의 서정을 노래한 그의 초기 시들에서 동향의 선배 시인인 최하림의 시풍을 어렵지 않게 발견한다. 그러나 출향 이후 서울의 외곽지대에 포진하면서 노동과 가난을 두루 경험한 그의 시는 완전히 민중주의로 무장하게 된다.

　위 시의 "돌멩이"는 그의 자아가 투사된 시적 대상이기도 하지만 '민중' 이라는 보편적 의미를 동시에 지닌다. 그의 시적 자아가 장산도 바다에서 드넓은 민중의 바다로 뛰쳐나간 것이다. 그도 한때 고루무변한 "보수주의자"였으나 뿌리 뽑힌 자들과 체험을 공유하면서 "그들과 같이 살고자 원"하는 민중주의자 혹은 자유주의자로 바뀐다는 진술이 그것이다.

그 "고향 버린" 혼하고 천하고 못난 "돌멩이"들은 그러나 아무 짝에나 쓸모없거나 나약하지 않다. 시인은 "돌멩이"의 속성을 역사적 상상력에 의해서 재창조한다. 그것은 따라서 "날개 없이도 날 수 있"어 자유롭고, 거만한 "유리창"과 "넓고 환한 이마"도 깨뜨릴 만큼 단단하며, '겨울이 아무리 추워도" 어깨를 움추리지 않을 만큼 끈질기고 강인하다. 따라서 "돌멩이"는 민중의 무기요 민중 그 자체인 것이다.

김창완의 시는 신화처럼 출렁이는 그의 고향 바다와 현실의 바다 사이를 오가며 떠 있다. 그러나 그도 결국 근원의 파도가 손짓하는 장산도의 품에 안길 것이다. 그것이 자연의 길이다.

—『광주 · 전남 현대시문학 지도』(2001년 1월)

투명한 응시 또는 먼 그리움

— 노향림의 시세계

　　노향림의 신작시들을 읽다보면 릴케와 발레리가 함께 떠오른다. 매우 주관적인 느낌이긴 하지만, 느닷없이 유럽의 두 시인의 얼굴이 떠오른다고 말한 것은 그녀의 시들이 이국적이라거나, 두 시인의 시세계를 닮았다는 뜻은 아니다. 굳이 해명한다면, 릴케의 시 「가을날」에 나오는 햇살의 이미지와 발레리의 시 「해변의 묘지」에 나오는 바다 이미지가 강렬하게 넘실거렸기 때문이다. 그러고 보니 지금껏 그녀의 시에서 이 두 이미지가 중심에 놓여 있었던 것 같다. 햇빛 또는 햇살의 이미지는 그녀의 예민한 시적 감성을 드러내는데, 바다나 섬의 이미지는 유년의 기억이나 그리움 등을 불러들이는데 주로 동원되었기 때문이다. 따라서 이 두 이미지를 중심으로 이번 신작시들을 읽어보는 것도 좋을 것 같다.

　　해에게서는
　　언제부턴가 종소리가 난다.

은은히 울려 퍼지는 소리 앞에
무릎 꿇고 한데 모으는 헌 손들
배고픈 영혼을 위한 한끼의 양식이오니
고개 숙이고 낮은 대로 임하소서
하늘이 지상의 빈 터에다 간판을 내걸었다.
무료급식소,
무성한 생명력의 소리 받아 먹으려고
고적함을 견디며 서 있는 길고 긴 행렬
깃털처럼 야윈 몸들을 데리고
될 수 있는 한 웅크린다.
아무 것도 움직여 본 적 없고
스스로를 쳐서 소리 낸 적 없는 몸짓이다.
바람이 조금만 불어도 파동치는
해에게서는
수 세기의 깨진 종소리가 난다.

— 「소리」 전문.

　노향림은 감성의 시인이다. 그녀의 예민한 감각의 촉수가 닿을 때마다 모든 사물은 새로운 옷을 갈아입는다. 특히 햇빛과 햇살을 만났을 때 그녀의 시적 감각은 투명하게 살아서 반짝인다. 어찌나 투명한지 사물의 속살이 환히 들여다보일 정도다. 그런데 이순을 넘긴 나이임에도 불구하고 그녀의 이러한 시적 감각은 여전히 살아 있다. 이번 신작 중에서 그것을 확인할 수 있는 대표적인 시가 인용한 「소리」이다.
　이 시의 가장 큰 미덕은 '해'에게서 '종'을 발견하고, '햇살'을 '종소리'로 청각화한 시인의 감각적 표현에 있다. 해에게서 '종소리가 난다'고 표현한 시인의 한 마디로 인해 지상의 풍경은 달라진다. 경건한 종교적 분위기가 그것이다. 하늘에는 지상의 '배고픈 영혼을 위한 한끼의 양식'을 제공하는 '무료급식소'가 내걸리고, 신의 음성을 대신한 종소리는 '무성한 생명력의 소리'가 되어 은은하게 울려 퍼진다. 이 은총의 소리를 듣기 위해 삼라만상은 길게 줄을 서서 최대한 몸을 웅크려 무릎 꿇고 기도한다. 이렇듯 시인의 언어감각은 들리지 않는 소리를 듣게 하고, 보이지 않는 물상을 보이게 한다. 그래서 시인을 일컬어 신의 말씀을 전달하는 심부름꾼이라 하지 않았던가. 그렇다면 종소리를 통하여 우주의 만물이 성스러운 교감을 나누는 풍경을 보여준 이 시의 종교적 성격은 어떠한가. 그것은 일단 기독교적인 색채가 강하다고 볼 수 있다. 시어들이 그렇고, 기도하는 자세와 내용이 그렇고, 무엇보다도 전체적인 시의 분위기가 그렇다. 종소리는 산사의 범종소리라기보다는 교회당의 종소리에 가깝고, 시 속에서 감지되는 신의 존재도 예수 그리스도를 연상시킨다. 그렇다고 해서 이 시에 내포된 종교적 의미를 반드시 기독교적인 것으로 해석할 수는 없다. 릴케의 시 「가을날」에 나오는 "주여, 때가 왔습니다"라는 시구 속의 '주'가 예수 그리스도를 지칭하는 것이 아니라 범신론적인 성격이 강하듯이 말이다. 서두에서 햇살의 이미지와 관련하여 릴케의 시를 떠올린 이유가 여기에 있다. 릴케의 시에서 햇살이 모든 과일과 곡식들을 익게 하는 신의 은총이었듯이, 노향림의 시에서 종소리로 표현된 햇살도 삼라만상을 생장케 하는 신의 은총이라고 할 수 있다. 그래야만 이 시가 편협된 종교적 시각을 벗어나 만인의 사랑을 받을 수 있는 시가 될 것이다.

다음으로, 노향림은 바다나 섬을 사랑하는 시인이다. 그래서 그녀는 이들을 소재로 한 시집을 이미 두 권(『그리움이 없는 사람은 압해도를 보지 못하네』와 『후투티가 오지 않는 섬』)이나 출간한 바 있다. 이번 신작 중에도 이와 관계된 시가 5편이나 끼어 있다. 「그리운 서귀포 2·3·4」,

「독수리의 꿈-압해도」, 「슬로우 비디오」가 그것이다. 모두가 여행을 통해 얻어진 것들이라고 할 수 있다. 그녀의 몸은 비록 육지의 한복판인 서울에 있지만, 마음은 언제나 멀리 떨어진 바다나 섬을 떠돌고 있다. 그리움이 많은 탓이다.

바다가 되지 못한 것들이 섬이다. 바다가 되지 못한 것들이 끝끝내 남아서 창랑 위에 지워질 듯 떠 있는 것들이 섬이다. 사람도 그렇다. 끝내 자기를 놓아버리지 않는 이들은 모두가 섬이다. 그래서 섬은 지울 수 없는 꿈 혹은 고독의 표상이다. 또한 섬은 바다를 사이에 두고 육지와 떨어져 있다. 육지와 떨어져 있기 때문에 그리움의 대상이 된다. 물론 섬 쪽에서 바라보면 육지가 그리움의 대상이 될 수도 있을 것이다. 그래서 「바다가 육지라면」이라는 노래까지 있지 않던가.

영원을 건너 뛴 죽음을 건너 뛴 바다가 활강을 꿈꾼다.
압해도는 제 속을 게워내고 투명한 날개짓만 남는다.
부적을 몸 속에 숨긴 사람들 아무데서고 흔들린다.
삶과 죽음이 하나 되어 흔들리면
불 환히 켜고 등신대로 서 있다.
너무 멀리 너무 높이 뜬 각자의 꿈들을
내려놓느라 분주하다.
아직도 내려 오지 못한 내 속의 독수리 연 하나
대숲에 걸려 산발한 채로 삭는다
순하디 순한 사람들이 사는 압해도에서 삭는다.
— 「독수리의 꿈-압해도」 부분.

그런데 노향림의 의식 저변에 결코 지워지지 않을 꿈으로 떠 있는 섬이 하나 있다. 압해도(押海島)다. 전남 신안군에 속해 있지만 목포 뒷개 (北港) 바로 건너편에 떠 있는 섬이다. 그녀가 이 섬에 대해서 유독 애착을 갖게 된 데에는 그만한 배경이 있다. 개인적인 기록에 따르면, 해남군 산이면 태생인 그녀는 태어나자마자 목포시 산정동 산기슭에 남아있는 일본 사람의 적산가옥으로 이사하여 살았다고 한다. 거기에서 그녀는 쓸쓸하고 불행한 유년시절을 보낸다. 집안은 가난했고, 몸이 약해 늘 아프기만 했던 그녀는 식구들이 돈을 벌러 나간 낮에는 혼자 누워 유리창만 바라보았는데, 그 유리창 너머로 바라다보이던 섬이 압해도였다. 늘 혼자서 쓸쓸하고 고독했던 그녀에게 압해도는 유일한 친구가 되어주었고, 그때부터 말없이 떠 있는 섬과 대화를 나누게 되었다는 것이다. 그러니까 유년 시절 압해도는 그녀에게 유일한 그리움의 대상이었고, 시를 가르쳐준 스승이기도 했던 셈이다. 그리하여 압해도에 대한 기억은 어른이 된 후에도 줄곧 의식을 지배하면서 노향림 시의 원천이 된다. 따라서 섬이나 바다와 관련된 그녀의 시편들은 대부분 유년의 기억으로부터 자유롭지 못하다고 할 수 있다.

그렇다면 노향림은 시 속에서 압해도를 어떻게 그리고 있는가. 위의 시에서 보듯이 그녀는 압해도 사람들의 삶에 대해서 구체적인 언어로 이야기하지 않는다. 독수리의 비상과 활강을 통해 압해도 사람들의 꿈과 상처, 좌절 그리고 그것을 극복하고 살아가는 소박한 삶을 상징적으로 그린다. 거기에 그녀의 개인적인 꿈과 상처까지를 함께 투영시킨다. 그녀의 꿈은 압해도에서 독수리처럼 날아올랐다가 다시 압해도로 내려앉는다. 압해도는 시집 서문에서 밝혔듯이 그녀의 "정신의 주소"요 마음의 이상향이기 때문이다.

다음으로 바다와 관련된 시를 보자.

바닷가에서 보낸 편지는 수취인 불명으로 돌아온다.
비만 내리면 발소리를 죽이며 가는 사람이 있다.
울타리가 없는 뜰을 통과하는 발소리는 비에 묻힌다.
가마니에 둘둘 만 사람 크기만한 짐을 지게에 지고가는
모습을 유리창에 이마를 맞대고 바라보고는 했다.

그가 홀로 짐지고 바다로 통하는 벼랑길을 조심조심
내려가는 모습은 아주 느리다.
나도 모르게 집을 나와 눈치채지 않게 그의 뒤를 따랐다.
좁고 꼬부라진 길을 다 내려가서 낭떠러지에 닿자
그는 바닥에다 가만히 내려놓았다.
알아들을 수 없는 주문을 외우더니 갑자기 짐을 들어 올려
힘껏 던지는 것이었다. 순식간의 일이었다.

바다에 사람을 놓아주는 일이 그의 일이었다.
죽은 사람들은 왜 바다로 가는 것일까. 육체에서
벗어나면 영혼은 비로소 자유로운 물결이 되는 것일까.
빗소리가 파도에 기대어 가득히 쓰러지는 소리
그가 바다에 건네준 혼들은 빗소리에 깨어나 헤맨다.
작은 빗방울로 깨어나 재잘거리며 깔깔대는 소리
이따금 몸뚱어리는 성난 파도가 되어 오기도 한다.
캄캄하게 끊긴 내 꿈의 슬로우 비디오,
비내리는 선창가에 금방이라도 상영될 것 같다.

─「슬로우 비디오」 전문.

앞에서 노향림의 시 중 상당수가 유년의 기억으로부터 자유롭지 못하다고 말한 바 있듯이, 위의 시 역시 유년 시절 목격했던 끔찍한 기억을 토대로 '수장(水葬)'이라는 죽음의 형식을 몽환적으로 그리고 있다. 어린 시절부터 그녀는 죽음 또는 주검을 가까이 보며 자랐다고 한다. "이상히도 시신을 실은 수레 같은 것이 그 산정동 집 창문 옆으로 지나가곤 했다. 목포 앞 바다로 수장시키려는 장의 행렬이었다"(김강태, 「커버스토리-노향림, 월간『현대시』)는 개인적 술회가 그것이다. 그러니까 이 시는 어린 시절 죽음 또는 주검을 목격한 기억을 현재의 입장에서 재구성한 것이라고 할 수 있다. 느닷없이 옛날의 끔찍한 기억을 되살리게 만든 것은 '비'다. 「시인의 詩話」(『현대시학』, 2004년 9월호)에서 그녀가 직접 밝힌 것처럼 이 시는 "장마 속에서 주술처럼 나온 작품"이다. 당시 '바람이 몹시 불고 폭풍 치는 날'과 이 시를 쓴 시점의 날씨가 절묘하게 겹치면서 마치 슬로우 비디오를 보는 것처럼 그때의 상황이 재현된 것이다. 대단히 인상적인 것은 과거의 일이 지금 일어난 것처럼 너무도 생생하게 묘사되어 있어 시를 읽는 자 역시 현장을 목격하고 있는 것처럼 몸서리가 쳐진다는 셈이나. 그리고 '바닷가에서 보낸 편지는 수취인 불명으로 돌아온다.'는 구절 또한 체험에서 우러나온 말이어서 감동적이다.

지금까지 살펴본 바대로 노향림의 시들은 아직도 어린 시절 살았던 바닷가나 섬에 기억의 닻을 내리고 있다. 그녀의 시는 지금도 목포의 산정동 외진 기슭에서 바다 너머 압해도를 뚫어지게 응시하고 있다. 그 눈빛에 그리움의 물결이 끝없이 찰랑거린다. 필자는 서두에서 말한 것처럼 그리움과 사랑의 시선으로 압해도를 바라보는 그녀의 시를 통해 해변의 묘지에서 바다를 응시하고 있는 발레리의 흉상을 떠올린다. 혹시 그녀도 죽어서 압해도에 묻히고 싶은 것인가. 압해도에 묻혀 발레리처럼 바다로 바다로 눈길을 주고 싶은 것인가.

—『현대시학』(2004년 10월호)

지구에 대한 새로운 사랑법
― 신정숙의 시세계

1.

달에 가서 지구를 바라다보겠다
태양은 빛나도 하늘의 색은 어둡고
운석이 떨어진 고요의 세계 달의
지평선 위에 떠오른
그렇게도 먼 지구를 보겠다

…중략…

신발을 벗고 달의 표면에 앉아
그렇게도 먼 지구를 바라다본다 사랑하는
지구를 바라다본다

시간이 흘러
버리고 온 것들이 보이지 않을 때까지
버리고 온 것들이 다시
그리워질 때까지

—「그렇게도 먼 지구」 부분.

신정숙(1958)은 목포 시단의 절해고도이다. 갈매기 한 마리 날지 않는 절해고도. 뭍과의 별(別)이 많아서, 뭍과 탈(脫)이 나서 거리를 두고, 창랑의 물굽이에 저 혼자 별(星)처럼 떠 있는 섬. 그 섬에는 아프게 부서지는 자해의 파도소리와 차갑게 방어벽을 친 바람소리뿐 아무도 없다. 그러므로 누구도 그 섬에 가까이 가지 못한다. 다만 그 섬(島)에는 스스로를 가두는 견고한 외로움의 성(城)이 하나 있고, 상실의 바람소리가 내밀한 울음꽃을 피운다. 그 울음소리가 환멸의 바다 위를 속절없이 떠돈다. 아직도 바다는 태풍주의보 속에 있고 모든 통신은 두절 상태다. 교신할 수 없는, 쉽사리 출구가 안 보이는, 어려운 사랑의 자리. 신정숙은 그렇게 있다.

목포산 도막이인 그녀는 시금껏 고양 바다에 떠 있다. 그것도 외롭게 떠 있다. 하지만 필자는 한번도 그녀의 이름을 지우고 목포 시단을 상상한 적이 없다. 더욱이 그녀는 목포에 거주하고 있는 여성시인의 유일한 자존심이다. 그래서 외롭기도 하다. 아니다, 그녀가 있음으로 하여 목포 시단이 가까스로 외롭지 않다는 말도 된다. 1989년 『현대시학』을 통해 등단한 그녀는 『그렇게도 먼 지구』(1992) · 『즐거운 하드록』(1997) 등 두 권의 시집을 갖고 있다.

그녀의 첫 시집은 과거라는 시간 속에 붙잡혀 있다. 물론 그녀는 서정 시인이므로 여기에서 과거라는 시간은 개인성, 주관성을 지닌다. 그녀를 붙잡는 것은 상처라는 애증의 덫이다. 지나온 시간의 길목에 잠복해 있는 이 상처의 복병은 간단없이 그녀의 발목을 걸어 넘어뜨린다. 때로는 그것이 추억이라는 이름표를 달고 아름답게 겹치기도 한다. 그녀는 스스로 타임머신을 타고 과거로의 여행을 감행한다. 심지어 과거로 여행을 가서 "돌아오지 않을 것"과 "나의 미래를 부숴버리겠다"(「돌아서서 과거로만」)는 의지를 내비친다. 여행 목적은 과거의 "고통에 대한 반격"이자 "나의 상처를 다시 겪는 방법으로 미래의 나를 용서하"(「내 기억이 옳다면」)기 위해서다. 달리 말해 아픈 과거로부터 진정한 탈출(극복)을 위해서다. 그녀의 극복 의지는 때로 "더러운 청춘이여 안녕"(「드라이플라워」)하며 단호한 결별을 선언하는 데까지 나아가기도 한다. 하지만 이러한 그녀의 열망도 그다지 효력을 발휘하지 못한 것처럼 보인다.

인용한 시는 첫 시집의 표제시로서 시집 전체의 주제를 집약한 작품으로 읽힌다. 일단 그녀의 지구 바라보기 또는 지구 사랑법은 특이하다. 바라보는 지점이 지구가 아니라 달이기 때문이다. 달은 지구를 부분이 아니라 전체를 바라볼 수 있는 지점이다. 지구를 벗어나 "달나라로 망명"하여 지구를 바라보겠다는 것은 지구의 현실에 대한 환멸이나 도피라기보다 그것을 올바로 바라보기 위한 거리두기로 받아들여진다(여기에서 지구의 현실이란 객관과 주관을 포함한다). 아예 달나라로 망명하여 살겠다는 것이 아니라 "지구를 바라다보겠다", "사랑하는 지구를 바라다본다"고 표현한 것이 그 증거다. 비록 "뒤돌아보지 않고 떠나온 저곳"이지만 여전히 시선은 지구에 붙박혀 있는 것이다. 그리하여 "버리고 온 것들이/다시 그리워질 때까지" 바라다보겠다는 것은 지구에 대한 새로운 사랑법을 터득하여 결국 다시 돌아갈 것을 예비하는 표현이다. 이러한 자세야말로 과거의 시간을 제대로 극복하고 미래로 나아갈 수 있는 신정숙 시의 새로운 출구이며 희망의 싹일 터이다.

2.

구만 칠천오백육십이 명은 장미꽃을 예약하고
삼만 명도 넘는 조객들이 흰 꽃을 준비한다
오, 이 축제거나 비통한 장례
요람과 묘지의 저 거대한 지구

죽거나 죽이거나 너희들뿐이다
사랑하거나 증오하거나 너희들뿐이다

다시 돌아오고 싶었다
내가 떠났던 잊지 못할 지구

안개 속에서
너희들의 창이 열린다
어제 같은 오늘을 향해 오늘 같은 내일을 향해
지구의 새벽이 차례로 잠을 턴다
　　　　　　　　　　　　　—「지구의 새벽」 부분.

　신정숙의 두 번째 시집 『즐거운 하드록』(1997)은 첫 번째 시집으로부
터 벗어나기 위한 처절한 몸부림이다. 달리 말하면, 환멸과 고통과 고독
으로 그녀를 가두었던 과거 혹은 현재를 극복하고 회생 또는 신생의 미래
를 열어가기 위한 몸부림이다.
　그렇다면 그녀는 두 번째 시집을 통해 그 모든 것들로부터 벗어난 것
인가? 대답은 한 마디로 '아니올시다' 이다. 그렇게 쉽게 극복되어버린다

면 환멸이니, 고통이니, 고독이니, 슬픔이니 하는 단어들은 그 이름값을 못하고 만다. 그런 의미에서 이 시집은 첫 번째 시집의 연장선상에 있으며, 오히려 자아 또는 세계와의 불화가 더욱 심화·확대되어 도처에서 첨예한 불꽃을 일으킨다. "이 마음 앞으로도 엉망진창일 것입니다/날마다 마음에 테러하고 있습니다"(「전화를 받습니다」)와 같은 자포자기, "매춘하고 싶다, 세상아"(「가볍게 가볍게」) 같은 냉소를 넘어선 자기비하, 그리고 심지어는 "무엇보다/이 생명 둘이었으면/지친 하나쯤이야/이제 쉬라고"(「둘」)처럼 죽음의 문턱을 서성이기도 한다.

그러나 그녀는 그렇게 무력하고 처량하게 추락하지 않는다. 그 몸부림을 밑거름으로 삼아 재활용과 환치 그리고 다짐과 신생의 의미를 독하게 키워낸다. 그 몸부림 덕분에 그녀의 언어와 가락은 거칠 것 없이 경쾌해진다. "슬픔의 직시야말로 슬픔을 이기는 것"(「슬픈 영화」), "자주 꺼내마시는 것은 희망이라는 음료야"(「냉장고를 열 때마다」), "그러나 환치할 것"(「나는 재즈가 좋아」), "나를 찢지 말아라/나를 버리지도 말아라"(「양면패지 2」), "이제 그만 젖어야겠다"(「우산을 찾으러」), "그 숲을 잊기로 합니다"(「숲이 아름다운 이유」), "커다란 출구를 만들어야겠다"(「벽돌과 시멘트에 대한 기억」), "새는/스피드와 조종과 선회를 보여주지"(「새는」) 등 무수한 희망의 징후들이 그것이다.

인용한 시는 첫 시집에 실린 「그렇게도 먼 지구」의 속편으로 비록 희미하나마 이러한 희망의 징후로 읽힌다. 첫 시집에서 멀리 떠났던 지구, 그러나 "잊지 못할 지구", "다시 돌아오고 싶었"던 지구의 새벽으로 그녀는 이제 막 귀환한 것이다. 그러나 지구는 여전히 애증의 대상이다. 따라서 극단의 단어들이 짝을 이룬다. 장미꽃/조화, 축제/장례, 요람/묘지의 대비가 여전히 공존한다. 그러나 이러한 불완전성, 불확실성, 상대성이 공존하는 곳이 사람이 사는 지구가 아니던가. 그래서 그녀는 드디어 긍정의 싹을 보인다. "죽거나 죽이거나 너희들뿐이다/사랑하거나 증오하거나 너희들뿐이다"라는 어쩌면 체념과 전망이 뒤섞인 표현이 그것이다. 그러나 희망의 창은 안타깝게도 "어제 같은 오늘을 향해 오늘 같은 내일을 향해" 열린다. 그러므로 아직 그녀는 지구를 온전한 애인으로 받아들이지 못한다. 그녀의 지구 사랑법은 이토록 어렵다. 아니다, 어려우므로 필자는 그녀의 사랑법을 신뢰한다.

실제 신정숙은 그녀의 시 구절처럼 "커다란 출구"를 찾고 있다. 그러기 위해 머잖아 그녀가 이 애증의 도시 목포를 떠날지도 모른다. 허전한 일이지만, 필자는 부디 그것이 그녀의 진정한 삶의 출구가 되길 빈다. 그리고 다시 한번 상처는 시적 출구라는 말을 덧붙인다.

—『광주 · 전남 현대시문학 지도』(2001년1월)

다채로운 구원의 상상력
— 신중신·이기철·고재종·이문재의 시

어찌하여 느림의 즐거움은 사라져버렸는가? 아, 어디에 있는가, 옛날의 그 한량들은?

— 밀란 쿤데라의 소설, 『느림』 중에서.

1.

지난 계절의 계간지와 월간지에 실린 시들은 어림잡아 수백여 편에 이르렀다. 나는 그것들을 망라하여 읽어내느라 동분서주하였고, 다 읽고 나서 그만 기진한 채 누워 일어나고 싶지 않았다. 멍하니 누워 있는 내 머리 속에는 수많은 구더기들의 환영이 뭐라뭐라 아우성치며 바글거렸다. 그것들로 인해 한 사람의 독자로서 나는 충분히 괴로웠고, 그 만화방창한 봄날에 쓸데없이 어두웠다.

먼저 수백여 편에 이르는 시작 편수에 질렸다. 그것도 공식적인 문예지에 발표된 것만을 헤아린 양이 그러하니 미발표된 것들까지를 감안하면 실제 이 땅의 시인들이 한 계절에 쏟아내는 시는 수천 편에 이르리라. 이 어려운 시기에 '관심 없는 관심사' 또는 '무목적의 합목적성'을 위해 진력하는 시인들이 이토록 많다는 사실에 대해 실로 찬탄을 금치 못하겠다. 모름지기 시인이 많은 나라가 잘못된 나라일 리 없고, 또한 시인이 시를 열심히 쓰는 일은 당연하고도 바람직한 일이다. 그러나 질이 낮은 시나 시인의 양산이 가뜩이나 환경 공해에 시달리는 시대에 자칫 시의 공해(?)를 야기하지나 않을까 걱정된다면 괜한 기우일까. 그리고 오늘날 시의 독자는 시인 자신들뿐이며, 시는 시시하고, 시인은 시시한 인간이라는 자조 섞인 표현들을 어떻게 받아들여야 할까. 시를 읽고 쓰는 한 사람으로서 나는 씁쓸한 자괴감과 함께 엄습해오는 두려움을 피할 길이 없다.

다음으로 독후감은 대체로 모호하고 어지러웠다. 아니 피곤하고 시끄러웠다. 이러한 느낌은 젊은 시인들의 시에서 더욱 그랬다. 그것들은 요즈음 불려지고 있는 노래처럼 빠르고 현란한 몸짓으로 말을 비틀거나 쉼 없이 중얼거렸다. 그 몸짓과 중얼거림 속에는 세기말에 대한 불안과 환멸 그리고 절망과 죽음의 신음소리와 함께 새로운 천년에 대한 막연한 기대와 전망이 뒤섞여 왁자지껄하였다. 더불어 평론가들은 그들의 꽁무니를 따라다니며 모호한 어법과 이미지들을 분석해내느라 애면글면하였다. 나는 '지금 여기'라는 위기의 시대적 상황 속에서 그러한 시들이 갖는 존재의 당위와 의의에 대해 공감하지 못하는 바 아니었으나 필요 이상의 지적 조작과 현란한 포즈 등으로 인하여 끝내 진정성 쪽으로 와 닿지 않았다. 나는 한 사람의 독자로서 이 혼돈의 시대에 살며 시를 통해 위안을 받고 싶었으나 그러질 못했다. 시적 질서를 통해 마음의 고요를 찾고 싶었으나 오히려 더욱 어지럽고 피곤해졌다. 그것들은 목적지를 향해 고속 질주하는 자동차들처럼 앞으로만 나아가고 있었다.

그러나 모두가 그런 속도감을 즐기는 시만 있는 것은 아니었다. 비록 소수이긴 하나 모두들 쌩쌩 지나쳐버린 어두운 도로의 한 켠에서 진중한 자세로 환하게 불을 밝혀든 시들도 있었다. 그것들은 무작정 앞으로만 나아가는 것이 아니라 지나온 길을 뒤돌아보면서 천천히 걸음을 옮기는 시들이다. 어찌 보면 경쟁에서 뒤쳐지거나 낙오된 것처럼 보이는 그것들은 그러나 모두가 간과해버린 것들을 깊이 있게 바라보고 넉넉한 품새로 껴안으면서 싸목싸목 산보하는 시들이다. 이른 바 '느림의 시' 들이라고 할 수 있을 그것들은 무엇보다도 구원의 촛불을 켜들고 마음속으로 들어와 따스하게 내손을 잡았다. 나는 감히 그것들이 이 급박한 위기와 불안의 세기말에 오히려 '구원의 시학'이 될 수 있으리라는 생각을 했다. 그것들은 때로 쓸쓸하고 애잔한 아픔을 동반하면서 다채로운 구원의 물결무늬를 펼쳐 보인다. 이제 그 물결무늬를 따라가 보자.

2.

신중신은 자연의 질서에 순응하는 삶 그 자체가 다름 아닌 구원의 열쇠임을 '옛 노인장'의 어투를 빌어 설파한다.

> 산열매 하나라도 일용할 양식이 아니거든
> 산까치 몫으로 돌려 두어라
> 던져진 바위덩이는 그 자리서
> 물살과 바람에 씻겨서야 먼 훗날
> 동산 위로 姮娥의 얼굴도 둥두렷이 떠오를 것을.
> 마을의 신화는 이렇듯 이어져 가느니 ―

눈 내리거든, 눈이 내리거든

문 밖에서 비로소 얻어 누리는 잠을 위해

근심 둘쑤셔 가며 뒤척이지 말라.

엎드려 누운 들녘이 어둠 켜켜이 쌓아

솜이불 덮어 쓸진대

제가끔의 꿈자락이 언제까지 헐벗은 대로 서성대랴.

길은 때로 계곡물과 맞딱뜨리기도 하나 고대 이어진다

떨기나무 덩굴풀 틈새에서도

마땅한 곳을 찾아 뻗어 나간 길이

어디 제 끄트머리를 걱정하더냐.

                — 신중신, 「옛 노인장이 말하기를」 전문.

먼저 이 시의 제목에서부터 '옛 노인장'을 등장시킨 것은 다분히 상징적인 의도가 깔려 있는 것으로 보인다. 그것은 단순히 작품 전체의 어투를 노인스럽게 끌고 나가기 위한 장치일 수도 있겠으나, 그보다는 현대인에 대비되는 존재로서의 옛 사람을 등장시킴으로써 앞만 보고 달려가는 현대인들의 맹목성을 옛 사람들의 가르침을 통해 일깨우려는 의도로 읽힌다. 옛 사람들의 가치관은 대체로 자연의 질서에 순응하는 데 그 기초를 두고 있지 않던가.

자연의 질서에 순응하는 삶이란 있는 그대로를 존중하는 삶이다. 그래서 '自然'이란 '스스로 그러하다'는 뜻을 품고 있다. 거기에 어떤 물리적 힘이 가해지면 그때부터 질서는 뒤틀리고 파괴된다. 인간의 삶도 마찬가지이다. 자연의 일부로서 물 흐르듯이 살아가지 않은 데서 인간의 불행은 시작된다. 그것은 도대체 만족할 줄 모르는 인간의 욕망에서 기인한다. 그리하여 인간 스스로 근심과 걱정을 쌓고 자가당착에 빠져 허우적댄다.

그래서 이 시의 화자인 '옛 노인장'은 시종 우리들로 하여금 자연이 가르쳐준 질서대로 따를 것을 권유한다. 그러면 어떠한 위기도 거뜬히 극복할수 있다고 낙관한다. 옛날에도 그렇게 하여 "마을의 신화"를 이어 왔고, 앞으로도 "그 자리서" 온갖 시련과 고난을 이겨내며 자기의 본분을 다할때 보름달처럼 둥글고 조화로운 세계는 면면히 이어져 갈 수 있다고 말한다. 특히 끝 부분에서 "떨기나무 덩굴풀 틈새에서도/마땅한 곳을 찾아 뻗어 나간 길이/어디 제 끄트머리를 걱정하더냐"며 오늘날 지나치게 호들갑을 떨며 절망과 파멸을 운위하는 세태를 되받아 일축하면서 구원의 길을 제시하고 있음을 본다. 한 마디로 인간의 모든 삶의 해법이 다름 아닌자연에 있음을 깨우쳐 주고 있는 이 시는 마치 도가풍의 산중 노인이 산아래 마을 사람들을 향해 유장한 목소리로 일갈(一喝)하는 듯하다.

이기철은 사소한 것들을 통해 장엄함에 이르는 길을 제시하고 있어 눈길을 끈다. 그것은 일상사와 자연 현상이 대칭을 이루면서 동시에 함께포개지는 따스한 구원의 풍경을 보여 준다.

> 대봉동 우체국에 가서 편지 한 장 부치고 나오는 동안
> 우체국 돌담 옆의 목련꽃이 활짝 피었다
> 닳은 구두에 몸을 얹고 걸어가는 봄날
> 들어보니 새 노래도 공짜가 아니다
> 국민은행 동인동 지점에 가서 온라인으로 송금하고 나오는 동안
> 목조건물 옆 빈 텃밭에
> 상추잎이 파랗게 돋았다
> 제 몸에 희고 푸른 물을 들이는 걸 보면
> 살아 있는 것보다 더 거룩한 것은 없음을 알게 된다
> 동성로 제일서적에 가서 『봉순이 언니』 한 권 사오는 동안

세상에서 가장 연약해 보이던 나팔꽃이
　　측백나무를 타고 가지 끝으로 기어오른다
　　햇볕이 금니박이로 웃으며 달려오고
　　한 움큼의 볕살을 손바닥으로 받아 마신다
　　사대부고 뒤 공무원 연금매장에 가서 봄내복을 한 벌 사고
　　남은 추위는 단추 속에 잠가둔다
　　봄은 데워진 돌처럼 따뜻해질 것이다
　　사소함이 쌓여서 장엄함이 된다
　　　　　　　　　　　　　　— 이기철, 「사소한, 아니 장엄한」 부분.

　　우리는 너무 거창한 것에서만 삶의 의미를 찾고 있는지 모른다. 우리의 욕망은 끝이 없어서 하찮은 것은 거들떠보지도 않고 그냥 지나친다. 이 시는 바로 이 점에 착안하여 역으로 사소한 것들에 대해 시적 렌즈를 맞춘다. 우선 시적 화자의 이동 공간이라 할 수 있는 장소들을 보면 모두가 구체적인 이름을 달고 있다. 그것은 그냥 우체국이 아니라 "대봉동 우체국"이며, 은행은 "국민은행 봉인봉 시섬", 서섬은 "농성로 제일서적", 그리고 연금매장은 "사대부고 뒤 공무원 연금매장"이다. 이는 사소함을 드러내기 위한 시적 장치이다. 그 다음, "편지 한 장 부치고", "온라인으로 송금하고", "『봉순이 언니』 한 권 사고", "봄내복을 한 벌 사"는 일은 보통사람이면 누구나 하게 되는 사소한 일상사에 해당한다. 게다가 우체국 돌담 옆에 핀 "목련꽃", 목조건물 옆 빈 텃밭에 돋은 "상추잎", 측백나무 끝으로 기어오르는 "나팔꽃", 단추 속에 "남은 추위"를 잠가두는 일이 대체 무엇이 중요하다는 말인가. 그러나 바로 그것들이 참으로 사소한 것들로만 나열되어 있기 때문에 우리의 시선을 새삼 다르게 붙잡는 것일 터이다. 그리고 가만히 들여다보면, "편지"와 "목련꽃", "송금"과 "상추

잎", "『봉순이 언니』와 "나팔꽃", "봄내복"과 "남은 추위"가 인간의 일
상과 자연의 이치가 서로 연관성을 갖고 아름답게 겹치는 모습을 통해 시
인은 "데워진 돌처럼 따뜻해질" 봄을 우리에게 선사한다. 그리하여 우리
로 하여금 이러한 사소함에 대해 감사하게 만들 때 비로소 "사소함은 쌓
여서 장엄함이" 될 수 있다는 진술이 가능해진다. 또한 "살아 있는 것보
다 더 거룩한 것은 없음"을 깨우치는 힘을 갖게 된다. 그러므로 이러한
사소함이 우리의 삶을 계속 존재케 하는 원동력이 아니고 무엇인가.

  고재종은 핍진한 농촌 현실을 시적 출발점으로 삼은 이후 綿綿한 우리
정서에 기반을 둔 건강한 상상력과 고전적 품격으로 생명의 세계를 한껏
펼쳐 보임으로써 우리 시단에서 가장 주목을 받고 있는 시인이다. 우리가
시를 읽고 만끽할 수 있는 맛과 멋이 무엇인지, 진정성이 무엇인지에 대
한 해답이 그의 시에서 비로소 환하게 뚫린다. 훼손에 대한 지킴, 직선에
대한 곡선, 모난 것에 대한 둥긂, 빠름에 대한 느림으로 요약될 수 있을
그의 넉넉한 시세계는 우리시를 구원의 길로 이끌면서 다음 시에서도 유
감없이 顯現되고 있음을 본다.

    내 너무 아수라장 헤매었을 때
    강물이 끼룩끼룩 철새 떼를 날려선
    더 큰 적적함을 부르는 그 길을 가리

    내 너무 화려화택 속 꽃 피웠을 때
    강바람이 쇠리쇠리 먹갈 떼를 일깨워선
    더 큰 쓸쓸함을 부르는 그 길을 가리

    구비야 구비야, 강물 끼고 도는 백리길

느려터지게 느려터지게시리
마음조차 비포장으로 유유하다 보면

세월의 몸 된 유장한 물결,
제 흘러온 상처를 금은비늘로 바꾸며
오늘은 세월 밖으로 몰래 흐르리

강물의 드문드문한 마을들도
굴뚝으로 느린 탄환을 하얗게 쏘며
서러움일랑 잘 삭여내어 잔광 부시리

구비야 구비야, 강물 끼고 도는 백리길
그리하여 난 이내 쏠리는 구름,
그리하여 난 이내 구르는 잔돌,

마침내 적적타 못해 쓸쓸타 못해
너 보고 싶은 그리움 하나 새로와져선
그것이 유유장장, 백리길을 이으리

— 고재종,「겨울 남한강 길」전문.

이 시는 고재종의 시적 특징 중에서도 강물을 통해 느린 곡선의 세계를 잘 보여주고 있다고 할 수 있다. 이를 증거할 수 있는 요소는 형식과 내용에서 공히 드러난다. 우선 형식면을 보면, "끼룩끼룩", "구비야 구비야", "느려터지게시리", "느린", "드문드문한", "유유장장" 등 구부러지거나 느림을 뜻하는 시어가 다수 동원되고 있으며, 행과 연과 어구의 반복을 통해 평면적으로 빠지지 않고 곡선으로 굽이치고 있다. 또한 의성어와 의태어 그리고 말의 늘어뜨림을 최대한 활용하고 있음을 보라. 이는 음악성을 배가시키는데 기여하고 있지만 그만이 가지고 있는 시적 전략이요 방법론으로 이해된다(그것이 고정된 틀의 정형성으로 내비침을 지적하는 사람도 있지만). 바로 이 점이 단아하고 예스런 말투와 함께 고재종 시의 고전적 품격을 자아낸다. 노래는 곡선의 형태를 지향한다. 그것도 요즘 노래가 아니라 유장한 우리 가락 말이다. 다음으로 내용면을 보면, 그의 몸과 마음은 남한강 길을 따라 곡선으로 유장하게 흘러가고 있다. 어이해서 그가 남한강을 찾는가. 그것은 "너무 아수라장 헤매었을 때", "너무 화려화택 속 꽃 피웠을 때" 이다. 이는 너무 급박하고 직선적인 현실 속에서 몸과 마음이 폐허지경에 이르렀을 때이다. 그는 그러한 자신을 경계하고 마음의 여유를 새롭게 정비하고자 자연에 의지한다. 자연은 잠시나마 "세월 밖으로" 마음을 비운 그를 고요하게 받아들인다. 그 고요는 "적적함"과 "쓸쓸함"을 부르지만 내적 성찰의 기회를 열어준다. 이내 그는 자연과 동화된다. 그의 마음이 동화되었으므로 "마음조차 비포장"(비포장이 어떤 길인가)으로 유유하며, 물결은 "제 흘러온 상처를 금은비늘로 바꾸"는 것이며, 마을 굴뚝은 "서러움일랑 잘 삭여내어 잔광 부시"는 것이다. 그리하여 마침내 그리움은 다시 흰 끈처럼 현현되어 "백리길을 이으"는 것이다. 이토록 자연은 인간에게 넉넉한 구원을 준다. 한 마디로 이 작품은 고재종이 한 편의 시를 위해 얼마나 세공을 들이는가를 보여주고 있다고 할 수 있다.

이문재는 그의 시집 『마음의 오지』를 통해 이미 지난 시간인 과거의 일부를 미래로 설정함으로써 근원적인 삶의 형태를 꿈꾸고 있다. 아직 아무도 그러한 시간에 접근하고자 한 사람이 없었다는 점에서, 또 그것이 이문재 자신만의 구원의 방식이라는 점에서 그는 매우 특이하고도 중요한 시인이라 할 수 있다. 그러나 그것이 '지금 여기'에서 가능할 수 있는 것인가, 그나마 견디거나 지키기라도 할 수 있을 것인가라는 질문에 봉착할 때 그의 마음은 힘겹다. 그 힘겨움을 잘 알고 있는 그는 "겨우" 또는 간신히 말의 발걸음을 옮겨 놓는데, 그 뒤를 진한 안타까움과 쓸쓸함 같은 것들이 따라간다.

> 트럭 짐칸에 오른다
> 졸업식 하러 본교 가는 길
> 열 살 넘어까지 오지에 살았다니
> 그것만으로도 눈물겹구나
> 앞산 뒷산 앞강물 뒷강물
> 꽃망울을 터뜨리려는지 한 움큼씩
> 더운 것들을 한데 모은다
> 세상 뿌옇다
>
> (중략)
>
> 집으로 돌아가는 아이들
> 미래로 달음박질치려는 아이들을
> 다시 불러 중국집으로 들어간다
> 머리를 그릇에 박고 후루룩
> 짜장면 한 그릇을 후딱 비운다
> 너희들이 미래다
> 이 오지가 끝끝내 미래다
> 너희들은 곧 돌아오리라, 라고 말하려다가

고량주 한 병을 더 시키고 말았다

꽃들의 문을 활짝 열어놓고
봄이 봄 밖으로 돌아나가고 있었다
　　　　　　　　　　　— 이문재,「농업박물관 소식 - 분교에 봄 오다」부분.

　이문재는 그의 시집 뒤에서 "내 시의 최근은 농업이다"고 스스로 밝히
고 있다. 그 농업은 그의 식으로 말하면 "오래된 미래"의 삶과 생산 형태
가 존재하는 "낙원"으로서 직선이 아닌 "圓環"의 시간 안에 놓인다. 위의
시는 그러한 바탕 위에서 그가 엮어내고 있는 연작시의 하나이다(그는
시작메모에서 김용택 시인이 근무하는 섬진강 어느 분교 아이들의 동시
집 발문을 토대로 이 시를 썼다고 한다). 이 시는 간단히 말하면 꽃망울이
터지는 봄날에 어느 오지(그의 말에 따르면 오지는 낙원이고 미래다) 분
교의 졸업식을 배경으로 선생님이 아이들에게 몇 마디 건네는 내용으로
되어 있다. 그런데 문제는 졸업한 아이들이 훌훌 분교를 떠나고, 오지 분
교는 텅텅 비게 되며, 선생님은 쓸쓸히 남아 지키게 되는데, 봄은 만화방
창 찾아오는 안타까운 구도 속에 있다. 선생님은 "열 살 넘어까지 오지
에" 살아준 아이들이 눈물겨운데, 아이들은 집으로, 미래(여기에서 미래
는 자본과 문명세계의 다른 이름임)로 달음박질치려고 한다. 그는 그런
아이들을 다시 불러 중국집에서 짜장면을 사주며, "너희들이 미래다/이
오지가 끝끝내 미래다/너희들은 곧 돌아오리라,"라고 도대체 알 수 없는
말을 건네려 한다. 그러나 그의 말을 ","가 가로막는다. 이 숨표 하나는
숨막힘의 표시이며, 직감이나 예언의 불확실성을 뜻하는 징표로 읽힌다.
그 생선가시 같은 ","을 고량주가 대신 받아넘긴다. 설령 그가 말을 했다
고 한들 우주인이나 원시인쯤이 아니고서야 아이들이 이해할 리 만무했

을 것이다. 이 형언할 수 없는 쓸쓸함을 외면한 채 봄은 "봄 밖으로" 돌아
나가버린다. 애잔한 슬픔이 이 오지 분교에 그렁그렁 맺혀 꽃망울로 터지
는 듯하다.

이렇듯 이문재는 애초부터 불가능한 풍경을 말하고자 하는지도 모르겠
다. 그는 세상 밖의 낙원을 꿈꾸고 있으므로 그의 낙원은 그의 "마음의 오
지" 속에나 있다. 감히 짐작컨대, 이문재의 몸과 마음은 '지금 여기'에서
거의 초토화된 듯하다. 그가 언제까지 문명의 한복판을 견딜 수 있을지 비
명소리가 예까지 들리는 듯하다. 하지만 독자인 나는 그의 쓸쓸한 손목에
내 손을 얹고 싶은 것이 솔직한 심정이며, 그것이 혹 불가능하다 할지라도
그가 그렇게 허허로운 말을 해주는 것만으로도 너무 소중하게 느껴져서
눈물을 쏟을 것만 같다. 그것이 문학을 통한 구원은 또 아닐런가?

3.

지금까지 나는 네 사람의 시를 통해 그들 나름의 다채로운 구원의 방
식을 엿보았다. 그것들은 약간씩 서로 다른 모양을 하고 있지만 공히 자
연에 기대고 있음을 보여준다. 따라서 인간이 자연의 상태를 회복하는 것
만이 구원의 길에 이르는 길인지도 모른다. 파괴나 훼손에 대한 지킴과
회복의 시학, 빠름에 대한 느림의 시학, 浮薄에 대한 깊이의 시학이 이 혼
돈과 불안의 세기말 그리고 새로운 밀레니엄을 앞둔 시점에서 우리시를
또한 구원의 길로 이끌 수 있으리라 생각한다.

한정된 지면으로 인하여 애초에 상정했던 작품들이 논의의 대상에서
제외된 것이 안타깝다(사실 나는 글을 다 써놓고도 불가피하게 그것들을
뺏음을 밝힌다). 해우소(똥간)에서의 환한 깨달음을 보여준 정일근의 「해

우소(解優所)에서」, 자기가 싼 똥을 다시 먹는 토끼를 통해 지난 시간을 끝까지 껴안고 뒹구는 모습을 보여준 김호균의 「식분증(食糞症)」, 어린 야생 노루와의 만남을 통해 생명의 소중함을 아름답게 묘사한 김은정의 「어린 노루」가 그것이다. 이들은 계간 『시와 사람』 봄호가 때마침 기획특집으로 꾸민 「카오스의 시대, 구원의 시학」에 동참하면서 자기 나름의 구원의 방식을 보여주었다.

이 외에도 이 글의 주제와는 다소 거리가 있지만, 노향림의 「낯익은 봄」(『문학사상』 4월호), 김기택의 「그는 새보다 땅을 적게 밟는다」(『현대시학』 3월호), 정이랑의 「단풍을 꿈꾸며」(『시안』 봄호) 등을 인상 깊게 읽었음을 덧붙여 두고 싶다.

—『시와사람』(1999년 가을호)

풍경과 성찰의 언어

— 천양희 · 허형만 · 김호균 · 정종목의 시

1.

천양희 시인의 시는 돌아다닌다. 돌덩이처럼 무거운 고독을 몸속에 담고 혼자 놀아다닌다. 돌아다니는 이유는 물론 길을 묻기 위해서, 길을 찾기 위해서일 터이다. 지나온 길 위에서 다시 길을 묻고 찾는다는 것은 무슨 연유에서든 길을 잃었거나 길을 잘못 들었었기 때문일 것이다. 그 잘못된 길을 가다가 절망의 낭떠러지로 깊이 떨어져본 자, 떨어졌다가 상처투성이로 다시 기어오른 기억을 갖고 있는 자의 눈에 비치는 세상 풍경이란 전혀 새로울 것이다. 그것은 지난 시간에 대한 통렬한 자기성찰의 눈빛을 동반하기 때문이다. 그러므로 잔인하지만, 그녀의 시에 있어서 상처는 무궁한 시적 자산이다.

높고도 낮은 것이 무엇이었더라 고하리에 멈추는 발길이여 산 한쪽이 나

를 붙든다 험하고 험한 것은 산만이 아니다 내 속의 구릉들 계곡들 고하리는
나를 알고 있는 듯 마음의 봉우리도 불끈 솟는다 산은 갈수록 높고 산끝 바위
들은 오래 묵묵하다 묵묵히 지나가는 바람소리 물소리 그 소리 자유롭다 새
삼 느낀다 내 자리 나에게서 떨어지지 않는다 만약에 우리가, 우리의 운명에
는 만약이란 없다 산이 어디로 가는 걸 보았는가 산그늘이 마을까지 따라온
다 따라온 길을 몰래 엿본다 동고비새 한 마리 고비를 타고 있다 고비를 타야
산을 오른다 오늘도 산은 높았다 낮았다 하였다 다 저문 저녁에야 마음의 경
계 너머 다른 산에 닿는다 언제나 바짝 엎드린 능선길 우린 오르면 내려가야
한다 산맥을 가로질러 산끝과 마음끝이 가파르게 선다 높고도 낮은 것이 무
엇이었더라 소리치며 메아리가 지나간다 날마다 내 속에 쌓이는 산 고하리
길에 풀어놓는다.

— 천양희, 「고하(高下)리길」 전문.

「고하(高下)리길」은 그녀의 시 「원근(遠近)리길」의 패러디다. '遠近'
이 멀고 가까움을, '高下'는 높고 낮음을 뜻한다는 점에서 패러디는 일단
당위성을 획득한다. 마음의 수평과 수직이 자연스럽게 교차하는 풍경을
보여준다는 점, 교차한다는 것은 서로 만난다는 점에서 지워져버린 길 위
에 새로 십자가를 긋는 듯 흥미롭다.

마음은 좌우로 굽이치다가 다시 상하로 굽이친다. 그 굽이침이 고하리
길을 만난다(그 고하리길은 실제의 길일 수도 아닐 수도 있다. 나는 차라
리 시인이 의도적으로 설정한 길이라고 보고 싶다). 고하리길에서 만난
산은 내 마음 속에도 있다. 굴곡과 산전수전의 "내 속의 구릉들 계곡들"
이 굽이치고 있다. 그러므로 내 마음 속에 내장된 풍경이 고하리길을 만
든다. 고하리길에 펼쳐지는 모든 풍경들에 내 마음이 투영된다. 길의 중
간 중간에 풀어놓는 "산이 어디로 가는 것을 보았는가", "우린 오르면 내

려가야 한다" 등 평범한 깨달음도 지나온 경험적 삶의 고백에 다름 아니리라. 그러나 고하리길과 나는 필연적으로 서로 하나로 포개지지 않는다. 묵묵히 지나가는 바람소리 물소리처럼 나는 자유로울 수 없다. 그것은 "운명"의 형식으로 받아들여진다. 자연과 내가 하나가 될 수 없는 것이 인간의 한계다. 산이 어디로 가지 않고, 산그늘이 마을까지 따라오는 것, 따라온 길을 또 몰래 엿보는 것처럼 그녀가 새롭게 길을 묻고자 자연 속을 돌아다닐 때 그러나 그 뒤를 어쩔 수 없이 지나온 길의 그림자가 운명처럼 따라 다니는 것이다.

천양희 시인의 목소리는 깊고, 맑고, 환하다. 깊은 우물 속에서 길어 올린 샘물이 차고 맑은 것처럼. 황폐화된 자신의 존재를 재건하는 그녀의 언어는 눈부시게 아름답다. 비수처럼 서늘하게 날선 정신은 따라서 어떠한 감상도 베어버린다. 시의 발걸음은 유장하다기보다 단호하고도 경쾌하다. 비록 산문의 형태를 취했지만 인용시를 주의 깊게 끊어서 읽어보라. 그것이 얼마나 치밀한 단문적 질서를 유지하고 있는가를. 또한 언어의 운용이 자유자재운 것은 그녀의 큰 시적 장점이다. 그러나 한 가지, 시어와 이미지의 의도적 연결이 시적 진정성을 떨어뜨릴 수도 있음을 지적하고 싶다. 이 시에는 거의 드러나지 않지만, 예를 들면 "동고비새 한 마리 고비를 타고 있다 고비를 타야 산을 오른다" 등은 재치가 빛나지만 다소 작위성이 엿보인다.

> 키 큰 잣나무 숲에서
> 어린 햇살들
> 자박자박 맨발로 걸어나오는
> 아침 고요

꿈길처럼 적막은 깊어

저 아래 계곡 물

소리도 숨죽인 듯 아스라하고

세상 밖 어느 집에

맑은 영혼 하나 태어나나 보다

방금 마지막 샛별

쪽빛 하늘 한 자락 끌며

건너 산등성이로

가뭇없이 사라지고.

— 허형만, 「아침 고요」 전문.

　최근 허형만 시인의 시가 고요해지고 있다. 저 척박한 7·80년대를 가로질러 90년대 중반에 이르기까지 진솔한 삶의 역사와 향토적 서정을 줄기차게 노래해 온 그의 시가 변화의 조짐을 보이고 있는 것이다. 그 변화의 조짐은 근본적인 시세계의 변화라기보다 우선 어법에서 감지된다. 말을 최대한 아끼고 목소리를 낮추는 양상이 그것이다. 또 하나의 조짐은 대상을 보는 눈이 안으로 깊어지고 있다는 점이다. 이러한 징후는 최근 발표된 그의 시에 공히 드러난다. 이는 연륜의 깊이에서도 기인하는 것이겠지만, 근래 몇 년 동안 작품 발표를 삼간 것으로 알고 있는 그가 시간을 두고 진중한 변모를 위한 준비와 함께 마음의 자정(自淨)을 꾀한 것으로 이해된다.

　「아침 고요」는 이러한 변모의 한 풍경으로 읽힌다. 짧은 몇 줄 안에 정밀한 고요를 담고 있다. 나는 지금껏 허 시인의 시가 이처럼 고요 속에 침잠하는 모습을 본 적이 없다. 모처럼 시인은 삶의 현장을 벗어나 깊은 산중에 와 있다. 깊은 산중에 있다는 것은 부산한 현실과의 객관적인 거리를 확보하고 있음을 의미하는 동시에 대자연의 품속에 안겨 있는 나를 들여다볼 수 있는 여유를 획득하고 있는 걸로 비친다. 이것이 대자연이 인간에게 부여할 수 있는 깨끗한 혜택이다. 이때 필경 시인의 눈과 마음은 투명해진다. 이른 아침, 시인은 맑은 정신으로 대자연의 품속으로 걸어 들어간다. 그것은 대자연의 마음속을 이리 저리 구경하고 다니는 것과 같다. 따라서 거기에서 만나는 모든 풍경들은 대자연의 마음결인 바, 그 마음결은 모두가 고요를 담고 있다. 키 큰 잣나무숲도, 어린 햇살도, 계곡 물소리도, 마지막 샛별도, 쪽빛 하늘도, 산등성이도 모두가 한 편의 아침 고요를 피워 올리기 위해 몸과 마음을 빌려주고 있다. 아침 고요는 이렇게 해서 비로소 탄생하는 것이다. 시인은 꿈길 속을 걷듯 신비한 고요 속을 걸어 들어간다. 얼마나 정밀한 고요인지 시인은 숨소리도, 발자국소리마저도 죽인다. 그도 대자연의 일부로서 고요 속에 저절로 편입된다. 새로운 생명 탄생 직전의 초긴장 상태가 유지된다. 그리하여 "세상 밖 어느 집에/맑은 영혼 하나 태어나나 보다"고 예감할 수 있는 것은 그의 영혼이 이미 이슬방울처럼 투명해져 있기 때문이다. 내가 보기엔 이 표현이 시인 자신의 영혼이 새롭게 탄생하고 있음을 알리는 것처럼 들린다. 앞으로도 부디 허형만 시인의 시안(詩眼)이 안으로 맑고 깊어져서 자지러지기를 소망한다.

2.

지구는 둥글다. 모든 생명체의 원형도 둥글다. 우리는 둥근 자궁 속에서 나와 둥근 무덤 속으로 들어간다. 둥근 것들은 날카롭지 않고 부드럽다. 둥근 것들은 오래 굴러간다. 둥근 것들의 목소리는 높지 않고 낮다.

마찰을 최대한 흡수하기 때문이다. 그러나 둥근 것들은 모난 기억을 가지고 있다. 처음부터 둥근 돌들이 어디 있던가. 모난 돌들이 세월의 풍상에 닳고 닳아 제 각진 부분을 조금씩 오무라뜨리며 둥글어진다. 그러므로 그것들은 또한 제 살점을 덜어낸 아픈 기억을 가지고 있다. 둥근 것들은 원환(圓環)의 세계를 지향한다. 원환의 세계란 조화의 세계이다. 그것은 인간이 열망하는 가장 인간적이고 따뜻한 세상이다.

> 바람에 떠밀린 채 산 오른다
> 산길엔 집 몇 채 돌담들도 보인다
> 설핏 돌아선 자리엔 복사꽃 하늘에
> 꽃도장 박고 있다 둥그랗게
> 꽃들은 봄마다 서약할 일이 있는가
> 에헤라, 거기쯤 이르면
> 둥근 무덤 하나 밭 가운데 박혀 있다
> 누구나 들어갈 수 있지만
> 아무도 다시 나올 수 없는 곳
> 그 곁에서 또 둥근 지붕 허리에 진
> 할머니 하나 무씨를 던진다
> 점 같지만 둥근 무씨들,
> 세상의 모든 것은
> 둥글기 위하여 있다는 건지
> 무씨 속에 든 숨소린
> 할머니의 그러퀸 둥근 손이 꺼낼 것이다
> 나를 세워 붙박이는 저 풍경,
> 죽음 가까운 곳에서도 둥그랗게

꽃불 씨앗 삶의 숨소리가
잉잉 뻘떼처럼 달라붙는다

　　　　　　　　　　　　　　　　　　　— 김호균, 「평사리에서」 전문.

　김호균 시인의 시 「평사리에서」는 바로 이 둥근 것에 대해 이야기 하고 있다. 꽃피는 봄날 시인은 산에 오르다 하늘 한 쪽을 붉게 물들이는 복사꽃 한 무더기를 만난다. 그 무더기로 피어 있는 모양을 그는 동그랗다고 말한다. 따라서 그 동그랗다는 것은 여기서 집단적 조화로 읽힌다. 수많은 꽃송이들이 하늘로부터 햇빛을 받기 위해 저마다 구애하듯 하초를 벌리고 있는 모양을, 하나로 엉켜 "하늘에 꽃도장을 박고" 있다고 보는 것은 이 시인만의 무의식의 발현이다. 그것들이 하늘에 서약을 하다니, 꽃들이 집단으로 하늘에 무슨 따질 일이라도 있는 모양이다.

　시인의 시선은 밭 가운데 있는 무덤으로 옮겨간다. 무덤은 둥글다. 그것은 "누구나 들어갈 수 있지만/아무도 다시 나올 수 없는 곳" 이다. 죽음의 상태가 지속되는 그것은 다시 흙과의 동화를 꾀하는 곳이기도 하다. 그런데 문제는 그 무덤 곁에서 무씨를 뿌리는 풍경에 있다. 그것도 어린이나 젊은이나 어른이 아닌 "둥근 지붕을 허리에 진" 할머니가 말이다. 할머니는 모성의 한 극단이다. "무덤"과 "무씨"와의 중간에 "할머니"가 있는 이 구도는 시인의 시선을 완전히 장악한다. 그것은 죽음과 삶이 겹치는 풍경이며, 주검과 새 생명의 끝없는 윤회를 보여준다. 시인은 무씨속에 든 숨소릴 읽는다. 그러나 그 숨소릴 생의 마감을 얼마 남기지 않은 할머니의 "둥근 손" 이 꺼낸다. 밭에 뿌려진 무씨는 주검을 거름 삼아 흙과 연애하여 새로운 무싹을 탄생시킬 것이다. 시인은 죽음 곁에서도 벌떼처럼 잉잉거리는 삶의 숨소릴 확인한다.

　「평사리에서」는 이렇듯 둥근 생명 현상의 신비가 가득하다. 이 시 속의 모든 것은 둥글다. 복사꽃이 둥글고, 무덤이 둥글고, 할머니의 허리와 손이 둥글고, 무씨가 둥글다. 그뿐인가, 삶의 숨소리도 둥글고, 잉잉 뺄떼 소리도 둥글고, 이 시의 현장인 평사리도 둥글고, 종국엔 시인의 마음도 둥글어진다. 이른바 둥근 것의 천지로 아름답다. 다만, 둥근 것을 발견하는 일 못지않게 성찰의 깊이를 더했으면 좋으리라.

하얗게
허물 벗는 물소리, 내 귀가
맑게 트인다. 산꿩이 푸득푸득
산 그리메 털고
소용돌이소용돌이소용돌이가

복숭아나무에 차오른다.
청설모 한 마리
팽팽한 시위를 놓듯
건너간다. 바람이 가만
여물지 않은 씨방 건드린다.
우우우우 흩어져 꽃잎, 꽃잎

햇살, 햇살과 뒤엉킨다.
물소리물소리가 물결 무늬에 스며
바위들이 물끄러미
제 그림자 들여보다
모르는 척 이끼를 덮는다.

한낮의 푸른 웅덩이가

깊어진다.

— 정종목, 「숲속에는 고요가 산다」 전문.

정종목 시인은 언어의 운용이 자유자재롭고, 표현 감각이 뛰어나다. 그는 눈에 보이지 않는 아주 미세한 풍경의 무늬를 잡아내어 우리 앞에 들이미는 능력을 지니고 있다. 따라서 그가 그려내는 풍경은 매우 입체적이다. 이러한 특징은 함께 발표한 작품 「터」에서도 그대로 유지되고 있는 걸로 보아 그는 감각에 크게 의존하는 시인이다.

「숲속에는 고요가 산다」는 그의 그러한 표현 감각이 빚어낸 한 폭의 정물화다. 봄날 숲속에 계곡물이 흐르고, 산꿩이 날고, 나무 사이로 청설모가 건너뛰고, 바람에 꽃잎이 날리는 아름다운 정경을 그러나 치밀한 언어의 세공으로 재구성한다. 그리하여 그러한 일견 부산한 정경을 "한낮의 푸른 웅덩이가/깊어진다"고 결구 처리함으로써 우리를 고요로 이끈다. 또한 행과 연의 의도적인 배치와 띄어쓰기를 무시한 효과도 자연스럽다. 특히 1연과 4연의 표현들은 아무나 할 수 있는 것이 아니다.

그러나 문제는 있다. 풍경 자체만을 객관적으로 묘사할 뿐 그 풍경을 받쳐주는 의미가 없다. 다시 말해 풍경 말고 무엇을 담으려 했느냐 물을 때 이 시는 허망해진다. 또 "푸득푸득", "우우우우" 등 의성어가 고요의 이미지를 방해하고 있으며, 전체적인 이미지도 그리 고요롭지 못하다. 또 있다. 다소 지나친 지적일 수도 있으나, 제목부터 모 시인의 시집 제목을 패러디한 인상이 짙고, 어법이 천양희 시인의 그것을 닮은 데가 있다. 그러나 이 시인이 이러한 점만 보완한다면 아주 특별한 시를 직조할 수 있을 것으로 확신한다.

3.

계간 『시와 사람』 여름호는 두 사람의 신인을 내보내고 있다. 채유정·이미경이 그들이다. 그들에게 거는 기대가 크다는 의미에서 시적 장·단점을 가볍게 점검해보기로 한다.

세상에서
억장이 무너지거나 울화가 벋치는 일은
밥상 앞에서 이뤄지겠지
그래서
밥상이 날라가고
목이 메어 꺽꺽대겠지
밥 먹을 때 사람들은
한 마리
작은 짐승이겠지
그래서겠지

(중략)

할머니 돌아가시고
장가든 우리 오빠
새 언니가 꺼낸 얘기
숟가락 든 채로 엉엉 울었다지
할머니 나를 젤루 이뻐했는데
내가 젤루 무정했었어, 그랬었어

그때도
저녁밥상 앞에서였지

밥상 앞에서 사람들은
한 마리
외로운 짐승이겠지
그래서겠지

— 채유정, 「밥상 앞에서」 부분.

　먼저 채유정(29세)은 시적 발상이 기발하다. 아무도 보아내지 못한 것에 대한 시적 관심은 그녀만의 독특한 개성으로 보기에 충분하다. 어법이나 리듬 또한 발랄하고 경쾌하다. 그러나 일관성이 없는 게 흠이라면 흠이다. 「낙화」나 「바닥을 보는 일이 나는 두렵다」와 같은 작품은 자신에 대한 지나친 주저과 미래에 대한 불안으로 채워져 있어 보편성을 획득하지 못한 결함을 지니고 있다. 이는 자아를 확인하는 주관적 의미로 보아 이해될 수도 있겠시만 지나치면 감상성을 불러들일 소지가 크다는 점에서 경계할 일이다. 그리고 소녀적인 어투(예를 들면, "젤루 이뻐"나 "-이야" 등)는 가급적 쓰지 말기 바란다. 자기가 여성이라고 시에서까지 굳이 여성성을 드러낼 필요는 없다고 본다. 그보다는 훨씬 맵짜고 독해지기 바란다.

　「밥상 앞에서」는 "밥상"이라는 거대한 화두를 나름대로 잘 소화한 작품이다. 밥상 앞에는 분노와 싸움이 있고, 참회와 눈물이 있고, 삶과 죽음이 있다. 그 앞에서는 사람도 일단 "작은 짐승"에 불과하다. 그러나 사람이니까 한 마리 "외로운 짐승"이다. 한 마디로 밥상은 삶의 모든 희로애락이 공존하는 곳이다. 따라서 그곳은 누구도 피할 수 없는 치명적인 곳이기도 하다. 채유정 시인은 「밥상 앞에서」나 「정(淨)」과 같은 작품을 더욱 심화시킨다면 주목받는 시인이 될 것이다.

　　홍시빛 호박을 도마 위에 올려놓고
　　날선 칼로 어렵게 찔러 넣어 속을 가르니
　　그토록 단단하게 야물던 호박
　　속은 텅 비어 있었다
　　연한 새순 같던 애호박
　　잎사귀만 스쳐도 눈물 같은 액을 송글송글 맺던
　　애린 호박이
　　이토록 단단하게 여물었구나
　　호박씨 훑어내며
　　마지막으로 해주지 못했던 내 안의 말들을
　　참으로 오랫동안 변명처럼 굴려왔던 걸 알았다

　　눈은 내려 쌓여
　　회한도 미련도
　　모두 덮고
　　더욱 아늑해진 우리집 불을 밝히면
　　불빛 아래 모여 내리는 눈송이들
　　아픔도 세월이 흐르면
　　아름답게 빛날 수 있다고
　　가만가만 나를 부르고 있다

　　　　　　　　　　　　　　　― 이미경, 「눈」 2·3연.

이미경(37세)은 늦깎이다. 하지만 등단을 늦게 했다 뿐이지 이미 십수 년 동안 충분한 시적 수련을 거친 시인이다. 따라서 어조나 정서가 차분한 것이 장점이다. 또한 제 나름의 상처를 오랫동안 잘 숙성시켜서 꺼내 보일 줄도 안다. 그러나 다소 평범한 것이 흠이다. 채유정과는 달리 그다지 개성이 엿보이지 않는다는 것이다. 그리고 채유정의 경우에서도 지적이 됐지만, -해요, -네요, -싶어요 등 동시적 어투를 그만 쓰기 바란다. 자청해서 유약함을 내보일 필요가 내가 보기엔 전혀 없다. 또한 안정감은 타성에 빠질 염려가 있으니 이 또한 경계할 일이다.

「눈」은 따뜻한 작품이다. 눈이 내리는 날 자신이 지나온 시간을 반추하고, 또 호박을 통해 자아의 내부를 확인하는 시선은 아늑하고도 깊다. 그만큼 오래 기다리고 견디었으니 익은 호박처럼 단단해질 만도 하다. 이제 "변명처럼 굴려왔던" 내 안의 말들을 잘 익혀서 꺼내놓기 바란다. 그리고 회한이나 상처는 부끄러운 비밀이 아니라 시적 출구임을 명심했으면 한다. 늦게 가는 것은 그만큼 저력을 쌓았으므로 오래 간다는 뜻이다. 그런 의미에서 「윤달」은 이미경의 시적 출사표로 읽힌다.

—『시와사람』(1999년 겨울호)

상처의 시린 풍경 바라보기 혹은 껴안기

— 정수자·강영환 시인의 신작시

1.

정수자 시인은 참신한 시적 발상과 언어감각이 돋보이는 시인으로 주목받고 있다. 개인적으로 아직 한 번도 만나본 적이 없어 어떤 분인지 전혀 알 수 없지만, 몇몇 시조 잡지 등을 통해 볼 수 있었던 그녀의 작품은 여성 시조시인으로서는 보기 드물게 개성적인 자기성찰의 세계를 담고 있다는 생각이 들었다. 이번에 발표한 5편의 작품들도 한결같이 그러한 기대치를 충족시키고도 남음이 있다.

저 혼자 피고 지는 과꽃 몇 거느린 채
반쯤 삭은 외딴집 문설주가 환하다
누군가 먼 길을 돌아 아직 오나 보다

지상에서 가장 늦게 당도하는 사랑을
기다리다 눈이 먼 겨울 너머 능선 너머
복무중,
끝나지 않는,
휴전의 밤이 길어……

가끔씩 붉은 풍문 마당귀를 밟다 갈 때
다 보내도 못 버린 사진 하나 안고
열 길 속 우물이 마르는
몇 시절을 건넜다

아들보다 젊은 그이 종내 돌아올까
부서진 세월을 근근 꿰매는 집
우편함
누런 부고만
펄럭이는 오늘노
                                        ―「나는 기다리며 소진되어 간다·2 - 문설주」 전문.

　이 시는 포기할 수 사랑에 대한 한 여인의 처연한 기다림이 잘 드러나
있다. 기다림의 대상이 구체적으로 누구인지는 잘 알 수는 없으나 "아들
보다 젊은 그이"라는 진술로 보아 일단 남편으로 볼 수 있다. 그런데 그
남편은 무슨 연유에서인지 집을 떠나 아직 돌아오지 않고 있다. 사랑이
식어서 헤어진 상태가 아닌 너무도 사랑하는데 돌아오지 않고 있다. 다만
"복무중,/끝나지 않는,/휴전의 밤이 길어"로 보아 외형상으로만 보면 전
쟁터에 나가 못 돌아오는 남편으로 짐작된다(하지만 휴전이 어디 전쟁터

에만 있는 것이던가). 그러나 그녀가 그토록 문설주에 환하게 불 밝히고 열 길 속 우물이 마르도록 목마르게 기다리는 남편은 끝내 돌아올 수 없는 사람임을 알 수 있다. 그것은 "지상에서 가장 늦게 당도하는 사랑"이나 "우편함/누런 부고" 등에서 드러난다. 그녀는 그 사실을 이미 알고도 기다림을 포기하지 않는다. 그래서 그녀는 "누군가 먼 길을 돌아 아직 오나 보다"고 일말의 희망을 갖고 있으며, 사랑하는 사람의 사진을 끝내 못 버린다. 돌아올 수 없는 사랑을 하염없이 기다리는 일의 이 목마름과 막막한 쓸쓸함 속에 "과꽃"(나는 과부로 읽는다)은 저 혼자 피고 진다.

'문설주'라는 부제가 붙은 이 작품은 외형상 위와 같은 내용을 담고 있지만 이 시를 쓴 시인의 개인적 상처가 투사된 것으로도 읽힌다. '문설주'라는 이미지가 혹 시인 자신은 아닌가. 그리고 이 시에 나오는 여인의 기다림의 자세는 한국의 전통적 여인의 그것을 닮은 데가 있다. 마치 저 「정읍사」의 망부석에 서 있는 목이 긴 여인상 같다. 처절한 인고의 세월을 견디며 "지상에서 가장 늦게 당도하는 사랑"을 기다리며 소진되어 가는 여인, 문설주처럼 기다림으로 닳고 닳아서 저 스스로 환하게 빛을 발하는 여인은 진정 누구인가.

정수자 시인 개인적인 상처가 진하게 투영된 다음 시를 보자.

노모의 무릎 속에 내가 끼여 있다
마흔이 넘도록 혼자 사는 저것……

어디다 내려놓을지
길이 툭, 툭,
꺾인다

그 길을 부축하다, 허한 뼈 갉고 마는
푸석한 내 뒷덜미, 연골에 박힌 듯

한세상 닳기만 하는
길을 모르는 바람소리

—「관절염」 전문.

　　노모와 나와의 관계 설정을 통해 슬픈 자화상을 확인하고 있는 이 시
는 대단히 아프게 읽힌다. 일찍이 공자님은 30이면 '자립(自立)' 이라 하
여 부모의 슬하에서 벗어나 스스로 선다고 했다. 그러나 이 시에서 화자
인 "나"는 "불혹(不惑)"이 지나도록 '자립' 하지 못하고 있다. 그것도 여
자로서 말이다. 노모에 있어서 마흔을 넘긴 독신의 딸은 관절염을 유발하
는 걸림돌과 같다. 나는 노모를 부축하는 게 아니라 그나마 헐거로운 여
생을 갉는 존재일 수밖에 없다. 그러므로 "노모의 무릎 속에 내가 끼어"
있다는 흉측한 인식은 통한의 상처를 동반한다. 노모의 무릎 속에나 끼어
그러잖아도 허한 뼈를 아프게 부스러뜨리는 나의 이 흉측한 몰골. 그래서
시인은 길이 "툭, 툭,/꺾인다"고 표현한다. 무릎 관절이 부러지는 현상을
"길이 툭, 툭,/꺾인다"라는 표현으로 전이시킨 시인의 언어감각이 돋보
인다. 이러한 표현은 그만큼 절실한 아픔을 거느린 자만이 얻을 수 있는
표현이다. 길이 구부러지는 것도 아니고 직각으로 꺾이는 듯한 느낌을 주
는 이 표현은 우리에게 시인의 가파른 절망을 시사한다. 속이 텅 빈 수수
깡 같은 관절 속으로 "한 세상 닳기만 하는" 바람소리가 쌩 지나가는 듯
하다.
　　그렇다면 왜 나는 혼자인가. 그 이유는 구체적으로 알 수 없지만 거기
에는 지금까지의 삶의 과정에서 만난 도망칠 수 없는 상처의 굴레가 도사

리고 있음이 다음 시에서 어렵지 않게 감지된다.

> 잘못 놓인 보도블럭에 대책없이 채이듯
> 벌건 대낮인데 그물에 걸린다
> 끈끈한 너의 자장 안
> 알면서 또 갇힌다
>
> (중략)
>
> 수시로 발을 거는 추억이라는 투명한 덫
> 고개 숙인 길이 더듬더듬 곪는다
> 진물 든 그 자리마다
> 네가 핀다
> 너인가
>
> ─「투명한 덫」 일부.

시인이 걸어가는 길 위에는 덫이 가로 놓여 있다. 그것은 안 보이는 투명한 그물과 같다. 그 그물은 '벌건 대낮'인데도 "수시로 발을 걸"어 넘어뜨린다. 시인은 도처에 그 그물이 있다는 것을 수많은 확인을 통해 스스로 잘 알고 있다. 그럼에도 불구하고 대책 없이 걸려 "갇힌다". 왜 대책 없이 갇히기만 하는가. 그것은 "끈끈한 너의 자장 안"이나 "오월의 수수꽃다리 같은 네 눈빛" 때문이다. 말하자면 그 그물은 시인을 사로잡는 마력을 가지고 있음을 의미한다. 그 그물을 잘라내고 빠져나오기 위해 "칼"을 가는 행위도 아무런 효력이 없다.

시인은 이 수시로 발을 거는 투명한 덫의 실체를 "추억"이라 말한다.

추억은 상처의 다른 이름이다. 가장 아픈 기억이 추억이 될 수 있다는 것은 얼마나 잔인한가. 시인은 그 추억에서 빠져나오지 못한다(말장난 같지만, 나는 빠져나오길 바란다). 빠져나오지 못하기 때문에 불혹토록 혼자가 아닌가. 그리하여 길은 고개를 숙이고(이는 앞의 시에서 '꺾인다' 와 닮았다.) 천천히 곪아 썩는다. 그 상처의 길이 곧 현재로선 시인 자신의 길이다. 상처가 길이라는 인식은 "그리워, 물이 나가면, 길로 뜬다, 그 상처"(「제부도」)에서도 극명하게 드러난다. 마침내 "진물 든" 상처의 그 자리에서 아픈 꽃이 핀다. 그 상처 위에 피는 꽃이 시인 자신은 아닌가를 묻는다. 정수자 시인의 "투명한" 내면세계가 잘 엿보이는 작품이다.

이렇듯 개인의 내면세계에 대한 집요한 성찰을 보여주고 있는 정수자 시인은 그러나 작금의 어려운 현실상황을 맞아 개인에만 집착하지 않고 소외된 사람들에게 시적 관심을 옮겨가기도 한다. 다소 예외이긴 하나 다음 작품은 어려운 현실상황 속에서도 따뜻한 애정과 소망이 담겨 있다.

세상엔 왜 이렇게 우묵한 데 점점 많은지
맑은 날은 그저 웃고 지나치던 그곳들
비 오니 먼저 울먹이는 죄다 흉터였네

팬 곳이 다시 패는 물정을 투덜대며
고인 물 건너뛰다 뒤꿈치를 물리며
궂은 날 유독 부푸는 상처들을 생각하네

도무지 메울 수 없는 삶의 구멍처럼
가는 길마다 움푹 젖은 눈을 만나
충혈된 마음 언저리 짙어지는 물그늘

하루를 넘기느라 또 붉게 도진 하늘아
젖은 발을 끌고 가는 어둠이 너무 깊어
오늘 저 모든 흉터에 꽃씨를 심고 싶네

— 「꽃씨를 심고 싶은 날」 전문.

시인은 세상의 "우묵한 데"에 관심을 갖는다. 그 우묵한 데란 평소엔 그냥 의식하지 못하고 지나쳤던 곳. 문제는 비가 옴으로써 그곳은 비로소 "흉터"요, "상처"이며 "움푹 젖은 눈", "물그늘"로 다가온다. 그 우묵한 데란 소외되고 가난한 계층의 사람들에 다름 아니다. 좀더 구체적으로 이야기하자면 아이엠에프라는 경제적 어려움을 만나 실직한 사람들이나 하루를 넘기기가 힘에 겨운 사람들이다. 그 그늘지고 움푹 패인 곳에 사는 사람들은 비가 오면 가장 먼저 울먹인다. 또한 비가 오면 그 움푹 패인 곳은 설상가상으로 다시 패여 더욱 커다란 상처의 물웅덩이가 된다. 사람들은 그것을 건너뛰려다 결국 뒤꿈치를 물린다. 그것은 그래서 "도무지 메울 수 없는 삶의 구멍"이요 상처의 시린 흉터로 시인의 시선을 붙잡는다. 시인은 그곳에 마음을 주지만 섣불리 무슨 대책이나 희망을 말하지는 않는다. 다만 그들의 불행을 함께 아파하며 소박하나마 그 모든 흉터에 "꽃씨"를 심고 싶다고만 말한다. 여기서 "꽃씨"란 자그마한 위안임과 동시에 새롭게 일어서겠다는 의지와 재생의 메시지로 읽힌다.

2.

강영환 시인 시적 관심은 '나'보다는 '우리', '개인'보다는 '전체'에 있는 것 같다. 이는 정수자 시인의 그것과는 좋은 대비를 이룬다. 그는 투철한 현실인식을 기반으로 오늘의 상황을 진단한다. 특히 이번에 발표한 6편의 작품을 통해 뜨거운 애정을 갖고 소외된 계층의 신산한 삶의 상처를 일관되게 대변하고 있다. 강 시인의 이러한 시작 태도는 따라서 저 7·80년대의 그것과 상당 부분 겹치는 점이 있다. 하지만 그것을 드러내는 데에 있어서 직설적이기보다는 훨씬 감각적이고 정밀한 언어를 구사한다는 점에서 구별된다. 또한 시조라는 전통적인 율격의 변형을 통해 산문정신을 구현하려는 새로운 형식적 실험을 하고 있어 주목된다.

새벽이 물러가자 유리창이 밝아졌다 몰려왔던 서릿발이 한풀 꺾여 누웠어도 던져진 조간신문에 찬 기운만 배여 있다
남천축 말초 신경만 뻣뻣하게 흔들리고 기다리던 봄비는 가뭄밭에 잠들었을까 보리밭 붉은 핏발이 빈 그릇을 채운다
강기슭 갈대숲에 숨겨 가진 살얼음이 철새떼 날개짓에 떠나갈 법 하지만 지하도 차가운 바닥에 엎드려 핀 개나리
풀잎 아래 숨은 그늘 햇빛 따라 돌아간다 유리창에 스쳐가는 살가운 반짝임이 가슴에 숨긴 섯을 꺼내 대문밖에 걸었다

—「봄뜰」전문.

우선 이 작품의 의미를 따지기 전에 형식적인 특성부터 살펴보자. 외형상 이 작품은 4행으로 이루어진 평시조다. 다만 행의 길이가 너무 길어 산문 형태를 취하고 있다. 그러나 자세히 들여다보면 한 행은 모두 세 개의 행을 마침표를 없애고 의도적으로 연결시킨 한 연에 해당됨을 알 수 있다. 따라서 원래대로 환원시킨다면 모두 12행 4연으로 보아야 된다. 또한 연과 연 사이를 구분하지 않고 있는데, 이 또한 의도적이다.
그렇다면 이러한 형식의 변형을 통해 작가가 의도하는 바는 무엇일까.

그것은 우선 틀에 박힌 시조의 짧고 단조로운 율격에 새로운 변화를 주려는 의도로 풀이된다. 이는 행과 행을 중첩시킴으로써 호흡을 연장시키고 읽는 데 있어서 속도감을 배가시키려는 것이다. 둘째, 산문성을 도입하려는 의도가 엿보인다. 물론 산문성이 강한 시조의 형식으로 사설시조가 있다. 그럼에도 불구하고 작가가 사설시조의 형식이 아니라 굳이 이러한 형태를 취한 것은 아마도 시조의 고유의 율격을 깨뜨리지 않는 범위 내에서 최대한 변형을 시도하려 한 것으로 해석된다. 또한 현실성이 강한 내용을 담기 위해서 산문 형태의 도입이 불가피했던 것으로도 보인다.

그러면 의도한 만큼 효과는 있는 것인가. 그 대답은, 새로운 형식에 대한 실험정신은 높이 사나 의도한 만큼의 효과는 그다지 드러나지 않은 것 같다. 행들 간의 연결에도 불구하고 그것의 구분이 느껴지고, 3·4조 또는 4·4조의 음수율이 일정하게 반복되고 있어 유연하게 읽히지는 않는다. 얼핏 외형상으로 드러나는 형식적 새로움에 걸맞은 실제적인 효과가 잘 느껴지지 않는다는 것이다. 그러나 사설시조 못지않은 내용을 이러한 형태에 담을 수 있었다는 것은 그냥 간과할 수 없는 점이라고 할 수 있다.

다음으로 작품의 의미를·살펴보자. 이 작품은 아이엠에프 상황에 처해 있는 우리의 현실을 봄뜰을 통해 비교적 정확히 묘사하고 있다. 경제 한파로 약 1년 동안 꽁꽁 얼어붙었던 우리나라는 "몰려 왔던 서릿발이 한풀 꺾여" 봄을 예비하고 하고 있다. 그러나 아직은 이르다. 따라서 봄기운은 어디에서도 쉽게 감지되지 않는다. 던져진 조간신문에는 "찬 기운"만 배어 있고, 목마르게 기다리는 봄비는 오지 않아 보리밭에 "붉은 핏발"이 섰다. 어디 그뿐인가. 지하도 차가운 바닥에는 부황 든 수많은 실업자들이 개나리처럼 피어 있다. 다만 유리창에 스쳐 가는 살가운 햇빛만이 위안과 희망을 암시하고 있을 뿐이다.

계단을 오르다가 붉은 별을 보았다 아파트 옥상 끝에 간신히 매달렸다 낮

술에 오른 취기가 초저녁에 걸렸다

전셋집 겹겹이 방이 붙은 전봇대에 어렵사리 터를 잡아 세간을 장만하고
밤일도 마다 않고서 손톱끝이 헤졌다

골목을 꺾어 들어 파란색 대문집에 졸던 개가 놀란듯이 마구 짖어 달려들
고 초승달 슬린 곁에서 붉은 별이 울었다

누워서도 보이는 하늘빛이 서럽다 나이 많은 부모생각에 깊은 잠은 아니
오고 내일은 어디에 가서 낮 시간을 보낼까

― 「붉은 별」 전문.

이 작품 또한 어느 실업자의 고달픈 하루를 이야기하고 있다. 여기에
서 "붉은 별"은 낮술에 취한 실업자다. 직장을 잃고 정처 없이 거리로 내
몰린 실업자에게 있어서 가장 큰 고민거리는 밤이 아닌 "낮 시간"을 어디
서 보낼 것인가이다. 뾰족한 수가 없이 낮 동안에 그가 할 수 있는 일이
란 술을 마시는 일. 낮술에 취해 갈 곳이 없는 그가 초저녁 "붉은 별"로
걸렸다. 그것도 "아파트 옥상 끝"이라니 추락 직전의 위험한 상황이다.
전셋집 전봇대에 이렵사리 낼 콩산을 마련하고 밤일도 하면서 안간힘을
써보지만 상황은 암담하다. 노숙자나 다름없는 그를 깔본 듯 졸던 개도
짖고 달려든다. 비바람을 가릴 곳이 없는 그의 거처에서 누워 보는 하늘
빛은 당연히 서럽다. 고향에 계시는 부모님을 떠올려 보지만 그렇다고 고
향으로 돌아가지도 못할 상황이다. 그야말로 막다른 골목에 다다른 자의
비참한 현실 그 자체다.

골목을 나서면 누가 있어 그렇게 날 알아 볼 것인가 그것을 생각 말자 뒤
안에 말더듬이 手話 눈시울에 남는데

빌어먹을 누가 와서 골목을 부순다 벽에 그린 새가 가고 발자국도 망가진

다 힘겹던 보금자리에 비상등이 켜진다

피가 도는 대문간에 숨어서 밥을 얻고 풀린 눈만 빼꼼히 풍경 속에 넣는다
한 숨은 그늘 아래서 숨은 그림 찾는다

바람으로 달려 보고 빗물로도 흘러 본다 푸른 별의 거처를 눈감고도 그리
다가 허기진 골목길에서 외등으로 남는다

— 「골목에서」 전문.

앞의 작품과의 연장선상에서 읽을 수 있는 이 작품도 무허가 불법건물
에 숨어사는 자의 비참한 현실이 그대로 드러나 있다. "말더듬이"를 데리
고 사는 그의 힘겨운 보금자리는 그러나 철거반들에 의해서 부서지고 모
든 추억도 지워진다. 그는 어느 대문간에 숨어 겨우 밥을 얻어먹고 그늘
진 곳에 쪼그리고 앉아 "숨은 그림"을 찾는다. 살기 위해서 온갖 몸부림
을 다해 본다. 그러나 허사다. 마침내 허기진 그는 골목길의 외등으로 쓸
쓸히 남는다.

강영환 시인은 이렇듯 철저하게 버려진 자들의 비참한 삶만 골라서 시
적 렌즈를 들이대고 있다. 그것은 한결같이 암담하기만 해서 읽는 자로 하
여금 가슴이 꽉 막히게 한다. 어디에서도 희망은 좀처럼 보이질 않는다.
인용은 하지 않았지만 「1999」라는 작품에서도 벼랑 끝에 선 "외줄타기"의
힘겨운 삶을 그리고 있다. 「공룡을 기다리며」에서는 쥬라기의 공룡을 기
다리며 "회생"을 꿈꾸지만 "살가운 빙하기"는 아무리 기다려도 오지 않는
다. 이렇듯 강영환 시인의 현실인식은 어둡고 절망적이다. 그러나 내 개인
을 넘어서 우리 사회의 도처에 널려 있는 소외 계층의 상처를 객관적으로
다독일 수 있는 것은 그가 누구보다 따뜻한 인간애를 가지고 있음을 증거
한다. 참으로 우리 모두가 기다리는 공룡이 빨리 오기를 바란다.

3.

    지금까지 살펴 본대로 정수자 · 강영환 시인의 이번 신작시들은 제각기 상처의 현실을 다루고 있다. 그것이 주로 개인적이냐 아니면 전체적이냐에 따라 서로 차이는 있을 수 있겠지만 크게 보아 '상처의 시'로 파악된다. 서두에서도 말한 바 있지만 누구든 그가 진정한 시인이라면 이 세계의 상처를 통과하지 않고 그냥 피해 갈 수는 없으리라는 점에서 나는 이 두 분의 시를 신뢰한다고 말하고 싶다.

    주로 개인적인 상처의 내면을 탐구하고 있는 정수자 시인은 독특한 개성과 투명한 언어감각을 가지고 있다. 나는 그녀의 작품을 읽으면서 시조라는 생각을 깜박 잊곤 할 때가 한 두 번이 아니었음을 고백한다. 그 이유가 딱히 무어라 설명할 순 없으나 시조라는 옷만 입었을 뿐 대단히 그 형식이 자유롭고 시적 발상이 세련되어 있기 때문이 아닐까 한다. 앞으로 나는 그녀의 보다 처연한 상처의 시를 읽고 싶다.

    암울한 우리 시대의 소외 계층에 대한 뜨거운 애정을 시조라는 틀 속에 불어넣고 있는 강영환 시인은 요즈음 문단에서는 보기 드문 존재이다. 7 · 80년대와는 달리 소외 계층에 대한 시적 관심은 90년대에 들어와 크게 후퇴하여 그 흔적을 찾기조차 힘들다. 그러나 작금의 우리 현실이 그들로부터 관심의 눈길을 거둘 만큼 편안한가. 아니다 그 정반대일 것이다. 문학적 관심은 무슨 유행병이 결코 아니다. 바로 그렇기 때문에 강영환 시인은 보기 드문 존재인 것이다. 특히 그는 시조라는 정형적 틀에 대한 새로운 변형을 시도하고 있어 주목을 끈다. 좀더 다양한 시행착오를 통해 그의 형식적 실험이 성공을 거두었으면 한다.

—『열린시조』(1999년 봄호)

현실의 풍경과 추억의 풍경
— 서춘기·손정순의 신작시

1. 현실인식과 역사의식의 단면–서춘기

　서춘기의 신작시들에는 다양한 풍경이 겹쳐 있다. 현실적 풍경과 존재론적 풍경 그리고 자연친화적 풍경이 그것이다. 그 중에서도 상반된 현실적 풍경이나 역사적 풍경을 대비시켜 그 모순을 드러내는 작품들이 주류를 이루고 있다고 할 수 있다. 그러나 반드시 그렇다고 말할 수는 없다. 전후좌우를 가리지 않는 시인의 눈은 어느 한 풍경에만 고정될 수 없으며, 또한 그래서도 안되기 때문이다.

　필자는 솔직히 지금껏 서춘기 시인이 추구해온 시세계의 주된 맥락을 모른다. '모른다'는 말은 작품을 평하는 자로서는 부끄러운 고백에 속한다. 다만 필자는 그가 제1회 불교문학현상공모에 당선되었을 때의 작품을 대단히 감명 깊게 읽었던 기억을 갖고 있고, 또 그 당선작의 색채 때문에 그가 불교적 세계관을 천착하는 시인이 아닐까 생각했을 뿐이다. 아울러 그 작품적 수준이나 시력으로 미루어 짐작해 볼 때 상당한 시적 수련을 쌓은 분으로 판단하고 있을 뿐이다.

주지하다시피 한 시인의 시세계를 올바로 구명하기 위해서는 그가 지닌 개인적 면모 일체와 시집들을 두루 살펴보아야 할 것이다. 그래야만 그가 지닌 시적 전모가 제대로 드러날 수 있으며, 부분적 의미도 전체적 맥락 안에서 짚어낼 수가 있기 때문이다. 그런 점에서 필자의 이 글은 한계를 지닐 수밖에 없다. 이는 최근에 쓰여진 작품 몇 편만을 가지고 한 시인의 시세계를 논해야 하는 신작 소시집 평의 한계이기도 하다. 하지만 부분으로 전체를 파악하는 일이 전혀 불가능한 것만은 아니다. 그러자면 대상 작품들이 어느 정도 일관성을 지녀야 한다는 전제 조건이 따른다. 시인들이 일종의 소시집이라고 할 수 있는 이러한 특집에 특별히 작품을 선별 투고해야 할 필요성이 바로 여기에 있다. 그렇게 하는 일이 제대로 작품을 평가받을 수 있는 길이자 평자를 도와주는 일이기도 할 것이다.

그러면 서춘기의 신작시들을 들여다보기로 하자. 먼저 현실적 혹은 역사적 풍경을 통하여 현실을 인식하는 시각이 두드러진 경우들이다.

① 오늘은 총선거일//담장 너머 세상은 시끄러운데/어느 학교 운동장//두 팔 벌린 채/평균대 위를 걷는 아이들//발을 옮길 때마다/떨어질 듯 말 듯//왼쪽으로 기우듬하면/오른팔로 중심 잡고//오른쪽으로 기울면/왼팔로 균형 잡으며//기우뚱거리는 세상 풍경/똑바로 세우려 안간힘 쓰는//저 아이들 덕분에/하루 해 탈 없이 뜨고 진다

― 「평균대」 전문.

②
화창한 봄날

벚꽃은 만발인데

종로구 일본대사관 앞

10년 넘도록 그치지 않는
위안부 할머니들의 수요 시위

바람아 멈추어라

그렁그렁 피눈물 맺힌
우리 할머니 속눈썹 위

저 꽃잎 떨어질라
　　　　　　　　　　　　　　— 「저 꽃잎 떨어질라」 전문.

③
박혁거세왕과 알령왕비
남해왕 유리왕 파사왕

살아생전 큰 뜻 펼쳤으니
큰 무덤 차지하셨다

죽도록 땅만 일궜던 필부들
이름은커녕 무덤조차 남기지 못했는데

가래질 한번 해 본 적 없는 저들의 무덤만

오뉴월 땡볕 아래 남산보다 높고 푸르다

─「오릉에서」 전문.

①, ②, ③은 최근의 일상적 사건이나 경험을 시적 모티브로 하여 상반된 풍경을 대비시키고 있다는 공통적인 특성을 지니고 있다. 또한 어긋난 현실과 역사적 진실을 극명하게 보여준다는 점이 비슷하다.

①은 담장 너머 어지러운 어른들의 풍경과 운동장에서 평균대 위를 걷는 아이들의 풍경을 대비시킴으로써 오늘의 현실적 단면을 보여준다. 주지하다시피 총선거일은 국민을 대표하는 국회의원을 뽑는 날이다. 국민들이 자신들을 대표하는 국회의원을 뽑는 일에 참여하는 것은 그들이 민의를 잘 반영하여 올바른 정치를 해주기를 바라기 때문이다. 그러나 이 땅의 국회의원들은 어떠했던가. 각종 부정부패와 당파싸움은 물론이고 대통령 탄핵까지 저질러 온 나라를 불안과 분노에 떨게 만들지 않았던가. 따라서 총선거일은 그들에 대한 심판의 날이자 새로운 선량을 뽑는 날이기도 하지만, 이 시에서처럼 아이들에겐 여전히 시끄러운 날이다. 그래서 아이들은 바깥 세상에 아랑곳하지 않고 평균대 위에서 걷기 연습을 한다. 아이들의 균형 잡기는 위태롭기도 하지만 어른들에 의해 '기우뚱거리는 세상 풍경'을 '똑바로 세우려'는 상징적인 몸짓으로 비친다. 마지막 연은 순진무구한 아이들이야말로 어른들과 내일의 유일한 희망임을 보여준다.

②는 만발한 '벚꽃'과 '위안부 할머니들'과의 대비적인 풍경을 통해 아직도 아물지 않은 이 땅의 역사적 상처를 그리고 있다. 벚꽃이 위안부 할머니들과 대비되는 것은 꽃다운 나이에 위안부로 끌려간 그녀들의 아름다움을 연상시키기 때문이다. 다시 말해 그녀들도 한때는 저 벚꽃처럼

화사했던 것이다. 그러나 벚꽃은 봄날이면 어김없이 피어나 아름다움을 발산하지만, 이미 시든 꽃이나 다름없는 그녀들의 청춘은 다시는 복원될 수 없다. 더욱이 그녀들은 억울하게 청춘을 짓밟힌 씻을 수 없는 기억을 갖고 있다. 그래서 10년 넘게 계속되는 그녀들의 수요 시위는 억울하게 짓밟힌 청춘의 보상 시위처럼 읽힌다. 또한 '바람아 멈추어라' 는 구절도 그녀들의 아픈 기억이 이제는 말끔히 지워질 수 있도록 모든 일이 잘 해결되기를 간구하는 뜻으로 읽힌다. 그래서 '꽃잎' 이 지는 것은 그녀들이 '피눈물' 을 흘리는 것과 같은 것이다.

③은 왕들의 무덤을 필부들의 무덤과 대비시킴으로써 역사적 모순을 드러낸 시다. 한 마디로 역사는 '잘난 사람들의 기록' 이다. 그래서 역사는 항상 최고 권력자를 중심으로 기술되어 왔으며, 또한 승자들의 편에서 왔다. 그리고 우리는 그들을 역사의 주체라고 배워왔다. 그러나 역사의 실질적인 주체는 최고 권력자인 왕이나 뚜렷한 업적을 남긴 소수의 사람들이 아니라 다수의 백성들이다. 하지만 그들의 이름이나 삶의 내력은 어디에서도 찾을 길이 없다. 그래서 '백성' 이라는 명사 앞에는 언제나 '불쌍한', '억울한', '무식한', '가난한', '힘없는' 등등의 수식어들이 따라붙는다. 게다가 역사가 승자들의 편에 서 있는 이상 그 진실성을 의심치 않을 수 없다. 이렇듯 역사는 기술상의 한계를 지니고 있다. 그리고 사람은 죽어서 이름을 남긴다고 하였지만, 그 이름 말고도 무덤을 남긴다. 물론 오늘날에는 화장문화가 성행하고 있긴 하지만, 여전히 이름께나 있는 사람들은 무덤을 선호한다. 그리고 그 무덤의 비석에는 죽은 사람이 살아생전 행한 삶의 기록들이 새겨진다. 그래서 어떤 무덤은 죽은 사람의 명성을 대신하기도 하는 것이다. 그러나 ③에서 보듯이 '가래질 한번 해 본 적 없는' 왕들의 무덤은 숱한 세월의 비바람 속에서도 여전히 경주 남산보다 높고 푸른 반면, '죽도록 땅만 일궜던' 필부들은 이름은커녕 무덤

조차 남기지 못했으니, 이것이 불공평한 역사의 모순이 아니고 무엇인가.
그리고 그것이 어찌 과거의 일이라고만 할 수 있겠는가.

서춘기 시인의 현실과 역사를 보는 눈은 위의 시들에만 국한되지 않는
다. 계속해서 다음 시들을 보자.

①
부뚜막에 소금을/개밥에 도토리를/어물전에 꼴뚜기를

누가/여기에 두었을까

솔잎에 송충이를/바늘구멍에 낙타를/바람 앞에 촛불을

누가/여기에 두었을까

당신 곁에 나를/내 곁에 당신을
                                                    — 「누가 여기에」 전문.

②
아 아 아 아/우리 아, 버지/괴나리봇짐 걸머지고
바람처럼 구름처럼 바람재 넘어 가신다

어 어 어 어/우리 어, 머니 /칠삭둥이 등에 업고
꽃눈처럼 첫눈처럼 바람재 넘어 오신다
                                                    — 「바람재」 전문.

①은 어떤 구체적인 상황을 염두에 두고 쓴 작품은 아닌 것으로 보이지만, 상반된 사물들을 대비시켜 시를 전개한 수법만은 앞에서 살펴본 시들과 비슷하다. 그러니까 이 시는 1연, 3연, 5연이 서로 어울리지 않거나 상반된 시적 대상들이 나열되어 있고, 2연과 4연은 '누가/여기에 두었을까'를 반복하는 단순 구조로 짜여 있다. 1연의 '부뚜막'에 대한 '소금', '개밥'에 대한 '도토리', '어물전'에 대한 '꼴두기'의 대비는 서로 어울리지도 않지만, 상대적으로 후자들이 보잘 것 없거나 불필요한 존재임을 보여주고 있다. 3연에서 '솔잎'과 '송충이', '바늘구멍'과 '낙타', '바람앞'과 '촛불'은 약육강식 혹은 거의 실현불가능하거나 위태로운 상황을 연상시킨다. 5연에서 '당신'과 '나'도 서로 어울리지 않거나 화해롭지 못한 관계로 읽힌다. 그런데 이러한 상반된 상황이나 잘못된 관계들은 '누가' '여기에' 이미 벌여놓은 풍경이다. 엎질러진 물인 것이다. 그래서 그 엎질러진 물을 바라보는 시적 화자의 시선은 매우 안타까울 수밖에 없다. '누구'라는 주체가 구체적으로 누구인지, '여기'라는 공간이 또한 구체적으로 어디인지를 이 작품은 밝히고 있지 않지만, 그 구체성에 대한 의문은 차치하고라도 불합리한, 어울리지 않는, 있어서는 안될 현실상황이나 인간관계 등을 암시하고 있는 것만은 사실인 듯하다.

②에서도 1연과 2연은 외형상 아버지와 어머니로 대비되어 있다. 그러나 그 내용은 그렇지 않다. 이 시는 '바람재'라는 시적 소재를 통하여 우리 아버지와 어머니들이 겪은 고난, 시련, 가난 등을 이야기하고 있다는 점에서 앞에서 살펴본 「저 꽃잎 떨어질라」와 유사하다고 볼 수 있다. 다시 말해 이 시는 구성상으로 보면 단순하지만, 그리고 몇 마디밖에 하고 있지 않지만, 재(고개)를 통하여 고난의 세월을 힘겹게 통과해온 우리네 조상들의 삶을, 숱한 삶의 애환을 끝없이 들려주고 있는 것이다. 그래서 시인은 '아아아아'와 '어어어어'를 감탄사를 겸한 바람소리로, 아버지

의 '아,' 와 어머니의 '어,' 를 차마 그냥 넘어가지 못하고 쉼표를 찍어 감탄사로 흐느끼는 것이다.

그런데 이처럼 현실인식이나 역사인식을 보여주는 경우와는 달리 서춘기의 이번 신작에는 자기 내부를 성찰하는 작품도 있어 눈길을 끈다. 팽이를 통해 스스로를 아프게 채찍질함으로써 직립하고자 하는 다음 시가 그것이다.

처음 몇 바퀴/중심을 잡지 못해/쓰러질 듯 말 듯/이러다간 주저앉고 말지/영영 일어나지 못하고 말지//소용돌이치 듯 /돌개바람 불 듯/나는 돌아야 하는데/일어서야 하는데/자꾸만 쓰러질 듯 말 듯//나를 때려다오/질긴 닥나무 껍질로/내 육신의 몸통/내 영혼의 종아리를/아프게 내리쳐다오//때릴수록 맞을수록/숨 가쁘게 돌고 돌아/견딜 수 없는 어지럼중 속에서/빳빳이 고개를 처드는/직립의 이 기쁨

— 「팽이」 전문.

팽이는 스스로 돌지 못한다. 또한 팽이는 뒤우뚱거리다가도 다시 일어서는 오뚝이처럼 스스로 서질 못한다. 돈다는 것은 살아서 움직인다는 것이고, 선다는 것은 자신의 존재를 꽃피운다는 것이다. 팽이가 돌기 위해서는, 그리고 직립하기 위해서는 반드시 채찍이 필요하다. 채찍이 없는 팽이의 존재는 아무런 의미가 없다. 그러므로 팽이와 채찍은 필연적인 함수관계가 있다고 할 수 있다. 맞아야만 제 존재를 현현하는 팽이는 천형을 타고났다. 그러나 맞아야만 직립할 수 있는 존재가 어찌 팽이뿐이랴. 시인도 마찬가지인 것이다. 그런데 이 시에서 팽이는 중심을 잡지 못하고 흔들리고 있다. 1연과 2연에서 시인은 자신의 무기력하고 안타깝고 어정쩡한 상황을 고백하고 있다. 그러나 시인은 3연에서 그러한 자신을 일으

켜 세워 도약의 발판을 마련하기 위한 채찍을 가한다. 그리하여 4연에서는 드디어 직립의 기쁨을 맛보고 있다. 그러나 3연과 4연은 시적 전개상 다소 자연스럽지 못한 억지가 엿보인다. 느닷없이 상황이 뒤바뀌는 내용상의 비약도 재고해야 하리라 생각한다.

끝으로, 필자는 서춘기 시인이 현재의 침체를 딛고 다시 일어나 무아지경 제 중심을 잡고 도는 팽이처럼 자신의 시세계를 활짝 꽃피우길 바란다.

2. 첫사랑, 그 영원한 풍경

손정순은 여행시편을 시적 출발점으로 삼은 시인이다. 그녀의 등단작인 「개심사 거울못」, 「동해와 만나는 여섯 번째 길」, 「봄눈 내리는 밤」 등이 그것이다. 그는 이들 작품을 통해서 일상을 벗어난 마음이 자연의 풍경과 만나면서 빚어지는 섬세한 물무늬들을 우리에게 보여준 바 있다.

손정순은 외형상 현실에 충실한 시인이다. 그녀는 30대 중반의 나이에도 불구하고 출판사를 경영할 만큼 현실적인 안목과 활동성 그리고 추진력을 겸비하고 있다. 게다가 무엇보다도 사람들과의 친화력과 당당한 여성으로서의 자세를 갖고 있다. 필자는 개인적으로 그런 그녀를 좋아한다.

그런데, 그런 그녀에게도 자세히 들여다보면 외롭고 쓸쓸한 그늘이 있다. 그늘은 과거의 시간이 남겨둔 어두운 그림자다. 그렇다면 그녀에게도 과거의 아픈 기억이나 상처가 있었다는 이야기가 된다. 그것이 구체적으로 무엇이라고 말할 수는 없지만, 필자는 그 과거의 그늘이 그녀에게 시를 쓰도록 만드는 원동력이 아닌가 생각한다. 상처는 무궁한 시적 자산이기 때문이다. 게다가 필자는 그녀의 표정에서 힘들어하는 기색을 읽기도 한다. 힘들지만 많이 참고 있다는 인상을 받는다. 마음은 어디론가 자꾸만 떠나고 싶은데 애써 삶의 자리를 지키고 있다고 판단한다. 그리고 그 마음의 행로를 따라 어딘가를 떠나고 싶은 상념들이 그녀로 하여금 여행시를 쓰게 하는 원천이라고도 생각한다.

이번 손정순의 신작시들도 이러한 범주에서 크게 벗어나지 않는다고 볼 수 있다. 여행시편과 함께 과거의 그늘을 회억하고 있기 때문이다. 여행시편이야 이국의 풍경과 객수감을 그리는데 주력하고 있지만, 그늘을 이야기한 시편들은 첫사랑이라는 아픈 기억에 가 닿아 있다. 과거의 기억은 좋든 싫든 시간이 지나면 추억이라는 아름다운 이름표를 단다. 삭임이라는 발효제를 갖고 있는 시간의 힘은 그래서 위대하다. 과장해서 말하면 만병통치약이다. 인구에 회자되는 연애시들이 대부분 이별 후에 써졌다는 사실이 이를 입증한다. 따라서 이번 그녀의 시들을 필자는 추억의 풍경이라고 이해하고 싶다.

그러면 그 추억의 풍경을 하나씩 들여다보기로 하자.

낡은 필름을 돌린다,
혁명을 꿈꾸던 곳이 어디인가
한나절을 절뚝이며 당도한
저 쨍쨍한 햇빛 속의 죽음들이 한번쯤 멈춰서는 계곡
어느 순례자가 지나가는 구름 한점 달랑 붙들어 매놓은 듯
하얗고 작은 교회
그 언덕 아래로 마구 쏟아져내려오는 말씀과 풍금소리
쾅, 쾅, 등줄기에 내리꽂혀 따갑던,
문득 문득 온몸 싸늘해지던 첫사랑!
그 덜컹대던 비포장도로를 둘둘 말아서
이제, 계곡에 놓아버린다

…중략…

낡은 필름을 돌린다,
책 무덤 속에서 한 세상 혁명을 꿈꾸었고
광장에서,
반기지 않는 고향 깊은 골짜기로 숨었다가,
독방으로, 군대로 이끌려 한 청춘 날아갔지만
내 사랑 당신, 아직도 잔치 끝난 그 三溪 아래 이끼를 뒤집어쓰고
한참이나 눈멀고 귀가 먼 사랑을 한다

―「그 여름날, 三溪里」 부분.

그녀는 오늘도 과거의 기억 속으로 날아가 추억의 필름을 돌린다. 필름은 과거의 풍경을 낱낱이 보여준다. 그 필름의 제목은 '첫사랑'이다. 첫사랑의 발원지이자 무대는 그녀의 고향이자 그의 고향이기도 한 '三溪里', 지명처럼 계곡과 시내를 끼고 있는 시골 마을이다. 그런데 그녀가 사랑했던 '내 사랑 당신'은 '혁명을 꿈꾸었던' 사람인 모양이다(첫사랑의 상대가 소위 '운동권'이었다는 사실은 손정순 시인의 시의식의 밑바닥에 80년대적 정서가 유형무형으로 자리잡고 있음을 시사한다). 세상의 변혁을 위해 절규하던 그는 쫓기는 수배자가 되어 '광장'에서 '반기지 않는 고향 깊은 골짜기'로 숨어든다. 거기서부터 두 사람의 힘겹고 외롭지만 아름다운 사랑은 시작된다. 삼계리의 자연을 벗 삼아 추억을 쌓고, 밤이면 이념 서적이나 혁명 서적을 읽는다. 인용은 하지 않았지만 3·4연에는 그들의 사랑의 사연들이 자세하다. 그리하여 그녀가 사랑했던 사람은 결국 잡혀 수감되고, 군대로 이끌려가 청춘을 마감하면서 사랑은 끝난다. 하지만 그 사랑이 완전히 끝나지 않았음을 마지막 구절은 말해주고

있다. 이렇듯 첫사랑은 맹목적이고 무조건적이기 때문에 아름답지만, 그로 인해 다치고 깨어지기 쉬운 속성을 아울러 갖고 있다. 순수했기 때문에 첫사랑은 이별 후에도 마음 가장 깊은 곳에 뚜렷한 연비를 남긴다. 그래서 '처음' 의 의미는 첫눈처럼 깨끗하고 풋풋하기도 하지만, 그 발자국은 마음속에 그대로 찍혀 있다. 첫사랑은 영원하기 때문이다.

계속해서 다음 시를 보자.

은빛 은어떼가 고와서, 강을 거슬러 오르는 그대 유혹했어요, 안개 속에서 오랫동안 그대 기다렸다고, 빛과 어둠으로 가득찬 묵은 페이지를 넘기며 느리게, 아주 느리게 그대 바라보았어요, 오래도록 영혼 이쪽저쪽의 경계가 들썩이다 한순간, 와르르 허물어지는 광경 훔쳐보았어요

금화아파트 하늘 밑은 미친바람들 웅웅대며 잃어버린 제 집 번지를 찾고 있어요, 주인 없는 빈 공터마다 청소부 날품팔이 술주정꾼들 어슬렁거리는 하늘 아래 산 일 번지, 말뚝만 꽝 들이박은 이곳은 싸움 같은 흥정, 큰 웃음소리기 노을처럼 번셔요

세상에서 가장 큰 욕심은 버리는 것이라는데, 싸늘한 반지하에서 그녀 한 욕망 껴안고 있어요 반딧불이 같은 외로움, 바보온달 같은 한 기다림을 끌어안고 있어요 오직 영혼뿐인, 어둠 같은 한 사랑을

— 「반지하에서의 욕망」

사랑의 장소는 삼계리에서 어느 도시의 변두리 반지하로 이동한다. 험한 인생들이 모여 사는 '하늘 아래 산 일 번지' 이다. 그들의 만남의 시초는 그녀로부터 비롯된 것으로 보인다. '은빛 은어떼가 고와서, 강을 거슬

러 오르는 그대'를 유혹했던 쪽이 그녀이기 때문이다. 어느 한쪽이 다른 한쪽을 먼저 좋아한다는 것, 더 많이 사랑한다는 것은 외롭고 힘들고 슬픈 일이다. 사랑하는 쪽에서 감내해야 할 일들이 너무 많기 때문이다. 더욱이 그녀가 사랑하는 그는 두 사람만의 사랑 그 자체보다 세상을 변혁시키려는 꿈을 갖고 있는 혁명주의자가 아닌가. 게다가 그는 쫓기는 수배자가 아닌가. 그러나 그들은 결국 '영혼의 이쪽저쪽의 경계'가 무너지면서 싸늘한 반지하에서 하나가 된다. 그녀는 그것을 '욕망'이라고 표현하고 있다. 그러나 그 욕망에는 '외로움'과 '기다림'과 불안이 동거하고 있다. 아무 것도 없이 투명한, 오로지 서로의 '영혼'만을 껴안고 뒹구는 사랑이 첫사랑의 특성이긴 하지만, 앞날을 예측할 수 없는 불안한 행복감이 언제까지나 지속될 수는 없는 일이다. 그것은 한쪽이 자주 길을 떠나게 되는 결과를 초래한다.

다음 시를 또 보자.

책을 덮고 서창 들녘으로 나가
홀로 터지는 복사꽃망울에 잠시 황홀해진다
꽃향기 속에 사월이 은밀하게 스며들었다
그대 잠들었으니 나 또한 흔들지도 깨우지도 말라
저희들끼리 수런대는 수천의 밀어로
복사꽃은 피었다 지고,
어느새 풍경처럼 나타났다 사라져가는
내 사랑, 수배자의 향기!
꿈속에서도 비켜갈 수 없다면
당당하게 죄짓고
붉은 원죄의 꽃향기로 열매 맺으리

어느새 저문 복사꽃 가지 끝에서

아기별똥들이 다투어 피어난다.

— 「복사꽃 진 자리」 전문.

두 사람의 사랑은 「그 여름날, 三溪里」에서 확인한 바대로, 수배자였던 애인이 결국 잡혀 수감되고, 군대로 이끌려가 청춘을 마감하면서 끝난 것으로 되어 있다. 하지만 그 사랑이 그녀의 마음속에서 여전히 지속되고 있다는 것도 확인한 바 있다. 위의 시는 오랜 시간이 흐른 뒤에도 그것이 사실임을 아름다운 풍경과 겹쳐서 보여준다. 그녀는 사월 어느 날 복사꽃을 보다가 과거의 기억을 불러들인다. 그 순간, 복사꽃은 수배자가 되고, 복사꽃 향기는 '내 사랑, 수배자의 향기'가 되며, 복사꽃들의 밀어는 그와 나누었던 무수한 사랑의 밀어가 된다. 계절로서의 사월마저도 역사적인 의미의 사월과 겹친다. 사랑의 기억은 점령군처럼 모든 풍경을 추억의 풍경으로 변화시키는 힘을 갖고 있기 때문이다. 추억의 힘은 이래서 위대한 것이며, '환상' 또한 그래서 가장 아름다운 단어가 될 수 있는 것이다. 그러나 그녀는 잠시 '그대 잠들었으니 나 또한 흔들지도 깨우지도 마라'며 기억의 재생을 경계함과 동시에 현실적 자아를 상기시킨다. 하지만 그것이 애써 피한다고 해서 피할 수 있는 일이 아님을 깨닫는다. 드디어 그녀는 '꿈속에서도 비켜갈 수 없다면/당당하게 죄짓고/붉은 원죄의 꽃향기로 열매를 맺'겠다고 선언하기에 이른다. 사랑의 복원 혹은 사랑의 부활 쪽으로 정면돌파하겠다는 놀라운 선언이다. 그리고 마지막 연은 이미 사랑의 부활이 시작됐음을 알리고 있다. 하지만 필자는 그녀의 선언을 액면 그대로 받아들이지 않는다. 어디까지나 그것은 시적 표현일 수 있기 때문이다. 오히려 필자는 앞으로 손정순 시인이 자신의 사랑을 시로서 열매 맺기를 바란다. 그것이 진정한 사랑의 승화요, 사랑을 완성시키는 일이라 믿기 때문이다. 「복사꽃 진 자리」는 첫사랑과 관련된 시편 중 가장 완성도가 높은 작품임을 덧붙인다.

마지막으로 「물떼새 일기」를 보자.

　　양손에 새총 들고 행진하는 어린 씨동무들

　　억새풀 사이를 꽃뱀처럼 휘도는 운문호, 긴 방죽 따라 물떼새 한 마리 또 한 마리 내려앉는다 그 출렁거림 따라 손에 손 잡고 강강수월래하는 물너울, 너울 둔덕 위로 으악, 억새꽃 춤판 벌어진다 바람 멎자 손가락 망원렌즈 속으로 삼삼오오 흩어지며 먹이 찾는 물떼새, 그 치켜든 하늘 위로 마른장작개비처럼 활활 불타오르는 유년의 彩色 세상

　　푸다닥, 총 맞은 물떼새 울면서 튀어 올랐다
　　뒤따라 하늘 속으로 쏟아지는 물떼새 가족
　　그 울음 불티처럼 탁탁 번져 구름사다리 다 태우고
　　운문산 배꼽에 머물러 쪼르륵 물소리 낸다

　　　　　　　　　　　　　　　　　　　　　　　 ― 「물떼새 일기」 전문.

위의 시는 고향에서의 유년의 기억을 생생하게 재현하고 있다. 한 폭의 수채화를 보는 듯 섬세한 묘사가 돋보이는 작품이다. 이 한 폭의 수채화는 첫사랑을 이야기한 시편들과는 직접적인 관련이 없는 것처럼 보인다. 그러나 훗날 그녀의 첫사랑이 펼쳐진 발원지가 다름 아닌 고향의 자연공간이라는 점에서 보면 무관하다고 볼 수 없는 작품이다. 다시 말해 이 시의 시간적 배경이나 내용은 유년의 체험을 배경으로 하고 있지만, 실제 시를 쓴 시점은 첫사랑의 체험까지 함께 겹쳐진 최근이라는 점에서

같은 맥락으로 볼 수도 있다는 사실이다. 그렇다면 유년의 체험들이 살아 숨쉬고, 첫사랑의 추억과 떼어놓을 수 없는 공간인 그녀의 고향마을은 어떠한 곳인가. 그것은 원문에 섬세하게 묘사되어 있는 바대로다. 다만, 필자가 직접 다녀온 바를 덧붙인다면, 손정순 시인의 고향 청도는 드넓은 운문호와 운문산의 품안에 깃들인 운문사가 있으며, 마을 앞으로 맑은 시내가 흐르고, 들판마다 계곡마다 사과꽃이며 복사꽃이 지천으로 피어 있는 산자수명한 곳이다. 한 마디로 좋은 시인이 한 명쯤 나올만한 고장이다. 그래서 그곳을 배경으로 유년시절을 보냈고, 그곳에서 못잊을 첫사랑의 추억을 갖고 있는 손정순 시인이 배출되어, 지금 우리가 그녀의 시를 읽고 있는 것이 아닐까.

끝으로 '첫사랑' 이라는 좋은 시적 자산을 갖고 있는 그녀의 시운이 무궁무진하기를 빌며 이 글을 맺는다.

—『시와사람』(2004년 가을호)

상실의 비애 혹은 부활의 상상력
— 정공량 · 오종문의 시

1.

　정공량 시인의 신작시를 읽어보면 세월의 강가에 서 있는 한 중년 사내가 보인다. 무겁게 출렁이는 강물에 비치는 사내의 얼굴빛은 어둡고도 비애스럽다. 강물 속에는 내가 아닌 듯한 어느 낯선 사내가 거꾸로 나를 들여다보고 있기 때문이다. 이렇듯 내가 내가 아니라는 인식은 이번에 선보일 작품 전반에 일관되게 드러나고 있다.

　　내 몸과 마음을 벗어나/침묵 속에 젖어드네

— 「비」에서.

　　내 몸을 떠난 시간이/돌뿌리에 채인다

— 「바퀴」에서.

　　소리치며 부르지만/내 앞에 없는 생애

지우고 지워내도/내 꿈 밖/발자국 소리

— 「슬픔에 관하여」에서.

내가 없는 날들 속에/꽃들은 피어난다

— 「적막」에서.

위에서 보는 바처럼 모든 것들은 '나'의 부재 속에 있다. '비'는 '내 몸과 마음을 벗어나' 저 혼자 침묵 속으로 젖어들고, '내 몸을 떠난 시간'과 같이 굴러가는 '바퀴'는 자꾸만 돌부리에 채여 덜커덩거린다. 또한 아무리 지워내도 발자국 소리는 '내 꿈 밖'에서만 들리고, 심지어는 꽃들이 피고 지는 자연현상마저도 '내가 없는 날들 속에' 진행된다. 내가 꿈꾸었던 생애는 그토록 소리치며 불렀건만 안타깝게도 내 앞에 없다. 이렇듯 시간의 강물은 '나'와는, 내 의지와는 상관없이 흘러갈 뿐이라고 토로하는 시인의 의식은 답답하고도 슬프다. 아니 차라리 끔찍하다.

그렇다면 이 '나'의 부재는 어디에서 연유한 것인가. 그것은 '터 버린 꿈'(「꿈, 아직도」)이나 '미처/너에게도/말하지는 못한/사시사철 뜨거운 가슴'(「비」), '맺힌 한'(「슬픔에 관하여」) 등에서 어렴풋이 감지되는 바, 시인이 지금껏 살아온 과정상의 차마 말로 표현할 수 없는 힘겨움이거나 소중한 꿈의 상실에서 온다고 할 수 있다. 언제부터인가 모르지만 시인은 애초에 바라던 꿈이 탈색되었거나 상실한 채 만족스럽지 못하거나 전혀 엉뚱한 세상을 살아가고 있는 것이다.

그리움이
섬처럼 떠 있다
돌아누운 기억의 벌판

새떼 흩어지고
몸살처럼 비는 내린다

일생을
묻어 버리듯
바람은 불고 있다

끊긴 소식처럼
내일은 오고

내가 없는 날들 속에
꽃들은 피어난다

무너져
푸른 이끼만
철새처럼 울고 있는

—「적막」 전문.

내가 부재하는 세계는 '새떼 흩어지고/몸살처럼 비'가 내리며, '일생을 묻어 버리듯/바람이' 부는 망각과 절망의 공간이다. 거기에는 무서운 적막감만이 감돌 뿐, 내일에 대한 전망은 없다(끊긴 소식처럼 내일이 다가오다니). 다만 시인이 의지하는 건 섬처럼 떠 있는 '그리움'이다. 그 '그리움'이란 아직도 '내 영혼/마른 가지에/걸려 있는 그 무엇'(「추억」)이다. '그 무엇'의 실체는 지금은 부재하지만 아직도 기억 속에는 살아 있는 꿈 같은 것일 터이다. 시인은 바로 그 꿈자락에 기대어 오늘을 살고 있다. 즉 내일을 끝까지 포기하지 않고 있는 것이다. 이는, '시린 부리로/내일을 탐색하는//빛이여/눈발처럼/무너져 부신 환희'(「슬픔에 관하여」)라거나, '죽어서/다시 태어난/그 노래'(「추억」)라거나, '저 햇발 눈부신 포효/내 마음이 되었다'(「바퀴」) 등 대부분 마지막 연을 밝고 희망적인 메시지로 채우고 있는 것을 보면 분명히 알 수 있다. 즉 눈발은 무너짐으로써 더욱 눈부신 빛을 발하고, 노래는 죽어서 다시 태어났기 때문에 더욱 절절한 노래가 된다. 이제 그는 재생을 꿈꾸고 있는 것이다.

이렇듯 정공량 시인의 시적 관심사는 일그러진 스스로의 모습이나 뒤틀린 삶을 확인하고, 이를 다시 추스려서 보다 밝은 내일을 꿈꾸는 데 있는 것 같다. 그렇다면 이 점은 비단 정 시인에게만 국한된 것이 아닌 모든 시인들이 공히 피할 수 없는 보편적인 시적 관심사에 해당한다고 할 수 있다. 다만 정 시인의 경우, 그가 어떠한 대상을 시적 소재로 삼아도 이와 같은 주제가 어김없이 작품 속에 담긴다는 것이다. 말하자면 그는 철저하게 대상에 자신을 투영시킴으로써 끊임없이 자신을 확인하는 시인이다. 따라서 좀처럼 '나'를 떠나 '우리'의 세계로 시상을 확대하지는 않는다. 그런 의미에서 그의 시세계의 폐쇄성을 지적할 수도 있겠지만, 이를 뒤집으면 괜히 허스레를 떨지 않고 담담하고 정직하게 자신의 무게를 담아내는 시인이라고 할 수 있다.

정공량 시인은 자연이나 일상적인 소재를 즐겨 쓴다. 그러나 그 안에 담기는 내용은 '내 마음'에 대한 성찰이 주류를 이루고 있어 다소 관념적이고 추상적이다. 또한 그의 시적 표현은 감각적이고도 추상적인 이미지의 결합으로 충일한 장점을 지니고 있다. 이를테면, '저 햇발 눈부신 포효/내 마음이 되었다'(「바퀴」)에서 시각을 청각화하여 그것을 '내 마음'으로 결합시키는 경우가 그것이다. 그러나 다소 의도적인 행갈이나 문장의 도치 그리고 어미 처리에 있어서 '-는'이 빈번하게 쓰인 점 등은 진술의 명확성을 방해하는 요소로 꼽힌다. 특히 '-는' 의 처리는 말의 여운이나 생략의 효과를 노리는 것이겠으나 한 편의 시에 여러 번 쓰이게 되면 오히려 거부감을 줄 수도 있기 때문이다

정공량 시인은 금년에 그의 일곱 · 여덟 번째 시집인『마음의 정거장』과『마음의 양지』를 내놓았다. 우선 한 해에 두 권의 시집을 출간할 정도로 왕성한 그의 창작열에 대해 놀랍다는 느낌이 든다. 필자가 읽어본 여덟 번째 시집은 주로 자연물을 소재로 여전히 그의 시적 탐구의 대상인 '마음' 을 노래한 것이 많았다. 또한 짧은 시가 많은 가운데 뒷부분에서는 형태의 변화를 시도하는 시도 몇 편 있었으나, 필자의 소견으로는 말을 최대한 아껴 짧게 쓰는 쪽이 그에게 어울린다는 생각이 들었다. 지면 관계상 시집에 관해 길게 이야기할 수 없으므로 이번 시집에서 가장 절제와 표현이 빼어난 시를 한 편 소개하는 것으로 대신한다.

시린 헛꿈 하나
마음 속에 띄워놓고

그리움 몸살나게
하늘 한 켠 울음 우는

저 고요
부신 행간을
툭툭 치는 설움들

— 「낮달」 전문.

2.

오종문 시인의 시에도 정공량 시인의 그것처럼 불혹의 강을 건너가고 있는 쓸쓸한 사내의 뒷모습이 있다. 지나온 길을 되돌아보며 자꾸만 어두워지는 사내의 얼굴에는 짙은 회한이 서려 있다. 그런 의미에서 그의 시「마흔의 흔적」은 '사십대의 자화상'이라고 해도 무방할 듯하다.

너를 찾아간다, 개망나니 유년을 건너
만리 길 지나 육체 한데 몸을 섞는
마흔의 젖은 샛강을 늦도록 건너고 있다.
어딜까, 진흙이 뒤범벅 된 추억의 갈피
울며 떠난 한 아이 아직 돌아오지 않고
흑백의 아우성들만 잡초처럼 남아 있다.
내 밟고 온 땅 수북히 쌓인 시간의 뼈
살과 헤어지는 날 사랑도 길을 잃고
믬 두고 민지 간 마음 비당 끝에 서 있나.
설핏 흘린 눈물도 그 양이 많아지면
사색의 느티나무 한 그루 곁에 키우는
불혹의 사내는 없고 외로운 사내만 있다.

― 「마흔의 흔적」 전문.

인생을 팔십으로 잡을 경우 그것의 절반에 해당하는 사십을 가리켜 우리는 '불혹'이라 부른다. 길을 가는 자의 입장으로 본다면, 불혹은 낮은 데서부터 출발하여 오를 수 있는 가장 높은 그리고 가장 넘기 힘든 고산준령인지도 모른다. 오르막의 시간과 내리막의 시간이 공존하는 분수령,

거기에서는 일단 모든 것을 내려놓고 자신을 돌아보는 성찰의 시간이 필요하다. 그래야만 나머지 절반의 나이를 가늠할 수 있기 때문이다.

이 시에서 시인은 바로 그 분수령의 어느 지점에서 쉬고 있다(시인은 그 고개를 '샛강'으로 대신하고 있지만). 쉬면서 자신이 지나온 길을 다시 더듬는다. 유년시절에서부터 불혹의 지금에 이르기까지의 시간을 반추하는 일, 그것은 회한의 눈물을 동반한다. 지나간 시간은 모두 추억이라는 아름다운 옷을 입는다지만, 그에게서는 괴롭고 아픈 기억들이 더 많다. 그는 불행히도 '진흙이 뒤범벅 된 추억'을 껴입고 있기 때문이다. 아픈 기억을 갖고 있지 않는 시인이 어디 있겠는가만 '개망나니 유년', '울며 떠난 아이', '잡초'등에서 엿보이는 그의 과거는 평탄치 않았던 것 같다. 지나온 파란의 길목마다 그가 버리고 온 앙상한 시간의 뼈들이 보인다. 살이 떨어져나가는 아픈 시간의 뼈, 그것으로 인하여 그의 사랑도 길을 잃었다고 진술한다. 그리하여 '몸 두고 먼저 간' 그의 마음은 벌써 위험한 벼랑 끝에 서 있다. 불혹의 고개가 나머지 생의 또 다른 출발점이 아니라 끝이라는 인식에 도달해 있는 그의 마음은 어둡고 비관적이다. 왜 이런 안타까운 상태에까지 이르렀을까. 그가 길에서 흘려버린 상실의 비애가 그토록 깊다는 것인가. 아직 그 고개를 넘어 본 적이 없는, 하지만 그것을 목전에 둔 필자로서는 그의 상심의 깊이를 정확히 헤아릴 길이 없다. '세상의 일에 미혹함이 없다'는 불혹의 나이, 그러나 황량하게 우거진 잡초의 젊은 날이 아닌 '사색의 느티나무 한 그루 곁에 키우는' 그런 차분하고 사려 깊은 사내는 없다. 다만 '가혹하게' 몸과 마음을 뒤흔드는 그 고산준령의 바람처럼 '외로운 사내'만 있을 뿐이다. 그것이 현재 불혹에 접어든 오종문 시인의 슬픈 자화상인 것이다.

그렇다면 그의 불혹의 밤하늘엔 칠흑의 어둠만이 있을 뿐인가. 아니다, 그렇지 않다. 그 어둠의 장막을 일시에 찢는 은빛 별똥별이 나른다.

그 어디 사랑하는 이 갈망의 꿈 있으랴
지상의 찬란한 것들 어둠 뒤에 숨어 있고
별똥별, 날개도 없이 끝없이 추락하는 밤
새벽이 오고, 언 땅에 홀로 입맞추는 바람
모든 것 이별한 뒤 다시 사랑할 가슴
별똥별, 가장 따뜻한 은빛 털옷을 입혀라
너는 푸른 우주와 만나 한 생애를 살고
산 자는 남아 세월을 거울처럼 닦는 날
별똥별, 내게로 와서 내 몸을 부활하라

　　　　　　　　　　　　— 「별똥별에게」 전문.

　　지금 시인의 하늘에는 '사랑하는 이' 도 '갈망의 꿈' 도 없다. 모든 아
름답고 빛나는 것들은 어둠의 장막에 가리워 보이지 않는다. 그 죽음과
같이 적막한 밤하늘에 별똥별이 '날개도 없이' 한없는 깊이로 추락한다. '
별똥별' 은 별이 부서진 조각(隕石)이다. 그것은 희망의 부서짐이요, '벼
랑 끝' 에 서 있는 마음의 추락이다. 새벽이 오고, 시상은 한파가 몰아쳐
꽁꽁 얼어붙었다. 이는 마치 오늘의 우리 현실과 같다. 시인의 절망은 이
토록 깊다.
　　그러나 시인의 절망은 절망으로 끝나지 않는다. 절망의 끝은 희망의
출발점이기도 하다. 죽음을 가까이 해본 자의 입에서는 두 번 다시 죽음
이라는 말이 튀어나오지 않는다는 역설처럼 말이다. 여기에서 '모든 것
을 이별한 뒤 다시 사랑할 가슴' 은 비로소 탄생한다. 아무 것도 남아 있
지 않는 마음의 허허벌판에서 시인의 소망은 싹튼다. 그리하여 추락한 별
똥별은 이 엄동의 가슴을 따뜻이 덮어줄 '은빛 털옷 '의 주체가 되며, 폐
허의 내 몸을 부활시킬 생명의 원동력이 된다. 추락한 별똥별은 다시 날

개를 달고 하늘로 날아올라 찬란한 별이 된다. 모름지기 '추락한 것은 날개가 있다'.

오종문 시인은 앞의 시 「별똥별」을 통해 재생의 상상력을 펼쳐 보였다. 따라서 앞으로 그의 시는 보다 새롭고 활력이 넘치는 쪽으로 변모를 꾀할 것으로 예상된다. 그 변모의 징후로 읽을 수 있는 작품이 이번 신작시 5편 중 가장 건강성이 넘치는 「오월은 섹스를 한다」이다.

순수 영혼 때문고 생의 불타는 갈망조차 주저앉은 봄, 순백의 햇볕이 좋아 성욕의 덫에 걸리다

뒤늦게 대책없는 세월의 육체를 탐하다 들켜버린 정오, 그 기분 무겁고 마음 황폐해 씨 뿌릴 수 없으리

내 어찌 한 톨 고뇌로 세상을 불러 앉혀 산 목숨을 적시리.

이건 참으로 놀라운 사건이야, 그치?

햇살은 햇살끼리 더듬더듬 꿈지락꿈지락, 바람은 바람끼리 서뿐서뿐 와다글와다글, 꽃은 꽃끼리 앙큼앙큼 어기적어기적, 나무는 나무끼리 망설망설 몽그작몽그작, 산은 산끼리 곰실곰실 어루룽어루룽, 사람은 사람끼리 질퍽질퍽 요리쿵저리쿵 항야홍야, 당-신-을-사-랑-해-요

오월은 섹스를 한다 황홀한 섹스를 한다.

조악한 사랑에 길든 우리 부끄럽지 않은 알몸으로 빛나는 때, 달콤한 입맞

춤의 새날을 맞을 수 있으리

　욕망의 슬립을 벗는 계절의 짧은 하룻밤 거친 숨결 느낄 수 있으리, 눈물
의 기쁨의 한 평 하늘을 얻으리

　마침내 절정에 올라 걸어가 닿고 싶은 그곳 혼자 잠들다.
　　　　　　　　　　　　　　　　　　　　　ー「오월은 섹스를 한다」 전문.

　이 시는 우선 형태부터가 다른 시와는 확연히 구별된다. 틀에 박힌 시
형을 과감히 벗어버리고 행과 연을 자유로이 잇거나 구분함으로써 파격
적이라는 인상을 준다. 사설시형을 시인 나름대로 변형시킨 것으로 보이
는 이러한 형태는 그러나 지킬 것은 다 지키고 있다고 볼 수 있다.
　형태보다 더 눈에 띄는 것은 어법이다. 거침없이 내달리는 어법은 다
소 긴 이 시를 대단히 빠르게 읽히도록 만든다. 아마도 이러한 어법은 섹
스의 단계를 효과적으로 묘사하기 위한 의도적인 선택인지도 모른다. 중
간에서 시저 분위기의 전환을 위한 상치로 보이는 '이건 참으로 놀라운
사건이야, 그치?'라는 장난기 있는 말도 재미있지만, 오월의 대자연물들
이 일제히 자기들끼리 섹스의 향연을 펼치느라 정신이 없는 상황을 묘사
한 부분은 가히 일대 장관이다. 거기에 동원된 갖가지 의성어·의태어들
은 음악성을 배가시키는데 크게 기여하고 있음을 본다.
　티 없이 맑고 생명력이 넘치는 오월의 대자연과 섹스를 통한 합일에
이름으로써 더럽혀진 영혼과 현실이 정화되기를 바라는 아름다운 이 시
는 오종문 시인이 아픈 시간을 잘 추스려 얻어진 시적 결과다. 앞에서도
언급한 바 있지만, 그가 '기분 무겁고 마음 황폐한' 상태에 머물러 있었
다면 어찌 이 거대한 대지의 상상력이 가능이나 했겠는가. 그래서 그는

'내 어찌 한 톨 고뇌로 세상을 불러 앉혀 산 목숨을 적시리' 라고 의식의 변화 가능성을 내비치고 있는데, 이 의식의 변화가 '놀라운 사건' 으로 받아들여지는 것은 어쩌면 당연하다. 아직도 우리의 영혼과 현실은 더러운 욕망으로 질퍽대지만 오직 대자연의 순환논리에 따름으로써 그것의 극복이 가능하다는 전망까지를 그는 제시하고 있다.

3.

지금까지 필자는 정공량 · 오종문 시인의 신작시를 통해 그들의 시적 궤적을 추적해 보았다. 몇 편의 시만을 가지고 두 분의 시세계를 조망한다는 것은 어렵고 또한 위험천만한 일이다. 하지만 주어진 여건을 가지고 어설프게나마 진단을 내리는 것이 평자의 임무일 수밖에 없다. 이 점에 대해 두 분 시인의 해량 있기를 바란다.

다시 간추려 보건대, 정공량 · 오종문 시인이 공유하고 있는 주요 시적 관심사는 일상적 삶의 비애 혹은 그것의 극복 의지에 있다. 이미 중년의 나이에 접어든지 오래 되었거나 이제 막 접어든 것으로 짐작되는 두 분에 있어서 비애의 촉발은 지나온 시간을 반추하거나 현재의 자화상을 확인하는 데서 온다. 파란과 회한의 과거와 더럽혀진 현재의 모습에서 그들의 절망은 깊지만 결코 삶을 포기하지 않는다. 그들은 절망 속에서 희망을 추스려 부활과 재생의 의지를 노래한다.

정공량 시인의 장점은 간결하면서도 감각적인 언어 구사에 있다. 그러나 일률적인 시형에 다양한 변화를 주어 다소 추상적인 시상들을 풀어놓는다면 더욱 좋은 시가 될 것이다. 반면에 오종문 시인의 장점은 파격적인 형태와 상상력의 자유로움에 있는 것 같다. 하지만 「실업자 白氏의 하루」에서처럼 너무 직설적이고 구체적인 표현은 절제가 필요하다고 본다.

끝으로 두 분의 시가 '죽어서 다시 태어난 그 노래'처럼 더욱 깊이의 아름다움을 획득하기를 소망하며 이 어설픈 글을 맺는다.

—『열린시조』(1998년 겨울호)

삶의 진저리 혹은 성적 상상력
— 이진영의 시

　이진영의 신작시에는 불혹의 삶에 대한 갈등이나 번뇌 같은 것들이 내재해 있다. 그러나 시적 자세나 전망에 있어서는 비교적 밝고 낙관적이다. 그는 신산한 삶의 기색을 좀처럼 밖으로 드러내지 않는다. 그의 어법은 말수가 많고 거침없으며 활달하다. 그의 시는 성적, 불교적 색채를 띠고 있다.

　위에서 열거한 것들 중 이진영 시의 가장 큰 특색으로 꼽을 만한 것이 성적 상상력과 불교적 상상력이다. 이번 신작시의 경우도 총 7편 중 5편이 성적 상상력이나 불교적 상상력에 의해 쓰여진 것들이다. 대체로 그의 시에서 성적 상상력은 성 그 자체를 예찬하는 경우도 있지만 삶의 욕망이나 의지를 상징하는 기제로 작용하는 경우가 많다. 또한 성적 표현들은 내용의 심각성을 상쇄시킴으로써 시적 분위기를 해학적으로 환기시키는 효과를 발휘한다. 그리고 불교적 상상력은 현세적 욕망을 넘어 해탈의 경지에 이르고자 하는 마음의 지향으로 읽힌다. 따라서 그의 시학을 하나로 간추리면 '욕망의 시학' 이라고 할 만하다.

그러면 이러한 시적 특성을 구체적으로 작품을 통해 살펴보도록 하자.

> 봄날 오후
> 개굴창 물풀 위에서
> 배암이 개구리를 삼키고 있다
> 큰 大자로
> 허공에 뻗은 개구리 뒷다리가
> 바르르 떨린다
> 개구리 뒷다리에 내리던
> 햇살이 진저리를 친다
> 물풀도 진저리를 친다
> 조용히 지나가던 바람도
> 잠시 진저리를 친다
> 나도 가끔 밤의 이불 속에서
> 이불 밖으로 누 발과 다리를 큰 大자로 내밀고
> 그렇게 바르르,
> 삶의 진저리를 친다
>
> — 「진저리」 전문.

이 시는 "진저리"의 의미가 ①삶의 구조 ②성적(性的) 구조 ③생태적 구조로 다양하게 확대 해석될 수 있는 경우를 재미있게 보여준다("진저리"라 함은 무엇엔가 온몸이 지긋지긋하게 몸서리치는 모양의 뜻을 지닌 우리말로서, 시 속에서 "바르르" 같은 의태어가 여기에 해당한다). 그것을 차례대로 분석해보자.

먼저 ①의 경우이다. "배암"이 "개구리"를 삼키는 모습에서 우리는 약육강식이라는 인간사회의 위악적인 삶의 구조를 읽는다. 개구리의 뒷다리가 "바르르" 떨리는 것은 그러한 위악적인 삶의 구조 속에서도 필사적으로 살아남기 위한 몸부림으로 받아들여진다. "햇살"이며, "물풀", "바람"까지도 "진저리"를 친다고 표현한 것은 그러한 상황 속에 비치는 만물의 전도된 모습일 터이다. 그리고 거기에 "나"의 삶의 "진저리"가 겹침으로써 결국 시적 화자의 힘겨운 삶의 양태를 보여주는 시가 된다.

다음은 ②의 경우이다. 우선 성적 코드로 읽을 수 있는 시어들-"봄날", "배암", "큰 大자", "바르르", "진저리"-과 "나도~진저리를 친다" 같은 구절이 성교의 장면을 연상시킨다. "배암이 개구리를 삼"키는 모습 자체가 성교로 받아들여지는데, 재미있는 것은 뱀이 개구리를 삼키는 모습을 입장을 달리해서 바라보면 개구리의 몸뚱아리(남성의 성기)가 뱀의 아가리(여성의 성기) 속으로 삽입되는 것으로 보인다는 점이다. 개구리 뒷다리가 "바르르" 떠는 것은 오르가슴을 연상시킨다(그래서 '죽음'과 '오르가슴'은 서로 닮았다). 여기에 만물도 따라서 함께 전율한다. 그리고 여자가 가랑이를 벌리고 누워 있거나, 남자가 엎어져 있을 때를 연상시키는 "큰 大자"는 얼마나 시각적으로 효과가 있는가. "나"가 "가끔 밤의 이불 속에서" 하는 행위도 아내와의 성교 장면으로 받아들여지기는 마찬가지다. 이렇게 볼 때 이 시는 영락없이 성교 장면을 묘사한 시가 된다.

마지막으로 ③의 경우를 보자. "배암이 개구리를 삼키"는 모습이 생태계의 먹이사슬을 연상시킨다. 보기에는 끔찍한 장면이지만, 바로 이것이 생태계를 유지시키는 기본 질서이다. 그 질서에 "햇살", "물풀", "바람" 등과 더불어 인간인 "나"도 동참하고 있다고 본다면 이 시가 생태시로 읽힐 가능성도 충분하다고 하겠다.

봉오리를 닫고 잠든 저 睡蓮의 알몸을 본들/내 인생에 얼마나 더 큰 불기둥이 치솟아 오를 것인가/鬼面의 물 낯바닥 밑으로/허벅지부터 쭉 뻗어 내린 초록의 포동포동한 뿌리와/초록의 포동포동한 그 뿌리 밑에 /잔뿌리로 감춘 흰 사타구니와/無明의 치모처럼/그 사타구니를 덮고 있는 탐진의 붉은 실뿌리를 본들/내 인생에 정말 얼마나 더 큰 불기둥이 뱀의 화염으로 치솟아 오를 것인가/방죽에 떠도는 저 관능의 최면과 최루의 시간들/잠든 꽃 저 睡蓮처럼/밤마다 젖 몽우리를 닫고 잠든 아내의 검은 알몸을 본들/내 인생에 이제 얼마나 더 큰 화염이 호수로 번질 것인가/아내의 그 깊은 초록색 실뿌리와/초록색 실뿌리 밑의 그 기름진 하구언과/그 기름진 하구언을 흘러가는 민달팽이들의 젖은 길을 본들/내 인생이 얼마나 더 크게 변할 것인가, 말 것인가

— 「잠든 저 睡蓮의 알몸을 본들 내 인생에 얼마나 더 큰 불기둥이 치솟아 오를 것인가」 전문.

앞에서도 지적했지만, 이진영의 시에 나타난 성적 표현들은 성 자체에 대한 탐닉이나 미화에 주력하기보다, 그러한 표현을 통하여 현재적 삶이나 자아를 성찰하는 의미를 길어 올리는 경우가 더 많다. 시적 형태에 크게 신경 쓰지 않고 다소 무리하다고 할 정도로 세세한 성적 묘사에 주력한 위의 시도 마찬가지다. 앞에서 살펴본 시 「진저리」에서도 그랬지만, 이진영의 시는 자연 생태에서 성적 구도를 파악한 다음, 그것을 자신이 개입된 실생활의 성적 구도와 대비시키는 수법을 보여주고 있는데, "봉오리를 닫고 잠든 저 睡蓮의 알몸"과 "밤마다 젖 몽우리를 닫고 잠든 아내의 검은 알몸"이 그것이다. 그 두 대상을 실천적인 행위로까지 밀어붙이지 않고 '본다' 혹은 '관찰한다'라는 동사로 제한하는 것은 이미 그의 연륜이 그 한계를 개관하고 있다는 말이 된다. 그래서 더 이상 부질없는

욕망에의 탐닉을 자제하겠다는 의미로 읽힌다. 그러나 '성적 욕망' 이 '삶의 욕망' 과 직결되는 그의 시적 세계관을 감안할 때 성적 욕망의 부질 없음을 이야기한다는 것은 "치솟아 오를 것인가"로 대변되는 상승 의지에 대해 너무 성급한 진단을 내린 것은 아닌가 다소 염려된다. 이는 성적으로 말하면 40대 중반의 '발기 불능' 이나 '조루증' 으로 받아들여질 수도 있기 때문이다. 그래서 그는 결말을 "변할 것인가, 말 것인가"로 확실한 판단은 유보하고 있다.

다음으로 불교적 상상력에 입각해 쓴 시를 보자.

사람들이
노란 양은쟁반 위에 결가부좌로 앉아 단전호흡을 하고 있는 主을 향해
오체투지를 한다
오체투지를 하면서
한 사람은 主옆에 福田을 놓는다
또 한 사람은 뭐라고 중얼거리면서 웃으면서 主 의 입에
배춧잎 같은 福田을 물려주기도 한다

(세상에, 인간의 잔밥과 구정물만 받아먹고 살았던 돼지가 언제부터 저렇게 인간의 큰절과 생명 같은 돈을 받아먹고 사는 獨尊이 되었나)

까짓껏, 탐욕과 탐식의 몸통을 깨끗이 잘라내 버리고 삭발을 하면
나도 獨存이 될 수 있을까 부처가 될 수 있을까
탐진의 검은 머리터럭과 붉은 몸통을 깨끗이 털어 내버리고
노란 양은쟁반 방석 위에 결가부좌로 들어앉아
인간의 主이 된

저 돼지부처!

—「돼지부처」 부분.

　새로 뽑은 승용차 앞 고사상 위에 삶은 돼지머리를 앉히고 무사고 운전을 기원하는 사람들의 모습이 마치 부처님 앞에서 불공을 드리는 불자들로 비치게 된 것이 이 시를 쓰게 된 동기다. 가장 천한 것이 가장 귀한 것으로 탈바꿈된, 주객이 전도된 가치관을 풍자하려고 한 것이 이 시의 일차적인 의미인 듯하다. "(세상에, 인간의 잔밥과 구정물만 받아먹고 살았던 돼지가 언제부터 저렇게 인간의 큰절과 생명 같은 돈을 받아먹고 사는 獨尊이 되었나)"가 그것이다. 여기서 "主"로 묘사된 돼지는 부정한 방법으로 부자가 된 재력가나 권력자로, "큰절과 생명 같은 돈"을 바치는 인간들은 그들에게 아부하는 群像으로 비친다. 하긴 더러운 방법으로 출세한 사람들이 가장 추앙을 받는 세상이 바로 오늘 아닌가. 그러나 이 시의 진짜 의미는 욕망의 자제에 두고 있는 듯하다. "까짓껏, 탐욕과 탐식의 몸통을 깨끗이 잘라내 버리고 삭발을 하면/나도 獨存이 될 수 있을까 부처가 될 수 있을까"가 그것이다. 말하자면 "나"의 무한정 돋아나는 욕망의 싹을 잘라버려야만 해탈의 경지에 이를 수 있다는 신념을 역설하고 있는 것이다.

　이렇듯 이진영의 불교적 상상력은 세속의 울타리 너머 탈속을 엿보고 있다. 탈속을 꿈꾸지만 아직 그의 두 발은 어디까지나 세속을 딛고 서 있는 것이다. 끝없이 갈등하고 번뇌하며 서 있는 그 자리, 그것이 바로 부처가 아닌 시인의 자리이다.

상처는 힘이 세다
— 배용제의 시

1.

뿌리 잘린 것들의 밑바닥엔 모두 상처가 있지
조팝나무 가지가 꽂힌 그릇의 물을 갈아주며 그가 중얼거린다
봄빛을 따라 간 산책길에서
주워 온 꺾인 가지 몇,
시퍼런 눈조차 뜨지 못했던 것들 어느 새
새하얀 연고 같은 꽃들을 매달고 있다
무슨 보물인 양 여기는 그의 우스꽝스런 몸짓을 보면서
고아원 양지바른 곳에서
여린 가지를 뻗고 자라온 그가
남매를 두고서도 또 다른 아이를 원하는 집착에 대해
생각해본다, 여지껏 삼켰을 눈물에 대해

어쩐지 그의 웃음에서도 물 흐르는 소리가 들리는 듯하다
눈물이 싱싱해 질수록 더욱 더 선명한
조팝나무 저 꽃들,
바람에 날려 온 봄빛의 부스러기일지도 몰라
상처를 딛고 악착같이 반짝이는 딱지 같은 꽃들을
무슨 별인 양 바라보는
그의 양팔에 아이들이 매달린다
어떻게 이것들이 내게서 생겨났는지
햇살과 공기와 구름과 모든 계절들에게 경의를 표한다고
그러나 꽃들이 제 몸을 벗어나기 전까지
그것들이 단단한 씨앗을 품을 때까지
아직은 잘린 상처로 눈물을 삼키며 허공을 움켜쥔
조팝나무 가지의 아슬아슬한 터전, 그의 봄날.

                                    ― 「꽃들은 상처자국에서 핀다」 전문.

　무릇 존재하는 모든 것들은 상처가 있다. 인산을 비롯한 생명 있는 것
들은 물론이거니와 심지어 돌멩이나 기계 등 생명이 없는 것들까지도 마
찬가지다. 다만 상처의 크기와 색깔과 모양이 다를 뿐이다. 존재하는 모
든 것들이 유형무형의 상처를 필연적으로 동반할 수밖에 없는 것은 아마
도 공존을 위한 상호 간의 '관계' 때문인지도 모른다. 공존을 위한 필수
조건이 관계에 있는 것이라면, 관계는 우주의 생성, 지속, 소멸의 원리에
가 닿는다고 거창하게 말할 수 있다. 그런 의미에서 세계의 풍경은 상처
의 풍경이다.
　날마다 우리는 과거의 상처를 끌고, 새로운 현재의 상처를 만나며, 알
수 없는 미래의 상처를 향해 나아간다. 삶의 도정에는 돌부리처럼 무수한

상처가 잠복해 있어서 간단없이 우리의 발목을 걸어 넘어뜨린다. 따라서 우리는 누구도 상처의 덫으로부터 자유로울 수 없다. 따라서 다소 비극적으로 말하면, 삶은 상처와 함께 굴러가는 수레바퀴다.

상처의 근원은 각양각색이다. 선천적일 수도 있고 후천적일 수도 있으며, 외적일 수도 있고 내적일 수도 있다. 또한 개인적일 수도 있고 집단적일 수도 있다. 상처는 슬픔, 고통, 절망, 불행, 원한, 허기, 자학, 저주 등 비극적이고도 부정적인 정서를 낳는다. 특히 태어날 때부터 신체적으로 불구인 경우나 태어나자마자 고아로 버려진 경우 그 상처는 일생을 지배할 만큼 치명적이다. 그것은 차라리 천형에 가깝다.

그렇다면 상처는 그야말로 비극적이고 부정적인 속성만을 지닐 뿐이며, 영원히 치유 불가능한 것인가. 결론부터 이야기한다면 결코 그렇지만은 않다. 자포자기하지 않고 상황을 극복하려는 의지만 충만하다면, 상처는 오히려 무서운 삶의 활력소요 강인한 생명력의 원천이 된다. 또한 그것은 나무의 옹이처럼 수액을 분비하여 스스로를 치유하는 능력을 갖고 있다. 그래서 상처의 흔적인 옹이는 둥글고 단단하다. 상처는 힘이 세다.

모든 비극적이고 부정적인 속성도 그것만으로 끝나는 것이 아니라 양면성을 지니고 있다. 주지하다시피 나약하기 짝이 없는 속성을 지닌 눈물은 감정을 정화시키는 한편, 어떠한 강력한 무기로도 넘을 수 없는 장벽을 훌쩍 넘어 가버리는 힘이다. 슬픔과 절망의 맨 끝에는 기쁨과 희망이 살고 있다. 허기가 충만을, 가난이 부를, 헤어짐이 만남과 그리움을 부른다. 죽음의 문턱에 가본 사람은 결코 죽고 싶다는 말을 입에 올리지 않는다고 한다. 그러므로 '興盡悲來'와 '苦盡甘來'라는 옛말은 현재에도 여전히 설득력이 있다.

2.

　배용제의 시 「꽃들은 상처자국에서 핀다」는 제목이 시사하는 바처럼 상처의 시다. 상처의 꽃이 서사의 풍경으로 꽂혀 있다. 하나의 상처가 또 다른 상처를 등에 업고 있다. 상처의 雪上加霜이다. 설상가상의 상처는 아프고 춥고 시린 것이지만, 그럼에도 불구하고 이 시의 풍경은 을씨년스럽지 않고 밝고 따스하다. 풍경이 밝고 따스한 것은 〈봄날〉, 〈봄빛〉, 〈꽃〉 등이 시적 배경으로 깔려 있는 것이기도 하겠지만, 상처끼리 서로 껴안고 핥아주는 동병상련의 서사 자체가 너무나도 인간적인 감동으로 다가오기 때문이다. 그러면서도 힘들고 고통스러워하기보다 오히려 행복해하는 모습이 눈물겹도록 아름답게 읽힌다. 그것은 상처 때문에 몸부림치는 모습이라기보다 그것을 넘어서기 위한 실천적 모습이거나, 이미 넘어서서 화해나 승화의 단계로 나아가는 모습에 가깝다고 할 수 있다.

　사실 타자의 상처에 관한 서사는 80년대 시들 속에서 흔히 볼 수 있었다. 그러나 90년대 이후 개인적인 상처를 다룬 시가 주류를 이루면서 좀처럼 찾아보기 힘들게 되었다. 그것은 개인적인 시징이나 삶의 양상보나 전체적 혹은 공동체적인 현실의 반영에 지배적인 관심을 쏟은 80년대의 문학적 흐름에 대한 반사적인 현상일 수도 있겠고, 무엇보다도 타자의 삶을 거론하는 것에 대한 부담감 등등이 복합적인 요인으로 작용했을 수도 있다. 그러나 문학은 개인과 전체의 삶을 함께 아울러야 할 당위성을 안고 있고, 또한 그러한 삶의 양상이 어느 시대를 막론하고 상존해 왔음을 감안할 때(물론 시대마다 변모하는 문학적 흐름을 부인하는 것은 아니지만), 어떤 때는 개인에만, 또 어떤 때는 전체에만 문학적 관심을 집중하여 울타리를 치는 경향은 썩 바람직하지 못하다고 본다. 따라서 시대를 초월하여 문학적 소재는 자유로워야 하되, 다만 그 표현하는 방식은 구태를 벗어나 언제나 새로워야 한다는 이야기다. 이 점에 있어서 배용제의 시는 이번 『현대시학』 7월호에 발표한 2편의 시만을 놓고 볼 때 소외되고 상처 입은 타자의 삶에 관심을 드러내고 있으며(함께 발표한 시 「타임다방」도 티켓다방 여인들의 삶을 묘파하고 있다), 또 그것을 이야기하는 방법에 있어서 지난 시대와는 분명히 구별되는 자기만의 어법을 보여주고 있다고 할 수 있다.

　이 시 속에는 외형상 3명의 인물이 나온다. 〈그〉와 〈남매〉가 그들이다. 이들은 태어나자마자 상처의 딱지가 달라붙은 고아 출신이며, 부모와 자식 관계를 형성하고 있다. 좀더 구체적으로 설명하면, 고아 출신인 〈그〉가 어른이 돼서 또 다른 고아들인 어린 〈남매〉를 자식으로 맞아들여 양육하고 있다. 이 서사적 풍경 속에서 중심이 되는 인물은 단연 〈그〉이다. 그러나 〈그〉에 대한 정보는 〈고아원〉 출신이라는 점 외에는 구체적으로 드러나 있지 않다. 다만 문맥상으로 볼 때 여성이 아닌 남성이라는 점(그럼에도 불구하고 이미지는 모성을 띤 아버지를 연상시킨다), 아내에 대한 언급이 없는 것으로 보아 결혼을 하지 않았다는 점(결혼을 하지 않았다기보다 결혼을 못한 홀아비라는 표현이 보다 정확할 것 같다), 출신 성분으로 보아 지금껏 힘들게 살아왔을 것이고 그래서 현재 넉넉지 못한 살림을 꾸리고 있다는 점 등만 짐작될 뿐이다. 그리고 진술보다 묘사가 주류를 이루는 이 시를 끌고 가는 화자 역시 전면에 모습을 드러내지 않은 채 거리를 두고 살짝 비껴서 있거나 숨어서 〈그〉의 이야기나 입장을 대변하는 형식을 취하고 있다. 이는 최대한 객관적인 입장을 취하려는 의도로 비치지만, 그럼에도 불구하고 화자의 주관적 감정이나 표현이 많이 개입되어 있다는 인상을 지우기 어렵다. 그리하여 이 눈물겨운 서사적 풍경을 바라보는 화자의 시선은 촉촉하게 젖어 있다. 하긴 마음이 움직이지 않았다면 이 시 자체가 쓰여지지 않았을 터이다. 그런 면에서(비록 필자로선 일면식이 없지만) 배용제 시인은 가슴이 따뜻한 사람이리라는 생각이 든다.

그러면 시의 면면을 구체적으로 들여다보기로 하자. 전술했다시피 이 시는 고아 출신인 아버지와 역시 고아 출신인 남매의 현재적 삶을 그리고 있다. 거기에는 상처의 서사가 담겨 있다. 그런데 그 서사의 구도에 〈봄빛을 따라 간 산책길에서/주워 온 꺾인 가지 몇〉에서 피어난 조팝나무꽃을 둘러싼 풍경이 우연히 겹치는 순간, 이 시는 탄생하게 된다. 말하자면 조팝나무꽃은 서사를 풍경으로 대신 보여준다. 그리하여 꺾인 조팝나무 가지는 〈그〉(아버지)를 대신하고, 그 가지 끝에 핀 조팝나무꽃들은 〈남매〉(자식들)를 대신하는 셈이다.

서두에서 〈뿌리 잘린 것들의 밑바닥엔 모두 상처가 있지〉(1행)라고 조팝나무 가지가 꽂힌 그릇의 물을 갈아주며 그가 무심코 중얼거리는 이 한마디는 외형상으로는 조팝나무의 꺾인 가지를 두고 하는 말이지만, 실제로는 지금까지 그가 살아온 생의 체험적 진실을 절실하게 대변하는 말이자, 이 시 전체의 주제를 통어하는 말이기도 하다. 그런데 주워올 당시 싹도 트지 못했던 가지들이 〈어느 새/새하얀 연고 같은 꽃들을 매달고 있다〉(5~6행). 가지는 잘렸지만 그의 정성스런 보살핌으로 뿌리 없이도 꽃을 피운 것이다. 여기에서 조팝나무꽃을 흰쌀밥이나 튀밥이 아닌 〈새하얀 연고〉로 연결시킨 비유는 자연스럽다. 가지가 꺾인 상처의 자리를 치유할 수 있는 것은 밥보다는 약이기 때문이다. 그래서 그는 데려다 기르고 있는 아이들을 대신한 조팝나무꽃을 각각 〈보물〉(7행), 〈봄빛의 부스러기〉(15행), 〈별〉(17행) 등으로 여긴다. 다시 말해 조팝나무꽃이 그에게 있어서는 보물처럼 귀중한 재산, 봄빛 같은 축복, 별처럼 반짝이는 희망으로 보인다는 것이다. 이는 그가 고아인 남매를 얼마나 애지중지하며 양육하는 일에 큰 의미를 두고 있는가를 보여주는 단적인 표현들이다. 어쩌면 그 아이들은 그의 생의 전부라고 해도 과언이 아닌 것이다. 그런데 그러고서도 그가 〈또 다른 아이를 원하는 집착〉(10행)을 보이는 이유는 무엇일까. 아마도 그 〈집착〉의 근원에는 자신도 고아였다는 점, 고아로서의 뼈아픈 상처의 삶을 살아왔다는 점, 그래서 자기와 같은 처지에 있는 고아들을 한 명이라도 더 돌봄으로써 그 상처의 덫으로부터 벗어나도록 인도하고 싶다는 실천 의지 등이 담겨 있는 것은 아닐까 생각된다. 그것은 어쩌면 이미 그가 이 세상을 사는 유일한 목적이나 존재의 이유가 되어 있는 것처럼 보이기도 한다. 그래서 그는 상처가 상처를 등에 업는 일을 귀찮아하거나 힘들어하지 않고 오히려 〈어떻게 이것들이 내게서 생겨났는지/햇살과 공기와 구름과 모든 계절들에게 경의를 표한다〉(19~20행)고까지 감사의 고백을 하고 있지 않은가. 여기에서 우리는 상처의 극복, 상처의 치유, 상처의 승화 같은 의미를 다시금 생각지 않을 수 없다. 만약에 그가 자신의 상처를 원망하고 저주하는 데만 그쳤다면, 자신의 불행에 대해 슬퍼하고 괴로워하고 절망하는 데만 그쳤다면, 지금처럼 상처의 덫에서 벗어나 타자의 상처를 감싸고 핥아주는 사랑의 실천에까지 나아갈 수 없었을 것임은 자명하다. 그리고 그것은 그에게 상처에 대한 동병상련이 있었기에 가능한 일이다. 그것이 바로 상처의 힘이다. 그러나 〈꽃들이 제 몸을 벗어나기 전까지/그것들이 단단한 씨앗을 품을 때까지/아직은 잘린 상처로 눈물을 삼키며 허공을 움켜〉(22~25행)쥐고 있는 것이 조팝나무 가지의 현재 실상이다. 그리고 그 〈터전〉(25행) 또한 〈아슬아슬〉하다. 그러나 비록 어렵고 힘든 여건 속에서도 악착같이 견디며 사랑을 꽃피우는 〈그의 봄날〉(25행)의 표정(풍경)은 조팝나무꽃처럼 환하고 아름답게 우리의 마음을 되비추고 있다. 그렇다, 상처의 꽃은 눈물을 삼키며 핀다. 그렇기 때문에 눈부신 생명력을 갖고 있다. 그런 의미에서 상처는 다시 한번 힘이 세다.

—『현대시학』(2003년 8월호)

존재 혹은 소멸의 방식
— 송종찬의 시

1.

천하고 가벼운 목숨이라도
마지막은 힝·싱
서해를 물들이는 저녁놀처럼 장엄하다
먼바다를 건너와
나룻배의 고물 끝에서
부서져버리는 진눈깨비를 보라
하늘에서 몸을 받았다가
지상에 닿는 순간
스스로 이름을 지워버린
그 짧은 여백이 있어
평생 음지를 살다간 사람들의

눈동자도 쓸쓸하지 않고
우리의 이마에 주름살 느는 것도
그리 억울할 일만은 아니니
발자국 하나 남기지 않고
흘러가는 간결한 보법을 보라
높은 산맥을 맨발로 넘어와
바늘잎 위에서
얼어붙은 성엣장 위에서
모든 살점을 덜어주는
장엄한 착지

— 「진눈깨비」 전문.

　　진눈깨비는 겨울에 눈과 비가 섞여서 내리는 기상 현상이다. 자연과학적인 지식에 따르면, 눈이 내리는 도중에 기온 0℃ 의 면을 통과하면 얼음입자가 녹아서 비가 되는데, 대부분의 경우 기온 0℃ 의 면은 고도가 낮아 지표면 가까이에서 진눈깨비가 된다. 한 가지 특기할 만한 일은 눈이 비로 변할 때 강한 영상(映像)이 나타난다고 한다.

　　진눈깨비는 눈은 눈이로되 지상에 쌓이지 않는 눈이다. 지상에 닿는 순간 빗물이 된다. 빗물이 되어 차갑게 길바닥을 적시며 흘러간다. 진눈깨비 내리는 날은 우산을 쓰기가 난처하다. 그런 날은 대책 없이 고개를 움츠리고 진눈깨비를 맞을 수밖에 없다. 그런 날은 옷이 젖고, 구두가 젖고, 심지어 몸과 마음까지 흐렁흐렁 젖어 온통 질척거린다. 그렇다고 진눈깨비는 눈처럼 순결한 느낌도 없다. 환한 분위기를 연출하지도 못한다. 그래서 눈도 아니고 비도 아닌 진눈깨비라는 이름은 귀찮고 구차한 느낌을 준다.

송종찬의 시 「진눈깨비」는 진눈깨비를 통해 존재의 방식 혹은 소멸의 방식을 이야기한다. 무릇 지상에 존재하는 만물은 생성과 소멸을 거듭한다. 자연현상의 하나로서 진눈깨비도 마찬가지다. 다만 그 방식의 차이가 문제다. 앞에서도 설명한 바대로, 진눈깨비는 〈하늘에서 몸을 받았다가/지상에 닿는 순간/스스로 이름을 지워버〉리는 하루살이처럼 허무한 생성과 소멸의 방식을 갖고 있다. 그래서 시인은 〈천하고 가벼운 목숨〉을 진눈깨비의 속성으로 제시한다. 하지만 그 소멸의 방식을 오히려 그렇기 때문에 〈장엄하다〉고 의미를 부여한다. 생의 〈그 짧은 여백〉으로 인해 〈평생 음지를 살다간 사람들의/눈동자도 쓸쓸하지 않고/우리의 이마에 주름살 느는 것도/그리 억울할 일만은 아니〉기 때문이다. 말하자면 진눈깨비의 생이 평생 이름 없이 살다간 사람들의 입장에서 보면 커다란 위안이 될 수도 있다는 이야기다. 그래서 진눈깨비의 〈발자국 하나 남기지 않고/가장 낮은 곳을 향해/흘러가는 간결한 보법〉은 곧 이름 없이 살다간 사람들의 생사(生死)의 방식과 겹친다(하긴 우리는 살아생전 얼마나 자신의 족적을 남기기 위해 애쓰며, 가장 높은 곳을 차지하기 위해 전전긍긍하는가). 그리고 진눈깨비는 아무 것도 신지 않은 〈맨발〉이다. 그 〈맨발〉로 험준하고도 〈높은 산맥〉을 넘고, 〈바늘잎〉과 〈얼어붙은 성엣장〉 위에서 기꺼이 자기의 한 몸(〈모든 살점〉)을 희생하는 소멸의 방식 혹은 사랑법을 보여준다. 그래서 진눈깨비의 소멸은 그냥 허무한 소멸 그 자체가 아니라 〈장엄한 착지〉가 되는 것이다.

그렇다면 이 시의 핵심 구절이라고 할 수 있는 〈간결한 보법〉과 〈장엄한 착지〉에 대해서 좀더 생각해보자. 사람은 누구나 한번 지상에 와서 삶의 흔적을 남긴다. 그것을 길을 가는 자의 입장으로 보아 족적(足跡)이라고 하는데, 그 족적의 형태에 따라 한 사람의 생애에 대한 성공 여부를 판단하거나 평가한다. 그리하여 족적은 그 사람의 이름을 대신하는 말이 된

다. 그래서 사람은 죽어서 이름을 남긴다는 말이 있는 것일 게다. 여기에
서 이름을 남긴다는 것은 뚜렷한 족적을 남긴다는 것, 쉽게 말해 유명하
게 살다가 가는 것을 뜻한다. 그러나 사람은 저마다 삶의 방식이나 지향
점이 다르고, 그것에 따라 한세상을 나름대로 살다 간다. 역사에 이름을
남기는 사람처럼 훌륭한 삶을 살다가 가는 사람도 있지만, 진눈깨비처럼
스스로 이름을 지우고 흔적 없이 살다가 가는 사람도 많다. 아마도 민초
(民草)들처럼 대다수의 사람들이 그러할 것이다. 사후에 역사는 그들의
이름을 기억하지 않는다. 흔히 가치 있는 삶을 살다갔다고 평가하지도 않
는다. 하지만 역사의 주체는 언제나 왕도 관료도 아닌 〈천하고 가벼운 목
숨〉의 그들이었다. 그들은 〈음지〉나 〈가장 낮은 곳〉을 빗물처럼 간결하
게 흘러간다. 그렇다고 해서 그들의 삶 혹은 죽음을 〈천하고 가볍다〉고
말할 수는 없다. 그런 의미에서 모든 사람의 삶과 죽음은 잘났거나 못났
거나 두루 소중한 것이다. 오히려 그렇기 때문에 자연의 순리에 따라 흘
러가는 진눈깨비의 〈간결한 보법〉은 아름다운 것이며, 그들의 생성과 소
멸은 또한 〈장엄〉에 가 닿을 수 있는 것이다.

2.

그러면 「진눈깨비」의 구조적 특징을 구체적으로 살펴보기로 하자. 첫
째, 이 작품은 〈장엄하다〉와 〈장엄한〉이라는 형용사가 수미(首尾)를 이
루면서 진눈깨비의 소멸에 대한 의미를 강조하고 있음을 본다. 그리고 〈
보라〉라는 명령형 혹은 청유형 어미가 중간을 떠받침으로써 독자로 하여
금 공감을 유도한다. 둘째, 4음보를 넘지 않을 만큼 짧은 행으로 구성되
어 있어 간결한 리듬감을 형성하고 있는데, 이는 진눈깨비의 〈간결한 보

법〉을 살리기 위한 형태적 배려로 생각된다. 셋째, 이 시는 진눈깨비의 속성 파악과 그 형상화에 주력하고 있다고 볼 수 있는데, 〈천함〉, 〈가벼움〉, 〈맨발〉 등의 시어들을 진눈깨비가 거느리고 있다. 그리고 진눈깨비가 내리는 착지(着地)로는 〈나룻배의 고물 끝〉, 〈가장 낮은 곳〉, 〈바늘잎 위〉, 〈성엣장 위〉 등이 제시됨으로써 시적 화자의 지향점이 어디에 있는가를 암시한다. 또한 〈하늘〉과 〈지상〉, 〈천하고 가벼운〉과 〈장엄한〉, 〈가장 낮은 곳〉과 〈높은 산맥〉의 대비를 통해 고저와 경중의 느낌을 부각시키고 있으며, 부정사 〈않고〉와 〈않으니〉는 부정적인 의미를 긍정적인 쪽으로 선회토록 하는 강한 버팀목 구실을 하고 있음을 알 수 있다. 넷째, 작품의 분위기가 전반적으로 밝고, 따뜻하고, 경쾌하다. 흔히 겨울에 내리는 진눈깨비는 음울하고, 차갑고, 질척한 느낌을 주지만, 이 시는 그러한 분위기를 완전히 뒤집어 놓았다고 할만 하다. 따라서 진눈깨비의 소멸의 방식은 허무하고 비애스럽다기보다는 장엄하고도 씩씩한 느낌이 훨씬 강하다고 할 수 있다. 따라서 이 시는 얼른 보기엔 대수롭지 않게 보일 수 있지만, 찬찬히 뜯어보면 구조적으로 상당한 세공을 들여 쓴 작품임을 알 수 있다.

3.

송종찬의 「진눈깨비」를 읽으니 기형도의 「진눈깨비」가 함께 생각난다. 이 시 속에는 20대의 나이로 〈일생의 몫의 경험을 다했다〉고 흐느끼는 우울한 청춘의 고백이 담겨 있다. 술주정을 하듯 토해놓은 고백처럼 그는 짧은 생을 살다가 갔지만, 그의 이름과 시는 진눈깨비의 속성과는 달리 이렇게 오래도록 남아 읽히고 있다.

이런 귀가길은 어떤 소설에선가 읽은 적이 있다
구두 밑창으로 여러 번 불러낸 추억들이 밟히고
어두운 골목길엔 불켜진 빈 트럭이 정거해 있다
취한 사내들이 쓰러진다, 생각난다 진눈깨비 뿌리던 날
하루종일 버스를 탔던 어린 시절이 있었다
낡고 흰 담벼락 근처에 모여 사람들이 눈을 턴다
진눈깨비 쏟아진다, 갑자기 눈물이 흐른다, 나는 불행하다
이런 것은 아니었다, 나는 일생의 몫의 경험을 다했다, 진눈깨비

— 기형도, 「진눈깨비」 부분.

하지만 기형도의 「진눈깨비」는 송종찬의 「진눈깨비」와는 여러 각도에서 좋은 대비를 이룬 시이다. 우선 전자가 지극히 개인적인 입장에서 쓰여진 서정시라면, 후자는 집단적인 시각에서 쓰여진 서정시라고 할 수 있다. 이는 시적 화자가 〈나〉와 〈우리〉라는 점에서도 구별되지만, 전자가 진눈깨비를 〈나〉의 심경과 정서를 전달하는 소재로 차용하고 있다면, 후자는 진눈깨비가 지니고 있는 속성에 비추어 가난하고 이름 없는 사람들을 대변하고 있다는 점에서 보다 확연히 구별된다. 따라서 소멸의 방식 또한 전자가 〈나는 일생의 몫의 경험을 다했다〉고 고백하고 있듯이 개인적인 비극을 예고하는 것이라면, 후자의 그것은 〈장엄한 착지〉에서 보듯 집단적인 성격을 강하게 풍긴다. 게다가 전자의 시적 분위기가 시적 화자의 심경처럼 어둡고 음울하며 비애스럽다면(이 점에서 그의 시는 가수 조동진의 노래 「진눈깨비」를 연상하게도 한다), 후자는 밝고 경쾌하고 장엄하다. 또한 전자가 과거의 추억에 기대고 있다면, 후자는 어디까지나 현재의 입장에서 대상의 묘사에 충실하다. 이를테면 전자가 〈구두 밑창으로 여러 번 불러낸 추억들이 밟히고〉나 〈하루종일 버스를 탔던 어린

시절이 있었다〉에서도 알 수 있듯이 현재의 입장에서 과거를 추억하는 전형적인 서정시의 시제를 선택하고 있는 반면, 후자가 〈서해를 물들이는 저녁놀처럼 장엄하다〉나 〈발자국 하나 남기지 않고/흘러가는 간결한 보법을 보라〉에서 보듯이 시종일관 현재의 시점을 고수하고 있는 것이 그것이다. 그리고 시적인 리듬 또한 전자가 무겁고 불규칙하다면, 후자는 매우 간결하고 빠르다. 따라서 대상을 바라보는 관점이 전자가 비극적 혹은 비관적이라면, 후자는 낙관적이라는 점에서 상반된다. 따라서 전자의 진눈깨비가 〈나〉의 〈눈물〉과 〈불행〉을 대신하고 있다면, 후자는 진눈깨비처럼 살다간 사람들의 존재와 소멸의 방식을 대변하고 있는 것이 된다고 말할 수 있다. 이렇듯 똑같은 소재를 두고도 시각이 서로 다르게 나타난 것은 두 시인의 세계관의 차이라고 밖에 볼 수 없다. 말하자면 송종찬 시인은 지극히 개인적인 세계관에 집착했던 기형도 시인과는 달리, 개인적인 세계관을 유지하면서도 집단적 혹은 공동체적인 세계관에 애정을 갖고 있음을 보여주는 증거라고 할 수 있을 것이다.

— 『현대시학』(2003년 9월호)

물신시대의 시와 시인
— 김은정의 시

1.

시는 내 영혼을 살리는 극약
이미 나는 세상의 모든 시를 詩로 변환하는 마우스

그 친구 시집간대 하여도 그 친구 詩집?
그 사람 시건방지다 하여도, 그 사람 詩 건방지다?
서울시 하여도 서울詩, 특별시 하여도 특별詩?
시원하다 하여도 詩원하다?
시인하였다고 하여도 詩인?

그리고 시인을 정의한다

시인-영혼의 신대륙을 만드는 사람

詩人-시쳇말도 살려내는 어눌한 불한당

시인-스스로를 고용하여 스스로에 저항하며 스스로의 정신을 세우고 다듬는 CEO

시인, 1인 1기업가까지 생각하다가

시가 자본을 섬겼으면 국부론의 장과 절이 달라졌을 텐데 하다가

양은 사람을 잡아먹었어도

시는 시인이나 잡아먹었지 누굴 잡아먹은 적 있는가

詩퍼런 눈으로 다시 읽는, 詩而픔

— 「중독」 전문.

　필자는 시를 쓰다가 도대체 시를 쓰는 이유나 목적은 무엇이며, 왜 〈시인〉이라는 이름표를 달고 살아가고 있는가를 자문할 때가 많다. 이는 비단 필지뿐만이 아니라 시를 쓰는 사람이라면 누구나 공통된 경우에 해당할 것이다. 먼저 시를 쓰는 이유나 목적에 대해서 생각해 보자면, 순수와 아름다움을 붙들기 위해서라거나, 자기실현과 구원을 위해서, 문명과 자본의 폭력에 맞서기 위해서, 과거의 상처와 허기를 달래기 위해서, 잘못된 현실을 반영하고 고발하기 위해서, 이상적인 세계를 꿈꾸기 위해서 등등 천차만별일 것이다. 그러나 단지 글재주가 남보다 뛰어나서 시를 쓰는 경우는 거의 없을 것으로 생각된다. 그만큼 시를 쓰는 행위가 단순한 여기나 자기 과시를 넘어선 삶의 본질에 대한 문제라는 이야기다. 따라서 시를 쓰는 일이 자신과 세상을 구원하는 데까지야 못 미치더라도, 인간의 존재와 삶에 커다란 위안이 될 수 있다는 것이 필자의 생각이다. 왜 굳이

〈시인〉이라는 이름표를 달고 살아가고 있는가에 대한 대답도 이와 맥을 함께 할 것이다. 과거처럼 시인이 신을 대신한 예언자나 위대한 영웅으로 대접받는 시절을 이미 지났다. 시 1편이 만인의 심금을 울리던 때도 마찬 가지다. 시업이 직업으로 통할 수 없는 것은 상식이다. 시와 독자와의 거리는 갈수록 멀어지고, 시인이 시집을 펴내도 읽어줄 독자는 소수에 불과하다. 오죽하면 시의 독자는 시인들뿐이라는 자조 섞인 이야기까지 나온다. 그럼에도 불구하고 시인들은 열심히 시를 쓰고, 아무도 쳐다보지도 않는 시인이라는 쓸쓸한 이름표를 훈장처럼 달고 다닌다. 이 물신의 시대에 돈이 안되는 시를 붙들고 행복해하는 그들은 분명히 비현실적이며 비정상적이다. 뒤집어 말하면 그들만이 정상적인 영혼의 소유자라고도 할 수 있다. 그래서 시인의 내면에는 공격적일 만큼 꼿꼿한 자존이 살고 있지 않은가.

또한 필자는 이 글을 쓰기 위해 여러 문예지를 뒤적거리며 시 1편을 고르다 말고 다소 엉뚱한 생각을 해본다. 도대체 우리나라에서 발간되는 문예지는 모두 몇 종이며, 그 중에서 시를 싣는 문예지는 얼마나 될까? 그리고 우리나라의 시인은 총 몇 명이며, 그들이 연중 써내는 시작 편수는 얼마이고, 또 그것은 무슨 의미를 지니는 것일까? 문예진흥원 문예연감 자료에 따르면, 2001년 기준 우리나라 문예지는 총 175종이며, 그 중에서 시를 싣고 있는 문예지는 146종(시 전문 31종, 종합 문예 108종, 시조 7종 포함)이다. 그 후로도 창간된 문예지가 있는 것을 감안하면 약 150여 종에 이른다고 할 수 있다. 그리고 동년 기준 문인협회에 등록된 시인 수는 3,177명(시 2,637명, 시조 540명), 민족문학작가회의에 등록된 시인 수는 566명(시 558명, 시조 8명)으로 모두 3,743명이다. 그러나 그 후로 등단한 시인이 많고, 문학단체에 등록하지 않은 시인 등을 추산하면 공식적으로 등단한 시인만 해도 5,000여 명을 상회한다고 볼 수 있다. 이들 중 1,665

명의 시인이 연간 주요 문예지에 발표한 시작 편수는 8,035편(2002년 기준)으로 1인당 약 5편 꼴이다. 그러나 기타 문예지에 발표한 작품까지를 포함하면 1만여 편이 훨씬 넘는다. 이렇게 보면 1개월마다 약 1,000여 편의 시가 지면을 통해 쏟아져 나온다는 이야기다. 게다가 발표를 못한 시인들도 최소한 연중 그 정도의 시를 창작하고 있을 것으로 생각한다면 1년에 이 땅에서 쓰여지는 시는 무려 2만 5천여 편이나 된다. 숫자상으로만 놓고 보면 우리나라는 가히 '시의 왕국'이라고 할만 하다. 대부분 적자를 면치 못하면서도 늘어나고 있는 문예지도 문예지려니와 일제시대까지만 해도 손으로 꼽을 만큼 소수에 불과했던 시인의 수가 5,000여 명을 상회한다는 것은 당시의 인구수를 감안하더라도 놀라운 증가 수치다. 이는 현재 우리나라 인구를 약 5천만 명으로 추산한다면 1만 명당 1명은 시인이라는 말이 된다. 게다가 매년 약 100여 명의 시인들이 신문이나 잡지를 통해 등단하고 있고, 신춘문예공모에는 해마다 수천 명의 시인 지망생들이 몰려드는 것을 보면 우리나라는 보상 없이도 시인이 되려는 사람들이 많은 나라인 것은 사실인 것 같다. 이는 적어도 시인이라는 이름표를 달고 악한 행동을 하는 사람은 없다고 볼 때 국익을 위해 나쁠 것은 전혀 없다는 생각이 든다. 1개월에 그 쓰기 어렵다는 시가 1,000여 편씩이나 양산되고 있는 현상도 읽어줄 사람이 많건 적건 간에 일단 즐겁고 행복한 일이다. 그러나 문제는 부작용이다. 문예지들이 시인들 위에 군림하여 권력을 행사한다거나, 아직 일정 수준에 오르지 못한 사람들을 장삿속으로 등단시켜 그렇잖아도 시인이 〈시시한 인간〉으로 불리는 마당에 더욱 그러한 경향을 부채질한다거나, 질이 낮은 작품들이 발표됨으로써 가뜩이나 공해로 신음하는 시대에 시적 공해까지 유발한다는 비난 등이 그것이다. 하지만 그러한 부작용 속에서도 대부분 한국의 시인들은 가난과 고통을 기꺼이 감내하면서 스스로 행복한 시 쓰기에 날밤을 세우고 있다.

무엇이 그들을 〈무보상의 보상〉, 〈무목적의 합목적성〉에 빠져들게 하는 지는 정확히 알 수는 없지만, 시 쓰기도 하나의 욕망의 표현이라면 시인들만큼 욕망이 강한 부류들도 다시 없을 것 같다.

2.

김은정의 시 〈중독〉은 시를 쓰는 시인에게 있어서 시란 무엇이며, 시인은 어떤 존재인가를 보여주고 있는 작품이다. 여러 문예지에 발표된 많은 시가 있었음에도 불구하고 필자가 작품성의 우열을 떠나 굳이 이 작품을 골라 읽게 된 이유는 이 물신의 시대에 〈시〉와 〈시인〉에 대해 한번쯤 되짚고 싶었기 때문이다. 작품에 대한 본격 논의에 앞서 장황한 서술을 곁들인 이유도 바로 이 때문이다.

〈중독〉은 시적 화자인 〈나〉의 입장에서 〈시〉와 〈시인〉을 정의하고 있다. 그런데 그 어투가 단정하고 진지하다기보다는 언어 유희적인 요소와 자유분방다는 점에서 여느 시인의 〈시〉와 〈시인〉에 대한 정의와는 구별된다. 그러니까 이 시는 주어진 주제에 대해 오랫동안 생각을 가다듬고 쓴 것이라기보다는 어느 날 문득 〈시〉와 〈나〉의 관계에 대해 상념을 자유롭게 옮겨놓은 것이라고 보아야 옳을 듯싶다. 모두 6연으로 구성된 이 시는 1연과 2연이 〈시〉에 대해, 3연과 4연이 〈시인〉에 대해, 5연이 〈시〉와 〈시인〉 그리고 〈자본〉의 관계, 그리고 마지막 6연이 시에 대한 나의 자세에 대해 순차적으로 기술하고 있다.

먼저 1연은 〈시〉에 대한 〈나〉의 생각을 한 마디로 정리하고 있는데, 〈시는 내 영혼을 살리는 극약〉이 그것이다. 시에 대한 많은 정의가 있음에도 불구하고 이 한 마디로 잘라 말하고 있는 것은 화자의 현재 영혼이 심하게 황폐화되어 있으며 지극한 고통을 앓고 있는 환자라는 반증이다. 〈나〉에게 있어서 〈시〉는 그러한 영혼을 살리는 약이다. 그것도 위험천만한 〈극약〉이다. 〈극약〉이 치명적인 약임에도 불구하고 역설적으로 그것이 내 영혼을 살릴 수 있다는 것은 〈시〉가 〈나〉에게 있어서 생명처럼 소중한 것이거나 존재의 이유 그 자체임을 말해준다. 그래서 이미 〈나〉는 〈세상의 모든 시를 詩로 변환하는 마우스〉라고 선언한다. 여기에서 〈시〉는 따라서 〈屍〉로 읽히며, 나는 그 모든 죽음의 언어를 생명의 언어인 〈詩〉로 바꾸는 자유자재로운 언어의 마술사(마우스)이다. 곧 〈나〉는 〈이미〉 그러한 임무를 숙명처럼 부여받은 시인인 것이다.

2연은 〈시〉에 중독된 〈나〉의 언어생활의 일단을 보여준다. 〈시〉자가 들어가는 모든 말들은 〈詩〉로 변환된다. 〈시집〉이 〈詩집〉(詩의 집), 〈시건방지다〉가 〈詩 건방지다〉(詩가 건방지다), 〈서울시〉가 〈서울詩〉(서울의 詩), 〈특별시〉가 〈특별詩〉(특별한 詩), 〈시원하다〉가 〈詩원하다〉(詩를 원하다), 〈시인〉이 〈詩인〉(詩人) 등으로 받아들여지는 것이 그것이다. 이는 비단 언어의 유희 차원에서의 의미 변환을 넘어서 〈詩〉가 나의 모든 언어습관은 물론 일상생활까지 속속들이 지배하고 있음을 말한다. 또한 이는 시인이 철저하게 언어에 목매다는 존재임을 나타낸 것이다.

그리하여 3 · 4연은 그러한 〈詩〉를 창조하는 〈시인〉에 대해 정의를 시도한다. 먼저 〈시인-영혼의 신대륙을 만드는 사람〉은 시가 언제나 새롭고 창조적인 속성을 지닌 양식인 바, 시를 쓰는 시인은 창조자요 개척자라는 뜻으로 읽힌다. 따라서 사물의 이름을 호명하는 시인의 언어는 그 누구도 명명한 바 없는 새로운 이름이어야 하고 또 날것이어야 한다. 또한 그 언어의 그릇에는 언제나 미지의 세계가 담겨야 한다. 그렇지 못하면 그는 자신만의 신대륙이 없는, 시인으로서의 존재 가치를 상실한 평범한 인간이 되고 만다. 그래서 시인은 날마다 칠흑의 밤에 간단없이 한 줄기 불꽃을 찾아 헤매는 불나방과 같다. 〈詩人-시쳇말도 살려내는 어눌한 불한당〉은 전술한 바대로 시인이 언어의 마술사임을 이야기한 듯하다. 인간이 사용하는 일상적인 언어 혹은 문법적인 언어는 근원적인 신의 언어가 아니라는 점에서 죽은 언어(시쳇말)이다. 하지만 그러한 죽은 언어도 시인의 취사선택에 따라 적재적소에 배치됨으로써 살아 있는 생명의 언어가 된다. 그리고 시인이 시로서 구사하는 언어는 다변이거나 논리 정연한 언어가 아니라 말더듬이의 언어이다(필자는 글쓰기보다 말하기를 잘 하는 시인을 본 적이 없다). 말더듬이의 언어는 전후좌우를 가리지 않으며, 그 폭과 깊이를 쉽사리 가늠할 수 없다. 그런 의미에서 어떠한 언어이든 마음대로 도둑질하여 제 것으로 살려내는 시인을 〈어눌한 불한당〉으로 연결시킨 비유가 재미있다. 다음으로 〈시인-스스로를 고용하여 스스로에 저항하며 스스로의 정신을 세우고 다듬는 CEO〉에서 〈시인〉을 기업가인 〈CEO〉(Chief Executive Officer, 최고 경영자)로 연결시킨 비유 또한 파격적이다. 시와 자본은 물과 기름의 관계이고, 시인과 기업가는 도대체 서로 어울릴 것 같지 않는 말임에도 불구하고 굳이 이 둘을 연결시킨 것은 시인 스스로가 자본의 시대를 살고 있기 때문으로 풀이된다. 그러나 어떤 면에서는 시인이나 기업가는 각각 시와 기업을 경영한다는 점에서 그리고 둘 다 고독한 최고 경영자라는 점에서 일맥상통하기도 하다. 다만 시인은 모든 것이 〈스스로〉인 반면, 최고 경영자는 근로자를 고용하고 그들과 함께 부대끼면서 기업의 이윤을 창출한다는 점에서 서로 다르다.

5연은 4연 3행의 연장선상에 있다. 〈시인〉과 〈CEO〉의 연결은 〈시인, 1인 1기업가〉로까지 그 생각을 자연스럽게 확장한다. 그렇다, 〈스스로를 고용하여 스스로에 저항하며 스스로의 정신을 세우고 다듬는〉 시인에게야 기업적 차원에서 보면 〈1인 1기업가〉라는 표현이 적절하다. 말하자면

〈1인 1기업가〉에게는 고용인도, 근로자도, 싸움의 대상도, 해결의 주체도 모두가 자기 자신 곧 〈1인〉이다. 그리하여 〈1인 1기업가〉가 세우고 다듬는 것은 기업이 아니라, 물질이 아니라, 〈스스로의 정신〉이다. 그런 의미에서 다시 한번 시는 자본과는 물과 기름의 관계이다. 따라서 〈시가 자본을 섬겼으면 국부론의 장과 절이 달라졌을 텐데〉라는 구절은 어디까지나 가정에 불과하다. 시가 자본을 섬겼다면 시는 자본의 노예로 전락했을 것이며, 국부론의 장과 절은 아마 지저분해졌을 것이다. 반대로 자본이 시를 섬겼다고 해도 시는 결코 자본을 잠식하지 못했을 것이다. 그래서 〈양은 사람을 잡아먹었어도/시는 시인이나 잡아먹었지 누굴 잡아먹은 적 있는가〉라는 시의 무력함이나 한계를 지적하는 자조 섞인 구절이 나온다. 〈양이 사람을 잡아먹는다〉라는 말은 토마스 모어의 「유토피아」에서 나온 말로서, 중세 봉건 유럽사회가 근대사회로 이행하는 과정에서 밀 같은 곡물을 키우던 농경지가 면방직공업에 필요한 목장으로 변하였던 까닭에 농지를 잃어버린 소작농들의 애환을 나타낸 것이다. 다시 말해 권력이 땅에서 자본으로 급속히 이동하는 양상을 빗댄 표현으로서 자본의 위력을 실감케 한다. 우리나라도 산업화 과정에서 이처럼 뼈아픈 경험을 했으며, 지금도 무소불위의 권력을 휘두르는 자본의 폭력을 목도하고 있다. 그럼에도 불구하고 시는 고혈을 짜내 시를 쓰는 시인들의 심신을 황폐화시킬 뿐 자본과 문명의 폭력 앞에서 무기력하기 짝이 없다. 대응을 한다 해도 거기에는 한계가 있음을 절감할 수밖에 없다. 그것이 시의 본질일 터이다. 그렇다고 대응마저 하지 않는다면 그것도 시의 책무를 다하지 못하는 것일 터이다.

마지막 6연의 〈詩퍼런 눈으로 다시 읽는, 詩而呆〉는 그래서 〈詩〉에 대한 재인식의 태도와 재충전 의지로 읽는다. 〈詩而呆〉는 〈CEO〉와 상응하는 동시에 종결어미 〈시이오〉와 〈시와 나〉 혹은 〈시=나〉로도 해석될 수

도 있다. 〈시와 나〉 혹은 〈시=나〉는 결국 〈시〉가 〈나〉를 성찰하고 〈나〉
를 살리는 영혼의 〈극약〉임을 재차 상기시키는 것이다.

— 『현대시학』(2003년 10월호)

제5부

내면의 집으로 귀환하는 새
— 허형만론

사람은 날지 않으면 길을 잃는다
— 파블로 네루다의 시 구절 중에서.

1.

잡지사 측으로부터 허형만 선생님의 커버스토리를 써 달라는 전화를 받고 나는 잠시 망설였다. 그때 나는 무슨 일엔가 매달려 전전긍긍하고 있었고, 그로 인해 몸과 마음이 지칠대로 지쳐 있었기 때문이다. 그러나 다른 사람이 아닌 허형만 선생님 본인이 나를 지목했다는 말을 듣고 이내 수락했다.

전화를 끊고 내 서재의 유리창 너머로 일렁이는 겨울바다를 한동안 멍하니 바라보았다. 그리고 허형만 선생님을 생각했다. 파도의 이맛살처럼 수많은 기억의 편린들이 부침을 거듭했다. 그러나 그 기억의 온도는 결국 따스했다. 지나간 시간은 언제나 추억이라는 아름다운 이름표를 달고 있지 않던가.

허형만 선생님은 나의 까마득한 문학적 선배이다. 나는 올해로 17년째 지근거리(대학)에서 선생님과의 인연을 쌓고 있다. 선생님 밑에서 선생님을 모시고, 배우고, 일하고 또 학생들을 가르치고 있는 인연이 그것이다. 이 인연의 실마리는 내가 죽을 때까지 이어질지도 모른다. 아마 그럴 것이다.

가까이서 모시고 있는 분에 관한 글을 쓴다는 것은 부담이 덜할 수도 있지만 한편으론 어려운 일이기도 하다. 가깝기 때문에 그만큼 조심스럽고 또 글의 객관성을 떨어뜨릴 수도 있다는 이야기다. 그러나 나는 어쩔 수 없이 선생님에 관한 객관적이고도 정밀한 분석을 피해 가기로 한다. 내가 가지고 있는 능력도 능력이려니와 다행히 커버스토리의 성격이 그러한 부담을 덜어주고 있다. 서론이 너무 길어졌다.

2.

허형만 선생님에 관한 글을 쓰기 위해 컴퓨터 앞에 앉았을 때 맨 먼저 떠오른 말은 "사람은 날지 않으면 길을 잃는다"는 파블로 네루다의 시 한 구절이었다. 이 시구는 선생님이 평소 강의실이나 연구실 그리고 시집의 서문에서 자주 애용하던 말로서 그 분의 삶과 시를 단적으로 집약한 좌우명이나 다름없다. 그리고 실제로 그의 삶과 시는 이 한 마디에 행복하게 녹아들어 있다고 해도 과언이 아니다.

그렇다면 이 경구와 같은 말의 뜻은 무엇일까. 새도 아닌 사람이 날지 않으면 길을 잃는다니. 어떻게 사람이 새처럼 날 수 있다는 말인가. 처음에 나는 이 말의 뜻을 제대로 알 수 없었다. 선생님도 구체적으로 알려주지 않았다. 그러나 이 말의 뜻은 내가 가까이서 그를 지켜보는 과정에서 자동으로 풀렸다. 그것은 부지런함·성실성·적극성의 다른 말이었던 것이다. 다시 말해 사람은 스스로 새처럼 날개를 달고 날아다녀야만 자신의 꿈을 이룰 수 있다는 뜻일 게다. 적어도 내가 파악키로는 그러했다.

지금까지 살면서 나는 허형만 선생님처럼 부지런한 사람을 아직 만나본 적이 없다. 내가 보기에 허형만 선생님은 마치 새처럼 날개를 달고 날아다닌다. 실제로 그의 걸음걸이는 폭이 크고 빠르고 또 거침이 없다. 그래서 나는 그와 함께 걸을 때면 숨이 가쁘다. 그는 천천히 걷는데도 나는 숫제 달리기를 해야 겨우 그 보조를 맞춘다. 그러므로 그에게 그냥 걸어다닌다는 표현은 어울리지 않다.

또한 허형만 선생님은 어떠한 바람결도 능숙하게 잡아타고 어디든 날아다닌다(그렇다고 새처럼 근원적으로 자유롭다는 이야기는 물론 아니다). 따라서 그의 활동 공간은 창공처럼 드넓고 무한하다. 나는 그가 어느 한 곳에만 집착하여 멈춰 있는 모습을 본 적이 없다. 어찌 그라고 하여 세상의 매서운 칼바람을 맞고 아프게 쓰러진 적이 없었으리요만 그 분은 그 상처에 연연하지 않는 강한 모습을 지니고 있다. 아니다. 그 상처 때문에 강해졌는지도 모르겠다. 그래서 거뜬히 다시 일어서서 길을 떠난다. 한 마디로 그는 끊임없이 움직이는 사람이다.

부지런함과 성실성은 시를 쓰는 자세에서도 드러난다. 허형만 선생님은 눈코 뜰 새 없는 와중에서도 시를 생각하고 쓴다. 나를 포함해 상당수 시인들이 특별한 시간에 시를 쓰는 것으로 알고 있지만 그는 그러한 특별한 것에 시를 묶어두지 않는다. 그만큼 생활과 시가 한데 맞물려 돌아간다는 뜻이다. 그 부지런함과 성실성이 50대 중반인 현재까지 자그만치 10권의 시집을 상자하게 만든 원동력이다. 그리고 그의 시는 간결·명쾌하면서도 의외로 꼼꼼하다. 이러한 특징은 그 시적 리듬과 시어를 다루는

데 있어 잘 드러난다. 복잡하고 지리멸렬한 시는 절대 사양이다. 이는 그의 성격을 그대로 반영하고 있는 것으로 나는 감히 어림잡는다. 다시 한 번 말하건대, 파블로 네루다의 시구 한 마디는 허형만 선생님의 삶과 시를 들여다 볼 수 있는 중요한 단서다.

3.

허형만 선생님과 나와의 첫 만남은 1982년도로 거슬러 올라간다. 민주화 열기가 뜨겁던 당시 대학 3학년이던 나는 학보사 편집장을 맡아 세상의 고민이란 고민은 혼자 뒤집어쓴 몰골을 하고 있었다. 학보를 만든답시고 학과며 학점을 거의 무시한 채 제멋대로였다. 게다가 「풀잎」이라는 문학동인회를 만들어 날이면 날마다 선술집을 전전하며 핏대를 올리고 있었다(이 문학써클은 아직도 명맥이 남아 있다). 그때 우리가 시내 술집 곳곳에서 거꾸러뜨린 보해소주병을 합하면 자그마한 산을 이루고도 남으리라. 그런데 그때 그야말로 땡전 한 푼 없는 작자들의 술값을 든든하게 책임져 준 것이 학보사였으며(그들은 고정 필진이나 다름없었다), 황량한 캠퍼스에서 갈 곳 없는 그들의 아지트 역할을 충실히 수행한 것도 학보사였다. 그리고 나는 그 악동 일파의 실제적인 두목이었다.

그때 편집국장으로 부임한 사람이 허형만 시인이다(여기서부터는 당시의 호칭을 혼용할 것임을 밝힌다). 편집국장은 학보사의 실무를 관장하는 행정 조교였다. 허 시인은 기다란 코트깃을 세우고 바람처럼 우리 앞에 나타났다. 부임하기 전 주간교수님으로부터 '반체제 시인' 이라는 귀뜸을 받은 바 있는 우리 앞에 후리후리한 키에 깡마른 몸매 그리고 긴 생머리 속에 날카로운 눈빛을 숨기고 악수를 청하는 허 시인의 첫 인상은 참으로 강렬했다. 말로만 들었지 그때까지 실제로 '시인'을 만나본 적이 없었던 나는 속으로 '아, 저렇게 생긴 사람이 시인이구나' 생각하고 이후 허 시인을 우상처럼 따랐다.

　　그러나 실제 학보를 만드는 과정에서는 다소 마찰이 있었던 것으로 기억한다. 이는 나도 나중에 편집국장이 되어 절실하게 느꼈던 바이지만, 당시 허 국장님의 직무상으로 보아 불가피한 면이었다. 그럼에도 불구하고 그때 내가 허 국장님께 범했던 결례 몇 점이 아직 남아 죄송스럽기 그지없다. 좋게 보면 젊음의 패기요 나쁘게 보면 치기에 불과했을 당시를 돌이켜 생각하노라면 지금도 쓴웃음이 절로 나온다. 그래서 멋모르고 날뛰던 아름다운 시절이 아니던가.

　　허형만 선생님은 천성이 다정다감하고 자상한 분이다. 다음은 학보사 시절 선생님의 인간적인 면모를 엿볼 수 있는 한 토막이다.

　　당시 편집장인 나를 포함한 학생 기자들은 학보사가 집이나 다름없었다. 학보를 만들러 올라가기 전인 며칠 동안은 기사를 쓰거나 편집을 하는 일로 날밤을 꼬박 세우기 일쑤였다. 특히 나는 당시 양을산 기슭 철거민 촌에 열 달에 5만원 하는 사글세방을 얻어 살벌한(?) 자취를 하고 있었다. 그러나 워낙 멀기도 하거니와 늘상 연탄불이 꺼진 지 오래여서 거의 들어가지 않았다. 그래서 매일 학보사에서 밥을 해먹거나 굶거나 했는데, 빈속에다가 술만 들이부으니 건강이 말씀이 아니었다. 그런데 우리가 야근을 하는 동안만큼은 별로 걱정이 없었다. 허 국장님이 사모님과 함께 손수 솥에다가 라면을 끓여 가져다주기 때문이었다. 우리는 그 꿀맛 같은 라면과 반찬들을 먹기 위해서 일부러 야근하는 일도 많았다. 뿐만이 아니다. 학보가 만들어져 나오기까지는 허 국장님의 집을 들락날락하기 일쑤여서 그곳이 아연 식당이나 여관처럼 여겨졌다. 그때 대식구의 식탁을 차리면서도 늘 웃음을 잃지 않으셨던 사모님의 넉넉한 인품을 잊을 수 없다.

그 후 허형만 선생님은 국문학과 전임강사 겸 학보사 주간으로 발령을 받았고, 나는 대학을 졸업하고 뒤를 이어 편집국장이 되었다. 또한 선생님은 그때부터 지금은 중앙대 문창과로 적을 옮기신 소설가 이동하 선생님과 함께 문학써클의 지도교수를 맡아 그 가슴 시리던 날들을 악동들과 함께 했다.

이렇듯 선생님과 나는 지금까지 참으로 뗄래야 뗄 수 없는 관계를 지속하고 있다. 중간에 생략된 이야기를 하자면 지면 관계상 한이 없을 것 같아 선생님과 나와의 사적인 인연은 이쯤에서 그만 접을까 한다. 다만 한 가지 호칭이 여러 번 바뀐 이야기를 덧붙인다. 나는 그간 허형만 선생님을 국장님 · 주간님 · 학과장님 · 학장님으로 불러왔다. 그러나 선생님은 아직도 변함없이 나를 '선태야'라고 부른다. 정겨움이 묻어나는 표시이다.

4.

올해(2000)로 시력(詩歷) 28년째를 맞고 있는 허형만 선생님은 70년대 광주 · 전남을 대표하는 중견시인 중 한 사람이다. 그의 연보를 보고 있노라면 그 특유의 부지런하고 다양한 족적이 그대로 찍혀 있어 흥미롭다.

허형만 선생님은 1945년(해방둥이) 전남 순천에서 공무원의 아들로 태어났다. 중학교 때부터 문예부장을 맡는 등 문학에 관심을 보인 그는 고교 시절과 대학 시절엔 문학 동인회를 결성하고 중대신문 현상문예에 시가 당선되는 등 활발한 습작기를 거친다. 특히 그는 고등학교 때 만난 문병란 시인과 대학교 때 만난 조병화 · 김현승 시인으로부터 큰 영향을 받는다. 1973년 『월간문학』 신인상에 시가 입상함으로써 공식적으로 시단에 나온 그는 1978년 첫 시집 『청명』을 발간한다. 1979년 광주에서 강인한 · 고정희 · 국효문 · 김종 등과 「목요시」 동인회를 결성한 그는 이어 「원탁시」 동인회에 참여하는 등 본격적인 시단 활동을 벌인다. 이 중 「목요시」 동인회는 서울의 「반시」 동인회, 대구의 「자유시」 동인회 등과 더불어 1980년대 동인지 시대의 서막을 알리는 선두 주자 역할을 담당함을 물론, 광주의 「5월시」 동인회를 탄생시키는데 상당한 영향을 미친다. 1984년 제2시집 『풀잎이 하나님에게』를 발간한 그는 창작과비평사의 17인 신작시집 『마침내 시인이여』에 참여함으로써 시단의 주목을 받게 된다. 이후 1985년 제3시집 『모기장을 걷는다』를 비롯 1987년 제4시집 『입맞추기』, 1988년 제5시집 『공초』와 제6시집 『이 어둠 속에 쭈그려 앉아』, 1993년 제8시집(시선집) 『새벽』, 1995년 제9시집 『풀무치는 무기가 없다』 그리고 1999년 제10시집 『비 잠시 그친 뒤』에 이르기까지 모두 10권의 시집을 지속적으로 펴냄으로써 중견시인으로서의 위치를 확보한다. 시집 이외에도 수필집 『오매, 달이 뜨는구나』(1987), 평론집 『시와 역사 인식』(1988), 저서 『우리시와 종교사상』(1990), 연구서 『영랑 김윤식 연구』를 상자함으로써 학자로서도 손색이 없는 면모를 갖춘다.

그 동안 허형만 선생님은 소파문학상(1979) · 전남문학상(1984) · 평화문학상(1990) · 전라남도문화상(1990) · 한국크린스챤문협상(1991) · 우리문학작품상(1992) · 편운문학상(1994) 등 7개의 문학상을 수상했다. 시작 활동 이외에도 목포에 거주하는 동안 목포를 대표하는 시인으로서 목포문학의 발전과 후진 양성에 커다란 공헌을 하였으며, 〈우리문학기림회〉의 회원으로 수많은 작고 문인들의 문학비를 세우는 등 그 활동 경력이 일일이 헤아릴 수 없을 정도다.

한편 허형만 선생님의 직장 생활은 교직으로 일관되어 있다. 1973년

학다리고등학교 교사를 시작으로 약 8년 간 고등학교에 몸담았던 그는 1984년에 대학으로 옮겨 목포대학교 국문학과 전임강사로 임용된다. 이후 문학박사 학위를 받고 인문대학장을 지내는 등 대학교수 생활 16년째를 맞고 있다.

5.

허형만 선생님의 시세계를 이 글을 통해 본격 논의한다는 것은 불가능한 일이다. 그래서 나는 서두에서 이야기한대로 그 분의 시세계에 대한 정밀한 논의나 분석을 피해가기로 한다. 시집 10권에 해당하는 방대한 분량을 한꺼번에 논의할 시간도 없으려니와 또 그럴 능력도 없다. 그렇다고 아예 논의조차를 피해갈 수는 없으므로 가볍게나마 시세계의 변모 과정만을 통시적으로 살펴볼까 한다.

지금까지 허형만 선생님의 시세계에 대한 논의는 지엽적인 선에서 그치고 있다. 말하자면 시세계를 총체적으로 조명한 경우가 지극히 드물다는 것이다. 더구나 첫 시집인 『청명』에 관한 언급이나 시세계의 변모 과정을 구획·정리한 경우는 한번도 없었다. 그래서 나는 그의 시적 변모 과정을 나름대로 다음과 같이 구획해 본다.

첫째, 1973년 등단 무렵부터 첫 시집 『청명』이 출간된 1978년까지 쓰여진 시를 초기시로 본다. 이때에 쓰여진 시들은 주로 개인적인 순수 서정시에 가깝다. 둘째, 「목요시」 동인으로 활동하던 1979년부터 제9시집인 『풀무치는 무기가 없다』를 펴낸 1995년까지를 중기시로 본다. 전체적으로 보아 몸통에 해당하는 이 시기의 시들은 소위 '진솔한 삶의 역사와 향토적 서정'으로 한꺼번에 수렴될 수 있는 것들이다. 셋째, 1996년부터 제10시집 『비 잠시 그친 뒤』를 펴낸 1999년 현재까지를 후기시로 볼 수 있다(물론 앞으로 쓰여질 시들도 여기에 포함된다). 이때의 시들은 그 이전의 시들과는 달리 내면의 고요와 깊이를 획득하고 있다는 점에서 극명하게 구분된다.

이러한 시기 구분은 물론 다소 무리가 있긴 하지만 뚜렷한 시세계의 변모 양상에 근거하고 있다. 그러면 이에 따라 선생님의 시세계의 흐름을 가볍게 따라가 보기로 한다.

습작기를 포함 등단 초기에 쓰여진 초기시들은 그 편수가 얼마 안될 뿐더러 지금껏 논의의 대상에서 제외되다시피 한 것이 사실이지만 내가 보기엔 허형만 선생님의 시세계의 근간을 이루는 요소들이 모두 들어 있다. 굳이 지적하자면 맑고 섬세한 감성과 투박한 향토성, 전통성, 간결한 언어와 가락 등이 그것이다. 다만 노래의 대상이 아직은 내 안에 머물고 있다는 점에서 밖으로 뛰쳐나오는 중기시와는 분명하게 다르다.

『청명』은 제목처럼 맑고 투명한 시집이다. 나는 여기에 실린 49편의 시를 읽으면서 선생님이 얼마나 섬세하고 여린 감성의 소유자인가를 발견한다. 주로 80년대 이후의 시를 통해 날카롭고 강렬한 인상과 목소리만을 기억하고 있던 나로서는 뒤통수를 얻어맞은 듯한 충격이 아닐 수 없다. 사람의 본바탕이 이렇게 변할 수도 있다는 것을 새삼 깨닫는다. 또 사람에 대한 선입감이 얼마나 큰 판단의 오류를 불러올 수 있는가도 깨닫는다.

허형만 선생님의 초기시들은 주로 전통성에 기대고 있다. 이는 그의 시가 전통적 발상법을 충실히 따르는 데서부터 출발하고 있다는 의미이다. 그는 습작기에 문병란·조병화·김현승 시인으로부터 시를 배워 그 영향을 받은 것이 사실이지만, 실제 시에서는 서정주·박재삼 시인의 시풍이 더 강하게 드러난다. 이는 초기에 그가 우리 고전적 숨결과 그 아름다움을 많이 탐닉한 데 기인한 것으로 보인다. 그것은 시어의 선택이나 가락의 조율에서 특히 두드러진다. 또 이를 기질과 관련하여 생각해 본다면 그는 천부적으로 선비의 기질을 타고난 분이다.

빈 손으로 왔어요.

다홍 치마 저고리
버선발로 달빛 밟고
옷고름 매며 뛰어 왔어요.

초롱불은 끄기로 해요.
차마 옷고름이 풀리지 않는군요.
한 줄기 설움으로 올을 내어
열 두 겹겹 감싼 속살인걸요.

포옥 안아 주세요.
그리고 炯炯한 幽界의
가장 낮으막한 목소리로
불러 주세요.

내 이름은 新婦,
우주의 꽃잎으로 불태우던
아, 내 소원
新婦.

불은 꺼졌으나
九天 하늘 어둡지 않으니
늘 어둠다히 밝게 살아
가진 거 없으나, 우리
빈 몸이 곧 가득한,
내일 아침에도 新行 길.

빈 손으로 떠나기로 해요,
눈 감으세요.
이제사 비로소
저를 재우세요,
바람으로 살래요.
빛살로 살래요.

— 「예맞이」 전문(첫시집 『청명』에서).

　‘어느 소년소녀의 영혼결혼식에’ 라는 부제를 달고 있는 이 작품은 허형만 선생님의 데뷔작이다. 신부의 어투를 빌어쓴 이 시는 서정주의 「춘향유문」이나 「신부」를 연상케 한다. 이 시에 등장하는 화자는 이승에서 사랑을 맺지 못했거나 꽃다운 나이에 결혼도 하지 못하고 죽은 서러운 넋이다. 따라서 밑바닥에 깔려 있는 정서는 우리의 전통정서를 대표하는 한(恨)이다. 그러나 그 한은 서러움이나 눈물 따위가 밖으로 철철 넘쳐나는 그런 퇴영적 한이 아니다. 그 처연한 슬픔은 놀랍게도 안으로 잘 승화되어 결코 밖으로 드러나지 않는다. ‘애이불비(哀而不悲)의 미학’ 이라 함은 바로 이를 두고 한 말이다. 따라서 “幽界의” 언어로 쓴 듯한 이 상처 입은 넋을 위한 추도사는 우리에게 섬뜩하리만치 투명한 아름다움을 선사한다.

이 시는 앞서 지적한 전통적 요소를 두루 갖추고 있다. 첫째는 제목부터가 고전적인 이미지가 물씬 풍긴다. 두 번째는 여성적인 화자를 내세움으로써 간절한 호소력을 자아낸다. 세 번째는 내용 자체가 우리 전통 정서인 한을 형상화하고 있다. 네 번째는 리듬 자체도 전통적인 가락에 기대어 간결한 호흡으로 넘어간다. 다섯 번째는 "다홍 치마 저고리"·버선발"·옷고름"·초롱불"·九天"·어둠다히" 등 고풍스런 시어들이 다수 동원되고 있다.

이러한 전통적 요소들은 비단 이 시에만 국한된 것이 아니다. 이는 "하마 핏물질가/아롱다리 우닐세라/이처럼 고요론 숨결로…"(「봄 그리운 이에의 시」)를 비롯한 초기시 대부분에서도 동일하게 확인된다. 특히 전통적 가락에 기반을 둔 짧고 간결한 호흡은 그의 중기시나 후기시에서도 그대로 유지되고 있다. 이렇게 볼 때 허형만 선생님은 간결하고, 단아한 시풍이 호흡이 긴 시풍에 비해 체질적으로 어울리는 시인이다. 물론 초기시 중에는 「전라도 안개」·「학다리 마을」 등 투박한 향토성을 드러내거나 「유지원에서」·「이슬」·「장」 등 이미지 연습을 위주로 한 시들이 혼재해 있는 것이 사실이다. 하지만 그 중심을 관류하고 있는 것은 고전적 시학 또는 전통적 시학이라고 본다. 따라서 나는 허형만 선생님의 시적 근원이나 시인으로서의 자질을 제대로 이해하기 위해서는 『청명』에 실린 초기시를 무시하고는 불가능하다는 것을 감히 단언한다. 젊은 날의 상처가 석류알처럼 알알이 박혀 진한 속울음을 피워내고 있는 첫 시집 『청명』은 내가 보기엔 매우 아름다운 시집이다.

6.

1979년 「목요시」를 결성하고 그 동인으로 활동하면서부터 허형만 선생님의 시세계에는 일대 변화의 바람이 불기 시작한다. 특히 1980년 벽두의 5·18 광주민중항쟁을 기점으로 거세게 몰아닥친 민주화의 열풍은 선생님을 비롯한 이 땅의 젊은 시인들에게 '시란 무엇인가', '시는 무엇을 할 수 있으며, 또 어떻게 써야 하는가'를 심각하게 자문하도록 만든다. 그 자문의 결과 그의 시적 자아는 초기 내면의 집을 박차고 밖으로 뛰쳐나오게 된다. 시적 화자 또한 '나'에서 '우리'로의 전환이 자연스럽게 이루어진다. 이 뛰쳐나온 시적 자아는 이후 1995년까지 16년 동안 거친 역사의 광장에서 '진솔한 삶의 역사와 향토적 서정'을 일관되게 노래한다. 따라서 중기시로 묶을 수 있는 것들이 『풀잎이 하느님에게』(1984)·『모기장을 걷는다』(1985)·『입맞추기』(1987)·『이 어둠 속에 쭈그려 앉아』(1988)·『공초』(1989)·『진달래 산천』(1991)·『풀무치는 무기가 없다』(1995) 등 7권의 시집이다.

우리의 연약함을 보시고
우리의 이파리를 꺾이지 않게 하시며
당신의 이름을 위해 우리를 지키소서
야훼, 우리 하느님
태풍이 몰아쳐도 뿌리 뽑히지 않게 하시고
들불이 번져와도 타지 않게 하소서
비록 어둠 속에서도 두 눈 크게 뜨게 하시며
나팔을 높이 불어 쓰러진 동족을 일으키소서
우리의 햇살을 전과 같이 함께 하게 하시고

우리의 새들도 처음처럼 돌려보내 주소서

짓밟는 자에게 생명의 귀함을 일깨워 주시고

낫질하는 자의 낫은 녹슬게 하소서

야훼, 우리 하느님

우리의 땅은 더욱 기름지게 하시고

우리의 영혼을 버러지로부터 보호해 주시고

우리의 뿌리는 더욱 깊이 뻗게 하시며

우리의 하늘은 더욱 푸르르게 하소서.

　　　― 「풀잎이 하느님에게」 전문(두 번째 시집 『풀잎이 하느님에게』에서).

　민중적 상상력과 기독교적 상상력이 한데 어우러져 간절한 기도가 되고 있는 이 시는 허형만 선생님의 중기시를 대표할만한 수작이다. 초기시 일부에서 가느다란 발성의 싹을 보인 역사의식이 이 시에 오면 커다란 목소리 또는 외침으로 바뀌고 있음을 본다. 간절한 기도의 형식을 취하고는 있지만 가만히 들여다보면 이 시의 육성은 마음속으로나 읊조리는 정도의 그린 소박한 기노가 아니다. 기도 속에 날선 비수를 감추고 있는 이 시는 따라서 탄원하듯 함께 부르짖어야 제맛이 나는 절규에 가깝다. "낫질하는 자의 낫은 녹슬게 하소서", "우리의 영혼을 버러지로부터 보호해 주시고" 같은 구절이 그 비수에 해당한다. 그 낫질하는 자나 버러지가 누구이겠는가.

　나는 실제로 허형만 선생님이 이 시를 낭송하는 모습을 보고 깜짝 놀란 일이 있다. 아마 나뿐만이 아니었을 것이다. 나는 으레 남들처럼 그가 단상에 올라 기도하듯 이 시를 낭송할 줄 알았다. 그러나 그 예상은 전혀 빗나갔다. 느닷없이 청중 속에서 튀어나와 단상에도 오르지 않고 원고도 없이 절규하듯 큰소리로 낭송하는 것이었다. 그것은 성난 호랑이의 포효와 같았다. 좌중을 완전히 사로잡아 정신을 번쩍 들게 하던 낭송 모습을 보고서야 나는 이 시의 진정한 의도가 어디에 있는가를 비로소 알 수 있었던 것이다.

허형만 선생님은 독실한 기독교 신자이다. 나는 그가 어디에서고 기도하는 모습을 흔히 본다. 그래서 그의 시에는 기도조가 상당히 많다. 제5시집인 『이 어둠 속에 쭈그려 앉아』(1988)의 시 전편이 바로 이러한 투철한 역사의식을 담은 기도시이다. 그리고 그의 기도시는 그냥 기도시가 아니다. 다음 시를 보자.

세상을 살다보면/숨 죽여 작은 소리로는/통하지 않을 때가 많다/세상을 살다보면 /조용히 홀로 있는 작은 소리는/언제나 신음에 불과할 뿐//목소리도 크게/발소리도 크게/몸짓도 눈짓도 크게 크게/그래야 사는 세상 속에서// 세상을 살다보면 /침 넘어가는 작은 소리 정도는/통하지 않을 때가 많다.
— 「큰소리」(일곱 번째 시집 『진달래 산천』에서).

80년대는 어쩌면 큰소리가 요청되던 시대였는지 모른다. 그도 그럴 것이 싸움의 문학, 현장의 문학, 저항의 문학을 표방한 시가 "침 넘어가는 작은 소리"에 불과하다면 어떻게 통하겠는가. 따라서 이 시에서 주장하는 논리는 당연한 시대적 요청이요, "큰소리"는 그의 의도적인 시적 전략으로도 받아들여진다. 그래서 기도마저도 큰소리로 했는지도 모른다. 그러므로 허향만 선생님의 중기시 중에서 역사의식을 담고 있거나 저항시적 요소가 강한 시들은 모두가 "큰소리"이다.

하지만 큰소리도 실천을 담보로 하지 못할 때 허망해진다. 또 사람의 감정이나 선호도는 아주 약은 것이어서 똑같은 패턴이 지속되면 빨리 싫증을 내고 돌아서고 만다. 그래서 방법론적인 전환이 필요한 것일 터이다. 솔직히 고백하건대, 나는 그 당시에 제자이자 독자의 한 사람으로서 선생님의 큰소리가 너무 오래 지속되지 않기를 바랐는지도 모른다.

손님이 와도 짖지 않는 개는/개가 아니다/잡상인이 와도 짖지 않는 개는/개가 아니다/더더욱 도둑을 보고도 꼬리치는 개는/개가 아니다//어느날 대낮에 도둑을 맞고/개 한 마리 얻어 왔다/짖지 않는 개/눈치만 보는 개/개가 개이기를 포기하는/그 개를 보며 자문했다//- 왜 컹컹컹 짖지 못할까?/- 무엇이 목청껏 짖지 못하게 할까?/- 무엇 때문에 시원스럽게 짖을 수 없을까?/- 왜? 어째서? 왜? 어째서?

— 「개로 인하여-供草 4」(여섯 번째 시집 『供草』에서).

이 시는 모순을 보고도 말을 못하거나 방관하는 자의 비겁함을 개를 통해서 강하게 질타하고 있다. "손님이 와도", "잡상인이 와도" 짖지 않는 개는 "개가 아니다". 더구나 "도둑을 보고도 꼬리치는 개", "눈치만 보는 개"는 "개이기를 포기하는" 개다. 그 개는 불행하게 목울대가 거세된 개도 아니요, 제 정신이 아닌 미친개도 아니다. 그럼에도 짖지 않는 개는 차라리 미친개보다 못한 개다. 그것은 자신의 안위를 위해 어쩔 수 없이 속으로만 신음하던 지난 연대 우리들의 슬픈 자화상이다.

그 개의 부류 속에는 허형만 선생님 자신도 포함된다. 그래서 "왜? 어째서?"라고 고통스럽게 자문하는 것 아닌가. 그리고 이 질문 속에서 자유로울 수 있었던 사람들이 과연 몇이나 되는가. 아니 질문조차도 하지 않은 사람들은 또 얼마나 많았던가. "큰소리"를 표방하며 "목청껏" 짖고 싶었던 그도 이 실천의 문제 앞에서는 난관에 봉착할 수밖에 없었음을 고백하고 있다. 이러한 의미에서 이 시는 자신의 비겁함까지를 진술하게 드러내는 양심적이고도 통렬한 자기반성으로 읽힌다.

오늘도 출근하기 전에 아들놈

껴안고 입맞추기 아랫도리 벗기고

엉덩이랑 똥구멍까지에도 입맞추기

일기예보는 청명 출근길은 정상

기분상태 양호 아직도 풀잎은 초록

전봇대도 가로수도 품안 가득 품고

입맞추기 길바닥에 널린

달래 보리 풋나물에도 입맞추기

우리네 위대한 황토땅에도(교황성하처럼근엄하게는말고)

으스러지게

입맞추기 사람이라면 사람 누구나

그것이 비록 북풍이거나 창칼이거나

아님 시래기국이거나 라면일지라도

사람으로 치고 입맞추기

— 「입맞추기」 부분(네 번째 시집 『입맞추기』에서).

　이 시는 「풀잎이 하느님에게」와 함께 허형만 선생님의 중기시 중 내가 가장 좋아하는 작품이다. 제목을 달리 바꾸라 한다면 「사랑법」이라 해도 좋을 만큼 이 시는 사랑을 토대로 시를 쓰는 허형만 선생님의 시학이 한 꺼번에 들어 있다. 그가 이야기하는 사랑의 실체가 무엇인가도 구체적으로 묘사되어 있음을 본다.

　또한 이 시는 아름답다는 뜻이 무엇인가를 극명하게 보여준다. 우리는 대개 겉으로만 번드르한 것을 아름답다고 말한다. 하지만 그것은 진정한 아름다움을 잘 모르는 소치이다. 그것은 마치 외모만 화려한 여자를 아름다운 여자로 착각하는 것과 같다. 만약에 미의식이 그 정도밖에 안

되는 사람이 시를 쓰려고 한다면 도시락을 싸들고 다니며 말릴일이다.

허형만 선생님의 시적 관심 또는 사랑의 대상은 무슨 특별한 데 있는 것이 아니다. 그것은 이 세상에 존재하는 모든 것에 있다. 아니다. 오히려 귀하고, 잘나고, 화려하고, 깨끗한 것들보다는 천하고, 못나고, 볼품없고, 더러운 것에 있다. 선생님은 사람의 몸뚱아리 중 가장 더러운 부위인 "똥구멍"에 입맞추고, 생명이 없는 "전봇대"에도 입맞추고, 하잘 것 없는 "달래 보리 풋나물"에도 입맞추고, 꽉꽉하고도 서러운 "황토땅"에도 입맞춘다. 뿐만이 아니다. 사람이라면 나를 고난에 빠뜨리고 죽일 수도 있는 "북풍이거나 창칼"이라도 입맞추고, 못난 "시래기국이나 라면일지라도" 기꺼이 입맞춘다. 그것도 "뜨겁게 뜨겁게", "온몸으로 온몸으로" 그리고 "땀 흘리며 햇살로 희망으로" 입맞춘다. 이는 무엇이 세상을 진정으로 사랑하는 길이고, 어떻게 해야 자신의 시가 구원의 손길이 될 수 있는가를 절실히 터득하고 있기 때문이다.

이렇듯 허형만 선생님의 중기시는 시집마다 다소의 차이는 있지만 크게 보아 '진솔한 삶의 역사와 향토적 서정'으로 수렴된다. 달리 말해 '나'라는 초기시의 협소한 공간에서 '우리'라는 세상의 드넓은 광장으로 걸어 나와 그것을 오래도록 진솔하게 껴안고 또 부대꼈던 모습을 노래한 것이 중기시라 할 것이다.

7.

그러나 허형만 선생님은 제9시집인 『풀무치는 무기가 없다』(1995)를 펴낸 이후 상당 기간 동안 시 쓰기와 발표를 삼가는 공백기를 갖는다. 이 공백기는 스스로 진중한 시적 변모를 꾀하기 위해 웅크린 기간으로 이해된다. 그리하여 4년 후인 최근에 펴낸 시집이 『비 잠시 그친 뒤』(1999)이다. 따라서 이 시집은 그 공백기가 탄생시킨 결과물이다.

이 시집은 여러 가지 측면에서 그 이전의 시집들과는 성격을 달리 한다. 첫째, 시적 관심사가 치열한 현실의 전면에서 일상과 자연으로 한 발짝 물러나 있다는 점. 둘째, 대상을 보는 눈이 깊어지고, 목소리 또한 고요해지고 있다는 점. 셋째, 직설적인 진술보다는 말을 최대한 아낌으로써 절제된 표현미를 획득하고 있다는 점 등이 그것이다. 이는 50대 중반이라는 자신의 연륜의 깊이와도 비례한다고 볼 수 있겠지만, 달라진 시대적 상황과 급변하는 문학의 흐름을 감지하고 이를 효과적으로 수용하기 위한 불가피한 선택으로 받아들여진다. 사적으로 말한다면, 나는 허형만 선생님의 이러한 시적 변모를 매우 다행스럽고도 긍정적인 부분으로 평가해 마지않는다.

그러면 허형만 선생님의 이러한 시적 변모의 계기는 어디에서 오는가. 그것은 "살아온 날보다/살아갈 날이 훨씬 짧아졌구나/천상의 모든 생명들이/서둘러 흙으로 돌아오고 있구나"(「처서」 일부)라는 시구에서 알 수 있듯이 지천명의 나이에 대한 자각과 성찰에서 비롯된다. 당연히 사람도 자연의 일부이므로 그도 어느덧 인생의 가을을 맞고 있는 것이다. 이는 그 멀고 험난한 세상을 떠돌던 한 마리 새가 이제 본연의 집으로 돌아올 시간이 되었다는 뜻이다.

그러므로 허형만 선생님의 시는 이제 가을이다. 가을이 어떤 계절이던가. 가을이 되면 햇빛부터가 그 음색이 다르지 않던가. 만물의 눈빛과 소리가 그윽하게 깊어지는 계절. 하여, 가을밤을 우는 한낱 쓰르라미나 귀뚜라미 소리마저도 그만큼 깊고 정밀하여서 멀리서 울어도 가까이 들린다. 여름내 푸르던 가을들판도 스스로 변색하여 무겁게 출렁인다.

가까이 다가서기 전에는

아무 것도 가진 것 없어 보이는

아무 것도 피울 수 없을 것처럼 보이는

겨울 들판을 거닐며

매운 바람 끝자락도 맞을 만치 맞으면

오히려 더욱 따사로움을 알았다

듬성듬성 아직은 덜 녹은 눈발이

땅의 품안으로 녹아들기를 꿈꾸며 뒤척이고

논두렁 밭두렁 사이사이

초록빛 싱싱한 키 작은 들풀 또한 고만고만 모여 앉아

저만치 밀려오는 햇살을 기다리고 있었다

신발 아래 질척거리며 달라붙는

흙의 무게가 삶의 무게만큼 힘겨웠지만

여기서만은 우리가 알고 있는

아픔이란 아픔은 모두 편히 쉬고 있음도 알았다

겨울들판을 거닐며

겨울들판이나 사람이나

가까이 다가서지도 않으면서

아무것도 가진 것 없을 거라고

아무 것도 키울 수 없을 거라고

함부로 말하지 않기로 했다

— 「겨울 들판을 거닐며」(열 번째 시집 『비 잠시 그친 뒤』에서).

열 번째 시집에서 단연 돋보이는 이 시는 대상을 바라보는 성찰의 깊
이가 빛나는 작품이다. 직설적인 목소리 위주였던 중기시와는 그 표현의

깊이가 현저하게 다르다. 사물의 본질을 끝까지 물고 늘어지며 현현시키는 성찰의 깊이, 더구나 아무 것도 없을 것 같은 겨울 들판에서 이토록 많은 의미를 건져 올리고 있는 성찰의 깊이는 어디에서 오는가. 그것은 멀리서 그냥 바라보는 것이 아니라 직접 "겨울 들판을 거닐며" 가까이 다가서 있기 때문이다. 또 그러기 전에는 무엇이 어떨 거라고 "함부로 말하지 않기로" 하는 자기반성과 깨달음이 동반됐기 때문이다. 이 반성과 깨달음을 가능케 하는 근원은 당연히 오랜 삶의 경험에서 터득한 지혜와 비로소 자신을 돌아볼 수 있는 여유에 있다.

그래서 겨울 들판은 황량하고 살벌한 죽음의 들판이 아니다. 그것은 외양과는 달리 새로운 봄을 기다리는 생명들이 안식을 취하면서 꿈틀거리는 희망의 들판인 것이다. 살벌한 겨울 들판은 이 시로 하여 다시 따스하게 태어난다. 그것이 겨울 들판의 본질이다.

쓰다 보니 이야기가 너무 길어졌다. 끝으로 부디 허형만 선생님의 시 세계가 이순으로 갈수록 더욱 고요하고 심원하여져서 만물의 본질을 그득 품에 안을 수 있기를 소망한다.

—『현대시』(2000년 1월호)

조화와 일치를 꿈꾸는 둥근 항아리

— 이지엽론

1.

필자는 지금 약 1년 전까지 이지엽 시인이 글을 쓰던 대학 연구실 의자에 앉아 다른 사람도 아닌 그의 커버스토리를 쓰고 있다. 주인만 바뀐 의자는 새 주인이 주말인데도 집에 들어가지 않고 자신을 깔아뭉개고 있는 모습이 옛 주인을 닮았다고 투덜거리는 듯하다. 연구실은 별로 달라진 게 없이 여전하다. 책상이며 의자, 책장, 캐비닛, 화분, 찻잔, 심지어는 책상 서랍의 내용물까지 그대로다. 벽이며 천장 등에는 골초였던 그의 담배 연기가 묻어있고, 거기에 새 골초의 담배 연기가 합세하여 그야말로 냄새가 '끈하다'. 그래서 대물림 받은 연구실은 학내에서 '골초다방'으로 통한다. 다만 달라진 게 있다면 책장이 줄어 공간이 다소 넓어졌고, 밖에서 안을 들여다보지 못하도록 유리창에 커튼을 쳤다. 학생들도 새 주인이나 옛 주인이 별 차이가 없다는 듯 제집처럼 들락날락한다. 그러나 옛 주인은 이후로 한번도 이 연구실을 들르지 않았다. 안 봐도 빤하기 때문이다.

아는 사람들은 다 알고 있겠지만, 이지엽 시인은 작년 초 광주여대 문예창작과에서 경기대 동양어문학부로 직장을 옮겼다. 정들었던 고향 광주에서의 10년 생활을 정리하고 다시 그 찬바람 쌩쌩 부는, 무시무시한 서울로 터전을 옮긴 것이다. 그리고 그가 떠난 자리로 후배인 필자가 들어앉게 되었으니, 당시 보따리 장사를 전전하던 필자로선 그의 떠남이 구원(?)이나 진배없었다고 한다면 너무 솔직한 표현일까. 아무튼 그는 떠난 이후로도 광주를 못 잊어 주야를 가리지 않고 바지런히 오르내리고 있다. 무슨 사적인 약속이 있어서라기보다는 대부분 일 때문이다. 나중에 다시 언급하겠지만 그는 생래적으로 일을 사랑하는 사람이다. 일에 채여 홍길동처럼 동분서주하지만, 그러면서도 힘들어하는 내색이 없을 뿐더러, 맡은 일은 빈틈없이 처리하고서야 직성이 풀리는 스타일이다.

지금 그는 서울이라는 험악한 전쟁터에서 누구보다 용맹스럽게 싸우고 있는 것으로 알고 있다. 상경하자마자 학생들을 가르치는 일 이외에도 '고요 아침'이라는 출판사를 차렸다. 출판업은 그가 진즉부터 꿈꾸던 일이었다. 이제 불혹의 중반에서 본격적인 싸움이 시작된 것이다. 자본의 열악함 속에서도 '고요 아침'은 벌써 30여 권의 야심 찬 도서를 세상에 내놓을 만큼 탄탄한 기반을 마련했다. 게다가 그가 광주에서부터 발간했던 계간 『열린시조』는 그 이름을 『열린시학』으로 바꿔 시와 시조 사이의 경계를 허물어 하나로 통합하는 최초의 문예지를 표방함으로써 벌써부터 문단의 이목을 집중시키고 있다. 어떻게 단시간 안에 이러한 일들을 성공적으로 벌일 수 있는지 다시 한번 그의 놀라운 추진력에 감탄을 금할 수가 없다. 과연 그는 필자와 같은 우물 안 개구리가 아니라, 태생적으로 큰물 안에서 놀아야 제격인 사람이라는 생각을 하게 된다. 같은 촌놈이라도 그와 필자가 다른 이유가 여기에 있다.

2.

이지엽 시인과 필자가 처음 만난 것은 1994년쯤의 일로 기억된다. 대학원 박사과정에 다니면서 이곳저곳을 강의로 전전하던 필자는 동신대 국문과 교수이자 그와 막역한 친구 사이인 최한선 시인(현 담양 도립대 교수. 그는 필자의 초·중·고 선배이기도 하다)과 함께 그의 연구실을 찾은 적이 있다. 당시 그는 서울에서 내려와 광주여대에서 교편을 잡고 있었고, 일찌감치(1982년) 등단하여 꽤 문명을 날리고 있었다. 그러니까 그는 필자보다 두 살이 위이지만, 등단 년도로 따지면 10년 이상 선배인 셈이다. 그럼에도 불구하고 그는 초면인 필자를 반갑게 맞아주었고, 도반 (道伴)으로서의 후배를 무척 염려해 주었다. 게다가 그의 고향은 해남으로 강진이 고향인 최한선 시인과 필자와는 이웃 동네였으며, 세 사람 모두 지지리도 가난한 집안에서 태어나 배움의 과정에서 혹독한 시련을 겪은 촌놈들이라는 동질감 같은 것이 있었다. 그런 점들이 필자가 이지엽 시인을 가까운 선배로 모시는 일차적인 계기가 되었지만, 정말로 좋아라 믿고 따르는 이유는 그의 넉넉한 품새와 따뜻한 인간성 때문이었다. 처음 만난 사람에게도 대단한 친화력을 보여주는 면은 그의 인간적인 장점의 하나임이 분명하다. 아무튼 그 후로 우리는 광주를 중심으로 10년 가까이 사귀면서 변함없이 돈독한 선후배 사이를 유지해왔고, 앞으로도 그러할 것임을 믿어 의심치 않는다.

기왕에 사적인 이야기가 나온 만큼 그에 대한 인간적인 풍모를 좀더 스케치해 보는 것도 나쁘지는 않을 듯하다. 먼저 이지엽 시인의 외모를 대하면서 연상되는 것은 항아리다. 그것도 백자나 청자 항아리가 아니라 우리네 시골 장독대에 넉넉한 품새로 놓여 있는 토종 항아리다. 지금은 플라스틱 제품 등에 밀려 거의 사라졌지만, 얼마나 오랫동안 된장이나 고추장, 김치 등을 저장하고 익혀 우리 고유의 깊은 맛을 내는 그릇으로 사용되어 왔던가. 그 빈 항아리에서 우렁우렁 울려 나오던 소리는 또한 어떠한가. 이지엽 시인의 목소리 또한 그것을 닮았다. 그러나 신혼 초까지만 해도 그의 외모는 지금과는 많이 달랐다. 필자가 우연히 당시의 사진을 보고 알게 되었지만, 그때는 몰라 볼 정도로 깡말라 있었고 젊은 날 고생의 흔적이 선명하게 묻어 있었다. 그러던 그가 80kg이 넘는 거구가 된 것은 세월의 흐름에 따른 자연스런 현상이겠지만, 그의 삶의 지향점과도 무관치는 않은 듯하다. 정신과 육체의 상관성 말이다. 항아리는 모든 것을 담아 삭힐 만큼 넉넉하고도 둥글며 곡선적인 이미지를 갖고 있지 않은가 말이다.

그리고 그는 전술했다시피 일을 사랑하는 사람이다. 남의 밑에서 그저 시키는 일이나 고분고분 하고 있을 사람이 아니다. 항상 먼저 계획하고 그것을 성실하게 실행에 옮긴다. 필자는 그가 한가하게 앉아 있는 모습을 거의 본 적이 없다. 좀이 쑤시기 때문이다. 그는 일을 만들어서 한다. 그러면서도 바쁘다고, 힘들다고 내색하지 않고 느긋하다. 또한 그의 행동거지는 항아리처럼 둔중하지 않다. 놀라울 정도로 치밀하고 민첩하다. 구르는 돌에는 이끼가 끼지 않는다고 했던가. 따라서 그는 구르는 항아리다. 그러나 좀처럼 깨지지 않을 항아리다. 그의 취미는 바둑이다. 때와 장소를 가리지 않고 바둑 삼매경에 빠진다. 필자는 그가 원구식 시인과 만나면 주연을 때려치우고 꼬박 날밤을 세우는 걸 자주 목격한 바 있다. 그와 원구식 시인은 바둑으로 말하면 문단의 호적수다. 노래방에서 그의 레퍼토리는 거의 정해져 있다. 「칠갑산」이나 「백치 아다다」가 그것이다. 남들이 아무리 신곡을 배워 불러도 아랑곳하지 않는다. 그는 자기 식대로 부른다. 그 점에 있어서는 필자도 마찬가지다. 주로 「배호」나 「정태춘」에 경도된 필자의 레퍼토리만 다를 뿐이다. 그리고 그의 주변에는 항상 사람들이 따른다. 친화력 혹은 포용력 때문이다. 또한 그는 좀처럼 화를 내지 않는다. 몸무게만큼 입이 무겁고 정직할 뿐더러, 약속한 일은 반드시 지킨다.

여기에서 그의 품성을 확인할 수 있는 일화를 하나 소개할까 한다. 한 번은 그와 필자 그리고 후배 송종찬 시인이 강진의 마량 방파제에서 밤낚시를 한 적이 있다(필자가 생각하기에 그의 취미는 바둑 다음으로 낚시다. 그만큼 그는 시간이 없어서 못할 뿐 낚시에 대한 매력과 소질을 갖고 있다). 한참 낚시를 하다가 송 시인의 낚싯줄이 헝클어졌다. 밤낚시를 해본 사람이라면 알겠지만, 낚싯줄이 헝클어지거나 꼬이면 이만저만 신경질이 나는 게 아니다. 아무리 좋은 사람이라도 성격 다 망친다. 송 시인과 내가 풀려고 무진 애를 썼지만, 그럴수록 더욱 심하게 꼬일 뿐 가망이 없어 결국 잘라내고 새로 채비를 하기로 했다. 그런데 이지엽 시인이 다가와 그 어둠 속에서 후레쉬 하나만으로 한참을 실랑이하더니 기어코 그것을 풀어냈다. 그리고는 이제 됐다는 듯 껄껄 웃는 것이었다. 그 광경을 지켜보고 있던 우리는 아연실색할 수밖에 없었다. 실타래가 난마처럼 얽히는 경우가 어디 밤낚시할 때뿐이겠는가. 모든 삶의 갈등과 반목의 구조를 서두르지 않고 찬찬히 풀어내는 여유와 철학, 그것이 곧 이지엽 시인이 시에서 추구하는 화해와 조화의 세계관이 아니겠는가.

3.

이지엽(본명 이경영)은 시와 시조를 함께 밀고 나가는 시인이다. 게다가 문학 연구와 비평 그리고 최근엔 동화와 출판 일까지 겸하고 있다. 남들은 하나도 제대로 못하는 일들을 여러 가지 한다고 해서 일견 욕심 많은 사람이라고 생각하는 경우도 있을지 모른다. 그러나 필자는 그렇게 생각하지 않는다. 시와 시조를 쓰는 일은 시인으로서 그의 본분이고, 문학 연구와 비평은 학자로서 피할 수 없는 그의 본분에 해당한다. 다만 동화

쓰는 일과 출판 업무는 부수적이라 할 수 있겠으나, 최근 시 이외에 잡문을 쓰는 시인들이 또한 얼마나 많던가. 그것은 어디까지나 개인의 소신과 능력 문제일 뿐 왈가왈부할 성질이 못 된다. 그리고 그것은 실제로 다재다능할 뿐더러 일을 사랑하는 그의 천성과 관련이 있는 것으로 이해된다.

그러나 필자가 보기에 그의 천분은 어디까지나 시인이다. 그는 처음엔 시(자유시)를, 나중엔 시조(우리시)를 공부했고, 그 두 장르를 따로 보지 않고 하나로 통합하려는 그만의 꿈을 갖고 있는 시인이다. 다시 말해 그는 자꾸 왜소해져 가는 우리 고유의 시가 양식인 시조에 남다른 애착을 갖고, 그 단점을 극복하되 그 장점을 최대한 계승하여 거기에 현대성을 가미함으로써 남의 것이 아닌 우리시의 새로운 전통을 수립해보려는 야심 찬 계획을 갖고 있는 시인인 것이다. 그래서 그는 광주에서 계간 『열린시조』를 발간함으로써 현대시조의 부흥에 기여했고, 이를 다시 서울에서 『열린시학』으로 개편함으로써 그의 생각을 실천으로 옮기고 있으며, 우리 현대 시조 문학사 100년을 총 정리하는 「우리 시대 현대시조 100인선」을 기획·간행한 바 있다. 이렇듯 우리 시조 시단에 기여한 일련의 그의 업적은 결코 가벼이 볼 수 없는 바, 그 위상이 높이 평가돼야 마땅하다 하겠다.

이지엽 시인은 1958년 음력 12월 25일 해남군 마산면 은적골에서 아버지 이용호와 어머니 윤동례 사이의 4남 2녀 중 막내로 태어났다. 해남 서초등학교 재학 때 글짓기대회와 사생대회, 웅변대회 등에서 60~70여 회를 수상하자, 당시 김주훈 교장 선생님이 일기장에 "너는 커서 훌륭한 문학가가 될 것이다"라고 써준 글구에 자극을 받아 일찍부터 문학의 꿈을 키우게 된다. 1972년 해남중학교 2학년에 재학 중 가족들이 서울로 이주함에 따라 중화중학교로 전학하였으며, 지금은 헐려버린 면목동 중랑천변 둑방 등 변두리 지역을 전전하며 생활하면서 지독한 가난을 맛보게 된다(그는 당시 학창시절을 '고학'으로 표현하고 있으며, 가족들의 생계는 말할 수 없이 힘들었다고 한다). 후일 이때의 기억을 쓴 것이 「중랑천」연작시를 비롯한 초기 시집들에 실린 대다수의 시편들이다.

1974년 경동고등학교에 입학한 그는 '상단(上段)'이라는 문예반 활동을 학교 공부보다 더 열심히 하였고, 각종 백일장에 나가 20여 차례나 수상하였으며, 2학년 때인 1975년에는 무안이 고향인 김동찬 시인(계간 『열린시학』 발행인)과 함께 『제목 없는 전설』이라는 2인 합동 시집을 발간하는 조숙성을 발휘함으로써 졸업 때 학교에서 주는 문예공로상을 받기도 한다. 그의 시조에 대한 관심도 고교 때 고문(古文)을 가르치던 정하경 선생님의 영향 때문이라고 한다. 그리하여 그는 1977년 고등학교를 갓 졸업한 만 19세의 나이로 시조집 『아리사의 눈물』을 발간하기에 이른다(어떻게 보면 그의 첫 시집이라고 할 수 있는 이 시집은 그러나 등단 이전에 발간했다는 점에서 공식적인 시집으로 포함시키기는 어렵다).

병역 의무를 마치고, 1981년 성균관대학교 영문학과에 입학하여 1985년 졸업한 그는 이후 동 대학원 국문학과에서 석·박사학위를 받게 된다. 대학 재학 중이던 1982년 『한국문학』 100만원 고료 신인상에 시 「촛불」 등이 당선되었고, 1984년 경향신문 신춘문예에 시조 「일어서는 바다」가 당선됨으로써 공식적으로 문단에 나오게 된다. 또한 그는 80년 5·18을 서울에서 간접적으로 겪었지만, 대학에서 대학원 재학에 이르기까지 줄곧 화염병과 최루가스에 눈물을 흘렸다고 술회하고 있다. 이러한 시대적인 체험들은 이후 그의 시 속에서 상당한 부채의식으로 자리잡게 된다. 1984년 공식적인 첫 시집 『다섯 계단의 어둠』을 발간한 그는 1989년 첫 시조집 『떠도는 삼각형』에 이어 1990년 제2시집 『샤갈의 마을』을 발간함으로써 시단에 그 이름을 각인시킨다.

1992년 20여 년 동안의 서울 생활을 청산하고 광주여자대학교 개교와 더불어 문예창작과 교수로 부임하면서 광주로 생활의 터전을 옮긴 그는 대학에서 학생들을 가르치면서 광주·전남 민족문학작가회의에 가입하고 문예워크숍을 주도하는 등 광주문학의 활성화를 위해 적극 참여한다. 그러나 그는 새로운 생활 근거지에 대한 적응과 과다한 직장 업무로 인해 2~3년 간 창작 휴지기를 갖기도 한다. 1994년 최한선 교수와 연구서 『한국현대문학의 사적 이해』와, 5인 사화집 『다섯 빛깔의 언어 풍경』을 발간한 그는 1996년 현대시조의 부흥을 꾀하기 위해 광주를 중심으로 전국을 아우르는 계간 시조 문예지 『열린시조』를 창간한다. 동시에 고재종·신덕룡 등과 함께 광주에서 계간 시 전문지 『시와사람』(발행인 강경호)의 창간을 주도하고 편집위원으로 활동한다. 이 무렵부터 그의 시세계는 남도의 토착 정서와 정신을 발현하는 쪽으로 변모를 꾀하게 된다. 1997년에는 남북한의 시문학을 최초로 비교·분석한 박사학위 논문을 『한국 전후시 연구』라는 단행본으로 발간한다.

1998년 「해남에서 온 편지」로 한국시조작품상을 수상한 그는 이듬해 「적벽을 찾아서」로 중앙시조대상을 수상하는 영예를 누린다. 2000년 제2시조집 『해남에서 온 편지』와 2001년 제3시집 『씨앗의 힘』을 제2시집 『샤갈의 마을』 이후 12년 만에 세계사에서 펴내게 된다.

2002년 2월 광주여대에서 경기대 동양어문학부로 자리를 옮김으로써, 10년 동안의 정들었던 광주 생활을 마감하고 서울로 다시 입성하게 된다. 그는 상경하자마자 연희동에 출판사 '고요 아침'을 차리고 본격적인 출판 사업에 뛰어들게 된다. 같은 해에 평론집 『21세기 한국의 시학』을 펴내는 한편, 동화집 『지리산 반달곰』을 펴냄으로써 동화작가로서도 명함을 내민다. 2003년 정성욱 시인 등과 함께 시설(詩說) 『동자승 이야기-얼굴』 발간과 함께 그간 시조 전문 문예지였던 계간 『열린시조』를 27호부터 『열린시학』으로 개편·속간함으로써 오늘에 이르고 있다.

4.

이제 이지엽 시인의 시세계를 이야기할 차례다. 전술한 바대로, 그는 시와 시조를 함께 하는 시인이다. 사실 시와 시조의 통합을 부르짖는 그에게 있어서 이 두 장르의 구분은 큰 의미가 없다. 지금까지 그는 공식적으로 모두 5권의 작품집을 발간했다. 굳이 구분하자면 3권의 시집과 2권의 시조집이다. 그러나 이렇게 굳이 구분하면 시만을 다룰지, 시조만을 다룰지 판단하는데 어려움이 따른다. 그래서 필자는 그의 시관(詩觀)을 존중한다는 의미에서 이것들을 따로 구분하지 않고 한꺼번에 살펴보려고 한다.

그리고 여기에서 그의 시세계를 본격 논의한다는 것은 이 지면의 성격상 맞지도 않거니와 여러 가지로 지난한 일이다. 그래서 필자는 그의 시세계에 대한 정밀한 논의나 분석을 피해가기로 한다. 그렇다고 아예 논의조차를 피해갈 수는 없으므로 시집 별로 대표작 1편씩을 선정해 가볍게나마 시세계의 변모 과정을 따라 가볼까 한다.

다소 무리가 따르겠시만, 시남까지 이지엽 시인의 시적 변모 과정은 초기시와 중기시로 2분하여 살펴볼 수 있다. 등단 이전의 시집인 『아리사의 눈물』(1979)을 포함한 제1시집 『다섯 계단의 어둠』(1984), 제1시조집 『떠도는 삼각형』(1989), 제2시집 『샤갈의 마을』(1990)에 실린 작품들이 초기시에, 제2시조집 『해남에서 온 편지』(2000)과 제3시집 『씨앗의 힘』(2001)이 중기시에 해당한다고 볼 수 있다. 초기시가 주로 모더니즘의 기법에 입각하여 현실과 이상 사이의 첨예한 갈등과 화해, 어둡고 가난한 사랑, 상처와 부끄러움에 대한 치유와 속죄의식 등을 노래했다면, 중기시는 무엇보다도 남도 정신에 입각한 자연과 인간의 교감과 생명을 노래하고 있다는 점에서 극명하게 구분된다. 그러나 이 차이는 한국의 전통정서와 토착정서를 공통 기저로 하고 있다는 점에서 맥락이 일치한다. 바로 이 점이 '이지엽' 하면 어디까지나 전통을 기반으로 현대를 수용한 시인이라는 이미지를 떠올리게 하는 주된 요인이다. 그리고 변모의 시기를 구체적으로 따져보면, 개인적으로나 시대적으로 어렵고 힘들었던 서울 생활을 청산하고 고향 광주로 내려와 대학에서 교편을 잡던 1992년이 그 전환점이 아닌가 생각된다. 생활환경의 변화가 시인의 세계관에 영향을 미친 경우가 지대하기 때문이다.

등단작 「촛불」을 비롯한 제1시집 『다섯 계단의 어둠』에 실린 시편들은 주로 한국적인 소재를 취하고 있으면서도 그 묘사에 있어서 모더니즘의 기법을 차용함으로써 전통과 현대의 결합이라는 인상을 강하게 풍긴다. 이러한 시적 경향을 시집 해설을 맡은 강우식은 "한국적인 주지적 서정시" 혹은 "신서정"으로 풀이하고 있다.

> 이지엽에게서의 자연에 대한 묘사는 모더니즘 계열의 것에 속한다고 하였다. 그러면서도 이지엽은 그 계통의 金光均이 하였던 시와는 다른 면모를 보인다. 김광균이 서구적인 주지적 서정시의 세계에 그의 시가 놓여진다면 이지엽이 「다섯 계단의 어둠」에서 보이는 시편들은 한국적인 주지적 서정시라고 할 만하다. …중략…. 나는 이러한 시의 경향을 新抒情적인 것으로 보고 싶다.
> — 강우식, 제1시집 『다섯 계단의 어둠』 해설 부분.

위의 인용문은 그의 시적 출발이 어디에서부터 비롯되고 있으며 그 모양세가 어떠한가를 보여주는 대목이다. 이를 다시 간추리면 그의 시적 출발은 〈한국적인 소재나 정서+주지적인 표현 기법+전통적 리듬〉으로 모양새를 갖추고 있음을 알 수 있다. 이렇듯 초기에 형성된 시적 구조는 이후 시와 시조를 가리지 않고 그 기저에 일관되게 깔려 있게 된다. 그리고 첫 시집의 내용은 그가 자서에서 밝힌 대로 "어둠과 사랑에 대한 시편들이 대부분을 차지"하고 있다.

1. 祭日

살속을 여미는 미미한 어둠으로라도
한 잔의 茶를 끓이며
오신 어머니
사랑니 덧나는 초사흐레 새벽에서도
초롱불 혀는 바다를 업고 어머님은
문득 말씀이 없으시다.
가을 벌 자브시 않아
들菊 하나 피우시다
수북한 시월 달빛 떼로 이끌어
은적골 비자 숲에
흰닢저림 버무리시너니
오동잎에 차운 강물만 놓아 보내시나
고래실 논배미 가웃이 달려오는
千의 山, 萬萬 江의 사운거림,
도무지 오늘은
아무 말씀이 없으시다.

2. 겨울

노새 방울 소리가

촉촉이 귀에 젖는 江마루
銀粧刀 하나가
對岸하며 일어선다

바늘귀 아릇한 겨울밤도
단대목쯤 와서야
갯가 벗어 두고온 발자국들이
한 번씩은 다 울고

―구름은 떠오는 구름
떠오다가 나비 꿈에 젖어 타는
안단테 칸타빌레……
향불 곁지펴
우련히 눈물 하나 솟는
옛집 入口
　　　　　　―「촛불」(제1시집 『다섯 계단의 어둠』) 부분.

　　3년 동안에 걸쳐 20번이나 고쳐 썼다는 이 시(등단작)는 그가 얼마나
언어에 세공을 들였는가를 단적으로 보여준다. 「祭日」에서 '자브시',
'차운', '고래실', '가웃이', '사운거림' 등이나, 「겨울」에서 '노새방울
소리', '江마루', '은장도', '바늘귀', '아릇한', '단대목', '향불', '갯
가', '우련히' 등은 고아한 멋을 자아내는 고어나 순수 우리말, 향토성을
지닌 사투리들이다. 이들 시어들 중 어떤 것들은 이미 死語가 되었거나
아니면 진부한 것들도 있다. 하지만 이 시 속에 다시 활용함으로써 얼마
나 아름다운 향취를 풍기는가. 그래서 강우식의 말대로 "시인은 죽은 언

어, 잊혀진 언어의 생명을 불어넣는 司祭 같은 사람"인 것이다. 또한 이들 시어들의 활용은 이지엽 시인이 얼마나 그의 시의 근간에 전통성과 향토성을 염두에 두고 있는가를 보여주는 증거이기도 하다.

그리고 「祭日」은 촛불을 제삿날 '어머니'의 경건한 이미지로, 「겨울」은 겨울밤 귀향의 이미지로 연결시키고 있다. 한 시적 제재를 구체적이고 체험적인 풍경과 정취로 감각화하고 있음을 본다. 「祭日」에서 촛불을 '가을 벌 자브시 앉아/들菊 하나 피우시다'나, 「겨울」에서 '촉촉이 귀에 젖는 江마루/銀粧刀 하나가/對岸하며 일어선다'와 '단대목쯤 와서야/갯가 벗어 두고온 발자국들이/한 번씩은 다 울고' 같은 표현으로 감각화하는 솜씨는 귀신이 놀랄 만큼 절묘하기 그지없다 하리라. 게다가 단아한 운율을 '안탄테 칸타빌레'로 연결시키는 리듬 감각은 또 어떠한가. 필자가 보기에 이 시는 지금까지 쓴 그의 시 전체 중에서도 대표작으로 꼽힐 만큼 절창이다.

제1시조집 『떠도는 삼각형』과 제2시집 『샤갈의 마을』은 그 발간 시기로 보아 거의 동시에 쓰여진 시집들이라고 할 수 있다. 그것이 각각 시조와 시라는 옷을 입고 있다고는 하지만, 그 형식적인 차이를 그다지 느낄 수 없다. 이는 전자(前者)에 대해 "〈〈떠도는 삼각형〉〉에 실린 작품들은 언뜻 보면 자유시에 가까운데, 사실 시조로서 시도할 수 있는 형식적인 실험을 최대한 시도해본 결과물"(「현대시가 선정한 이달의 시인」대담편, 월간 『현대시』 1999년 1월호)이라고 밝힌 시인 스스로의 말에서도 확인할 수 있다. 게다가 이 두 시집은 제목에서도 시사하듯이 각각 '삼각형'과 샤갈의 '나와 마을'이라는 그림을 제재로 삼은 큐비즘(Cubism) 혹은 기하학적인 상상력에 의해 쓰여진 것들이라고 할 수 있다. 그만큼 실험성이 강하다는 이야기다. 특히 전자는 우리의 전통 시가 형식인 시조에다 서구의 입체적인 그림을 접목시켰다는 점에서 주목에 값한다. 이는 그가 얼마나 우리 시조의 고루한 형태와 내용에 현대적인 변화를 주려고 애를 썼는가를 보여준다.

　1. 빗면

　탄탄한 어둠을 거기 잠시 내려두게
　속잎 뽑는 이파리의 부드러운 회전 낙하
　아르르 졸음이 밀려 그만 눈을 감는 오후.

　2. 모서리

　아직도 내 손안에는 모나고 모난 오기들이
　황토빛 무지와 솔불 켠 불면으로 산다
　꽉 쥐면 핏물이 베어도 도시 펼 줄 모른다.

　3. 수직

　殺意를 번뜩이며 달려드는 멀미를 딛고
　붉게 달은 意氣 하나 송곳으로 서는 아픔
　온 뜨락 햇살이 모여 아침 내내 반란이다.
　　　　　　　　　　─「삼각형에 관하여」(제1시조집 『떠도는 삼각형』) 전문.

　위의 시는 총 7편으로 구성되어 있는 연작시 「떠도는 삼각형」을 총괄하는 성격을 지니고 있다. 또한 연작시들이 사설시조의 형태를 지니고 있는데 반해 3편의 정형시조가 한 작품을 형성하고 있다. '빗면'과 '모서리' 와 '수직' 은 삼각형을 구성하는 핵심 3요소들이다. 시인은 이 요소들이 갖는 기하학적인 이미지를 인간 삶의 단면으로 연결시킨다. 그리고 거기에는 시인 스스로의 자의식도 투사되어 있다. '빗면' 은 휴식과 평화, '모서리' 는 오기와 고집, '수직' 은 의기와 반란의 의미를 지니고 있다. 이렇듯 서로 다른 수평과 수직과 빗면이 서로 날카롭게 길항하면서도 그것들이 꼭지점으로 만나 화해하는 것이 삼각형의 구조이며 세계인 것이다. 이에 대한 시인의 설명을 들어보자.

세계와의 불화와 화해 · 거부의 모서리적 이미지와, 회전 또는 낙하에서 유추되는 부드러움 곧 빗면적 이미지의 결합이 그것입니다. 점 · 선 · 면 · 공간의 기하학적인 상상력은 여성적인 부드러움과 남성적인 강인함을 동시적으로 보여줄 수 있는 포괄적인 구조라고 생각합니다. 그렇기에 나는 부드러움과 강인함 그 사이에서의 떨림의 세계를 실존적으로 표현해보고자 하는 의식을 '삼각형' 이라는 기하학적 상징을 통해 형상화하려고 했습니다.

— 월간 『현대시』 1999년 1월호, 같은 글.

그러니까 시인이 '삼각형' 을 통해 나타내려고 했던 것은 인간 삶과 실존적인 단면임을 알 수 있다. 말하자면 삼각형의 구조 속에 우리 인간들의 삶과 실존의 포괄적인 모습이 들어 있다는 것이다. 이를 구체적으로 형상화하여 보여주고 있는 것이 연작시 「떠도는 삼각형」인 바, 인간의 탄생에서 죽음에 이르는 과정이 그것이다. 따라서 이 연작시는 기하학적인 구도에 역학적, 불교적인 의미까지를 포괄한 문제작이라 아니할 수 없다.

고향으로 돌아가리
멍든 가슴 묶어 강물에 던지고

둥그런 테에 걸린 내 작은 원

말울음소리

평화롭게 가서 잠들리

…중략…

샤갈의 마을에서 나는 울었다

백야의 푸른 밤 붉은 색 울음을

밤새 소리 없이

— 「샤갈의 마을」(제2시집 『샤갈의 마을』) 부분.

　　제2시집 『샤갈의 마을』 자서에는 "상처와 부끄러움에 대한 스스로의 치유와 속죄의 마음으로 몽당연필의 시편을 여기 모은다"고 밝히고 있다. 첫 시집 이후 주로 80년대의 기억들을 내면화시킨 이 시집에는 그래서 5 · 18을 위시한 80년대적 현실 체험과 고향 해남을 등지고 서울에 올라와 어렵게 생활을 하던 체험들이 육화되어 있다. 그러한 현실적 체험들은 그에게 상처와 부끄러움으로 남는다. 그래서 그는 현실적 체험을 내면 속으로 끌어들여 재구성함으로써 외적 현실 세계와 내적 이상 세계가 하나로 합쳐지는 시세계를 구현하고자 한다. 그 과정에서 발생하는 것이 속죄의식과 울음이다. 그 속죄의식과 울음을 통해서 시대의 상처와 내면을 시적으로 치유하고 복원해 나간다.

　　인용한 시는 전술한 바대로 마르크 샤갈의 그림 「나와 마을」을 시적 제재로 삼고 있다. 샤갈은 원래 러시아의 한 작은 농촌인 비테부스크에서 가난한 농부의 아들로 태어났으나, 그림을 위해서 프랑스 파리로 건너와 생활한다. 당시 예술의 태양은 파리에만 빛나고 있었기 때문이다. 그래서 샤갈은 화려한 도시 파리에 온 후로도 마음은 고향 비테부스크를 꿈꾼다. 파리에 관한 그림은 그리지 않고 마음속에 불꽃처럼 살아 있는 고향마을의 정경을 그린다. 고향은 아무리 과거의 기억이 가난했더라도 돌아가야 할 근원의 자리이며 유토피아이기 때문이다. 그래서 그의 그림에는 샤갈 자신으로 보이는 모자 쓴 남자와 농부와 아가씨, 말과 양, 교회당과 집, 눈과 나무 등 친근한 풍경들이 입체적으로 채워져 있다. 대각선이 서로 만나는 한가운데 그려진 둥그런 원 그리고 무수한 삼각형들의 기하학적 인 구도 위에 여러 풍경들이 회상 기법으로 펼쳐져 있는 이 그림은 가히 환상적이다. 그래서 꿈속에서나 볼 수 있는 비현실적인 풍경들이다. 달리 말하면 샤갈의 마음속에나 살아있는 내면의 풍경들이다. 그러나 환상의 세계에서 우리는 오히려 생생한 현실성을 느끼는 경우가 많다.

인용한 시를 보면 위에서 이야기한 샤갈의 그림에 이지엽 시인의 자아 가 겹친다. 그의 고백대로 이 시는 중랑천 둑방, 도원동 산동네, 성남 단 대동 골방 등 변두리 지역을 전전하며 어렵게 서울 생활 하던 때의 경험 이 묻어 있다. 그것은 상처의식으로 투영된다. 그래서 지독한 가난으로 인한 절망과 고통의 연속으로 '멍든 가슴 묶어 강물에 던지고' 샤갈의 그 것처럼 '나' 는 다시 고향으로 돌아가기를 꿈꾼다. 돌아가서 샤갈의 그림 에 나오는 원이나 말처럼 '평화롭게 잠들' 기를 소망한다. 샤갈의 마을은 곧 '나' 의 고향마을이며, 모든 고통과 절망이 없는 마음의 이상향이다. 그래서 '나' 는 사랑과 평화가 눈처럼 내리는 샤갈의 그림 앞에서 오열한 다. 사무치는 울음은 치유의 한 방식이기도 하다. 그런데 그 울음은 샤갈 의 그림에 나오는 배경색처럼 '백야의 푸른 밤 붉은 색 울음' 이다. 흰눈 이 내리는 바탕 위에 푸른색과 붉은색의 보색 관계가 교합된 색채의식과 청각의 시각화가 돋보이는 표현이다. 그리하여 이지엽 시인은 이 시에 나 타난 귀향의식처럼 실제로 서울을 떠나 고향으로 내려오는 계기를 마련 하게 된다.

앞에서 필자가 중기시로 분류한 제2시조집 『해남에서 온 편지』와 제3시집 『씨앗의 힘』은 광주에 내려와서 쓴 시들을 묶은 것이며, 발간 시기와 시세계가 서로 비슷하다. 이들의 시집은 역시 제목이 시사하는 바처럼 남도정서와 역사의식, 자연과 인간의 교감과 생명의식이 공통적으로 담겨 있다고 할 수 있다. 이는 주로 현실과 이상 사이의 갈등과 화해로 요약될 수 있는 이전의 시집들이 보여준 시세계가 확실히 변모한 양상을 보여준다. 그것은 생활환경이 달라진데 따른 자연스러운 현상으로 받아들여진다. 그래서 이전의 시집들에서 두드러지는 첨예한 현실적 불안이나 갈등의식이 줄어든 대신 훨씬 목소리가 안정적이고 유연하며 또한 깊어졌다. 그렇다고 원래 전통의식과 토착정서에 기반을 둔 그의 시적 컬러까지 달라진 것은 물론 아니다.

아홉배미 길 질컥질컥해서
오늘도 삭신 꾹꾹 쑤신다

아가 서울 가는 인편에 쌀 쪼간 부친다 비민하것냐만 그래도 잘 챙겨묵거라 아이엠에픈가 뭔가가 징허긴 징헌갑다 느그 오래비도 존화로만 기별 딸랑하고 지난 설에도 안와부럿다 애비가 알믄 배락을 칠 것인디 그 냥반 까무잡잡하던 낯짝도 인자는 가뭇가뭇하다 나도 얼릉 따라 나서야 것는디 모진 것이 목숨이라 이도저도 못하고 그러냐 안.

쑥 한 바구리 캐와 따듬다 말고 쏘주 한 잔 혔다 지랄 놈의 농사는 지면 뭣하냐 그래도 자석들한테 끝이랑 돈부, 깨, 콩, 고추 보내는 재미였는디 너할코 종신서원이라니…그것은 하느님하고 갤혼하는 것이라는디…더 살기 팍팍해서 어째야 쓸란가 모르것다 너는 이 에미더러 보고자퍼도 꾹 전디라고 했는디 달구 똥마냥 니 생각 끈하다

복사꽃 저리 환하게 핀 것이

혼자 볼랑께 영 아깝다야

— 「해남에서 온 편지」(제2시조집 『해남에서 온 편지』) 전문.

제2시조집에는 「무등일기」와 「인동일기」 연작을 비롯한 남도적 현실과 역사의식을 형상화한 작품이 특히 많은데, 인용한 시 또한 그 대표작중의 하나로 꼽힌다. 이 시조는 '사설시조=산문정신=현실인식'으로 요약되는 등식이 잘 맞아떨어진다. 이는 평소에 이지엽 시인이 현대시조에대해 품어온 지론이기도 하다. 그는 자유시 정신에 기대어 종래의 고루한시조의 틀을 벗어나 다양한 형식과 내용의 변화를 꾀하는 데에 그 초점을맞추어 왔다.

오랫동안 우리의 삶의 중심 터전이요 추억의 진원지이기도 했던 농촌의피폐한 실상은 이제 어제오늘의 일이 아니다. 조상 대대로 일궈온 땅을 버리고 모두들 도시로 떠나간 그곳은 철지난 제비집마냥 쓸쓸하다. 거기에는그래서 철지난 제비 같은 사람들만 모여 산다. 실제로 못 떠난 사람들만 모여 사는 농촌엘 가보면 가장 젊은 사람의 나이가 50대를 넘어선 경우가 얼마나 허다하던가. 게다가 근래엔 우루과이라운드와 아이엠에프 한파까지휩쓸고 가버려 농사는 생산비마저 건지기 힘든 형편으로 전락했다.

이지엽은 농촌(해남) 출신 시인답게 이러한 농촌의 피폐한 실상을 사설시조라는 그릇에 그렁그렁 넘치는 막걸리처럼 실감나게 담아낸다. 특히 대화체에 실린 걸죽하고 맛깔스런 전라도 사투리는 어두운 시적 분위기를 상쇄시키고 있을 뿐만 아니라 리얼리티를 살리는데도 크게 기여하고 있다.

어머니가 딸에게 보내는 편지 형식을 빌린 넋두리로 쓰여진 이 작품은초장과 중장에서 어머니 혼자서 빈집을 지키며 살아가는 농촌 생활의 피폐함과 쓸쓸함 그리고 수녀가 되겠다는 딸에 대한 안타까움 같은 것이 진

하게 배어 있다. 그러나 이러한 분위기를 일시에 반전시키는 종장의 처리
가 인상적이다. 농촌의 어두운 분위기와는 아랑곳없이 '복사꽃 저리 환
하게' 피었기 때문이다. 즉 인간사와는 상관없이 자연은 어김없이 그 질
서를 되풀이하는 것이다. '혼자 볼랑께 영 아깝다'는 구절 속에는 보고
싶은 딸과 죽은 남편에 대한 그리움이 사무친다.

1

　할머니/한 분이/꾸부정하게/정류장에 서 있다/보따리 두 개가/힘에 겹다/
마침 떨어지던/상수리 잎 하나가/횟가리 푸대같이 거친/할머니 손등을 가린
다/느끔하던 눈이/다시 내리기 시작한다/그 이파리 위로도/가만가만 내린다
/오늘, 장촌리 가는 버스가/더디다

3

　가령 껍질을 벗고/가늘게 째어져/어느 무릎에 놓여 얼굴 비벼지다가/한쪽
은 씨로 두고/반절은 꾸리로 감겨/풀 먹고 가르마를 타/잉앗대에 당겨 올려
져/북을 넣었다 뺐다/바디를 쳐서는/내 육체와 정신이 한날 한시/씨와 날로
만나/짱짱하게 짱짱하게 엇갈려/드디어는 촘촘한 한 벌의 옷으로 그대에게
입혀진다면//입혀져서 누더기/누더기 될 때까지/기꺼이 한 몸이라도 섬길
수 있다면

　　　　　　　　　　　　　　　　　　―「交感」(제3시집 『씨앗의 힘』) 부분.

　전술한 바대로, 이지엽의 시는 제3시집에 이르러 상처나 부끄러움에
대한 울음 같은 것이 현저히 약화되고 그것들이 시인의 내면 속에서 하나
로 통합 또는 융화되면서 이미지화되는 모습을 보여준다. 그리하여 자연
과 인간이 혹은 사물과 인간이 서로 교감하며 전율하는 생명의 세계와 존

재론적 성찰의 언어가 두드러진다. 특히 동양적인 정관의 경향이 강해지면서 유연하고 깊은 시세계를 펼쳐 보인다.

인용한 시는 그 제목에서도 알 수 있는 바, 사물이 인간과 교감하는 미세한 이미지의 전율을 포착하는 솜씨를 유감없이 보여준다. 이러한 솜씨는 사물에 대한 섬세한 응시와 관찰력에 의해 비로소 가능하다. 또한 사물이나 자연 풍경에 대해 시인의 자아나 삶의 정황이 투사되거나 동화됨으로써 가능하다는 점에서 서정시의 동일화 원리의 한 극단을 보여준다고도 할 수 있다. 이때 풍경은 자연 그대로의 풍경이 아니라 시인의 주관적 내면이 투사된 직관적 풍경이다.

먼저 〈1〉을 보면, 1~5행까지는 곤고한 삶의 이미지를 지닌 '할머니'가 시골 정류장에 서 있는 풍경이 제시되어 있다. 6~15행까지는 그 할머니와 '상수리 잎 하나', '눈', '버스' 등 자연물이나 사물이 서로 교감하는 풍경이 나온다. 상수리 잎 하나가 때를 맞춰 떨어지는 것은 '횟가리 푸대같이 거친/할머니의 손등'을 가려주기 위해서다. '느끔하던 눈이/다시 내리기 시작'하는 것도 마찬가지다. 시선을 모으는 '할머니의 손등'은 곤고한 삶을 살아온 할머니의 역사가 모두 아로새겨져 있다. 그래서 인간이 아닌 상수리 잎과 눈이 그 손등을 위로하기 위해 떨어지거나 내려앉는 것이다. 여기에는 인간과 자연물과의 교감만 있는 것이 아니라, 자연과 자연 혹은 자연과 사물간의 교감까지 이루어진다. 내리던 눈이 할머니의 손등을 덮고 있는 상수리 '이파리 위로도/가만가만' 내리거나, '장촌리 가는 버스가/더' 딘 것이 그것이다. 인간과 자연과 사물이 완전히 혼연일체가 되어 서로 말을 주고받고 행동한다. 다음으로 〈2〉는 나무의 '씨'와 '날'이 나의 '육체'와 '정신'과 서로 교감하는 경우이다. 대립하는 씨와 날은 서로 엇갈려 '짱짱하게' 만남으로써 '옷'이 된다. '옷'은 화해나 융화 혹은 조화의 결과이다. 그 '옷'은 '그대' 혹은 '한 몸'에게 입혀져 '누더기'가 되도록 기꺼이 희생이나 봉사하기를 바란다. 이는 세계의 조화와 일치를 꿈꾸는 이지엽 시인의 일관된 시론과 상통한다고 볼 수 있다.

이렇듯 이지엽 시인의 시적 도정은 세계와 자아가 서로 대립하지 않고 짜릿짜릿하게 교감을 나누는 지점까지 와 있다. 그리고 그는 한때 떠나왔던 서울로 다시 돌아갔다. 그런 만큼 앞으로 그의 시세계가 다시 어떤 변모를 보여줄지 주목된다.

5.

지금까지 필자는 거칠게나마 이지엽 시인의 문학적 발자취와 시세계를 살펴보았다. 서두에서 필자와 이지엽 시인과의 개인적인 친분 관계를 이야기했지만, 이 글을 마무리하면서 생각해 보니 역시 그에 대해서 모르는 부분도 있었음을 고백한다. 그리고 그것을 알고 나서 다시 한번 그가 좋아진다고 고백하고 싶다. 특히 서울에서 그가 고생한 이야기, 처음부터 지금에 이르기까지 일관되게 추구해온 화해와 조화의 시정신은 그의 인간적인 풍모와도 그대로 일치한다고 생각한다. 그리고 이 점은 최근 『열린시조』를 『열린시학』으로 개편 · 속간하면서 그가 부르짖었던 열린문학의 의미와도 또 한번 일치한다고 생각한다. 그는 우리 문단이 장르간과 섹트간의 벽을 허물고 진정성을 회복해야 한다고 주장하고 있다. 문단의 해묵은 병폐를 일소하자는 주장은 모든 문인들이 절실하게 공감하고 있는 현안문제다. 부디 우리 문단이 하루속히 모순이나 병폐를 일소하고 진정성을 되찾기를 바라면서 그의 「편집 후기」를 인용하는 것을 끝으로 이 글을 맺는다.

'문단'은 열려가는 것이 아니라 오히려 닫혀가고 있다. 장르간과 섹트간의 벽은 점점 강해지고 끼리끼리 노는 문학으로 지리멸렬해가고 있다. 신성하고 아름다워야 할 "문학잡지"라는 公器가 사유물화 되어가는 것은 말할 것도 없고, 동인지 수준보다도 못한 것으로 추락하고 있다. …중략…. 문예종합잡지는 문학의 모든 장르로부터 적어도 열려 있어야 한다. 그것이 아니라면 '문예종합잡지'라는 간판은 내려야 한다. '문학'이라는 이름을 팔아서 '문학'을 적어도 오독해서는 안 된다.

좀더 짚어보고 가자. 우리 문단의 횡포는 이것 말고도 편가르기를 조장하고 권력화를 지향하는 몇 개의 잡지사들에 있다. 물론 잡지를 운영하다보면 주요 필진들이 있을 수 있고, 그 잡지에 주로 발표하는 사람들이 있을 수도 있다. 이것을 문제삼고자 하는 것이 아니다. 그러나 아무리 생각을 해보아도 납득이 안 되는 일들이 문학의 이름 아래 버젓하게 행해지고 있다. 자기의 사람들이나 제자 챙기기에 급급한 소위 지성파(?) 문인들이 있다. 권위를 자타가 인정하는 시집시리즈를 보다보면 '도대체 어떻게 이런 작품이 어떻게 여기에'라는 자탄을 금치 못할 때가 한두 번이 아니다. 학연과 지연이 사라져가고 있는데 문학판에서는 공공연한 비밀처럼 끼리끼리 상도 돌려받고 평가도 추켜세워지고 있다. …중략…. '열린'이 의미하는 것은 '열린' 시대의 정신이며, '열린' 광장의 정신이며, '열린' 문학의 정신이다. 적어도 문이 열려 있어야 하며 문학의 진정성을 가진 좋은 원고들은 자기와의 색깔이 다르다고 해서 버림을 받아서는 안 된다. '열린'의 정신은 그러므로 옛것을 새롭게 창조하는 法古創新의 정신이다. 젊음의 정신이다. 새로운 물줄기를 들이대어 언제나 싱싱하게 우리 문학의 물줄기가 흘러갈 수 있도록 해야 한다.
　　　　—「'열린'이 의미하는 것」(계간 『열린시학』 27호 편집후기) 부분.

　　　　　　　　　　　　　　　　　　　　　　—『현대시』(2003년 8월호)